잃어버린 시절을 찾아서 1

스완 댁 쪽으로 1

마르셀 프루스트

잃어버린 시절을 찾아서 1

스완 댁 쪽으로 1

이형식 옮김

펭귄클래식코리아

옮긴이 이형식

서울대학교 불어교육과를 졸업하고 파리대학에서 마르셀 프루스트에 대한 연구로 석사, 박사 학위를 받았다. 현재 서울대학교 명예교수이다. 지은 책으로는 『마르셀 프루스트』, 『프루스트의 예술론』, 『작가와 신화-프루스트의 신화 세계』, 『프랑스 문학, 그 천년의 몽상』, 『그 먼 여름』이 있다. 옮긴 책으로는 『레 미제라블』, 『쟈디그·깡디드』, 『모빠상 단편집』, 『웃는 남자』, 『93년』, 『미덕의 불운』, 『사랑의 죄악』, 『중세의 연가』 등이 있다.

잃어버린 시절을 찾아서 1: 스완 댁 쪽으로 1

초판 1쇄 발행 2015년 11월 20일
초판 5쇄 발행 2022년 4월 18일

지은이 | 마르셀 프루스트 옮긴이 | 이형식

발행인 | 이재진 단행본사업본부장 | 신동해
편집장 | 김경림 책임편집 | 박민희 교정교열 | 강설빔
디자인 | 최보나 김은정 마케팅 | 최혜진 이은미
홍보 | 최새롬 국제업무 | 김은정 제작 | 정석훈

브랜드 펭귄클래식 코리아
주소 경기도 파주시 회동길 20
문의전화 031-956-7066(편집) 02-3670-1123(마케팅)
홈페이지 http://www.wjbooks.co.kr
페이스북 www.facebook.com/wjbook
포스트 post.naver.com/wj_booking
발행처 ㈜웅진씽크빅
출판신고 1980년 3월 29일 제406-2007-000046호

펭귄클래식 코리아는 유리장 에이전시를 통해 펭귄북스와 제휴한 ㈜웅진씽크빅 단행본사업본부의 브랜드입니다. 펭귄 및 관련 로고는 펭귄북스의 등록 상표입니다. 허가를 받아야만 사용할 수 있습니다.
Penguin Classics Korea is the Joint Venture with Penguin Books Ltd.
arranged through Yu Ri Jang Literary Agency. Penguin and the associated logo
are registered and/or unregistered trade marks of Penguin Books Limited. Used with permission.
이 책은 저작권법에 따라 보호받는 저작물이므로 무단 전재와 무단 복제를 금지하며,
이 책 내용의 전부 또는 일부를 이용하려면 반드시 저작권자와 ㈜웅진씽크빅의 서면 동의를 받아야 합니다.

한국어판 ⓒ ㈜웅진씽크빅, 2015
ISBN 978-89-01-20498-7 04800
ISBN 978-89-01-08204-2 (세트)

• 잘못된 책은 바꾸어 드립니다.
• 책값은 뒤표지에 있습니다.

차례

옮긴이의 말 · 7

1부 꽁브레 · 25

옮긴이 주 · 307
작가 연보 · 341

옮긴이의 말

부유하는 질료덩이, 우리의 존재적 실상

프루스트의 『잃어버린 시절을 찾아서』라는 소설의 특징은, 그것이 일종의 회고록 혹은 내적 연대기라는 점이다. 회고록이되 일반적으로 시대와 사건들을 축으로 삼아 펼치는, 우리에게 흔히 알려진 증언, 그것을 기록하는 이의 명료한 기억이나 비망록에 입각하여, 또한 그 사람의 의지가 그 내용을 선별하고 구상하여 술회하는 것과는 다른 회고록이다. 물론 모든 소설들이 공통적으로 가지고 있는 속성은, 그것들이, 진정한 소설일 경우, 본질적으로 회고록이라는 점을 새삼스럽게 부언할 필요는 없을 듯하다. 또한 일반적으로는, 외형적으로 보기에 그것이 회고록이건 소설이건, 대개의 경우 술회자가 그 이야기의 소재들을 선별하거나 틀을 짜는 데 있어 주도적인 역할을 맡는다.

그러나 프루스트의 작품 허두에서 발견되는 특징은, 회고록이나 소설의 그러한 통상적 혹은 보편적 속성이 배제되었다는 점이다. 우선 술회자는, 객관적 혹은 사회적 식별 기준인 이름조차 없이(그저 '나'라고 칭할 뿐이다), 수면(꿈) 세계 속에 던져진 하나의 질료덩이, 자기가 누워 있는 곳에 있는 모든 사물들의 일부분으로서만 존재하는 하나의 객체로 우리 앞에 나타난다. 자신이 누워 있던 방과 그 안에 있는 모든 것에 합일되어 있던, 즉 그 질료 세계의 한 부분으로 태평스럽게 어우러져 있던 그의 몸뚱이에 어떤 자극이 가해져, 그 충격으로 인하여 그가 다시 깨어나는 순간, 그의 오성(悟性. 이 어휘에 다른 의미를 부여하는 분들이 계시지만, 이 책에서는 '감각 및 인지의 주체'를 그렇게 칭하기로 하자)은 자신이 언제 어디에 있는지, 심지어 자신이 누구인지조차 모른다. 물론 우리 모두 깊은 잠에서 깨어나면서 그러한 처지에 놓인 경우가 한두 번 아닐 것이다. 다시 말해, 프루스트의 소설 주인공이 자기의 뜻과는 무관하게 던져지다시피 놓이곤 하던 그러한 처지가 새로울 것 없다는 말이다. 하지만 기실 그러한 깨어남은 새로운 탄생, 즉 부활이다. 그러니 얼마나 중대한 사건인가! 우리가 수면의 세계로 들어간다는 현상이 곧 죽음이라는 현상과 다름없으니 말이다.

그렇게 저승과 본질적으로 같은 수면의 세계로부터 빠져나온 직후의 주인공에게서 발견되는 모습은, 영겁과 태허(太虛)의 적막 속에서 부유하고 있는 질료덩이가, 그러나 감각과 인지기능을 갖춘 그 미세한 인자가, 느낄 수 있을 법한 일종의 고적감에 감싸인 모습이다. 그것이 또한 우리 모두의 가엾은 존재적 실상이다. 물론 이러저러한 미신들이나 그것들에 편승한 진통제 혹은 마약과 다름없는 교조들 및 그것들의 퇴적물인 관습 내지 신념의 때가 우리들을 감싸고 있어, 많은 이들이 평소에는 우리의 그러한 존재적 실상을 직시하지 못하거나 직시하기를 두려워한다. 프루스트의 소설에서 처음부터 발견되는 가장 큰 특징은, 그러한 타성적 시각을 벗어 던진 오성이 펼치는 이야기라는 점이다. 한 마리 짐승의 심층부에서 가장 원초적인 생명처럼 파르르 떨고 있을 뿐인, 그리고 우리의 몸뚱이에 부여된 약품의 정체를 알아보고 그 태초적 해후에 전율하는 인자와 다름없는, 동굴 속에 살던 초기 인류보다 오히려 더 천둥벌거숭이인 존재, 일체의 역사적 굴레에서 벗어난 그러한 오성에게 일방적으로 주어진 소재를, 다시 말해 그 오성이 선별하거나 조작한 소재가 아니라 숙명적으로 주어진 소재를 가지고 펼치는 이야기이다. '우리는 예술품 앞에서 결코 자유로울 수 없다'든지, '우리가 작품의 소재를 선택하는 것이 아니라, 작품의 소재에 의해 우리가 선택된다'고 한 프루스트의 말 또한 그러한 인식의 표현이다.

하지만 주인공이 수면의 세계에 잠겨 있는 동안 꿈이라는 형태로 그에게 주어진 소재들만으로 이야기를 펼치는 것은 아니다. 깨어 있으되 잠든 상태에 있던, 즉 일상이라는 혹은 현실이라는 타성 혹은 가사 상태에 잠겨 있던 주인공과 우연히 조우하는 순간, 그를 다시 깨어나게 해주는 사물들이나 징후들이 더 많으며, 그것들이 소설 전편에 걸쳐 이정표처럼 나타나면서 소설의 골격 역할을 맡고 있다.

여하튼, '잃어버린 시절'을 찾는다는 것은, 그 '시절'이 언제 어느 곳과 연관되었는지는 모르되, 그것이 무수한 전생들 중 어느 하나와 연관되었는지 혹은 다른 천체에서 보낸 시절과 연관되었는지는 모르되, 또는 꿈속에서 겪은 시절인지는 모르되, 영영 사라진 줄 알았던 그 시절을 증언하는 듯한 사물들과 조우하는 순간 주인공의 내면에 일어나는 격정의 비밀을 밝히려는 시도를 가리킨다.

잃어버린 시절, 진정한 낙원

역자가 처음 프루스트의 글을 접하던 순간 그것에서 언뜻 느낀 것은, 그때까지 많은 선인들의 책과 종교적 경서들을 뒤적거리며 혹은 뭇 종교인들의 설교(법)를 경청하며 찾아 헤매었으나 발견하지 못하던 것, 하지만 나의 그 모색 대상이 무엇인지 단 한 번도 명료하게 규정해 보려 엄두를 내지 못하였던 것, 바로 그것을 발견할 수 있으리라는 막연한 가능성이었다. 그리하여, 가장 신뢰할 수 있는 벗 혹은 스승을 만난 듯, 여러 해 동안 그의 작품 속에서 고집스럽게 찾으려 하였던 것은, 하나의 현인 혹은 초인이 나에게 선물처럼 내려줄 수 있을 법한, 그리하여 만유의 생성과 소멸의 부단한 반복 속에서도 퇴색하지 않을 하나의 해답 혹은 위안, 나로 하여금 영원한 자족감과 초연함 속에 굳건하게 자리 잡게 하면서, 나를 짓누르고 있던 무거운 허무감에서 벗어나게 해줄 자상한 해답이었다. 프루스트의 작품 속에 있을 법한 구원의 열쇠를 포착하고 싶은 성급한 마음에 이끌려, 그 작품에 대하여 무슨 말이든 우선 해보자는 심산으로, '시간과 예술' 이니 혹은 더 나아가 '시간과 죽음과 예술' 이니 하는 식의 과제를 나 자신에게 부여하면서 독서를 계속한 것도 그 때문이었다.

그 시절, 책에서 읽은 것이나 교실에서 들은 것을 모두 확고부동한 진리로 믿던 나에게는, '시간' 이라는 것이 뭇 존재를 지배하는 일종의 폭군적 절대자로 보였고, 아마 예술만이 그 절대자의 사나운 손아귀로부터 우리를 해방시킬 수 있으리라고 막연히 추측하곤 하였다. 다시 말해, '시간' 이라는 것을 하나의 구체적 인격체 혹은 만유의 주재자로 여겼다. 제대로 이해하지도 못하면서 닥치는대로 읽던 책들과, 이러저러한 강의나 강연 등을 통해 나에게 마구 주입되었던 '시간'이라는 것의 개념에, 그 지경으로까지 사로잡혀 있었기 때문이다.

그 어수룩한 사유와 모색을 오랜 세월 계속하던 중 어느 날 문득, '시간'이라는 것은 도량형의 단위처럼 그 실체가 없으며, 따라서 그것이 뭇 존재의 생성과 소멸의 주재자, 아우구스티누스가 생각하던 절대신과 같은 존재라는 생각은, 순전한 허구 혹은 말장난일 뿐이라는 감회가 나를 사로잡았다. 광대무변한 공간 속에 처한 무시무종의 덩어리들이 있을 뿐(그것들이 생명체이냐 무생물체이냐 하는 따위의 구별도 그 순간 사라졌다), 즉 그것들만이 실재(實在)하는 구체적 존재일 뿐, '시간'이라는 것은 질료의 물리적 현상을 표현하기 위하여 고안된 일종의 부속 혹은 종속 개념일 뿐이라는 감회였다. 그리고 그 감회에 뒤이어 어느 날 섬광처럼 나타나, 감당할 수 없는 피로감을 안겨 주면서 또렷이 모습을 드러낸 사념은, 우리가 결코 죽을 수 없으리라는 것이었다. '죽음'이라는 개념이 무지에서 비롯된 허구처럼 보였다. 자살이라는 것도, 매에 쫓기는 꿩이 낙엽 속에 머리를 처박는 짓만큼이나 순진한 미봉책으로 여겨졌다. 전에는, 오랜 세월 동안 불자(佛者)들의 말을 믿어, 진정 죽는 것 즉 절멸(絶滅)이라는 것이 가능하고, 나아가 해탈이라는 경지에도 이를 수 있으리라 어렴풋이나마 상상하곤 하였으나, 우리의 시신을 아무리 강력한 불에 태워 완전히 연소시킨다 해도, 그 역시 유치한 눈속임에 불과하다는 상념이 더 선명히 모습을 드러내기 시작한 것이다. 나에게 구원의 길을 제시하리라 은근히 기대하였건만, 프루스트의 작품이 나에게 안겨준 깨달음이란 고작, 내가 그때까지 최후의 안전 장치 혹은 도피처로 여겼던 자살이 헛된 몸부림일 뿐이며 유치한 심술에 불과하다는 상념이었다.

몹시 두려운 일이었다. 우리의 실존태는, 즉 우리가 기뻐하고 괴로워하는 등 우리의 정서적 존재 현상은, 오직 기억 작용에서만 비롯되는데, 그 기억 작용이라는 것이 우리의 현재 의지와는 무관한, 다시 말해 우리의 의지 영역 밖에 있는 질료적 현상인지라, 우리의 몸이 분해되어 그 미립자들이(그것들이 원자이든 모나드이든) 언제 어디에서 어떠한 형태의 개체 형성에 참여한다 해도, 가령 한 마리 지렁이의 몸뚱이에 다시 스며들거나 혹은 한 덩이 벽돌로 화신한다 해도, 그 정서적 존재 가능성은 소멸되지 않을 것 같았다. 물론 지렁이나 벽돌이, '내가 전에는 이러저러한 사람이었노라'고 말할 수 있을 가능성은 희박하다. 그러한 말은, 저승에서 머물다 돌아왔다고 하였다는 피타고라스, 혹은 죽음을 앞둔 쏘크라테스의 입을 빌리면서 『파이돈』이라는 책을 저술한 플라톤 같은 이들의 뇌리에나 어른거렸을, '영혼'이라는 것이 혹시 할 수 있을지 모르겠다. 물론 그 두 사람보다 훨씬 사리 밝고 정직해 보이는 루크레티우스는 이렇게 말한다. "오늘에 이르러, 우리가 전에 무엇이었든 그것이 무슨 상관이겠는가? 우리의 몸을 구성하고 있는 질료를 가지고 세월이 무슨 짓을 한들 그것이 무슨 상관이겠는가? 흘러간 세월의 광막함 위로 우리의 시선을 한번 던져, 질료의 움직임이 펼치는 무한대의 다양성에 생각이 미치면, 지금 우리의 육신을 형성하고 있는 인자들이 같은 질서 속에 이미 정돈되었던 적 한두 번 아님을 깨닫게 된다네. 그렇건만 우리의 기억에 그 파괴된 옛 존재태들을 회상할 능력은 없다네. 왜냐하면, 그 동안에 생명이 중단되었고, 따라서 질료의 운동이 우리의 감각기관으로부터 멀리 떨어져 통일성 없이 흩어졌기 때문이라네."

하지만 정말 그럴까? 현재의 우리 몸을 구성하고 있는 인자들 중 하나가, 어떤 대상과 마주치는 순간 발생하는 욕정 혹은 식욕과 같은, 일종의 선택친화력에 의해 폭발적으로 발생하는 질료적 사고(그것은 필연적 사고이다)를 겪으면서, 자신이 옛날 어느 당나귀나 개의 몸뚱이를 구성하였던 시절의 반응을 보이고, 그 순간, 프루스트의 작품 주인공이 불가항력적으로 이러저러한 사건들을 상기하거나 어렴풋이 느끼는 것처럼, 자신이 옛날 어느 곳에 있던 어느 집의 당나귀나 개의 일부분이었음을 명료하게 상기할 가능성이 정말 없겠는가? 그러한 회상의 가능성을 인간이었던 시절의 존재태에만 국한시키는 것이 사리에 맞는가? 뿐만 아니라, 오늘 우리의 몸뚱이를 구성하고 있던 인자들 중 하나가, 훗날 어느 짐승의 몸뚱이 속에서 우리의 다정했던 벗들을 희미한 추억처럼 느끼거나 알아보되 언어능력을 상실한지라 그저 전율하며 울부짖기만 하는 일도 생기지 않겠는가?

『잃어버린 시절을 찾아서』라는 소설은, 그렇게 무한히 목적도 방향도 없이 반복되는 질료적 유전(流轉) 선상에서, 가끔 '우연히', 우리의 몸뚱이를 구성하고 있는 어느 인자가 겪는 재회의 충격을(그 형태가 희열이건 슬픔이건 고통이건 그것들 간의 구별은 무의미하다), 그 '원인을 알 수 없는' 비등현상을 축으로 삼아 펼치는 존재적 체험담이다. 하지만 그 존재적 체험들은 대개의 경우 원인을 알 수 없는 비등성 희열이나 슬픔의 형태로, 어렴풋한 추억처럼 그리고 번개가 한 번 명멸하듯, 그러나 적어도 그 순간에만은 우리를 초월적 존재로 만들면서, 우리를 스쳐 지나가 버린다. 그렇게 자신의 존재를 우리가 진정 홀로일 때에만 살짝 드러내다가 다시 망각의 어둠 속으로 잠적해 버리는 과거의 한 순간은, 즉 흔히들 소멸되어 영영 사라진 줄 알았던 그 '시절'은, 따라서 소멸된 것이 아니라 단지 우리가 그렇게 믿을 뿐, 실은 동면 상태에 있는 것이다. 다시 말해, 사라진 혹은 소멸된 시절, 나아가 망각된 시절이라는 의미로 프루스트가 사용한 '잃어버린 시절'이라는 말은 일종의 반어법이다. 흔히들 정물(靜物)이라고 옮기는 '죽은 자연(la nature morte)'이라는 말과 유사한 반어법일 뿐이다. 화가들이 생선이나 육류, 과일, 식탁, 그 위에 놓인 식기 등, 우리가 일상생활에서 접하는 사물들을 그리면서 그것들을 가리켜 '죽은 자연'이라고 하는 것은, 그것들이 실은 죽지 않았노라고 강변하는 어법이다. 마찬가지로 '잃어버린 시절'이라는 프루스트의 말에서는, 우리가 겪은 어떠한 존재적 체험도 결코 소멸될 수 없다는, 역설적으로 강조된 어조가 느껴진다.

그렇게 흔히들 영영 사라진 줄 알았던 과거의 한 순간이 우연한 질료적 조우 덕분에 부활할 때에는, 어김없이 격렬한 정서적 파문이 수반된다. 그 파문이 어떤 경우에는 지극한 희열의 형태를, 또 어떤 경우에는 격렬한 슬픔의 형태를 띠지만, 그 희열과 슬픔이 엄밀히 보면 같은 본질이며, 따라서 그 순간이 우리에게는 똑같이 귀한, 초월의 경지로 돌입하는 순간이다. 물론 그러한 부활의 순간을 우리가 자주 만날 수 있는 것은 아니며, 그러한 순간을 인위적 노력이나 어떤 비술을 동원해서 불러올 수도 없다. 그것은 전적으로 우연히, 그리고 수십 년 전에 잃은 혈육이 우리를 문득 뒤흔들어 흐느끼게 하듯, 간헐적으로 우리를 사로잡곤 한다. 프루스트가 처음 자신의 작품에 『심정의 간헐성』이라는 제목을 부여하였던 것은 그러한 이유 때문일 것이다. 또한 '진정한 낙원이란 잃어버린 낙원'이라고 한 말에서, '낙원'이란 바로 그 격렬한 비등성 부활의 순간을 가리키며, 공간적 질서 밖에서 즉 세월의 질서 밖에서 실현되는 그러한 '낙원'을 담보해

주는 유일한 조건은, 과거의 한 시절 혹은 사건이 일단 망각되었다는, 즉 상실되었다는 조건뿐이다.

자신의 내면으로 향하는 줄기찬 시선

그러한 낙원이 실현되는 유일한 곳은 주인공의 내면인지라, 주인공이 어떠한 사물이나 현상을 접하든, 그것들이 자신에게 파문을 일으키는 즉시 그의 시선은 자신의 내면으로 향한다. 그러한 측면에서는, 일종의 자성록(自省錄)과 같은 혹은 프루스트 자신이 내성소설(內省小說)이라 칭한 『잃어버린 시절을 찾아서』가 쎄낭꾸르의 『오베르만』(초인이라는 뜻이다)과 상당히 닮았으며, 그 두 작품과 유사한 작품을 프랑스 문예사에서 찾아보기는 어려울 듯하다. 프랑스 일천 년 문예사에서 작가의 시선이 자신의 내면으로 향하기 시작한 것은 쎄낭꾸르의 경우가 처음이며, 프루스트가 만년에 다음과 같이 말한 것도 아마 그러한 인식의 표현일 듯하다. "쎄낭꾸르, 그가 곧 나이다."

다만 프루스트의 소설이 쎄낭꾸르의 작품과 다른 점은, 그것이 내면의 파란만장 못지않게, 그 동요의 소이연인 외부의 가시적 현상들도 가혹하다 할 만큼 사실적으로 묘사하고 있다는 사실이다. 자신의 내면에 일어난 현상을 소통성 있는 언어로 표현하기 위해서는 아마 불가피한 일이었을 것이다. 흔히들 '사실주의적' 혹은 '자연주의적' 작가라고 칭하는 이들의 묘사를 프루스트의 묘사에 비교하면, 그야말로 사물의 표피나 어루만지고 있다는 감회에 젖지 않을 수 없는 것도 아마 그러한 이유 때문일 듯하다. 발작의 문체를 가리켜 '소화도 시키지 못한 채 부지런히 쌓아 놓기만 하였다' 든가, 플로베르의 작품에 '은유다운 은유가 거의 없다'고 한 프루스트의 말 역시, 묘사의 그러한 피상적 측면을 지적하고 있는 듯하다. 물론 에밀 졸라의 대다수 작품들도 프루스트의 그러한 지적 대상에 포함될 수 있을 것 같다.

여하튼 프루스트의 가혹한 사실주의적 묘사는 안티스테네스, 아리스티포스, 디오게네스, 크라테스 등 현인들의 그리스적 노골성과 동시에, 아낙사고라스, 데모크리토스, 에피쿠로스, 루크레티우스 등의 철두철미한 유물적(唯物的) 세계관의 전통을 연상시키건만, 그러면서도 그러한 묘사가 쎄네카나 마르쿠스 아우렐리우스 혹은 몽떼뉴 같은 이들의 스토아적 자기 성찰의 면모를 띠고 있다. 또한 그의 이야기는 쌩-몽이 『회고록』에 그려 놓은 사회의 만화경에 못지않은 다양한 현상들을 내포하고 있다. 사교계 풍정, 사랑(질투 및 의혹), 동성애, 회화, 음악, 기타 무수한 유형의 인간들에게로 향한 그의 시선은, 눈 일백 개를 가지고 있었다는 그리스 신화 속의 인물 아르고스를 연상시킨다.

하지만 아무리 세속적이고 가시적인 현상들이나 사건들을 이야기하는 동안에도, 주인공의 시선은 한결같이 자신의 내면과 연계되어 있다. 그리하여 프루스트의 소설은, 호메로스가 펼치는 이야기와, 철두철미한 유물적 세계관을 가진 학자들의 담론과, 스토아적 현인들이나 퓌론과 같은 이들의 가치 중립적 시선, 그리고 프랑스의 유구한 풍자적 기질 등이 혼합된 기이한 양상을 보인다. 다시 말해, 일찍이 그 유례가 없었을 법한 새로운 작품, 괴이한 존재적 분비물이다.

새로운 확대경, 다초점 렌즈

그러니 『오뒷세이아』 이후 변함없이("문예는 호메로스 이후 조금도 발전하지 않았다." 프루스트의 말이다) 이어져 오던 '이야기'에 익숙해진 독자들에게는 프루스트의 소설이 매우 낯설 수밖에 없는 작품이다. 『오뒷세이아』를 비롯한 동서양의 모든 이야기들(즉 소설)은 물론, 프루스트와 비교적 인접한 시기에 살았고 또 그에게 상당한 영향을 끼쳤을 법한 스땅달, 발쟉, 빅또르 위고, 플로베르 등의 소설들과 프루스트의 작품 간에도, 전혀 이질적인 두 세계 사이에 놓인 듯한 도저히 건너뛸 수 없는 간극이 가로놓여 있음이 느껴진다.

게다가 주인공이 어떤 대상 앞에서 펼치는 사유이든, 그것이 단선적(單線的)인 경우는 극히 드물다. 어떠한 대상과 마주하든, 그는 그것의 다면적 특질을 포착하는데, 그 다면성을 구성하는 것들이, 예를 들자면, 그 순간 소생하는 어느 추억의 편린, 어느 고전의 한 장면이나 인물, 어떤 곡의 특정 악장이나 악절, 어느 화가나 조각가의 특정 작품 등이다. 다시 말해, 그의 묘사에, 다른 이들이 이미 포착하여 각자의 작품 속에 옮겨 놓았을 법한 특질들이 끼어들어, 그 묘사 속에서 새로운 지평을 열어 놓는다. 그러한 현상을 은유의 일종이라 해야 할지, 재창조라 해야 할지, 차용 내지 표절이라 해야 할지, 혹은 볼떼르적 의미의 '짜깁기'라 해야 할지(볼떼르는 『구약』이 짜깁기의 산물이라고 하였다), 선뜻 단언하기는 어렵다. 여하튼, 여러 선대 예술가들이나 학자들의 시선이 동시에 그의 시선 속에 수렴되고, 그렇게 형성된 일종의 새로운 다초점 렌즈를 통하여 대상이 그의 뇌리에 투영되는 듯한 경우가 빈번하다.

그의 복잡한, 즉 곁가지가 많은 문장은 그러한 렌즈의, 다시 말해 세계관의 복잡성에 기인한다. 따라서 그러한 문장이나 이야기 전개 방식이 사람들의 눈에 생소하게 보이는 것은 당연하다. 그러나 한편, 작품의 그러한 특성 덕분에, 그 '새로운 확대경'(프루스트의 용어이다) 덕분에, 우리가 세계의 새로운 측면들을 발견할 수 있을 듯도 하다. 물론 프루스트의 작품이, 『여우 이야기』나 우스개 단편들을 지은 중세의 떠돌이 문인들, 라블레, 마르그리뜨 드 나바르, 샤를르 쏘렐, 르 싸주 등의 작품들처럼, 지치고 수심에 잠겨 있는 이들을 즉각적으로 위무해 주기는 어려울지 모르겠다. 그러나 비록 첫눈에 생소하고 복잡해 보이긴 해도, 그 만화경 속에서, 『천일 야화』의 일화들만큼이나 경이로울 뿐만 아니라, 『돈끼호떼』나 『프랑시옹』은 물론, 몰리에르나 볼떼르 등의 작품들이 내포하고 있는 것들에 못지않은, 그러나 잔잔한, 해학들을 내포한 일화들도 무수히 발견할 수 있을 것이다. 또한 모색의 길로 들어서려 하는 이들의 눈에는, 일상의 타성에서 벗어날 수 있게 해주는 깨달음의 계기들이 보일 수도 있을 것이다. 따라서 「스완 댁 쪽으로」편에서 시작하여 「피어나는 소녀들의 그늘에서」, 「게르망뜨 쪽」, 「소돔과 고모라」, 「갇힌 여인」, 「탈주하는 여인」 등을 거쳐 대단원인 「되찾은 시절」에 이르는 모색의 여정이, 그런 분들에게는 깊고 풍요로운 명상의 계기가 될 것이다.

프루스트의 생애에 대하여

프루스트의 생애에 대해서는 페인터 씨나 따디에 교수 등 많은 사람들이 각자의 시각에 따라 상세한 이야기들을 펼쳐 놓았다. 물론, 미로처럼 뒤얽힌 그의 작품세계를 조명하는 데 도움이 되리라 생각하여, 그러한 노고를 마다하지 않았을 것이다. 그의 편지들을 수집하여 십 수 권의 책으로 발간한 필립 콜프 교수의 노고 또한 아마 그러한 생각에서 비롯되었을 것이다. 하지만 소설 하나를 읽기 위하여 그 엄청난 예비 지식을 섭취하는 일이 과연 바람직스러운지 한번 짚어볼 일이다. 게다가―이것은 문예 연구에 있어서 심각하게 고려되어야 할 일이지만―프루스트를 애호 내지 찬미하는 이들의 그러한 노작이 자칫 작품의 진면목을 꿰뚫어보려는 이들에게 장애요소로 작용하지나 않을지 모르겠다. 그리하여 독자들로 하여금 작품의 언저리나 맴돌게 할 뿐, 결국에는 작가에 대한 노변정담식 이야기 혹은 광고문 비슷한 찬사나 주고받는 것으로 귀착하게 만들지나 않을지 누가 알겠는가? 그러한 현상은 아직도 세계의 많은 대학에서 혹은 무수한 교양인들에게서도 발견되는, 특히 우리나라의 각급 학교 문예 수업 시간에 거의 예외 없이 나타나는, 소위 실증주의적 문예 연구 관행이 남긴 고질적인 유산이다. 프루스트가 맹렬하게 공격하였던 그러한 연구(평론) 행태를(『쌩뜨 뵈브 논박』이 실증주의적 문예 연구에 대한 프랑스 최초의 본격적인 공격이었다), 가장 저명한 프루스트 연구가들이 답습하는 현상은 하나의 불가사의이다. 이 번역본에서는 따라서 프루스트의 생애에 관한 이야기를 중언부언하기보다, 프루스트가 쓴 주요 글들을 시기 순으로 제시하고, 아울러 그의 관심 대상이 변화하던 추이를 짐작하는데 도움이 될 만한 기타 사항들을 간략히 『작가 연보』에 수록하는 것으로 대신한다. 지나치게 많은 지식이 우리의 눈을 흐려 놓지 않겠는가!

스완 댁 쪽으로
Du côté de chez Swann

가스똥 깔메뜨 씨에게
깊고 다정한 감사의 표시로

▶ 일러두기
1. 모든 외래어는 현지 발음에 가깝도록 표기하고, 라틴어는 추정되는 고전 라틴어 발음 규범을, 고대 그리스어는 에라스무스의 발음 체계를 따른다.
2. [f]음은 한글 음운 체계에 존재하지 않는지라, 혼동 여지의 유무, 인접한 철자와의 관련 및 관행 등을 고려하여 [ㅎ]음이나 [ㅍ]음으로 표기한다.
3. [th]음 또한 [f]음과 같은 기준으로 고려하여 [ㄸ]음이나 [ㅆ]음 혹은 [ㅌ]음으로 표기한다.
4. 특정 교단들이 변형시켜 사용하는 어휘들(수단, 가톨릭, 그리스도, 모세 등)은 원래의 발음에 가깝게 적는다(쏘따나, 카톨릭, 크리스토스, 모쉐 등).
5. 우리말 어휘들 중 많은 것들은 실제로 통용되는 형태로 적는다(숫소, 생울타리, 우뢰 등).

1부

꽁브레

1

오랫동안 나는 일찍 잠자리에 들곤 하였다. 때로는 촛불이 꺼지기 무섭게 눈이 어찌나 신속히 감기는지, '내가 잠드는구나' 하는 상념에 잠길 겨를조차 없었다. 그리고 반시간 후, 잠을 청해야 할 때라는 생각이 나를 다시 깨우곤 하였다. 아직도 손에 들고 있으리라 믿던 책을 제자리에 다시 놓고 촛불을 불어 끄려 하였던 것이다. 또한 자면서도, 내가 막 읽은 것에 대한 생각을 멈추지 않았기 때문이다. 그런데 그 생각들이 조금 기이한 양상을 띠기도 하였다. 책의 내용들, 가령 어느 교회당이나 어떤 사중주곡, 프랑수와 1세와 까를로스 낀또 간의 적대관계[1] 등이 곧 나 자신인 것으로 여겨졌다. 그러한 믿음이 잠에서 깨어난 후 몇 초 동안 남아 있곤 하였다. 그 믿음이 나의 이성에 충격을 주지는 않았으나, 마치 비늘들처럼 나의 두 눈을 짓눌러서, 촛대에 더 이상 불이 켜져 있지 않다는 사실을 나의 눈이 알아차리지 못하게 하였다. 그다음, 윤회 후 전생에 가졌던 생각들이 그러하듯,[2] 그 믿음이 불가사의해지기 시작하였다. 책의 내용이 나로부터 분리되었고, 그리하여 내가 그것에 나 자신을 접착시키느냐 마느냐 하는 것은 나의 뜻에 달리게 되었다. 나는 이내 다시 사물을 볼 수 있게 되었고, 나를 감싸고 있는 어둠을 발견하고 몹시 놀라곤 하였다. 나의 눈에는 부드럽고 편안한 어둠이었으되, 아마 나의 오성에게는 더욱 그러했을 것이다. 그 어둠이 나의 오성에게는 원인도 없고 불가해하며 진정 모호한 것으로 보였다. 나는 몇 시쯤이나 되었을까 자문하곤 하였다. 숲 속에서 들리는 한 마리 새의 노래처럼, 상당히 먼 곳으로부터 기차의 기적 소리가 들렸다. 그 소리는 사물들 간의 거리를 부각시키면서, 그 시각, 가까운 역을 향하여 걸음을 재촉하고 있을 어느 나그네가 가로질러야 할, 인적 끊긴 들판의 광막함을 나에게 선명히 드러내 주곤 하였다. 나그네가 따라 걷고 있는 좁은 길은, 그러한 경우, 새로운 장소, 익숙하지 않은 행동, 낯선 램프 아래에서 조금 전에 나누었고 아직도 밤의 적막 속에서 나그네를 따라오고 있는 대화와 작별인사, 임박한 귀환의 기쁨 등에 자극 받아, 그의 추억에 각인될 것이다.

나는, 우리의 어린 시절 볼처럼 통통하고 시원한 베개의 측면에 나의 볼을 부드럽게 눌러 기대곤 하였다. 그러다가 나의 회중시계를 보기 위하여 성냥개비 하나를 그었다. 자정이 가까웠다. 어쩔 수 없이 여행길에 올라 낯선 호텔에서 잘 수밖에 없게 된 환자가, 급작스러운 병세의 악화로 잠에서 깨어, 방의 출입문 밑에 비친 햇살을 발견하고 기뻐할 순간이다. 벌써 아침이라니, 얼마나 다행인가! 잠시 후면 하인들이 일어날 것이고, 그러면 초인종을 누를 수 있을 것이며, 그를 도우러 누가 올 것이다. 도움을 받을 수 있으리라는 희망이 그에게 고통을 감당할 용기를 준다. 정말 발자국 소리가 들리는 것 같다. 발자국 소리가 가까워지더니 다시 멀어져 간다. 그리고 방문 밑에 있던 햇살도 사라졌다. 자정이다. 이제 막 가스등을 끈 것이다. 마지막 하인이 떠났고, 따라서 아무 도움 받지 못한 채 밤새도록 고통에 시달려야 한다.

    나는 다시 잠들곤 하였는데, 때로는 그 다시 깨어나 있던 동안이 아주 짧은 순간에 불과하여, 내장재들의 유기적인 삐걱거림을 듣고, 어둠 속 만화경을 포착하기 위하여 눈을 뜨며, 가구들과 방 그리고 모든 것들이 잠겨 있던 잠의 세계를 의식의 찰나적인 미광 덕분에 음미할 시간밖에 갖지 못하였다. 나는 그 모든 것들의 작은 한 부분에 불과했으며, 그럴 때마다 그것들의 무감각 상태로 신속히 되돌아가 그것들과 합일되곤 하였다. 혹은, 잠을 자면서, 영영 흘러가 버린 내 원초적 생의 한 시기와 다시 합류하였고, 종조부께서 나의 곱슬머리를 잡아당기실 때 느꼈고, 그것을 자르던 날—나에게는 신기원이 되는 날이다—말끔히 씻긴, 그 두려움과 같은 유년기 공포감을 그 시절과 똑같은 상태로 다시 느끼곤 하였다. 잠든 동안에는[3] 곱슬머리를 자른 그 사건을 잊고 있었으나, 종조부님의 손아귀를 피하기 위하여 깨어나는데 성공한 즉시, 그 사건의 기억을 되찾았다. 하지만 나는 꿈의 세계로 되돌아가기 전에, 예방 조치를 취하느라고, 베개로 나의 머리통을 완전히 감싸곤 하였다.

    때로는, 하와가 아담의 갈비뼈에서 태어났듯이, 내가 자는 동안, 잘못 놓인 나의 허벅지로부터 여인 하나가 태어나곤 하였다. 내가 막 음미하려던 쾌락으로 그녀가 형성되어 있었던지라, 나는 그 쾌락을 그녀가 나에게 제공한다고 상상하였다. 그녀의 몸뚱이에서 내 자신의 열기를 느낀 나의 몸뚱이가 그녀의 몸뚱이와 합쳐지려 하는 바람에, 내가 잠에서 깨어나곤 하였다. 내가 겨우 몇 순간 전에 떠나온 그 여인에 비하면, 그녀 이외의 나머지 모든 인간들은 나와 아무 상관없는 이들처럼 보였다. 나의 볼은 아직도 그녀의 입맞춤으로 인해 뜨거웠고, 나의 몸뚱이는 그녀의 몸뚱이에 짓눌려 기진맥진한 상태였다. 또한, 가끔 일어난 일이지만, 그녀가 혹시 나와 실제로 친분을 맺었던 어느 여인의 모습을 띠었을 경우, 나는, 열망하던 도시를 직접 보기 위하여 먼 여행길에 오르면서 몽상이 주는 매력을 현실 속에서도 맛볼 수 있다고 생각하는 사람들처럼, 그녀를 다시 찾아내는 일에 나 자신을 몽땅 바치려 할 지경이 되곤 하였다. 하지만 친분을 맺었던 여인의 추억이 조금씩 자취를 감추었고, 나는 이내 꿈속의 여인을 완전히 망각하였다.

　잠자는 사람은, 무수한 시각들이 꿰어져 이루어진 줄과, 세월 및 세계의 질서로 자신을 두르고 있다. 그는 잠에서 깨어나면서 본능적으로 그것들을 열람하고, 그것들에서 자기가 처해 있는 지점과 깨어나는 순간까지 흐른 시간을 순식간에 읽어낸다. 하지만 그것들의 열이 뒤얽힐 수도 있고 끊길 수도 있다. 그가 다소 불면증에 시달리면서, 평소와는 너무 다른 자세로 책을 읽던 중, 새벽녘에 잠이 그를 덮쳤을 경우, 태양을 멈추고 뒷걸음질 하게 만들기 위해서는 팔을 쳐드는 것으로 충분하며, 그가 다시 깨어나는 최초 순간에는, 더 이상 시각을 짐작하지 못하고, 자기가 막 잠자리에 들었다고 생각할 것이다. 그가 더욱 평소보다 다르고 흩어진 자세로 잠들 경우, 가령 저녁식사 후 안락의자에 앉은 채 잠들 경우, 궤도를 벗어난 세계 속에서의 혼란은 완벽해져서, 그 마법의 안락의자가 전속력으로 그를 시간과 공간 속에서 떠돌게 할 것이며, 따라서 눈꺼풀을 다시 여는 순간, 그는 자신이 몇 달 앞서 다른 고장에 누워 있는 것으로 믿을 것이다. 하지만 나의 침대 속이라 할지라도, 잠이 깊어, 그것이 나의 오성을 완전히 풀어놓는 것으로 족할 때도 있었다. 그럴 경우, 나의 오성이 내가 잠든 곳의 도면을 놓아버리기 때문에, 한밤중 잠에서 깨어나면, 내가 처한 곳이 어디인지 모르듯, 첫 순간에는 심지어 내가 누구인지조차 알지 못하였다. 그리고 다만, 한 마리 짐승의 심층부에서 파르르 떨고 있을 존재감정만이 그 최초의 단순한 형태로 내 속에 있음을 느끼곤 하였다. 그 순간 나는 동굴 속에 살던 태초의 인간들보다 더한 천둥벌거숭이가 되곤 하였다. 하지만 그럴 때마다, 추억이—내가 처해 있던 곳의 추억은 아직 아니로되 훨씬 전에 내가 머물렀거나 머문 적이 있을 법한 곳의 추억이—천상으로부터의 구원처럼 나에게로 와서, 나 혼자서는 도저히 빠져나올 수 없을 허무로부터 나를 이끌어내 주곤 하였다. 그러면 나는 무수한 세기의 문명을 순식간에 건너뛰었고, 그동안에 모호하게 언뜻 보인 석유 램프들의 모양들, 그다음, 깃 접힌 셔츠들의 모양 등이, 내 자아의 원래 모습을 조금씩 재구성하곤 하였다.

우리들 주위에 있는 사물들의 부동성이란 아마, 그것들이 다른 것들이 아닌 바로 그것들이라는 확신, 즉 그것들을 대하는 우리들 사념의 부동성에 의해 억지로 부여된 것일지도 모른다. 내가 그렇게 잠에서 깨어날 때마다, 내가 어디에 있는지 알아내려 헛되이 애를 쓰는 나의 오성이 심하게 요동하는지라, 무수한 사물들과 고장들, 세월들, 모든 것들이 나를 둘러싸고 빙글빙글 돌곤 하였다. 너무나 마비되어 꼼짝도 못하는 나의 몸뚱이는, 자신이 느끼는 피곤의 형태에 입각하여 사지가 놓인 위치를 알아낸 다음, 그것으로부터 벽의 방향 및 가구들의 자리 등을 귀납하여, 자신이 처한 장소를 재구성하고 그것에 명칭을 부여하려 애를 썼다. 몸뚱이의 기억력이, 다시 말해 갈비뼈들과 무릎들과 어깨들의 기억력이, 몸뚱이가 일찍이 침소로 삼은 적이 있던 여러 방들을 몸뚱이에게 연속적으로 제시하는데, 그동안 그것의 주위에서는, 보이지 않는 벽들이, 상상된 방의 형태에 따라 위치를 바꾸면서, 암흑 속에서 맴돌곤 하였다. 그리하여, 시절들과 형태들의 문턱에서 머뭇거리던 나의 사념이 뭇 상황들을 접근시켜 그 처소를 알아내기에 앞서, 그것은, 즉 나의 몸뚱이는, 각 처소 특유의 침대 종류와, 출입문의 위치와, 채광창들의 방향과, 복도가 있었음과, 내가 그곳에서 일찍이 잠들면서 가졌던 그리고 깨어나면서 되찾은 사념들을 회상해내곤 하였다. 마비된 나의 옆구리는, 자신이 어느 쪽으로 향하고 있는지를 짐작해내려고 애를 쓰던 중, 가령 자신이 닫집 있는 커다란 침대 속에서 벽면을 향해 길게 누워 있다고 상상하기도 하였으며, 그럴 경우 나는 즉시 이렇게 중얼거리곤 하였다. "이런, 엄마가 잘 자라는 인사를 하러 아직 오시지도 않았는데 내가 잠이 들었었군."[4] 그 순간 나는 이미 여러 해 전에 돌아가신 시골 할아버지 댁에 있었다. 그리고 나의 몸뚱이와, 그것이 쉬도록 받쳐 주던 옆구리가, 나의 오성이 결코 잊지 말아야 할 과거의 그 충직한 수호자들이, 그 먼 옛날, 꽁브레의 내 조부모님 댁에 있던 내 침실과, 그 방 천장에 가느다란 쇠사슬로 매달았던 보헤미아산 유리로 만든 단지 모양의 야등(夜燈) 불꽃 및 씨에나산 대리석 벽난로를 나에게 상기시켜 주곤 하였는데, 그 순간 나는 그 먼 옛날을 현재로 여겼으되, 잠시 후 내가 완전히 깨어난 후에나 더 선명히 보게 될 그 옛날을 뇌리에 정확히 떠올리지는 못하였다.

 그다음, 뒤척이던 내 몸의 새로운 자세로부터 다른 추억이 부활하였다. 이번에는 벽이 다른 방향으로 뻗어나갔다. 나는 시골에, 쌩-루 부인 댁의 내 침실에 있었다. "맙소사! 적어도 열 시는

되었겠어. 저녁식사를 모두들 마쳤겠어!" 쌩-루 부인과 함께 산책을 하고 돌아와, 정장으로 갈아입기 전에 매일 저녁 즐기는 겉잠이 너무 길었던 모양이다. 가족과 함께 가장 늦게 돌아올 때라도, 내가 나의 침실 유리창에서 발견하던 것은 석양의 붉은 반사광이었던, 그 꽁브레 시절로부터 여러 해가 흘렀기 때문이다.[5] 땅송빌에서, 쌩-루 부인 댁에서, 보내는 나날은 그 유형이 전혀 다르다. 또한 오직 밤에만 외출하여, 옛날 어린 내가 햇볕 아래에서 놀던 그 길을 달빛 아래에서 걷는 것 역시 다른 유형의 즐거움이다. 그리고, 저녁식사를 위하여 정장을 차려입는 대신 내가 이미 잠들어 있을 그 방을,[6] 어둠 속에 있는 유일한 등대인 램프의 불빛이 가득 채우고 있는 그 방을, 쌩-루 부인과 함께 산책에서 돌아올 때마다 멀리서 발견하곤 한다.

내 주위를 맴도는 그리고 혼란스러운 그러한 기억의 환기는 항상 단 몇 초 밖에 지속되지 않았다. 그리하여 대개의 경우, 내가 처해 있던 장소에 대한 의구심으로 인하여, 그 불확실성을 형성하던 다양한 추측대상들을 선명하게 분별할 수 없었고, 그것은, 우리가 달리는 말 한 마리를 바라보면서, 영사기가 우리에게 보여주는 연속적인 지점들을 하나하나 분리하지 못하는 것보다 나을 바 없었다. 하지만 나는 그렇게, 나의 생애 동안 내가 머물렀던 방들 중 이것 혹은 저것을 다시 보게 되었고, 잠에서 깨어난 후 이어지던 긴 몽상 속에서 결국 그것들을 모두 뇌리에 떠올리곤 하였다. 잠자리에 누우면, 베개 한 귀퉁이, 이불 윗자락, 숄 한 가닥, 침대 가장자리, 신문〈데바 로즈〉한 부 등 가장 잡다한 것들을, 새들의 기법에 따라 몸으로 한없이 거듭 짓눌러 한 덩이로 응고시켜, 그것으로 보금자리를 튼 다음 그 속에 머리를 처박곤 하는 방, 날씨가 몹시 추울 때에는 (지하 깊숙한 곳의 지열 속에 보금자리를 트는 바닷제비[7]처럼) 자신이 바깥과 단절되었다는 즐거움을 맛보는 방, 벽난로에 밤새도록 불을 지핀지라 거듭 다시 작열하는 불똥들의 섬광이 관통하는 따뜻하고 연기 매캐한 거대한 공기외투 속에서, 즉 일종의 촉지할 수 없는 알꼬바[8] 속에서, 구석들로부터, 창문 근처로부터, 벽난로에서 멀리 떨어져 있어 다시 차가워진 부분으로부터 와서, 우리의 얼굴을 시원하게 식혀주곤 하는 바람결에 환기가 이루어지고 그 윤곽이 유동적인 열지대와 같은, 방 한가운데에 파인 일종의 따뜻한 동굴 속에서 잠을 자게 해주는 방 등, 그 각종 겨울철 방들이 뇌리에 떠올랐다. 또한, 미지근한 밤과 우리 자신을 즐겨 합일시키고, 살짝 열린 덧문에 기댄 달빛이 침대 다리에까지 마법의 사다리를 드리우며, 밭고랑 잔등 위에서 미풍에 한들거리는 박새처럼 거의 한뎃잠을 자게 해주는 여름철 방들도 뇌리에 되살아났다. 때로는 루이 16세 시절 풍의 침실도 뇌리에 떠올랐는데, 그 방의 분위기가 하도 명랑하여, 일찍이 내가 그 방에서 묵던 첫날 저녁에도 나는 지나치게 불행하지 않았으며, 천장을 가볍게 받치고 있던 가느다란 원주들은 한껏 우아하게 옆으로 비켜서면서, 침대가 놓인 자리를 보여주고 또 그곳을 감쌌다. 하지만 때로는 그와 반대로, 비좁고 천장이 몹시 높으며, 2층 높이에 이르는 피라미드 형태로 파인데다, 군데군데 마호가니 내장재를 입힌 방도 추억 속에 되살아났는데, 그 방에 처음 들어서는 순간부터 내가 베띠베루[9]의 냄새에 중독되었고, 보랏빛 커튼들의 적대감 및, 내가 마치 그곳에 없는 듯 큰 소리로 수다스럽게 지껄이던 벽시계의 방자한 무관심에, 내 마음이 상하기도 하였다. 또한 그 방에서는, 다리 달린 기이하고 무자비한 사각형 거울이 한구석을 비스듬히 막아서면서, 일상에 익숙한 나의 시야에 전혀 예상치 못한 공간을 생생하게 파 놓기도 하였다. 그리하여 그 방에서는 나의 사념이, 방의 형태를 정확히 취하고 그 거대한 깔때기를 꼭대기까지 채우기 위하여, 스스로를 탈구하여 한껏 늘이느라고 여러 시간씩 애를 쓰며 혹독한 밤들을 보냈고, 그동안 나는, 두 눈을 천장으로 향한 채 불안하게 귀를 기울이고 콧구멍을 벌름거리며 심장이 두근거리는 상태로 침대 속에 누워 있었다. 그러한 상태는, 습관이 커튼의 색깔을 바꾸고, 벽시계로 하여금 입을 다물게 하고, 비스듬하고 잔인한 거울에게 자비를 가르치고, 베띠베루의 냄새를 완전히 축출하지는 못하더라도 그것을 감추고, 천장의 가시적 높이를 현격하게 낮추어 줄 때까지 지속되었다. 습관! 능란하되 몹시 느리게 정돈하는 일꾼이다. 그리하여 습관은 우리의 오성이 임시 거처에서 여러 주 동안 고통스러워하도록 내버려두는 일부터 시작한다. 하지만 여하튼 습관을 얻는다는 것은 다행스러운 일이다. 왜냐하면, 습관이라는 것이 없어 오성이 오직 자기의 수단에만 의지할 경우, 어떤 거처를 우리가 살 만한 곳으로 만들어주지 못할 것이기 때문이다.

   이제 내가 완전히 깨어났고, 나의 몸뚱이가 마지막으로 선회한 후 착한 확신의 천사가 내 주위에 있는 모든 것들을 멈춰 세웠고, 나를 나의 침실에 있는 이불 속에 눕혔고, 나의 옷장과 책상과 벽난로와 길 쪽으로 난 창문과 두 출입문 등을 어둠 속에서 거의 그것들 자리에 놓은 것은 분명하다. 하지만 최초 깨어날 때의 무지 상태가 한순간에, 선명한 영상을 나에게 제시하지는 못하였으되 적어도 그 존재의 가능성만은 믿도록 해준, 그 여러 방들 속에 내가 누워 있지 않다는 사실을 깨달아도 소용없었으니, 나의 기억에 자극이 가해졌기 때문이다. 그리하여 나는, 그렇게 잠에서 깨어난 후 거의 항상, 즉각 다시 잠들려 애를 쓰지 않았다. 나는, 꽁브레에 있는 나의 대고모님 댁에서, 발백에서, 빠리에서, 동씨에르에서, 베네치아에서, 그 이외 다른 곳에서 옛날 우리가 영위했던 생활과, 여러 장소들, 그곳에서 사귄 사람들, 그들에게서 내가 발견한 것, 그들에 대해 사람들이 나에게 이야기해 준 것 등을 회상하며 밤의 대부분을 지새우곤 하였다.

꽁브레에서는, 날마다 오후가 끝나갈 무렵부터, 즉 잠자리에 들어 엄마와 할머니로부터 멀리 떨어진 채 잠을 이루지 못하고 침대 속에 머물러 있어야 할 순간 훨씬 이전부터, 나의 침실이 고정되고 괴로운 내 관심의 초점이 되곤 하였다. 그리하여 나의 기색이 너무 구슬퍼 보이는 저녁이면, 나의 기분을 전환시켜 주기 위하여, 어른들이 나에게 환등 하나를 마련해 주실 생각을 하게 되었고, 저녁식사 시간을 기다리는 동안 그 마술 초롱을 내 침실의 램프에 씌워 주시곤 하였다. 그러면, 고딕 시대[10] 초기의 건축가들과 유리 세공 장인들처럼, 그 환등이 침실 벽의 불투명함을 촉지할 수 없는 무지갯빛 광채와 색채 다양한 초자연적 형상들로 대체하였으며, 그 순간 벽에는, 흔들거리고 잠시 나타났다가 사라지는 그림 유리창[11]에처럼, 여러 전설들이 그려지곤 하였다. 하지만 나의 슬픔은 그로 인하여 더욱 증대될 뿐이었다. 왜냐하면, 다른 것은 제쳐 두더라도, 그 조명의 변화가, 나로 하여금 그 침실에 익숙하게 해준 습관을, 또한 덕분에, 잠자리에 드는 고통을 제외하면 침실이 견딜 만한 곳으로 만들어준, 그 습관을 파괴하였기 때문이다. 램프에 마술 초롱을 씌우면 나는 나의 침실을 더 이상 알아보지 못하였고, 기차에서 내려 처음 도착한 호텔이나 '별장'의 침실에서처럼 불안감에 휩싸이곤 하였다.

걸음 불규칙하며 급작스러운 말을 타고 끔찍한 흉계를 가득

품은 채, 어느 동산의 기슭을 짙은 초록색 벨벳 자락처럼 덮고 있는 작은 삼각형 숲으로부터 나온 골로가, 가엾은 쥬느비에브 드 브라방의 성을 향하여 꺼떡거리며 다가가곤 하였다.[12] 성은 곡선 한 가닥을 따라 잘려 있었으며, 그 곡선은 다름 아닌, 환등의 홈에 끼워 넣은 틀에 맞게 깎은 타원형 유리의 언저리였다. 다시 말해 그 성이 실제로는 성의 한 자락에 불과했고, 그 앞에 황야가 펼쳐져 있었으며, 그 황야에서 하늘색 띠를 두른 쥬느비에브가 몽상에 잠겨 있었다. 성과 황야는 노란색이었고, 나는 그것들을 보기 전에 이미 그 색을 알고 있었다. 왜냐하면, 환등의 틀에 끼운 유리들에 앞서, 브라방이라는 이름의 금갈색 음색(音色)이 나에게 그것을 분명하게 보여주었기 때문이다. 골로가 잠시 걸음을 멈추어, 나의 대고모님이 큰 소리로 읽으시는 익살스러운 사설(辭說)에 슬픈 표정으로 귀를 기울였고, 그것을 완벽하게 알아듣는 기색이었으며, 사설의 지시에 고분고분, 그러나 어떤 당당함을 잃지 않고, 자신의 태도를 일치시켰다. 그런 다음, 역시 불규칙한 걸음으로 멀어져 갔다. 그러면 아무것도 그의 느린 기마 행진을 중지시킬 수 없었다. 또한 램프를 움직이면, 골로의 말이 창문의 커튼 위로 계속 전진하는 것이 보였고, 말은 커튼 주름으로 인해 부풀려지기도 하고 커튼들의 틈 속으로 내려가기도 하였다. 자신이 타고 있던 짐승의 몸뚱이에 못지않게 초자연적인 진수(眞髓)로 이루어진 골로 자신의 몸뚱이가, 모든 물질적 장애물을, 마주치는 모든 거추장스러운 사물을, 자신의 뼈대로 삼아 자기의 내부로 흡수하면서 자신과 조화시켰고, 그 사물이 비록 출입문의 손잡이일지라도, 그의 붉은색 긴 옷이나, 항상 여일하게 고아하고 우수 어린 그의 창백한 얼굴은, 즉시 그것에 적응하면서 꿋꿋하게 그것 위로 헤엄치듯 지나갔으되, 자신의 척추가 그렇게 관통되었음에도 그의 얼굴에는 어떠한 동요도 드러내지 않았다.

　물론, 옛 메로베 왕조[13] 시절로부터 발산되는 듯하며 내 주위로 그토록 유구한 역사의 반사광이 오락가락하도록 해주는, 그 반짝이는 투영체들에게서 내가 매력을 발견한 것은 사실이다. 하지만 그럼에도 불구하고, 내가 이미 나의 자아[14]로 가득 채운지라 나의 자아에게보다 특별히 더 신경을 쓰지 않아도 좋게 된 방에, 신비함과 아름다움이 그렇게 난입하자, 나는 무엇이라 명명할 수 없는 불안을 느꼈다. 습관의 마취 효능이 문득 멈춘지라 내가 그토록 서글픈 짓들을, 즉 생각하고 느끼는 짓을, 다시 시작한 것이다. 내가 무의식적으로도 다룰 수 있게 된지라, 구태여 돌리지 않아도 스스로 열리는 듯 보인다는 점에서, 나에게는 이 세상의 다른 모든 문들의 손잡이와는 다르게 보이던 내 침실 출입문의 손잡이가, 이제 골로의 별처럼 아득한 몸뚱이 노릇을 하게 된 것이다. 그리고, 저녁식사 시간을 알리는 방울 소리가 들리기 무섭게 나는 서둘러 식당으로 달려가, 골로와 바르브-블르[15]에 대해서는 아무것도 모르되 나의 부모님이나 냄비에 삶은 쇠고기와는 친숙한 커다란 천장 등이, 매일 저녁 그러듯, 자기의 빛을 발산하고 있는 그곳에서, 쥬느비에브 드 브라방이 겪은 불행으로 인해 나에게는 더욱 소중해진 엄마의 품으로 뛰어들었고, 그러는 동안 골로의 범행들이 나로 하여금 나 자신의 의식을 더욱 조심스럽게 들여다보게 하였다.

　저녁식사를 마치면 애석하게도 나는 곧 엄마 곁을 떠나야 했고, 엄마는 날씨가 좋을 때에는 정원에서, 그리고 궂은 날에는 모든 사람들이 정원에서 들어와 모이는 작은 거실에서, 다른 사람들과 이야기를 나누시며 남아계시곤 하였다. 모든 사람들이라 하였지만 할머니는 예외이셨다. '시골에 와서도 실내에 갇혀 지내는 것을 딱하게' 여기시던 할머니는, 특히 비가 많이 내리는 날이면, 밖에 있지 말고 방에 올라가 책을 읽으라 하시며 나를 나의 방으로 보내시던 아버지와 끊임없는 논쟁을 벌이시곤 하셨다. "그렇게 해서는 저 아이를 튼튼하고 활기차게 만들 수 없네. 특히, 강력한 기운과 의지를 길러야 할 저 어린것은 더욱 그렇다네." 그럴 때마다 아버지는 어깨를 한번 으쓱하신[16] 다음 기압계를 들여다보곤 하셨다. 기상학을 좋아하셨기 때문이다. 그러는 동안 나의 어머니는, 아버지에게 혼란을 야기시키지 않기 위하여 아주 작은 소음조차도 피하시면서, 애정 어린 존경심 가득한 시선으로 아버지를 바라보셨다. 하지만 지나치게 응시하는 일은 삼가셨다. 아버지의 우월한 세계가 감추고 있는 신비를 꿰뚫어보지 않으시려는 뜻에서였다. 하지만 할머니는, 어떠한 날씨에도, 빗발이 맹렬하여 프랑수와즈가 그 귀한 버들안락의자를 빗물에 젖을까 두려워하며 급히 안으로 들여놓을 때에도, 텅 빈 정원에서 세찬 빗줄기의 채찍 세례를 받으시면서, 바람과 빗물 속에 함유된 건강에 이로운 요소가 당신의 이마에 더 잘 흡수되도록, 흩어진 회색 머리털 타래를 걷어 올리곤 하셨다. 그러면서 말씀하셨다. "드디어 숨을 쉬겠군!" 그리고 물에 잠긴 오솔길들을—자연을 느끼는 감정이 결여된, 새로 고용한 정원사가 자기의 뜻대로 지나치게 대칭적으로 줄지어 놓은(그 정원사에게 아버지는 날씨가 좋아질 것 같으냐고 아침부터 물으셨다)—할머니 특유의 열광적이고 불규칙한 종종걸음으로 돌아다니셨는데, 그러한 걸음걸이는, 세찬 비바람의 취기, 건강에 이로운 요소들의 힘, 나에게 가해지던 멍청한 교육, 정원의 지나친 균형 등이 그녀의 영혼 속에 촉발시킨 다양한 움직임에 의해 조절되었을지언정,

그녀의 짙은 자주색 치마에 진흙 얼룩이 생기지 않게 하려는 따위의, 그녀에게는 생소한, 욕망에 의해 조절되지 않았으며, 그러나 진흙 얼룩 밑으로 그녀의 치마가 상당한 높이까지 아예 사라지곤 하였고, 그것이 항상 그녀의 침모에게는 절망감을 안겨 주는 골칫거리였다.

할머니가 그렇게 정원을 돌아다니시는 사건이 저녁식사 후에 벌어질 경우, 한 가지 일이 그녀를 다시 안으로 불러들이는 효력을 발휘하였다. 그것은—할머니가 산책을 하시는 동안, 마치 한 마리 곤충처럼, 카드놀이용 탁자 위에 술이 차려져 있는 작은 응접실의 불빛 앞으로 주기적으로 접근하시는 순간에—대고모께서 이렇게 소리치시는 것이었다. "바띨드! 제발 어서 와서 자네 남편이 꼬냑 마시지 못하게 해!" 할아버지에게는 독한 증류주가 금지되었던지라, 할머니에게 짓궂은 장난을 치기 위하여(할머니께서 할아버지의 가문에 하도 판이한 기질을 가져오셔서, 모든 사람들이 할머니를 희롱하며 괴롭히곤 하였다), 대고모께서 정말 할아버지에게 꼬냑 몇 방울을 권하셨다. 가엾은 할머니는 들어오셔서, 제발 꼬냑을 드시지 말라고 남편에게 간곡히 애원하셨다. 그러면 할아버지가 성을 내셨고, 할머니의 애원에도 불구하고 당신 몫의 꼬냑을 드셨으며, 그러면 할머니는 슬프고 낙담하여, 하지만 미소를 지으시며, 다시 정원으로 나가시곤 하였다. 할머니의 심정이 어찌나 겸허하고 자상한지, 다른 사람들에게로 향한 애정과 당신 자신이나 당신의 괴로움에 대한 경시가, 할머니의 시선 속에서 타협을 이루어 하나의 미소로 나타났기 때문이며, 그 미소 속에는, 많은 사람들의 얼굴에서 흔히 발견되는 것과는 반대로, 오직 당신 자신에게로만 향한 빈정거림과 우리들 모두에게로 그녀의 눈이 보내는 키스가 섞여 있었던 바, 그녀의 눈은, 그녀가 애지중지하는 이들을 시선으로 열렬히 애무하지 않고는 바라볼 수 없었기 때문이다. 대고모께서 할머니에게 가하시던 그러한 고초나, 할아버지에게서 술잔을 빼앗으려 아무 보람 없이 애쓰시던, 그러나 애초부터 패하신, 할머니의 헛된 애원과 연약한 모습에서 발견되는 딱한 정경 등, 사람들은 그러한 것들을 목격하는 것에 차츰 익숙해져, 그렇게 세월이 더 흐르면 심지어 큰 소리로 웃어대며 그것들을 느긋이 바라보고, 더 나아가 단호하고 쾌활하게 박해자의 편에 서는데, 그러한 태도를 보이는 것은 그러한 짓이 박해가 아니라고 스스로를 설득하기 위함이다. 그 시절에는 그러한 것들이 나에게 어찌나 심한 혐오감을 일으켰던지, 대고모님을 때리고 싶을 지경이었다. 그러나, '바띨드, 제발 어서 와서 자네 남편이 꼬냑 마시지 못하게 해!'라고 하는 말이 들리기 무섭게, 비겁함에 있어서는 이미 성인이 되어 있었던지라, 다른 이들이 당하는 수난과 불의 앞에서 모든 사람들이 일단 어른이 되고 나면 그러듯, 나 역시 그들처럼 처신하곤 하였다. 그리하여 나는 그 딱한 정경을 외면하려 하였고, 그럴 때마다 꼭대기 층 지붕 밑 공부방 옆에 있던, 붓꽃 향기 감돌고, 또한 담장 밖 돌들 사이에서 자라 꽃이 한창인 까치밥나무 가지 하나가 살짝 열린 창문 사이로 들어와 향기를 발산하던, 작은 방으로 올라가 흐느끼곤 하였다. 더 특수하고 상스러운 용도로 꾸며졌고, 그곳으로부터 낮에는 루쌩빌-르-뺑 성의 주탑까지 보이던 그 방이 오랫동안 나의 피신처로 이용되었던 바, 그것은 의심할 여지 없이, 오직 그 방의 출입문만은 내가 걸어 잠글 수 있다는 허락을 얻었기 때문이며, 따라서 그 방이 독서나 몽상, 눈물, 관능적 쾌락 등, 불가침의 고독이 요구되던 나의 일들을 위해 사용되었다. 애석한 일이다! 오후와 저녁나절에 끊임없이 계속되던 그 방황과 같은 산책 동안에, 당신의 남편께서 식이요법을 조금 어기신 사실보다는, 나의 허약한 의지와 건강 그리고 어른들이 예견하시던 나의 불확실한 장래 등이 더욱 슬프게 할머니를 사로잡고 있었음을 나는 알지 못하였으며, 산책이 이어지는 동안, 비스듬히 하늘로 향한 그녀의 아름다운 얼굴이 우리들 앞으로 지나가고 또 지나가기를 거듭하였는데, 초로기에 접어들면서 추경지처럼 거의 담자색을 띠고, 외출하실 때에는 짧은 너울에 의해 차단되던, 그리고 추위 혹은 어떤 슬픈 상념 때문에 뜻하지 않게 그 위에 응결되었을 눈물 한 방울이 항상 마르고 있던, 주름진 갈색 두 볼이 그럴 때마다 선명히 보이곤 하였다.

  내가 침실로 올라갈 때 나를 다독거려 주던 유일한 위안거리는, 침대 속에 누운 후에 엄마가 오셔서 잘 자라고 하시며 키스를 해주시리라는 것이었다. 그러나 그 밤 인사가 어찌나 짧은지, 엄마가 어찌나 신속히 다시 내려가시던지, 엄마가 층계를 올라오시는 소리를 듣는 순간이, 그리고 그것에 이어, 지푸라기를 꼬아 만든 작은 술들이 달렸고 하늘색 모슬린으로 지은, 엄마가 정원에서 입으시는 드레스의 가벼운 소리가 이중문이 있는 복도를 통과하는 순간이, 나에게는 매우 고통스러운 순간이었다. 그 순간이 다음에 이어질 순간을, 즉 엄마가 내 곁을 떠나 다시 내려가실 순간을 예고하였기 때문이다. 그리하여 나는, 내가 그토록 좋아하던 그 밤 인사가 될 수 있는 한 늦게 이루어지기를, 즉 엄마가 아직 오시지 않은 그 유예 시간이 연장되기를 희원하기에 이르렀다. 어떤 날은, 나에게 밤 인사를 해주신 후 가시려고 엄마가 문을 여셨을 때, 엄마를 다시 불러 '한 번만 더 뽀뽀해 줘' 하고 싶었으나, 나는 엄마가 즉시 화난 얼굴을 해보이실 것을 잘 알고 있었다. 왜냐하면, 나의 침실로 올라오셔서 나를 포옹하시고 나에게 그 평화의 키스를 가져다주시며 엄마가 나의 슬픔과 불안에 허락하시던 그러한 양보가, 신성한 제례와 같았던 그 의식을 어처구니없다고 여기시던 아버지의 역정을 돋구곤 하였기 때문이며, 엄마 또한, 나가시려고 이미 문을 나섰는데 뽀뽀 한 번 더 해달라고 하는 버릇이 생기도록 내버려 두기는커녕, 나로 하여금 그러한 욕구를 아예 상실하도록 해주고 싶으셨을 것이기 때문이다. 그런데 엄마의 화난 얼굴을 본다는 것 자체가, 바로 전에 나의 침대로 다정한 얼굴을 숙여, 평화의 영성체 의식을 거행하기 위한 성체의 빵처럼 그것을 나에게 내미시어, 나의 입술이 그것에서 엄마의 실재(實在)하심과 나를 잠재울 힘을 퍼 올리게 해주시면서 나에게 가져다주신 평온을 몽땅 파괴해 버릴 수도 있었다. 그러나 결국, 엄마가 나의 방에 그토록 짧은 시간밖에 머무시지 않던 저녁들도, 식사에 초대한 손님들 때문에 아예 나에게 밤 인사를 해주러 올라오시지 못하던 날들의 저녁에 비하면 훨씬 견딜 만하였다. 초대된 사람들이라야 평소에는 기껏 스완 씨에 한정되어 있었고, 잠시 들른 몇몇 아는 사람들을 제외하면, 그가 꽁브레에서 우리를 자주 방문하는 거의 유일한 사람이었는데, 그가 때로는 이웃끼리의 저녁식사에 참석하기 위하여 (그가 잘못된 결혼을 한 이후에는, 나의 부모님께서 그의 아내가 오는 것을 원치 않으셨기 때문에 그러는 일이 드물어졌지만), 때로는 저녁식사 후에, 예고 없이 방문하기도 하였다. 저녁에, 집 앞에 있는 커다란 마로니에 밑에서, 철제 탁자 주위에 둘러앉아 있노라면, 정원 저쪽 끝에서, 식구들 중 하나가 '초인종을 누르지 않고' 들어오다가 뒤흔들 경우, 녹슨 철분이 함유되었고 고갈될 줄 모르며 얼음처럼 차가운 소음으로 그의 귀를 멍하게 하는, 그리고 소음을 마구 뿌리는, 그 소리 풍성하고 시끄러운 방울 소리가 아니라, 방문객들을 위하여 달아 놓은 작은 종의 조심스럽고 계란형인 황금빛 소리가 두 번 연속하여 들리곤 하였고, 그러면 모든 사람들이 즉시 서로를 바라보며 이렇게 묻곤 하였다. "방문객이야, 도대체 누구일까?" 하지만 그 방문객이 스완 씨일 수밖에 없다는 것은 모두들 알고 있었다. 대고모님은 시범을 보이시려고 음성을 높여, 그러나 애써 자연스럽게 보이려는 어조로, 그렇게들 속삭이지 말라고 하셨다. 이제 막 도착하는 사람에게는 그것처럼 불쾌한 일이 없으며, 자칫 그 사람이 듣지 말아야 할 이야기라도 하고 있었던 것처럼 믿게 할 수도 있다 하셨다. 그런 다음 척후 임무를 맡겨 할머니를 정원 끝으로 보내곤 하였는데, 할머니는 언제든 정원을 한 바퀴 돌 명분이 생기는 것을 다행으로 여기셨고, 이발사가 너무 납작하게 주저앉힌 아들의 머리를 부풀리기 위하여 그의 머리카락 속으로 손가락을 한 번 밀어 넣는 엄마처럼, 그 기회를 이용하여, 지나는 길에 장미 버팀목 몇 개를 슬쩍 뽑아 버리셨으며, 그렇게 약간이나마 장미들에게 자연스러움을 돌려주시곤 하였다.

우리들은 마치 다수의 잠재적인 침입자들 사이에서 멈칫거리기라도 하듯, 할머니가 가져 오실 적의 동태에 관한 소식을 일제히 꼼짝도 하지 않고 기다렸다. 이윽고 할아버지가 말씀하셨다. "스완의 음성임을 알겠어." 사실 우리들은 오직 음성만을 통해 그를 알아볼 수 있었다. 브레쌍의 머리 모양[17]으로 다듬은 거의 붉은색 감도는 금발에 감싸인 높은 이마와, 그 밑에 있는 매부리코 및 초록색 눈 등, 그의 얼굴은 잘 보이지 않았다. 모기들이 몰려들지 않게 정원에는 불을 최소한만 밝혔기 때문이다. 그가 도착하면 내가 아무 내색하지 않고 슬그머니 안으로 들어가 마실 것을 내오라 하였다. 할머니께서 항상 강조하시기를, 오직 방문객들만 특별하게 대한다는 기색을 보여서는 아니 된다고 하셨기 때문이다. 또한 아무 내색 하지 않는 것이 더 친절한 대접이라 하셨다. 스완 씨는 할아버지보다 나이가 훨씬 아래였지만, 자기의 선친과 가장 가까웠던 친구 분들 중 하나였던 할아버지와 절친한 사이였으며, 인품 좋으나 기이했던 그의 선친은, 지극히 하찮은 일에도 정열이 문득 멈추거나 사념의 흐름이 방향을 바꾸는, 그러한 사람이었던 모양이다. 나는, 스완 씨의 선친이, 자기의 아내가 작고하자 밤이나 낮이나 시신 곁을 지키던 중 보인 태도에 대하여, 할아버지가 식탁에서 우리들에게 들려주시던 항상 같은 일화들을 한 해에도 여러 차례 듣곤 하였다. 그를 오랫동안 만나지 못하던 할아버지께서, 스완 씨 가문이 꽁브레 인근에 소유하고 있던 사유지로 달려가 그를 만나셨고, 그가 입관식에 참석하지 못하도록, 온통 눈물 투성이던 그를 데리고 잠시 시신 안치실 밖으로 나가는데 성공하셨다고 한다. 그리고 햇볕이 조금 비추던 넓은 정원을 두 분이 함께 거니셨다고 한다. 그런데 스완 씨의 선친이 별안간 할아버지의 팔을 잡더니 이렇게 말하더라는 것이다. "아! 나의 고구(故舊)여, 이렇게 화창한 날에 함께 산책하다니 얼마나 큰 행복인가! 이 모든 나무들, 이 산사나무들, 그리고 자네가 단 한 번도 칭찬하지 않은 이 연못 등이, 자네의 눈에는 아름답게 보이지 않는가? 자네는 몹시 따분한 사람의 기색을 하고 있어. 이 미풍을 느끼시는가? 아! 나의 다정한 벗 아메데, 사람들이 무슨 소리를 하든, 삶이라는 것에는 좋은 점도 있다네!" 그런데 문득 작고한 아내의 추억이 되살아났고, 하필 그러한 순간에 자신이 도대체 어떻게 기쁜 기운에 이끌려가도록 내버려 둘 수 있었는지, 그것을 이해하기가 그에게는 틀림없이 너무 어려워, 곤란한 문제가 뇌리에 떠오를 때마다 그가 항상 보이던 동작, 즉 손으로 이마를 쓰다듬고 자신의 눈과 코안경의 유리를 닦는 동작을 취하는 것으로 그쳤다고 한다. 하지만 그는 아내의 죽음으로 인한 슬픔을 극복하지 못하였는데, 그러면서도 아내 사후 두 해를 더 사는 동안 할아버지에게 이렇게 말하곤 하였다고 한다. "참으로 이상한 일이야. 내가 나의 가엾은 아내 생각을 매우 자주 하건만 한꺼번에 많이 생각할 수는 없다네." "가엾은 스완 영감처럼, 자주 그러나 한꺼번에 조금씩.", 그 말은 할아버지가 좋아하시는 구절들 중 하나가 되었고, 그리하여 전혀 상관없는 일에 대해 이야기를 하시면서도 그 구절을 들먹이시곤 하였다. 나는 할아버지를 가장 훌륭한 판관으로 여겼고, 그리하여 그가 내리는 판정이 나에게는 곧 성문율(成文律)이어서, 내가 자칫 다른 이들의 잘못을 단죄하려 하다가도 그들의 무죄를 인정하는데 그것이 도움을 주곤 하였던 바, 만약 그러한 할아버지께서 다음과 같이 외치지 않으셨다면, 스완 씨의 그러한 선친이 나에게는 괴물로 보였을 것이다. "도대체 무슨 소리야? 그 사람은 황금 심장[18]이었어!"

   하지만 아들 스완 씨가, 특히 결혼하기 전에, 나의 대고모님과 조부모님을 뵈러 자주 꽁브레에 오던 그 여러 해 동안에도, 그분들께서는, 그가 더 이상 자기 가문 사람들이 일찍이 교류하던 사람들과 어울리지 않는다는 사실과, 스완이라는 이름이 우리 집에서 그에게 확보해 주던 일종의 익명성 밑에 숨은, 죠키-클럽[19]의 가장 우아한 회원들 중 하나를, 빠리 백작[20]과 웨일스 대공[21]의 각별한 친구를, 한마디로, 쌩-제르맹 구역[22] 상류 사교계에서 가장 소중히 여기는 인사들 중 하나를, 당신들께서—아무 영문도 모르는 채 유명한 강도 하나를 재워주는 고지식한 호텔 주인들만큼이나 순진하게—받아들이고 계셨다는 사실은 짐작조차

하지 못하셨다.

스완 씨가 영위하던 그 화려한 사교계 생활을 우리들이 까마득히 몰랐던 것은, 물론 부분적으로는 그의 겸허하고 삼가는 성품 때문이었음이 분명하지만, 또한 당시의 부르주와 계층 사람들이 사회에 대하여 약간은 힌두교적인 생각을 가지고 있어서, 그것이 철저하게 배타적인 카스트로 구성되어 있다고 여겼기 때문이기도 하였다. 즉, 누구든 태어날 때부터 자기 부모에게 일찍이 부여되었던 신분을 얻게 되며, 특별한 경륜이나 뜻밖의 혼인 등과 같은 우연의 개입이 없는 한, 이 세상의 그 무엇도 한 사람을 타고난 신분으로부터 이끌어내어 더 높은 카스트로 진입할 수 있게 해주지 못한다고 믿었기 때문이다. 스완 씨의 선친은 증권 중개인이었다. 따라서 '아들 스완' 씨도, 마치 같은 세율이 적용되는 과세 등급 범위 내에서처럼, 일정한 수입 한계 사이에서만 재산이 변동하는 계층에 평생 속하여 살 것이라고들 믿었다. 그의 선친이 어떤 사람들과 교류하였는지를 알고 있었던지라, 그와 교류하는 사람들이 어떤 이들일지, 그가 어떠한 사람들과 교제할 '처지'였는지 등을 잘 안다고들 생각하였다. 혹시 그가 다른 부류 사람들과 알고 지내는 일이 있어도, 그들이 고작 일개 젊은이와 일시적인 관계를 맺은 사람들에 불과하다고 여겼으며, 따라서, 그가 부모님과 사별한 후에도 변함없이 우리들을 보러 오는 한, 우리 집 어른들처럼 그의 가문과 오랜 세월 교류하던 옛 친구들은, 그가 새로 사귄 사람들에 대해 호의적으로 지그시 눈을 감아 주곤 하였다. 하지만 그러면서도, 우리가 모르는 그 새로 사귄 사람들이라는 것이, 우리들과 함께 있을 때 우연히 마주칠 경우, 그가 감히 인사조차 건네지 못할 그러한 부류일 것이 틀림없다고들 생각하였다. 만약 그 시절에, 사람들이 스완 씨를 그의 부모님과 사회적 지위가 대등했던 증권 중개인들의 아들들 사이에 놓고, 그에게 기필코 사회적 비례상수(比例常數)[23]를 부여하려 하였다면, 그에게 부여된 비례상수가 상대적으로 약간 작았을 것이다. 그의 품행이 지극히 검박하고 골동품과 미술품에 대하여 '살짝 돌았다'고들 할 만큼 강렬한 취향을 가지고 있었던 데다가, 나의 할머니가 구경하기를 갈망하시던 그의 수집품들을 쌓아 놓은 낡은 저택에 살고 있었을 뿐만 아니라, 그 저택이, 나의 대고모께서 항상 살기에 창피한 동네라고 하시던 오를레앙 강변로[24]에 있었기 때문이다. "물건을 감정이나 할 줄 아세요? 댁을 위해서 여쭙는 거예요. 자칫 상인들이 댁에게 누룽지들[25]이나 떠안길 수도 있기 때문이에요." 대고모님이 그에게 하시던 말씀이다. 그녀는 사실 그에게 어떠한 전문적인 능력도 없으리라고 추측하셨으며, 일상 대화에서 진지한 주제들을 피하고, 이러저러한 음식 조리법에 대해서 우리들에게 이야기할 때뿐만 아니라, 심지어 할머니의 자매들께서 예술적 주제들을 꺼내실 때에도, 상세한 부분들까지 언급하면서 지극히 평범한 정확성만을 보이는 그 사람을 지적인 관점에서도 높이 평가하지 않으셨다. 할머니의 자매들께서 어떤 그림에 대하여 그로 하여금 자기의 견해를 개진하거나 찬사를 표하도록 자극하셔도, 그는 거의 무례하다 할 만큼 침묵을 고수하였으되, 반면 그 그림을 소장하고 있는 미술관이나 그것이 그려진 시기 등 구체적인 사실들은 상세히 말씀드려 자기가 범한 무례를 벌충하곤 하였다. 그러나 보통은 그가, 우리들도 잘 아는 사람들, 가령 꽁브레의 약국 주인이나 우리 집 요리사 여인, 우리 집 마부 등을 골라, 그들과 자기 사이에 일어난 새로운 일들을 이야기하며 우리들을 즐겁게 해주려는 노력으로 만족하곤 하였다. 물론 그러한 이야기들을 듣고 대고모님께서 즐겁게 웃곤 하셨지만, 그렇게 웃으신 까닭이, 스완 씨가 항상 자신에게 부여하던 우스꽝스러운 역할 때문이었는지, 혹은 그러한 이야기를 전하는 그의 화법에 번득이던 재치 때문이었는지는, 당신께서도 선명히 분간하지 못하셨다. 그리하여 번번이 이렇게 말씀하실 뿐이었다. "스완 씨, 당신은 정말 특이한 분이세요!" 그녀가 우리 집안에서는 유일하게 조금 통속적인 분이었던지라, 스완 씨에 대한 이야기가 나올 때마다, 그가 원하기만 하면 오쓰만 대로나 오페라 대로[26] 인근 구역에 살 수 있으며, 그가 바로 400만 혹은 500만 프랑에 달하는 유산을 남긴 고 스완 씨의 아들이건만, 그의 엉뚱한 생각 때문에 그런 곳에 살지 않는다는 점을 다른 사람들이 알아차리도록 하셨다. 뿐만 아니라, 그의 엉뚱한 생각이 다른 사람들에게도 무척 재미있을 것이라 판단하셨음인지, 빠리에서 1월 초하루에 스완 씨가 설탕조림한 밤 주머니를 가지고 그녀에게 인사를 드리러 올 때마다, 사람들이 모여 있으면 그에게 다음과 같이 말씀하시기를 잊지 않으셨다. "그래서! 스완 씨, 리용으로 떠나실 때 기차를 놓치시는 일이 없도록 하기 위하여 여전히 포도주 위탁창고 근처에 사시나요?" 그러면서 코안경 너머로 다른 방문객들을 곁눈질로 살피시곤 하였다.

그러나 만약 어떤 사람이 대고모님께 말하기를, 고 스완 씨의 아들이라는 사실만으로 빠리에서 가장 명망 높은 공증인들이나 변호사 등 '최상위 부르주와 계층'의 환대를 받을 만한 완벽한 '자격'을 갖춘 그 스완이(그가 약간은 하찮게 여기지 않는 듯하던 특권이었다), 마치 감추기라도 하듯 전혀 다른 생활을 영위하며, 따라서 빠리에 있는 우리 집을 나서며 그만 돌아가겠다고 한 다음, 길모퉁이를 돌아서기가 무섭게 발길을 돌려, 일찍이 어떤 증권 중매인이나 중매인의 동업자도 직접 눈으로 볼 수 없었던 특별한 응접실로 가곤 한다고 하였다면, 그러한 사실이 대고모님에게는, 자기와 잡담을 나눈 후 테티스의 왕국으로 뛰어들어, 인간들의 눈에는 보이지 않는 그 제국에서 비르길리우스가 우리에게 보여주듯, 열렬한 환대를 받는 아리스타이오스[27]와 개인적인 친분을 맺는다는 생각이 그녀보다 더 유식한 귀부인에게 그랬을 것처럼, 몹시 기이하게 보였을 것이다. 혹은—대고모님께서 꽁브레에 있는 작은 케이크 접시에 그려진 것을 보신 적이 있던지라 당신의 뇌리에 떠오를 가능성이 더 큰 영상에 한정시켜 말하자면—자기 주위에 아무도 없음을 확인한 후, 아무도 상상할 수 없는 보물들로 눈이 부신 동굴 속으로 들어갈, 알리바바를 저녁식사에 초대한 것만큼이나 기이하게 보였을 것이다.

어느 날 그가 빠리에서, 야회복 차림이라 죄송하다면서, 저녁식사 후에 우리를 방문하였을 때, 그가 돌아간 후, 프랑수와즈가 그의 마부에게서 들었다고 하며, 그가 '어느 대공녀'의 댁에서 저녁을 먹었다고 하자, 대고모께서는 뜨개질감에서 눈도 떼지 않고 어깨를 조금 으쓱하면서 조용히 빈정거리듯 대꾸하셨다. "그래, 화류계의 대공녀 집에서였겠지!"

또한 대고모님은 조금 무례할 만큼 그를 격의 없이 대하셨다. 우리의 초대에 그가 틀림없이 약간은 으쓱해진다고 믿으셨던지라, 대고모님은 그가 여름이면 우리를 방문할 때마다 자기의 정원에서 거둔 복숭아나 나무딸기 바구니를 손에 들고 오며, 이딸리아에 여행할 때마다 나에게 걸작품들의 사진을 가져다주는 것을 당연하게 여기셨다.

성대한 만찬을 위한 그리비슈 소스[28]나 파인애플 샐러드 조리법이 필요할 경우에는, 서슴지 않고 그를 보내 그것을 구해 오도록 하면서도 정작 그는 만찬에 초대하지 않았는데, 우리 집에 처음으로 오시는 손님들에게 그를 선보일 수 있을 만큼 그의 명성이 충분하지 못하다고 생각하셨기 때문이다. 혹시 대화의 주제가 우연히 프랑스 왕가로 옮아갈 경우, 대고모님은 아마 트위크넘[29]에서 온 편지 한 통을 호주머니에 간직하고 있을지도 모를 스완[30]에게 이렇게 말씀하시곤 하였다. "나나 당신이나 결코 사귈 일 없고 또 없이도 지낼 수 있는 사람들 아니겠어요?" 그녀는 또한, 수집가들이 귀하게 여기는 골동품을 싸구려 물건과 다름없이 함부로 가지고 노는 아이의 천진스러운 거칠음으로, 어디에서나 환영받던 그를 함부로 휘두르던 버릇이 있었던지라, 할머니의 자매들 중 한 분이 노래를 부르시던 저녁에는, 그로 하여금 피아노를 밀어 옮겨 놓거나 악보를 넘기게도 하셨다. 의심할 여지 없이, 그 시절 그토록 많은 사교계 인사들이 알고 있던 스완은, 꽁브레의 작은 정원에서 저녁이면, 초인종이 두 번 조심스럽게 울린 후, 칠흑 같은 배경으로부터 나의 할머니를 뒤따르시게 한 채 서서히 떠오르던, 그리고 음성을 통하여서만 누구인지 알아차릴 수 있던, 그 모호하고 불확실한 모습에, 스완 가문에 대하여 당신께서 알고 계시던 모든 것을 주사하여 활기를 부여하시면서 대고모님이 만들어내시던 그 스완과는 전혀 달랐다. 우리 삶의 가장 하찮은 것들의 관점에서 보더라도, 우리들은, 모든 이들이 보기에 똑같고 그리하여 누구나 입찰 안내서나 유언장처럼 확인할 수 있는, 전적으로 물질로만 구성된 존재가 아니다. 우리의 사회적 인격은 다른 이들의 생각이 만들어낸 창조물이다. 우리가 흔히 '아는 사람 하나를 본다'고 하는 그 단순한 행위조차도 부분적으로는 지적인 행위이다. 우리는 우리가 보는 사람의 신체적 외모를 그에 대하여 우리가 가지고 있는 개념들로 가득 채우며, 따라서 우리가 우리 내면에 투영하는 그의 총체적 외양에서 그 개념들이 틀림없이 가장 큰 부분을 차지한다. 그 개념들이 결국에는 어찌나 완벽하게 두 볼을 부풀리던지, 어찌나 정확하게 유착되어 코의 선을 따라가던지, 음성이란 마치 하나의 투명한 껍질에 불과한 듯 그 음색의 각 단계에 어찌나 깊이 관여하던지, 우리가 그 얼굴을 볼 때마다, 그리고 그 음성을 들을 때마다, 우리가 다시 발견하고 귀로 포착하는 것은 그 개념들이다. 의심할 나위 없이 우리 집 어른들께서는, 당신들의 내면에 형성된 스완 속에, 그의 사교계 생활이 가지고 있던 무수한 특징들을, 그의 얼굴을 지배하다 마치 자연적인 국경을 만난 듯 그의 매부리코에서 멈추는 우아함들이 다른 사람들의 눈에는 띄게 한 원인이었던 그 특징들을, 모르고 포함시키지 못하셨을 것이다. 하지만 또한, 그의 명성이 자리를 비워 텅 비고 넓은 얼굴에, 평가 절하된 그의 눈 속에, 시골에서 좋은 이웃으로 지내던 시절, 매주 함께 하던 저녁식사 후, 카드놀이용 탁자 둘레에서 혹은 정원에서 함께 보낸 한가한 시간들의―반은 기억하고 반은 잊은―희미하고 다정한 찌꺼기도 쌓아 놓으셨을 것이다. 우리 친구의 육체적 껍질 속에 그의 양친과 관련된 몇몇 추억들과 함께 그러한 찌꺼기가 어찌나 잔뜩 채워졌던지, 그 시절의 스완이 하나의 완전하고 생생한 존재가 되었으며, 그리하여 이제 내가 기억 속에서, 훨씬 후에 정확히 알게 된 스완으로부터 그 첫 번째 스완에게로―그 속에서 내 어린 시절의 매력적인 착각들을 다시 만날 수 있는 그 스완에게로, 그리고 우리의 생 역시 같은 시대의 모든 초상화들이 같은 색조를 띠어 마치 가족들처럼 보이는[31] 그림들을 소장한 미술관이기라도 한 듯, 그 시절에 내가 알던 사람들에 비해 훗날 알게 된 스완과 덜 닮은 그 첫 번째 스완에게로—한가함으로 가득하고 커다란 마로니에와 나무딸기 바구니와 타르콘[32] 한 가닥의 향기 감도는 그 첫 번째 스완에게로 건너가려 할 때면, 내가 마치 한 사람을 떠나 전혀 다른 사람에게로 가는 듯하다.

한편 어느 날, 할머니께서 옛날 성심(聖心) 기숙학교 시절에 사귀던 명망 높은 부이옹 가문[33] 출신 빌르빠리지 후작 부인에게 도움을 청하러 가셨을 때(하지만 할머니는 두 분 사이의 친화력에도 불구하고 우리들의 카스트 개념 때문에 그분과의 지속적인 교류를 원하지 않으셨다), 후작 부인이 할머니에게 말씀하셨다. "저의 롬므 가문 조카들[34]과 절친한 스완 씨를 댁에서도 잘 아시는 것 같더군요." 할머니는 정원들이 내려다보이고 또 빌르빠리지 부인께서 한 층을 임차하시라고 권하신 주택에, 그리고 또한 층계에서 찢어진 치마를 한 바늘 꿰매 달라고 들어가셨던 안뜰 한 모퉁이에 있는 점포의 조끼 제조인과 그의 딸에 열광하시며 돌아오셨다. 할머니는 그 사람들이 흠잡을 데 없다고 여기셨으며, 심지어 어린 딸은 한 알의 진주이고 조끼 제조인은 일찍이 만나지 못한 가장 품위 있고 좋은 사람이라고 하셨다. 할머니에게는 품위라는 것이 사회적 지위와는 완전히 독립된 그 무엇이었기 때문이다. 할머니는 조끼 제조인이 당신께 하였다는 대답 한 마디에 경탄하시면서 엄마에게 말씀하셨다. "쎄비녜[35]도 그보다 더 멋있게는 말하지 못하였을 게다!" 그리고 반면, 빌르빠리지 부인 댁에서 만나셨다는 그분의 어느 조카에 대해서는 이렇게 말씀하셨다. "아! 내 딸아, 그 사람은 어찌나 평범한지!"

그런데 스완에 관한 할머니의 그 말씀이 대고모님의 뇌리에서 스완의 품격을 높인 것이 아니라 빌르빠리지 부인을 깎아내리는 결과를 가져왔다. 할머니의 말씀에 의지하여 우리들이 빌르빠리지 부인에 대하여 품게 된 존경심이 대고모님에게 그녀를 추호라도 깎아내리는 어떤 짓도 말아야 한다는 의무를 안겨드린 것 같았건만, 대고모님께서는, 그 이야기에 스완이 등장하고, 또 그 귀부인께서 자기의 혈족들이 스완과 빈번히 교류하도록 내버려둔다는 사실을 아시고는, 그 의무를 저버리셨다. "뭐라고, 그녀가 스완을 안다고? 자네의 말처럼 마끄-마옹 대원수[36]의 친척이라는 사람이!" 스완과 교류하는 사람들에 대한 우리 집 어른들의 그러한 견해는, 거의 화류계 여자에 가까운 저질 사교계 여인과 그가 결혼을 함으로써 얼마 아니 되어 확증되는 듯했고, 그 또한, 비록 점점 뜸해지기는 했어도 계속 우리 집을 방문하되 홀로 왔으며, 자기의 아내를 구태여 우리에게 소개하려 하지 않았다. 하지만 우리 집 어른들께서는 그녀에 입각하여 당신들에게는 알려지지 않은 사람들을,—그가 그녀를 그러한 곳에서 꿰찼을 것이라 추측들 하셨던지라—즉 그가 평소에 교류하던 사람들을 판별할 수 있으리라 믿으셨다.

그러나 언젠가 할아버지께서, 스완 씨가 X 공작의 일요일 오찬 모임에 가장 한결같이 참석하는 인사이며, 그 공작의 부친과 숙부가 루이-필립 치세기[37]에 가장 눈에 띄는 지위에 있던 사람들이라는 기사를 어느 신문에서 읽으셨다. 그런데 할아버지께서는 그 시절, 몰레나, 빠스끼에 공작이나, 브롤리 공작[38] 같은 사람들의 사생활 속으로 당신께서 상상으로나마 침투하실 수 있도록 도와줄 수 있을 모든 자질구레한 사실들에 대하여 호기심을 가지고 계셨다. 그리하여, 스완이 그 세 사람과 친분이 있던 사람들과 교류한다는 사실을 아시고 매우 기뻐하셨다. 반면 대고모께서는 그 소식을 스완에게 불리한 의미로 해석하셨다. 즉, 자신이 태어난 카스트 밖에서, 다시 말해, 자기의 사회적 '계층' 밖에서 교제 대상들을 고르는 사람은, 당신께서 보시기에, 딱한 사회적 실추를 감수할 수밖에 없다는 것이다. 앞날을 예견할 줄 아는 가문들이 자식들을 위하여 명예롭게 유지하고 보존하던, 착실한 사람들과의 아름다운 관계들이 맺은 결실을 일거에 내팽개치는 것처럼 보인다고 하셨다(대고모께서는 우리 가문의 친구들 중 하나인 어느 공증인의 아들을 더 이상 대면조차 하지 않으셨는데, 그것은 그가 어느 왕족 여인과 혼인하였기 때문이며, 그러한 짓이 그녀가 보기에는, 공증인의 아들이라는 존경 받는 계급으로부터 일개 침실 하인이나 마굿간지기 등 협잡꾼 계층으로 추락하는 꼴이고, 사람들이 말하기를, 왕비들이 때로는 그러한 작자들에게 호의를 베풀기도 한다는 것이다). 또한, 스완이 다음에 저녁식사를 하러 오면, 우리들이 알게 된 그의 친구들에 관해 이것저것을 물으시겠다 하신 할아버지의 계획을 나무라기도 하셨다. 한편, 할머니의 고결한 천성은 가졌으되 할머니의 기지는 갖추지 못한 노처녀들이었던 할머니의 두 자매들은, 자기들 자매의 남편이 그따위 어리석은 말들이나 지껄이며 즐거워할 수 있다는 사실을 이해할 수 없노라고 하셨다. 그분들은 고결한 열망을 지닌 분들이었고, 바로 그렇기 때문에 사람들이 흔히 노변정담이라 부르는 잡담에, 비록 그것이 역사적 가치를 가지고 있더라도, 관심을 보이시지 못하였으며, 미학적인 혹은 고결한 것에 직접적으로 관련되지 않은 모든 것들에 대해서는 휩쓸어 무심하셨다. 사교계 생활에, 가깝게 혹은 멀리나마, 관련된 모든 것에 대해 그분들의 사념이 드러낸 무관심이 어찌나 심했던지, 그분들의 청각은―저녁식사 도중 대화가 경박하거나 혹은 단지 세속적인 어조를 띠어 그 두 노처녀께서 대화를 자기들이 좋아하는 주제로 다시 이끌어가지 못하게 되기가 무섭게―자기의 수신기관들을 쉬게 하여, 그것들이 정말 퇴화되기 시작하도록 내버려두곤 하셨다. 그리하여 혹시 할아버지께서 그 두 자매의 주의를 환기시켜야 할 필요를 느끼실 경우에는, 미치광이들 치료하는 의사들이 방심성(放心性) 편집광들을 상대로 사용하는 물리적 경고를 동원하실 수밖에 없었다. 그 물리적 경고란, 칼날로 유리잔을 연거푸 두드리면서 동시에 큰 소리로 환자를 부르고 그를 노려보는 등의 행위인데, 그러한 정신병 전문의사들은, 직업적 습관 때문인지 혹은 모든 사람들이 조금은 미쳤다고 생각하기 때문인지, 멀쩡한 사람들과의 관계에서도 자주 그러한 난폭한 행태를 보인다.[39]

할머니의 두 자매분께서는, 스완이 저녁식사를 하러 오기로 한 바로 전날 그 두 분에게 아스띠 지방산 포도주 한 상자를 보냈을 때, 그리고 마침 대고모께서, 꼬로의 작품 전시회에 출품되었던 어느 그림의 이름 옆에 부기된 '샤를르 스완 씨의 수집품'이라는 언급이 게재된 〈휘가로〉지를 한 장 손에 드시고 우리에게 다음과 같이 말씀하셨을 때, 스완에게 조금 더 관심을 표하셨다. "스완이 〈휘가로〉지에 영광스럽게도 그 이름을 드러낸 것 보셨나?"—"그의 감식안이 뛰어나다고 제가 항상 말씀드리지 않았어요." 할머니가 그렇게 말씀하시자, 할머니의 견해가 당신의 견해와 일치하는 경우는 결코 없고, 우리들이 언제나 당신께서 옳다고 할지 확신하실 수도 없었던지라, 우리들 모두를 당신의 견해와 강제로 연대시켜 할머니의 견해에 대한 집단적인 단죄를 이끌어내려 하시던 대고모께서 할머니 말씀에 이렇게 대꾸하셨다. "자네야 물론 '우리들'과 의견이 다르니까 그렇게 생각하겠지." 하지만 우리들은 모두 입을 다문 채 아무 말도 하지 않았다. 할머니의 두 자매분들께서 그 '휘가로'라는 말에 대하여 스완에게 이야기를 꺼내 보겠다고 하시자, 대고모께서 그분들을 만류하셨다. 대고모께서는, 당신에게 없는 장점을 다른 사람들에게서 발견하실 경우, 그것이 아무리 작은 것이라 할지라도, 그것이 장점이 아니라 해로운 것이라고 애써 스스로를 설득하셨으며, 그들을 부러워하지 않으려고 그들을 딱하게 여기셨다. "두 분께서 그런 이야기를 꺼내는 것이 그에게는 전혀 즐겁지 않을 거예요. 저의 경우, 만약 저의 이름이 그렇게 어느 신문에 생생하게 인쇄되어 나타난다면, 저는 몹시 불쾌할 것 같아요. 그래서 누가 나에게 그 이야기를 한다면 조금도 유쾌할 것 같지 않아요." 하지만 그녀가 할머니의 두 자매를 설득하려 고집하지는 않으셨다. 할머니의 두 자매분께서 상스러움을 몹시 싫어하시어, 어떤 사람에 대한 암시를 세련된 완곡 표현법 밑에 어찌나 능란하게 감추시던지, 암시된 당사자조차 대개의 경우 그것을 알아차리지 못하곤 하였기 때문이다. 한편 어머니는, 아버지가 스완 씨에게, 그의 아내에 대해서가 아니라, 그로 하여금 그러한 결혼을 할 수밖에 없겠금 하였다는, 그리고 그가 애지중지하는, 그의 딸에 대해서 무슨 말씀이라도 한 마디 꺼내시도록 할 생각에만 골몰하셨다. "딸아이가 어찌 지내느냐고 물으시든지, 한 마디면 족해요. 그에게는 몹시 가혹한 일이에요."[40] 하지만 아버지는 역정을 내셨다. "어림도 없소! 당신 어처구니없는 생각을 하고 계시오. 우스꽝스러운 일이오."

그러나 우리들 중 스완의 방문을 고통스러운 관심의 대상으로 여기던 유일한 사람은 나였다. 손님들이 오는 날 저녁에는, 혹은 단지 스완 씨만 오셔도, 엄마가 나의 침실에 올라오지 않으셨기 때문이다. 나는 다른 모든 사람들보다 먼저 저녁을 먹은 다음 탁자 앞으로 가, 침실로 올라가야 할 여덟 시까지 앉아 있곤 하였다. 평소 엄마가 나의 침대에서 내가 잠드는 순간에 나에게 위탁하시던 그 귀하고 부서지기 쉬운 키스를, 식당으로부터 나의 침실까지 운반하여, 내가 옷을 벗는 동안 그 부드러움이 깨지지 않고 그것의 기화(氣化)하기 쉬운 정수가 흩어져 증발하지 않도록 내내 잘 간수해야 했건만, 그리하여 당연히 그러한 날 저녁에는 더욱 조심하며 키스를 받아야 할 필요가 컸건만, 증상이 재발할 때 그 병적인 의혹 앞에 문을 닫던 순간의 기억을 당당하게 제시하여 막을 수 있도록, 문을 닫는 동안에는 다른 그 무엇도 생각하지 않으려 노력하는 편집중 환자들의 그 주의를 내가 하는 일에 기울이는 데 필요한 시간과 정신적 자유도 없이, 사람들 앞에서, 불쑥 훔치듯, 그 키스를 받아 챙겨야 했다. 우리들이 정원에 있을 때면, 주저하는 듯한 작은 종소리가 두 번 울리곤 하였다. 방문객이 스완이라는 것은 누구나 알고 있었다. 그러나 모두들 의아스러운 기색으로 서로를 바라보다가 할머니에게 정찰 임무를 맡겼다. "포도주 보내주어 고맙다는 인사 하는 것 잊지들 말아요. 포도주가 감미롭고 상자도 엄청나게 크더군." 할아버지께서 할머니의 두 자매에게 당부하셨다. "속삭이지들 말아요. 모든 사람들이 쑥덕거리고 있는 집에 들어서면 얼마나 유쾌할까!"[41] 대고모님의 말씀이었다. "아! 스완 씨가 오시는군. 내일 날씨가 좋으리라 생각하시는지 여쭈어봅시다." 아버지가 말씀하셨다. 어머니는 결혼 이후 우리 집에서 스완 씨에게 안겨준 괴로움을 당신의 말씀 한 마디로 말끔히 지울 수 있으리라 생각하셨다. 그리하여 기회를 보아 그를 한 길체로 데리고 가셨다. 하지만 나는 엄마를 따라갔다. 잠시 후에는 엄마를 식당에 남겨둔 채, 여느 저녁처럼 엄마가 나의 침실로 와서 나에게 키스를 해주리라는 위안도 없이 나의 침실로 올라가야 한다는 생각 때문에, 나는 차마 단 한 걸음도 엄마로부터 떨어질 수 없었다. "보세요, 스완 씨, 저에게 댁의 따님 이야기 좀 해주세요. 그 아이도 벌써 아빠처럼 아름다운 작품들을 좋아할 것이라고 확신해요." 엄마가 말씀하셨다. "어서들 와서 우리들 모두와 함께 베란다 아래에 앉읍시다." 할아버지가 다가오시면서 말씀하셨다. 엄마는 말씀을 중단하실 수밖에 없었다. 하지만, 운율의 횡포 덕분에 가장 위대한 아름다움을 찾아내는 탁월한 시인들처럼, 엄마는 바로 그러한 제약으로부터 한층 더 섬세한 생각 한 가닥을 이끌어내셨다. "우리 둘이만 있을 때 따님 이야기를 다시 해요." 엄마가 스완에게 나지막하게 말씀하셨다. "댁의 마음을 이해할 자격이 있는 사람은 하나의 엄마뿐이에요. 그 아이의 엄마 또한 저와 같은 생각일 것이라 확신해요." 우리들은 모두 철제 탁자 주위에 둘러앉았다. 나는 그날 저녁 잠을 이루지 못한 채 나의 침실에서 홀로 보낼 고통스러운 여러 시간들에 대해 생각하지 않을 수 있기를 원했다. 그리하여, 내가 내일 아침이면 그 시간들을 잊을 것이니, 그것들이 전혀 중요하지 않다고 나 자신을 설득하는가 하면, 나에게 두려움을 주는 다음 심연에 걸려 있는 다리와 같은 곳으로 나를 이끌어갈 수밖에 없을 미래에 대한 사념들에 매달리려 애를 썼다. 그러나 나의 조바심 때문에 잔뜩 팽팽해져, 내가 어머니에게로 쏘아대던 시선처럼 앞쪽으로 볼록해진 나의 오성은, 다른 어떤 인상도 자신의 내부로 침투하는 것을 허락하지 않았다. 물론 여러 사념들이 그것 속으로 쉽사리 들어오긴 하였으나, 나를 감동시킬 수 있을 미적 요소들이나 나의 기분을 전환시킬 수 있을 하찮은 익살적 요소들은 깡그리 밖에다 놓아두어야 했다. 마취제 덕분으로, 자신에게 가해지는 수술 과정을 맑은 정신으로 지켜보면서도 아무것도 느끼지 못하는 환자처럼, 나 역시 그 시절 내가 좋아하던 시구들을 암송하거나, 오디

프레-빠스끼에 공작에[42] 대하여 스완에게 이야기를 하려 할아버지가 쏟으시던 온갖 노력을 관찰할 수는 있었으되, 시구들이 나에게 아무 감흥도 주지 못하였고, 할아버지의 노력 또한 아무 즐거움도 느끼게 해주지 못하였다. 그러한 나의 모든 노력이 허사였다. 그 웅변가 정치인에 관하여 할아버지께서 겨우 질문 하나를 던지기가 무섭게, 할머니의 자매들 중 한 분의 귀에는 그 질문이 깊은 그러나 실례되는 침묵으로 들렸던지, 그리하여 그 침묵을 깨뜨리는 것이 예의라 여기셨던지, 다른 자매에게 불쑥 말씀을 건네셨다. "쎌린느, 스칸디나비아 국가들의 협동조합들에 대해서 나에게 가장 재미있는 사항들을 이야기해 준 스웨덴 출신 젊은 초등학교 여교사를 내가 만났다는 사실을 상상해봐. 그녀를 한번 이곳에 초대하여 저녁식사를 대접해야겠어." — "아무렴!" 그녀의 자매 쎌린느가 대꾸하셨다. "하지만 나 역시 내 시간을 허송하지는 않았어. 내가 뱅뙤이유 씨 댁에서 모방과 친분이 두터운 늙은 학자 한 분을 만났는데, 모방이 그에게, 자신이 하나의 역을 맡았을 때 어떻게 초연(初演)에 임하는지를 상세히 설명해 주었어. 그 무엇보다도 재미있었어. 그분은 뱅뙤이유 씨의 이웃에 사는데 나는 까맣게 몰랐어. 매우 친절한 분이야." — "친절한 이웃을 둔 사람이 뱅뙤이유 씨만은 아니야." 홀로라 숙모가[43] 스완에게 그녀가 '의미심장한 시선'이라고 여기는 시선을 던지면서, 소심함 때문에 높아졌고 계획적이었기 때문에 부자연스러워진 음성으로 소리치셨다. 그러자, 그 말씀이 아스띠 지방산 포도주에 대한 치사(致謝)임을 알아차리신 쎌린느 숙모 역시, 단지 당신 자매의 반짝이는 기지를 돋보이게 하려 하셨음인지, 혹은 그러한 기지가 발산되도록 영감을 불어넣은 스완을 부러워하셨음인지, 또는 스완이 심문공세를 받는 처지라고 믿어 그를 놀리지 않고는 못배기셨음인지, 거의 동시에, 축하와 빈정거림이 뒤섞인 기색으로 스완을 바라보셨다. "그분을 저녁 식사에 초대하는 데 성공할 수 있을 거야. 모방이나 마테르나 부인[44] 얘기만 나오면 그분은 몇 시간이고 말씀을 멈추지 않으셔." 쎌린느 숙모가 덧붙이셨다.[45] - "그것 참 감미롭겠군."[46] 할아버지가 한숨을 지으시며 한 마디 하셨는데, 몰레 혹은 빠리 백작의 사생활에 관한 이야기에서 다소간의 맛을 발견하려면 그것에 손수 첨가해야 할 작은 소금 알갱이 하나를 할머니의 자매분들 오성에 깜빡 잊고 공급하지 않은 것처럼, 자연은 불행하게도 할아버지의 오성에도, 스웨덴의 협동조합들이나 모방이 맡은 역들의 초연 등에 열렬한 관심을 표할 가능성 포함시키기를 까맣게 잊었다. "잘 들어보십시오. 제가 지금부터 말씀드리려는 것이 저에게 물으시는 것과 겉보기보다는 더 많은 관련이 있습니다. 몇몇 특정한 측면에서는 크게 변한 점이 없기 때문입니다." 스완이 할아버지에게 말하였다. "오늘 아침 저는 쌩-시몽을 다시 읽다가 재미있어하실 것을 우연히 발견하였습니다.[47] 그가 에스빠냐에 사절로 파견되었던 일을 기록한 부분에서였습니다.[48] 물론 가장 훌륭한 책들 축에는 들지 못하는 하나의 일기에 불과하지만, 적어도 경이롭게 잘 쓴 일기입니다.[49] 그 점만 보더라도 우리가 아침 저녁으로 꼭 읽어야 한다고 믿는 그 지루한 신문들과는 전혀 다릅니다." - "제 견해는 그렇지 않아요. 신문 읽는 것이 무척 유쾌한 날도 있으니까…." 홀로라 숙모가 끼어들었다. 스완이 소장하고 있는 꼬로의 그림에 관한 언급을 〈휘가로〉지에서 읽었음을 스완에게 알리기 위함이었다. "우리의 관심을 끄는 일이나 사람들에 관한 기사가 실렸을 경우에는 더욱 그렇지!" 쎌린느 숙모도 한 마디 거들었다. "그렇지 않다는 말씀은 아닙니다." 스완이 놀란 표정으로 대꾸하였다. "제가 신문들을 나무라는 이유는, 본질적인 것들이 수록된 책들은 우리가 평생에 기껏 서너 번 쯤 읽는데 반해, 신문은 우리들로 하여금 매일 꼬박꼬박 무의미한 것들에 관심을 갖게 하기 때문입니다. 우리가 매일 아침 신문 묶은 띠를 열에 들뜬 듯 찢는 만큼, 신문 발행인들도 많은 것들을 바꿔야 할 것이며, 글쎄 잘 모르겠습니다만, 신문에⋯ 빠스깔의 『명상록』 같은 것들을 실어야 할 것입니다! (그는 유식한 척하는 태를 부리지 않기 위하여 '빠스깔의 『명상록』'이라는 말을 빈정거리는 듯한 과장된 어조로 부각시켰다). 그리고 우리가, 그리스의 왕비가[50] 깐느에 갔다든가 혹은 레옹 대공녀가[51] 가장무도회를 열었다는 따위의 소식을 읽는 것은, 십 년에 겨우 한 번 쯤 펼쳐 보는, 단면에 금박 입힌 두툼한 책에서일 것입니다. 그러면 정당한 비율이 회복될 것입니다." 그가, 특정 부류의 사교계 인사들이 세속적인 것들 앞에서 드러내는 경멸적인 태도를 보이며 그렇게 덧붙였다. 하지만 진지한 일들에 대하여 자신이 그토록 가볍게 지껄이도록 내버려둔 사실을 후회하는 듯, 다시 말하였다. "우리들이 참으로 아름다운 대화를 나누고 있습니다. 우리가 왜 그 '봉우리들'에 접근하는지 모르겠습니다." 그가 빈정대듯 반어적으로 말하였다. 그러더니 할아버지를 향해 고개를 돌리며 시작하였던 이야기를 계속하였다. "여하튼 쌩-시몽이 술회하기를, 몰레브리에가 감히 자기의 아들들에게 악수를 청하였다는 것입니다. 아시다시피 그가 다음과 같이 묘사한 바로 그 몰레브리에입니다. '그 두툼한 병[52] 속에서 내가 발견한 것이라곤 못된 성미와 상스러움과 멍청함뿐이었다⋯.'" — "두툼하건 그렇지 않건 상관없이, 전혀 다른 것이 들어 있는 병들을 제가 알고 있어요." 자기도 스완에게 감사한다는 말을 꼭 해야겠다고 생각하셨음인지, 홀로라 숙모가 큰 소리로 외쳤다. 아스띠 지방산 포도주 선물이 두 사람에게 보낸 것이었기 때문이다. 쎌린느 숙모가 웃기 시작하였다. 스완이 어리둥절해진 기색으로 이야기를 속개하였다. "쌩-시몽이 이렇게 쓰고 있습니다. '그것이 무지함이었는지 혹은 덫이었는지 모르겠으나, 그가 내 아이들에게 악수를 청하려 하였다. 내가 그러한 의도를 일찍 간파하고 그것을 막았다.'"[53] 할아버지는 '무지함이었는지 혹은 덫이었는지'라는 말에 벌써 황홀해서 넋을 잃을 지경이셨다. 그러나 쌩-시몽이라는 이름—문인으로서의—때문에 청각 기능이 완전히 마비되지는 않았던지, 쎌린느 아씨께서[54] 먼저 분개하셨다. "도대체 어떻게? 그따위 글을 칭찬하시는 거예요? 정말이지 꼴불견이에요! 그 글을 통해 무슨 말을 하려는 것일까요? 모든 사람들이 다른 사람 못지않게 사람 아닌가요? 어떤 사람이 지혜와 따스한 심정을 소유하였다면, 그가 공작이든 마부든 그것이 무슨 상관이에요. 모든 정직한 사람들에게 흔쾌히 손을 내밀라고 가르치지 않다니, 당신의 그 쌩-시몽이라는 사람, 자식들을 정말 멋지게 기르는군요. 한 마디로 구역질나는 일이에요. 그런데 감히 그따위 글을 인용하세요?" 그러면 마음이 몹시 상한 할아버지가, 그러한 장애물 앞에서, 스완으로 하여금 당신께 즐거움을 줄 이야기들을 하도록 할 수 없음을 느끼시고, 엄마에게 나지막한 음성으로 말씀하셨다. "네가 나에게 가르쳐준, 그리고 이러한 순간에 내 마음을 달래주는 그 구절을 상기시켜다오. 아! 그렇지! '주님, 저희들로 하여금 숱한 미덕들을 증오하게 하시나이다!'[55] 아! 정말 좋은 말이야!"

나는 엄마에게서 잠시도 눈을 떼지 않았다. 사람들이 일단 식탁 앞에 앉으면, 저녁식사 동안 내내 그곳에 내가 머무는 것을 허락하지 않을 뿐만 아니라, 아버지의 심기를 상하게 하지 않을까 저어하여, 엄마도 내가 나의 침실에서처럼 사람들 앞에서 여러 차례 연거푸 키스하도록 내버려두지 않으실 것을 알고 있었기 때문이다. 그리하여, 모델의 짧은 포즈밖에 얻을 수 없어 빨레뜨를 준비하는 등, 모델이 없어도 기억이나 메모에 의존하여 할 수 있는 작업들을 미리 해두는 화가처럼, 나 또한, 식당에 앉아서, 사람들이 저녁식사를 시작하고, 키스할 시각이 다가온다고 느껴지기 시작하면, 그토록 짧고 또 훔치듯 해야 하는 그 키스에 앞서, 엄마의 볼에서 나의 입술이 닿을 부위를 살펴 선정해 놓는다든가, 엄마가 나에게 허락하실 순간을 나의 입술에 닿을 엄마의 볼을 느끼는 데에만 몽땅 바칠 수 있도록 나의 상념을 준비시키는 등, 내가 홀로 할 수 있는 모든 것들을 미리 해두겠노라, 나 자신에게 다짐하였다. 그런데, 저녁식사 시작을 알리는 신호도 들리기 전에, 할아버지가 무의식적인 잔인성에 이끌려 말씀하시곤 하였다. "어린것이 피곤한 모양이야. 이제 올라가 잠자리에 들어야겠어. 게다가 오늘 저녁에는 식사가 늦어질 거야." 또한, 할머니와 엄마만큼 협약을 충실히 이행하지 못하시는 아버지 역시 가세하였다. "그래, 어서, 올라가 자거라." 내가 얼른 엄마에게 키스하려 하였다. 바로 그 순간 저녁식사 시작을 알리는 방울 소리가 들렸다. "안 돼, 이것 봐, 엄마를 그만 내버려 둬. 그걸로 두 사람의 저녁인사는 충분해. 매일 저녁 그렇게 시위하는 것은 우스꽝스러워. 어서 올라가!" 그리하여 나는 저승길 양식[56]도 없이 떠나야 했다. 그리고 층계의 계단 하나하나를, 통속적인 표현을 빌리자면, '가슴에 역행하며' 올라가야 했다. 즉, 엄마가 나를 포옹하시며 나의 가슴에게 나를 따라가도록 허락하지 않으셨던지라 엄마 곁으로 다시 돌아가려는, 나의 가

숨을 무시하고 올라갔다. 내가 항상 그토록 서글프게 접어들던 혐오스러운 층계는, 내가 매일 저녁 느끼던 그 특이한 슬픔을 어떻게 보면 흡수하여 고착시켰다 할 수 있는 측백나무 수지 광택제[57] 냄새를 발산하였고, 게다가 냄새라는 후각 형태 밑에서는 나의 지성이 더 이상 자기의 몫을 담당할 수 없기 때문에, 나의 감성에게는 그 냄새가 아마 더욱 잔혹하게 느껴졌을 것이다. 우리가 깊이 잠들었을 때, 그리하여 치통이, 우리가 200번이나 연속적으로 물에서 끌어올리려 애를 쓰는 소녀 혹은 우리가 끊임없이 우리 자신에게 반복 낭송하는 몰리에르의 어느 시구처럼 밖에 지각되지 않을 때에는,[58] 우리가 잠에서 깨어나는 것이, 그리하여 우리의 지성이 치통이라는 상념에서 일체의 영웅적 혹은 운율적 변장을 제거할 수 있다는 것이, 우리에게는 커다란 위안이다. 그러나 침실로 올라가는 슬픔이, 그 층계 특유의 수지 냄새 흡입이라는―정신적 침투보다 훨씬 더 독성 강한―형태로, 비할 데 없이 신속하게, 거의 동시 발생적으로, 은연하며 또한 난폭하게 나의 속으로 침투할 때마다 내가 겪던 것은, 그러한 위안과 정반대의 것이었다. 일단 나의 침실에 들어가면, 모든 출구를 막고, 덧문들을 닫고, 침대 덮개를 젖혀 나 자신의 무덤을 파고, 잠옷이라는 나의 수의를 입어야 했다. 그러나, 큰 침대의 렙 커튼 속에서는 내가 여름에 더위를 견디지 못하기 때문에 추가로 들여놓은 철제 침대 속에 나를 묻기 전에, 나는 격렬한 반감에 휩싸였고, 사형수의 술책을 부려 보고 싶었다. 나는 엄마에게, 편지를 통해서는 말씀드릴 수 없는 중대한 일이 있으니, 나의 방으로 올라오시라고 간청하는 편지를 썼다. 나의 끔찍한 두려움은, 내가 꽁브레에 머물 때면 나를 뒷바라지 해주는 임무를 맡던 숙모님의 식모 프랑수와즈가, 나의 편지를 엄마에게 가져

가지 않겠다고 하지 않을까 하는 것이었다. 손님들이 있을 때 나의 어머니에게 무엇을 전달한다는 것이, 그녀에게는, 극장 문지기가 공연 중인 배우에게 편지를 전달하는 것만큼이나 불가능해 보였을 것이라 짐작하였기 때문이다. 그녀는 행할 수 있는 일과 행하여서는 아니 되는 일에 관하여, 포착할 수 없거나 쓸데없는 판별 기준에 입각한, 거역할 수 없고, 복잡하고, 까다롭고, 완강한 준칙을 가지고 있었다(그리하여 그 준칙은, 엄마의 젖꼭지에 매달린 아이들을 학살하라는 사나운 명령을 내리는가 하면,[59] 동시에 섬세함을 과장하면서, 어미의 젖에 새끼 염소를 삶는다든가[60] 혹은 짐승의 넓적다리 힘줄 먹는 행위 등을 금지하는[61] 태곳적 율법을 닮았다). 우리가 부탁하는 어떤 심부름들은 하지 않겠다면서 느닷없이 부리는 그녀의 고집에 입각하여 판단하면, 그 준칙이, 프랑수와즈의 주변이나 시골 하녀의 생활은 도저히 그녀에게 암시조차 해 줄 수 없는 사회적 복잡성과 사교계의 세련됨을 예견하고 있는 것 같았다. 그리하여, 고색창연한 저택들이 그곳에 일찍이 궁정 생활이 있었음을 증언해 주고, 화공품 생산 공장 노동자들이 떼오필 성자의 기적[62] 혹은 에몽의 네 아들[63] 이야기를 전하는 섬세한 조각품들에 둘러싸여 일하는 공업 도시들 속에처럼, 그녀 속에도, 유구하며 고결한 그러나 제대로 이해되지 못한 프랑스의 과거가 숨어 있다고 생각할 수밖에 없었다. 그날 저녁과 같은 특수한 경우에, 프랑수와즈가 나처럼 미미한 인사를 위하여 스완 씨가 와 계신데 엄마에게 가서 성가시게 해드릴 가망성이 거의 없게 만드는 그 준칙의 해당 조항이, 친척들뿐만 아니라—죽은 이들, 사제들 그리고 왕들에게는 물론이지만—집에 온 손님에게도 표해야 한다고 그녀가 항상 역설하던 경의, 책 속에서라면 아마 나를 감동시켰을지 모르되 그녀의 입 속에서는 그녀의 엄숙하고 측은히 여기는 듯한 어조 때문에 항상 나를 신경질나게 하던 그 경의로 표출되었고, 그녀가 만찬에 신성한 성격을 부여하던 그날 저녁에는 그 경의가 더욱 정중해져서, 결국 그녀가 그 신성한 의식을 어지럽히는 일은 거절할 것 같았다. 하지만 나는 요행수를 노리며 거짓말 하는 것도 서슴지 않았고, 엄마에게 편지 쓰기를 원한 것은 내가 아니라, 나에게 찾으라고 부탁하신 어떤 물건에 관한 답변을 당신께 보내는 것 잊지 말라고 나와 헤어지시면서 당부하신 분은 엄마이며, 따라서 내가 쓴 편지를 전해 드리지 않으면 엄마가 크게 노하실 것이라고 하였다. 이제 생각하거니와, 프랑수와즈는 나의 그러한 말을 믿지 않았던 것 같다. 왜냐하면, 그 시절 그녀는, 우리의 것보다 훨씬 강력한 감각기관을 가지고 있던 원시인들처럼, 우리에게는 포착되지 않는 징후들에 입각하여, 우리가 자기에게 감추려 하던 진실의 전모를 식별해내곤 하였기 때문이다. 그녀는, 종이나 글씨 모양을 조사하면 편지 내용의 성격을 알아낼 수 있다는 듯, 혹은 자기 준칙의 어느 조항에 따라야 하는지를 판단할 수 있다는 듯, 편지의 봉투를 5분 동안이나 뚫어지게 들여다보았다. 그러다가, 다음과 같은 뜻을 담은 듯한 체념한 기색으로 나의 방에서 나갔다. "저따위 아이를 둔 부모들이 정말 불쌍하지!" 그녀가 잠시 후에 돌아와 나에게 말하기를, 아직 아이스크림을 잡숫고들 계신지라[64] 집사가 모든 사람들이 보는 가운데 편지를 전달하기는 불가능하며, 그러나 입가심 할 때가 되면[65] 그것을 엄마에게 건네 드릴 방안이 있을 것이라 하였다. 나의 불안이 문득 사라졌다. 이제는 더 이상 조금 전처럼 내가 엄마 곁을 내일까지 떠난 것이 아니었다. 나의 짧은 편지가, 물론 엄마의 역정을 돋구면서(게다가 그러한 짓 때문에 내가 스완의 눈에 우스꽝스럽게 보일 것이니 두 배로),

나로 하여금 그 누구의 눈에도 보이지 않고 황홀해진 상태로 엄마가 계신 방 안으로 들어가게 해줄 것이고, 엄마의 귀에다 나의 이야기를 속삭일 것이었으니 말이다. 또한 잠시 전까지만 해도 아이스크림과—얼음 알갱이로 만든—입가심용 물그릇까지, 엄마가 나로부터 멀리에서 맛보시기 때문에, 악의 가득하고 치명적으로 슬플 수밖에 없는 즐거움을 은닉하고 있던, 그 금지되고 적대적인 식당이 내 앞에 열릴 것이고, 농익어 껍질이 스스로 갈라지는 과일처럼, 엄마가 나의 몇 줄 편지를 읽는 동안, 엄마의 관심이 분출하여 도취한 나의 가슴까지 튈 것이기 때문이었다. 나는 이제 엄마와 더 이상 헤어져 있는 것이 아니었다. 방벽(防壁)이 무너지고, 감미로운 실 한 가닥이 우리들을 다시 결합시킬 참이었다. 게다가 그것이 전부는 아니었으니, 엄마가 틀림없이 내 방으로 오실 것 같았다!

  내가 그 직전까지 겪은 불안에 대해 말하거니와, 나는 만약 스완 씨가 나의 편지를 읽고 그 목적을 알아챈다면 그가 나를 몹시 비웃을 것이라 생각하였다. 그런데, 내가 훗날 알게 된 사실이지만, 그 반대였을 것이니, 유사한 극도의 불안이 오랜 세월 동안 그를 괴롭혔던지라, 아무도 그만큼은 나를 이해하지 못하였을 것이다. 그의 경우, 사랑하는 사람이, 자기가 없는 곳에 그리고 따라가 합류할 수도 없는 쾌락의 현장에 있으리라고 느끼는 데서 비롯된 그 불안을, 사랑이라는 것이 그로 하여금 알게 해주었던 바, 어떻게 보면, 사랑에는 그러한 불안이 숙명적으로 수반되며, 그것이 사랑에 의해 독점되고 특수화된다. 그러나 나의 경우처럼, 사랑이 우리의 생활에 등장하기 전에 그러한 극도의 불안이 우리 속으로 들어올 경우, 그것이 막연하고 자유로우며 또 특정 대상에 배속되지도 않은지라, 오늘은 이 감정에, 내일은 저

감정에, 가령 어떤 때에는 부모에게로 향한 애정에 또 어떤 때에는 동료에게로 향한 우정에 봉사하면서, 사랑을 기다리며 부유한다. 그리고 프랑수와즈가 돌아와 편지가 곧 전달될 것이라고 말하였을 때 내가 처음으로 알게 된 그 기쁨을 스완 역시 이미 잘 알고 있었으며, 그러한 기쁨이란, 우리가 사랑하는 여인이 참석한 무도회나 작품 초연회(初演會)가 개최되고 있는 저택이나 극장으로 그녀를 만나러 갔을 때, 밖에서 오락가락하며 그녀에게 연통할 기회를 절망감에 휩싸인 채 기다리고 있는 우리의 모습을 본 그녀의 친구나 친척이 우리에게 주는 기만적인 기쁨이다. 그러한 경우, 그들은 우리에게 격의 없이 다가와 무엇을 하고 있느냐고 묻는다. 그래서 그녀에게 급히 전할 말이 있다고 꾸며대면, 그 여인의 친구나 친척은 그보다 더 쉬운 일은 없다고 하면서, 우리를 현관으로 들어오라 하고, 그녀를 5분 이내에 보내겠노라 약속한다. 그런 한 마디로, 생각조차 할 수 없고 지옥처럼 보이던 연회를, 그 한가운데서 해롭고 패륜적이며 환락에 휩싸인 소용돌이가 우리가 사랑하는 여인으로 하여금 우리를 비웃게 하면서 우리로부터 멀리 그녀를 채 가는 그런 연회를, 우리로 하여금 용서할 수 있고 인정 넘치며 거의 상서로운 연회로 여길 수 있도록 해주는 착한 중개인을—내가 그 순간 프랑수와즈를 좋아하였듯이—우리는 얼마나 좋아하는가! 우리에게 다가온, 그리고 역시 잔인한 신비들에 입문하였을, 그 사람에 입각하여 판단하면, 연회에 참석한 다른 사람들이 악마적인 그 무엇을 가졌을 리 없다. 그녀가 미지의 쾌락을 맛보려고 할 참이었던 그 접근할 수 없고 죽음처럼 고통스러운 시각들에 문득 뜻밖의 틈이 생겨, 우리가 그 속으로 침투한다. 그러한 시각들을 구성하는 연속적인 순간들 중 하나가, 다른 순간들 못지않게 실재하는 순간 하나가, 우리의 정인이 그 속에 섞여 있고, 우리가 그것을 상상하고, 그것에 개입하고, 그것을 거의 만들어낸지라 우리에게는 더 중요하기까지한 순간 하나가, 문득 우리 앞에 나타난다. 그 순간이란, 우리가 저 아래에 와 있다고 누가 그녀에게 가서 알려줄 순간이다. 그리고 의심할 나위 없이, 연회의 다른 순간들도 이 순간과 전혀 다른 본질로 이루어졌을 리 없고, 이 순간보다 더 황홀하여 우리가 괴로워해야 할 하등의 그 무엇도 내포할 리 없는 바, 호의적인 그 친구가 이렇게 말하였기 때문이다. "틀림없이 그녀도 이곳으로 내려오게 되어 무척 기뻐할 것입니다! 저 위에서 지루함에 시달리기보다는 당신과 오손도손 이야기하는 것이 그녀에게는 훨씬 더 큰 기쁨일 것입니다." 하지만 애석한 일이다! 스완이 그러한 경험을 이미 하였던 바, 사랑하지 않는 사람이 자신을 연회에까지 따라다니며 성가시게 구는 것을 느끼고 신경질을 내는 여인에게는, 제3자의 선의가 아무 영향력도 발휘하지 못한다. 그리하여 (전갈하러 갔던) 친구가 대개의 경우 홀로 다시 내려온다.

　엄마는 오시지 않았다. 그리고, 나의 자존심은 (무엇을 찾아보고 그 결과를 당신께 알려 달라고 당부하신 것으로 되어 있던 그 꾸며낸 이야기가 거짓으로 판명되지 말아야 하는 것에 달려 있던) 추호도 배려하시지 않은 채, 프랑수와즈를 시켜 다음과 같이 말하도록 하셨다. "답변의 말씀이 없어요." 그 시절 이후, 호화로운 큰 호텔의 문지기나 도박장의 심부름꾼들이 가엾은 여인들에게 그렇게 전갈하는 것을 내가 자주 들었고, 그럴 때마다 여인은 놀라며 말하곤 하였다. "아니, 그가 아무 말도 하지 않다니, 그럴 리가 없어요! 하지만 저의 편지를 틀림없이 전하셨지요. 잘 하셨어요, 아직 더 기다리겠어요." 그리하여 나는—자기를 위하여 호텔 문지기가 추가로 켜겠다고 하는 가스등이 필요없다고 극구 사양하고 나서, 이야기를 하던 중 시각이 되었음을 깨닫고, 가서 어느 손님의 음료수를 얼음에 냉각시키라고 하면서 별안간 보낸 정복 입은 호텔 종업원과 문지기가 날씨에 관해 가끔 주고받던 말이 나 들으며 그곳에 우두커니 서 있는 여인처럼—나에게 차를 끓여 주거나 내 곁에 있어 주겠다는 프랑수와즈의 제안을 사양하고 그녀가 주방으로 돌아가게 한 다음, 침대에 누워 눈을 감은 채, 정원에서 커피를 드시던 집안 어른들의 음성을 듣지 않으려 애를 썼다. 그러나 잠시 후 나는, 엄마에게 그 편지를 쓰면서, 즉 엄마를 다시 볼 순간에 닿았다고 믿을 만큼 엄마의 역정을 돋굴 위험을 무릅쓰고 엄마에게 그토록 가까이 다가가면서, 엄마를 다시 못보고도 잠들 수 있는 가능성을 나 스스로 차단하였음을 느꼈고, 그러자 심장의 박동이 시시각각 점점 더 고통스러워졌는데, 그것은 나의 불운을 수락하는 것과 다름없는 마음의 평정을 나 자신에게 강권함으로써 나의 심적 동요를 증대시켰기 때문이다. 문득 불안감이 멈추더니 강력한 약품이 작용을 시작하여 통증을 가라앉힐 때처럼 일종의 유열이 나를 엄습하였다. 엄마를 다시 보지 않고는 애써 잠들려고 더 이상 노력하지 않을 것이며, 엄마가 잠자리에 들기 위하여 올라오실 때, 어떤 대가를 치르더라도, 그다음에는 엄마와 나 사이가 오랫동안 틀어질 것이 확실해도, 엄마에게 키스를 하기로 작정하였기 때문이다. 불식된 불안감에서 비롯된 평온이, 기대와 갈망과 위험에 대한 두려움 못지않게 나를 극도의 활기로 감쌌다. 나는 소음을 내지 않고 창문을 연 다음 침대 발치에 앉았다. 그리고 아래 정원에 있는 사람들에게 들리지 않을까 하여 꼼짝도 하지 않았다. 밖에서는, 사물들 역시 달빛을 흩뜨리지 않으려는듯 벙어리처럼 잔뜩 긴장하여 응고된 것 같았고, 달빛은 각 사물보다 오히려 더 짙고 윤곽 선명한 그림자를 각 사물의 앞쪽으로 길게 늘여, 그것들을 추월하고 뒤처지게 하면서, 그때까지 접혀 있던 지도를 펴듯, 풍경을 더 가늘고 동시에 광활하게 만들어 놓았다. 몇몇 마로니에 잎들처럼, 움직일 필요를 느끼는 것은 움직이고 있었다. 하지만 정치(精緻)하고 총체적이며 가장 작은 움직임의 차이와 극도의 섬세함까지 드러내던 마로니에의 전율이, 나머지 사물들에게로 넘쳐 번지거나 그것들과 혼합되지 않고 그것들에 외접(外接)한 상태로 있었다. 가장 먼 곳으로부터 들려오는 소음들, 도시의 반대쪽 끝에 있는 정원들로부터 오는 듯한 소음들, 그것들 중 어느 것 하나 흡수하지 않는 적막 속에 노출된 소음들이 어찌나 완벽한 상태로 선명하게 포착되던지, 국립음악원 오케스트라가 하도 훌륭하게 연주하여 모두들 음 하나조차 놓치지 않으면서도 음악회장으로부터 먼 곳에서 들려온다고 믿는 약화시킨 음절들처럼, 그리하여 정기권을 가진 모든 노인들이—할머니의 자매들 또한 스완이 그녀들에게 자기의 좌석들을 빌려주었을 때 그랬던 것처럼—아직 트레비즈 로의[66] 모퉁이를 돌아서지 않은 군대의 멀리서 들리는 행진 소리를 듣기라도 한 듯 잔뜩 귀를 기울이게 하는 음절들처럼, 그 소음들이 멀리서 들려오는 듯 여겨지던 것은 오직 그것들의 삐아니씨모[67] 때문인 것 같았다.

  나는, 내가 뛰어들고 있던 그 처지가, 다른 어느 처지보다도, 나의 부모님으로부터 가장 중대한 결과를, 모르는 사람은 짐작조차 할 수 없을 만큼 중대하여 오직 정말 수치스러운 잘못들만이 야기시킬 수 있을 법한 결과를, 나에게 초래할 것이라는 사실을 알고 있었다. 그러나 내가 받던 가정교육에서는 내가 저지르는 잘못들의 심각성 서열이 다른 집 아이들의 것과는 달랐고, 그리하여 다른 모든 잘못들보다도 (의심할 나위 없이 내가 저지르지 못하도록 더 세심하게 예방해야 할 잘못들이 없었기 때문에), 이제야 이해할 수 있게 된 사실이거니와, 신경성 충동에 굴복하기 때문에 저지른다는 공통 특성을 가진 잘못들을 더 심각하게 여기도록 내가 길들여져 있었다. 하지만 그 시절에는 아무도 그 말을 입에 담지 않았고, 나로 하여금 그것에 굴복하여도 괜찮다든가 혹은 아마 그것에 저항할 능력이 내게 없으리라고 믿게 할 수도 있을 그 원인을 드러내놓고 말하지 않았다. 그렇지만 나는, 뒤따르던 벌의 혹독함뿐만 아니라 전조증상으로 나타나던 극도의 불안감에 미루어서도 그러한 잘못들을 분간할 수 있었으며, 따라서 내가 막 저지른 잘못이, 물론 비할 수 없을 만큼 심각하지만, 나에게 엄한 처벌을 초래하던 다른 잘못들과 같은 부류임을 알고 있었다. 엄마가 잠자리에 드시기 위하여 올라오실 때 내가 길을 막고 서 있는 것을 보시면, 그리고 엄마에게 다시 한 번 저녁 키스를 하기 위하여 복도에 나와 있다는 사실을 아시면, 모두들 나를 더 이상 집에 내버려두지 않고 다음 날 당장 학교로 보내 버릴 것이 확실했다. 하지만 어찌 하랴! 내 비록 5분 후에 창문에서 투신해야 한다 할지라도, 나에게는 그편이 오히려 나았다. 내가 원하던 것은 엄마였고, 엄마에게 키스하는 것이었으며, 발길을 돌리기에는 그러한 욕망을 충족시키기 위한 길로 너무 깊숙이 들어서 있었다.

 스완을 배웅하시는 어른들의 발소리가 들렸고, 출입문의 방울 소리가 그가 떠났음을 나에게 알렸을 때, 나는 창문으로 다가갔다. 엄마는 아버지에게, 대하(大蝦) 요리가 좋았는지, 그리고 스완 씨께서 커피와 삐스따치오 섞은 아이스크림을 더 들었는지 등을 물으셨다. 그러면서 말씀하셨다. "제 생각에는 아이스크림이 너무 평범한 것 같았어요. 다음번에는 다른 향료를 사용해 보아야겠어요." — "스완이 어쩌면 저렇게 변했나! 노인이 다 되었어!" 대고모님이 말씀하셨다. 대고모님은 항상 스완에게서 청년의 모습만을 보시는데 어찌나 습관이 되어 계셨던지, 당신께서 여전히 생각하시던 나이보다 그가 덜 젊은 것을 발견하시고 문득 놀라셨다. 그리고 나의 부모님 또한 그에게서 비정상적이고 과도하며 수치스러운 노화 현상이 시작되는 것을 발견하였노라 하셨는데, 그것은 독신자들에게 당연히 나타나는 것으로, 그들 모두에게는 내일이 없는 한낮이 다른 사람들에게보다 더 길어 보이는 것 같은 바, 그들에게는 그 한낮이 텅 비어 아침부터 무수한 순간들이 그것에 합산될 뿐, 그다음 자식들에 의해 나누어지지 않기 때문이라 하셨다. "꽁브레 사람들 앞에서 드러내놓고 버젓이 샤를뤼스 씨라고 하는 사람과 어울리는 자기의 못된 처 때문에 그의 속이 무척 썩는 모양이에요. 이 도시 전체의 웃음거리예요." 엄마는 하지만 그의 기색이 근자에 이르러 훨씬 덜 구슬퍼 보인다는 점을 지적하셨다. "또한 자신의 눈을 비빈 다음 손을 이마 위로 가져가는, 자기의 아버지가 하던 동작과 영락없이 닮은 그 동작도 훨씬 드물어졌어요. 제 생각에는 그가 그 여자를 더 이상 사랑하지 않는 것 같아요." — "물론 그녀를 더 이상 사랑하지 않아요." 할아버지가 대꾸하셨다. "이미 오래전에 그 일에 관해 언급한 그의 편지를 받았는데, 내가 서둘러 그의 말에 동의하지 않는다고는 하였지만, 그 편지에 의하면, 그의 아내에게로 향한 애정이 없어졌음은 의심할 여지가 없어요. 그건 그렇고! 아스띠 지방산 포도주 고마웠다고 그에게 인사들 하지 않았어요." 할머니의 두 자매 쪽으로 고개를 돌리며 할아버지가 그렇게 덧붙이셨다. "우리가 그에게 고맙다는 인사를 하지 않았다니, 그게 무슨 말씀이에요? 우리끼리 하는 이야기지만, 저는 제가 그것을 상당히 품위있게 표하였다고 생각해요." 훌로라 숙모가 대꾸하셨다. ㅡ"그래 맞아, 네가 그 인사를 아주 멋지게 하였어. 너의 말솜씨에 내가 감탄하였어." 쎌린느 숙모의 말씀이었다. ㅡ"하지만 너 또한 훌륭했어." ㅡ"그래, 착한 이웃들에 관하여 내가 한 말이 자랑스러웠어." ㅡ"고맙다는 인사가 기껏 그 말이라니! 나도 그 말을 들었어요. 하지만, 그것이 스완에게 하는 말이라고는 상상조차 못하였어요. 두 분께 단언하지만, 그 사람은 말뜻을 전혀 이해하지 못하였을 거요." ㅡ"하지만 스완은 바보가 아니에요. 그가 우리의 치사를 알아듣고 높이 평가하였으리라 확신해요. 그에게 포도주 병의 수와 가격을 들먹이며 인사를 할 수는 없었어요!" 아버지와 어머니 두 분만 정원에 남으시어 잠시 앉으셨다. 아버지가 말씀하셨다. "자, 이제, 원하시면 우리도 올라가 잠자리에 듭시다." ㅡ"저는 조금도 졸리지 않지만, 나의 벗님, 당신이 원하시면 그렇게 해요. 이토록 저의 잠을 쫓아버린 것이 하지만 그 대수롭지 않은 커피 아이스크림은 아니에요. 아직 주방에 불빛이 보이는 것으로 보아, 가엾은 프랑수아즈가 저를 기다린 모양이니, 당신이 옷을 갈아입으시는 동안 저는 그녀에게 드레스의 고리단추를 벗겨 달라고 하겠어요." 그리고 엄마가 층계로 이어지는 현관의 격자문을 여셨다. 이윽고 엄마가 당신 방의 창문을 닫으려고 올라오시는 소리가 들렸다. 나는 소리 없이 복도로 나갔다. 심장이 하도 심하게 뛰어 걷기조차 어려웠다. 하지만 그것이 뛰는 것은 더 이상 불안감 때문이 아니라 급작스러운 공포와 기쁨 때문이었다. 엄마가 손에 든 촛불의 빛이 층계에 어른거렸다. 그리고 다음 순간 엄마가 보였다. 내가 돌진하였다. 최초 순간에는 무슨 영문인지 몰라 엄마가 나를 놀란 듯 바라보셨다. 그러다가 얼굴에 노기를 띠시더니 나에게 단 한 마디 말씀도 하지 않으셨다. 사실 그 시절에는 그보다 훨씬 작은 잘못만 저질러도 여러 날 동안 모두들 나에게 아무 말도 건네지 않았다. 엄마가 만약 나에게 한 마디 말씀만 하셨다면 그것은 누구든 나에게 다시 말을 건넬 수 있다는 승인이었을 것이다. 하지만 그것이 아마 나에게는 오히려 더욱 무시무시해 보였을 것이니, 그것이 곧, 준비되고 있던 처벌의 엄혹함 앞에서는 침묵이나 불화한 기색 따위가 유치하다는 뜻이었기 때문이다. 그 순간 나에게 한 마디 말이, 쫓아내기로 결정한 하인의 말에 대꾸할 때 나타내는 주인의 온화함이나, 이틀쯤 틀어져 지내도 괜찮을 경우에는 거절할 것이로되 군에 입대하기 위하여 떠나는 아들에게는 허락하는 키스와 다름없었을 것이다. 그러나 옷을 갈아입으러 가셨던 화장실로부터 아버지가 올라오시는 소리를 엄마가 들으셨고, 그리하여 아버지가 나에게 한바탕 퍼붓는 일을 모면하시기 위함이었는지, 노기 때문에 자주 끊기는 음성으로 나에게 말씀하셨다. "피해, 어서 피해, 그렇게 미친놈처럼 기다리는 너를 아버지가 보시지 못하게라도 하게!" 하지만 나는 엄마에게 같은 말만 반복하였다. "내 방으로 와서 밤 인사 해줘." 아버지가 들고 오시는 촛불의 반사광이 벌써 층계 벽을 타고 올라오는 것을 보고 공포감에 사로잡혔을 뿐만 아니라, 그러나 또한 아버지의 접근을 협박 수단으로 삼으면, 엄마가 계속 거절함으로써 내가 아직도 그곳에 있는 것을 아버지가 발견하게 되는 일을 피하기 위하여, 엄마가 결국에는 다음과 같이 말씀하시리라 기대하였기 때문이다. "어서 네 방으로 돌아가. 내가 곧 갈게." 하지만 너무 늦었다. 아버지가 이미 우리들 앞에 와 계셨다. 나는 아무도 듣지 못한 다음 말을 무심코 중얼거렸다. "나는 이제 끝장이다!"
 일이 그렇게 돌아가지는 않았다. 아버지는, 어머니와 할머니에 의해 양여된 더 광범위한 협약 속에서 나에게 이미 승인된 허락사항들을 끊임없이 거절하곤 하셨는데, '원칙들'에 개의치 않으시고, 당신에게는 '사람들의 권리'라는 것이 아예 존재하지도 않았기 때문이다. 전적으로 우발적인 이유 때문에, 혹은 아무 이유 없이, 아버지는 나의 일상적인 산책을, 하도 관례적으로 인정된 것이라 맹세를 어기는 죄를 범하지 않고는 나에게서 박탈할 수 없는 그 산책을, 마지막 순간에 금지시키곤 하셨으며, 혹은 그날 저녁에 그러셨듯이, 신성한 의식의 시각 훨씬 이전에 이렇게 말씀하시곤 하였다. "어서 올라가 자, 군소리 말고!" 그러나 또한 원칙이 없으셨기 때문에 (할머니의 관점에서), 아버지에게는 엄밀한 의미의 완강함도 없었다. 아버지가 놀라고 화난 기색으로 나를 잠시 바라보시더니, 엄마가 당황한 어조로 일의 실상을 설명하시자마자 엄마에게 말씀하셨다. "그러면 아이와 함께 가시오. 마침 잠이 오지 않는다 하셨으니 잠시 아이 방에 머무시오. 나에게는 아무것도 필요치 않소." ㅡ "하지만, 나의 벗님," 엄마가 머뭇거리듯 대답하셨다. "내가 자고 싶건 그렇지 않건, 그것이 일의 본질과는 무관하며, 아이를 그렇게 버릇……" ㅡ "이것은 버릇 문제가 아니오." 아버지가 어이없다는 듯 어깨를 으쓱하며 말씀하셨다. "보시다시피 저 어린것이 몹시 슬퍼하고 있으며, 절망한 기색이오. 보시오, 우리가 망나니는 아니오! 당신 때문에 아이가 앓아눕기라도 한다면 당신의 처사가 지나친 것이오! 아이의 방에 침대 둘이 있으니, 프랑수와즈에게 말씀하시어 큰 침대를 손보게 한 다음, 오늘 밤에는 아이 곁에서 주무시오. 자, 어서, 잘들 자요. 나는 당신이나 아이처럼 그토록 예민하지 않으니 그만 자겠소."

　우리는 아버지에게 고맙다는 말을 할 수가 없었다. 만약 그랬다면, 아버지가 항상 과도하고 격에 맞지 않는 감수성이라고 부르시던 것으로 아버지의 역정을 돋구었을 것이다. 나는 감히 꼼짝도 하지 못하고 그 자리에 머물러 있었다. 아버지 역시 우리 앞에 서 계셨고, 흰색 긴 잠옷을 입으시고 두통에 시달리시기 시작하면서 머리에 두르시기 시작한 보라색과 분홍색이 섞인 인도산 캐시미어 숄로 인해 체구가 더욱 우람해 보였으며, 스완 씨가 나에게 주신 베노초 고촐리의 작품 판화 속에서 이제 그만 이사악을 체념해야 한다고 사라에게 말하는 아브라함의 몸짓을 해보이셨다.[68] 그러한 일이 있은 지도 여러 해가 되었다. 아버지가 들고 올라오시는 촛불의 반사광이 어른거리던 층계의 벽도 더 이상 존재하지 않은지 오래 되었다. 나의 내면에서도, 언제까지라도 지속되리라고 믿던 많은 것들이 파괴되었으며, 당시에는 내가 예견하지 못하였던 새로운 고통과 기쁨들을 태동시키면서 새로운 것들이 형성된지라, 옛날의 고통과 기쁨을 이해하기가 어려워졌다. 또한 아버지가 엄마에게 다음과 같이 말씀하실 수 있기를 멈추신 것도 아주 오래전 일이다. "아이와 함께 가시오." 그러한 시각들의 가능성이 나에게는 영영 다시 찾아오지 않을 것이다. 하지만 얼마 전부터, 귀를 기울이노라면, 아버지 앞에서 애써 참았다가 엄마와 단둘이 있게 되어서야 터뜨렸던 그 흐느낌을 다시 선명히 듣기 시작하였다. 그 흐느낌들이 실제로는 단 한 순간도 멈추지 않은 것이다. 그리고 다만 생이 내 주위에서 이제 더 입을 다물기 때문에, 낮 동안 도시의 소음에 덮여 멈춘 줄로 모두들 믿었으되 저녁의 고요 속에서 다시 울리기 시작하는 수도원의 종소리처럼, 내가 그것을 다시 듣게 된 것이다.

엄마가 그날 밤을 내 방에서 보내셨다. 내가 집을 떠나야 할 수밖에 없을 것이라 각오할 만큼 중대한 잘못을 저지른 순간, 나의 부모님께서는 내가 아름다운 일을 하고서도 결코 기대할 수 없었을 큰 보상을 나에게 허락하셨다. 나에게로 향한 아버지의 행동은, 심지어 그러한 후의로 표출될 때에도, 임의적이고 부당한 그 무엇을 간직하고 있었으며, 아버지의 행동을 특징짓던 그것은, 일반적으로 그 행동이 미리 숙고된 계획보다는 즉흥적이고 의외적인 편의의 결과라는 사실에 기인했다. 아버지가 나를 침실로 보내신 사실을 두고 내가 그의 엄격함이라 하였지만, 아마 그것도 엄마나 할머니의 엄격함에 비하면 그렇게 지칭될 자격이 적었을 것이다. 왜냐하면, 나의 천성과는 몇몇 측면에서 엄마와 할머니의 천성보다 훨씬 달랐던 그의 천성이, 그때까지 내가 저녁마다 얼마나 불행했는지 아마 짐작조차 못하였을 것이기 때문이다. 반면 엄마와 할머니는 그러한 사실을 잘 알고 계셨지만 나에게로 향한 깊은 사랑 때문에, 나로 하여금 그러한 고통을 면하게 해주는 것에 동의하지 않았으며, 나의 신경질적 민감성을 완화시키고 나의 의지를 강화시키기 위하여 그 고통을 제어하는 법을 가르치려 하셨다. 아버지의 경우, 나에게로 향한 정이 다른 종류였던 그분이 그러한 용기를 가지실 수 있었을지 알 수 없다. 내가 몹시 슬퍼한다는 사실을 처음으로 이해하시고 엄마에게 즉시 다음과 같이 말씀하셨으니 말이다. "가서 아이를 위로해 주시오." 엄마는 그날 밤 내 방에 머무셨다. 그리고, 내가 기대할 수 있었던 것과는 판이하게 다른 그 귀한 순간들을 어떠한 가책감으로도 훼손하지 않으시려는 듯, 내 곁에 앉으셔서 내 손을 잡으신 채 내가 울어도 꾸짖지 않으시고 그대로 내버려두시는 것을 본 프랑수와즈가, 심상치 않은 일이 생겼음을 깨닫고,

'그런데 마님, 도련님께서 왜 저렇게 우시나요?' 라고 물었을 때, 그녀에게 이렇게 대답하셨다. "글쎄, 본인도 그 원인을 모른다네, 프랑수와즈, 신경이 몹시 날카로워져 있다네. 나를 위해 큰 침대에 잠자리 마련해 주고 어서 올라가 주무시게." 그렇게, 처음으로, 나의 슬픔이 처벌해야 할 잘못으로 더 이상 간주되지 않고, 공식적으로 인정된 본의 아닌 고통, 나의 책임이 아닌 신경과민 상태로 간주되었다. 나는 눈물의 슬픔에 더 이상 가책감을 섞지 않아도 되는 위안을 얻었고, 그리하여 죄책감 없이 울 수 있었다. 또한 프랑수와즈를 대함에 있어서도, 그러한 인간사의 전환에 대하여 느낀 자부심이 작지 않았으며, 그러한 급변이, 엄마가 나의 침실로 올라오기를 거절하시면서 이제 그만 자라고 사람을 시켜 멸시하듯 전갈하신지 한 시간 후에, 나를 어른의 지위에 올려놓았고, 나로 하여금 단숨에 슬픔의 사춘기, 즉 눈물의 해방 같은 것에 도달하게 하였다. 내가 당연히 행복해야 했을 것이다. 하지만 그렇지 않았다. 엄마에게는 고통스러웠을 최초의 양보를 엄마가 이제 막 나에게 하신 것 같았고, 나를 위하여 품으셨던 이상 앞에서 엄마가 보이신 최초의 체념 같았으며, 그리하여, 그토록 꿋꿋하신 엄마가 당신께서 꺾이셨음을 처음으로 시인하신 것처럼 여겨졌다. 내가 혹시 하나의 승리를 얻었다면 그것은 엄마를 상대로 쟁취한 것 같았고, 질병이나 깊은 슬픔 혹은 연로함 등이 그랬을 것처럼 내가 엄마의 의지를 이완시키고 이성을 구부러뜨리는데 성공한 것 같았으며, 그날 저녁이 신기원을 열어 영영 슬픈 날로 남을 것 같았다. 만약 지금이었다면 내가 엄마에게 선뜻 말하였을 것이다. "아니야, 싫어, 여기서 주무시지 말아요." 하지만 나는, 엄마 속에 있는 할머니의 열렬한 이상주의적 천성을 완화하는, 오늘날 사람들이 흔히 현실주의적이라고 지칭할 수 있을, 실용적 지혜를 잘 알고 있었으며, 따라서, 기왕 잘못이 저질러졌으니, 엄마 또한, 내가 그 잘못의 산물인 진정제 같은 기쁨이나마 맛보게 내버려두고 아버지의 수면을 방해하지 않는 편을 택하실 것임을 알고 있었다. 엄마가 나의 손을 그토록 부드럽게 잡고 나의 눈물을 멈추게 하려 애쓰시던 그날 밤, 엄마의 아름다운 얼굴이 아직도 젊음으로 빛나고 있었던 것은 분명하다. 하지만 내가 보기에 일이 바로 그렇게는 돌아가지 말았어야 할 것 같았으며, 나의 유년시절에 일찍이 경험하지 못하였던 그 느닷없는 부드러움보다는 엄마의 노기가 나에게는 덜 슬펐을 것이다. 또한 그 순간 내가 불경스럽고 은밀한 손으로 엄마의 영혼에 최초의 주름을 그었고 그 속에 최초의 백발 한 가닥이 솟게 한 것 같았다. 그러한 생각에 나의 흐느낌이 더욱 격렬해졌고, 그 순간, 나와 함께 계실 때에는 결코 측은한 마음을 드러내지 않으시던 엄마가, 문득 나의 격정에 휩쓸려들어 눈물을 억제하려 애쓰시는 것이 보였다. 당신의 마음을 내가 알아차렸다고 느끼셨던지, 엄마가 웃으며 나에게 말씀하셨다. "이러다가는, 나의 어린 병아리, 나의 작은 카나리아가, 엄마까지 자기처럼 바보로 만들겠네. 자, 너도 엄마도 졸리지 않으니, 이렇게 신경질을 부리고 있을 것이 아니라 무엇이든 하자. 너의 책들 중 한 권을 읽도록 하자." 하지만 나의 침실에는 책이 없었다. "할머니께서 너의 생일 선물로 준비하신 책들을 내가 미리 꺼내 오면 아니 되겠니? 잘 생각해 봐, 모레 아무 선물도 받지 못하면 혹시 섭섭하지 않겠니?" 그 반대로 나는 황홀했고, 그리하여 엄마가 책 한 꾸러미를 가져오셨으며, 나는 포장지를 통하여 짧고 폭이 넓은 책들의 규격만을 겨우 짐작할 수 있을 뿐이었으나, 대략적이고 가려진 그 최초의 모습만으로도 책들은 내가 새해 선물로 받은 그림물감 상자와 전년 생일에 받았던 누에들⁶⁹⁾을 순식간에 이지러뜨렸다. 그 책들은 『마의 늪』, 『유기아 프랑수와』, 『어린 요정』, 그리고 『백파이프 연주가들』이었다. 나중에 알게 된 일이지만, 할머니가 처음에는 뮈쎄의 시들과 루쏘의 작품 한 권, 그리고 『인디아나』를 고르셨는데, 경박한 독서가 사탕이나 과자만큼이나 건강에 해롭다고 판단하셨으면서도, 천재의 위대한 영감들이 아이의 정신에는, 바깥 공기나 난바다의 바람이 아이의 몸에 끼치는 영향보다 더 위험하고 활기 적은 영향을 끼칠 수 있다는 점을 생각하지 못하셨기 때문이다. 그러나 나에게 주시려던 책들이 무엇인지 알게 된 아버지가 할머니를 거의 미친 여자 취급하게 되었고,⁷⁰⁾ 그러자 할머니는 내가 생일 선물을 받지 못하는 일이 생기지 않도록 하기 위하여 쥬이-르-비꽁뜨에 있는 서점에 몸소 가셨으며 (날씨가 타는 듯 뜨거웠고 할머니가 몹시 편찮은 상태로 돌아오신지라, 의사가 엄마에게 할머니께서 그토록 지치시게 방치하는 일이 없도록 하라고 경고하였다), 죠르주 쌍드의 그 전원 소설 네 권으로 만족하실 수밖에 없었다. 그리고 엄마에게 말씀하셨다. "내 딸아, 나는 저 아이에게 서툴게 쓴 것은 차마 줄 수가 없구나."

실제로 할머니가, 지적인 유익함을 우리에게 주지 못하는 것을, 특히 안락함에 대한 욕구와 허영심의 충족에서가 아닌 다른 것에서 기쁨 찾는 방법을 가르쳐주면서 아름다운 것들이 제공하는 그 유익함을 우리에게 주지 못하는 것을, 그것이 무엇이든, 마지못해 구입하시는 일은 결코 없었다. 심지어 누구에게 유용하다는 선물을 하셔야 할 경우에도, 가령 안락의자나 식기 혹은 지팡이 하나를 누구에게 주셔야 할 경우에도, 그것들의 오랜 폐용(廢用)이 유용성을 지워버려 그것들이 마치 우리의 일상적인 필요에 부응하기 보다는 옛 사람들의 삶을 우리들에게 이야기해 줄 것들로 보였던지, 할머니는 '옛날의' 것들만을 찾곤 하셨다. 할머니는 또한 나의 방에 역사적 기념물들이나 가장 아름다운 풍경을 찍은 사진들이 있으면 좋겠다고 생각하셨다. 하지만 그러한 사진들을 구입하시려던 순간에, 그리고 사진 속의 것들이 미적인 가치를 가지고 있음에도 불구하고, 사진이라는 기계적 표현 방식 속에서는 상스러움과 유용성이 너무 신속히 자기들의 자리를 되찾는다고 생각하시곤 하였다. 따라서 일종의 속임수를 쓰려 하셨고, 그리하여 상업적 평범함을 완전히 제거하지는 못하더라도, 그것을 다소나마 줄이고, 그것의 대부분을 예술적인 것으로 대체하며, 그것들에게 여러 겹의 예술적 '두께' 같은 것을 입히려 하셨다. 결국 샤르트르 대교회당이나 쌩-끌루의 분수, 베수비오 산 등을 찍은 사진들은 제쳐두고, 혹시 어떤 위대한 화가가 그것들을 그린 것이 있는지 스완 씨에게 알아보신 다음, 꼬로가 그린 「샤르트르 대교회당」[71], 위베르-로베르가 그린 「쌩-끌루의 분수」[72], 터너가 그린 「베수비오 산」[73] 등 작품들의 사진을 나에게 주는 편을 택하셨다. 그 사진들이 예술적으로 한 단계 더 높다고 생각하신 것이다. 그러나 사진사가, 역사적 기념물이나 자연의 표현에 있어서는 비록 배제되었고 위대한 화가로 대체되었다 할지라도, 그 표현물을 재생산하는 데 있어서는 자기의 권리를 되찾게 되어 있었다. 따라서, 그러한 상스러움을 용인하셔야 할 마지막 순간에 이르러서도, 할머니는 그것을 구매하는 순간을 조금 더 미루려 애를 쓰곤 하셨다. 그리고 스완 씨에게 혹시 어떤 작품이 판화로 제작되지 않았느냐고 물으시면서, 가능하면 옛 판화들이되(예를 들어 모르겐이 레오나르도의 「최후의 만찬」을 그것이 훼손되기 이전에 판화로 제작하였듯이)[74], 오늘

날에는 우리들이 더 이상 볼 수 없는 상태에 있던 어느 걸작품을 재현하여, 아직도 판화 이상의 가치를 지니고 있는 것이라면 좋겠다고 하셨다. 누구에게 선물을 하는 방법에 대한 할머니의 그러한 생각이 항상 빛나는 결과만을 초래한 것은 아니라는 사실을 말해 두어야겠다. 석호(潟湖)를 배경으로 삼은 것으로 여겨지는 띠찌아노의 소묘화에 의지하여 내가 베네치아에 대해 갖게 된 생각은, 단순한 사진들이 나에게 주었을 것보다 분명 훨씬 덜 정확했다. 또한 집에서 대고모님이 할머니를 비난하며 사례들을 열거할 때면, 할머니께서 젊은 약혼자들이나 늙은 부부들에게 선사하신 안락의자들 중, 그것을 받은 사람들이 처음으로 그 위에 앉으려는 순간, 그 사람의 체중에 짓눌려 즉시 부서진 것들의 수를 이루 헤아릴 수조차 없을 지경이었다. 그러나 할머니께서는, 아직도 작은 꽃문양과 한 가닥 미소, 그리고 가끔 옛 시절의 아름다운 상상력이 선명한 목조 세공품의 견고함에 너무 집착하는 것을 비속하다 여기셨을 것이다. 그러한 가구들 속에서 실용적 필요에 부응하던 요소들조차도, 그것들이 우리들에게는 더 이상 익숙하지 않은 방법으로 부응하기 때문에, 습관이라는 마모작용에 의해 지워진 은유가 발견되는 옛 어투들처럼 할머니를 매혹하였다. 그런데 바로, 할머니께서 나에게 생일 선물로 주시려고 하던 죠르주 쌍드의 전원소설들이, 옛날 가구들처럼, 더 이상 사용되지 않고 다시 비유적으로 변한, 그리고 시골에서밖에는 들을 수 없는 표현들로 가득했다. 그리하여 할머니께서는, 고딕식 비둘기집이나 세월 속으로의 불가능한 여행에 대한 열망을 당신께 주면서 행복감을 느끼게 해드리는 옛 물건 하나 쯤 있는 저택을 더 기꺼이 세내셨을 것처럼, 다른 책들을 제쳐두고 그 소설들을 구입하셨다.

엄마가 내 침대 옆에 앉으셨다. 그리고 『유기아 프랑수와』를 집어 드셨다. 내가 보기에는 불그스름한 표지와 이해할 수 없는 제목이[75] 그 책에게 다른 것과 뚜렷하게 구별되는 성격 및 신비한 매력을 부여하는 것 같았다. 그 시절 나는 아직 진정한 소설을 읽은 적이 없었다. 하지만 죠르주 쌍드가 소설가의 전형이라는 말은 이미 들었다. 그러한 사실 만으로도 나는 벌써 『유기아 프랑수와』 속에 불가사의하고 매혹적인 무엇이 있으리라 상상할 준비가 되어 있었다. 호기심이나 측은한 마음을 불러일으키게 되어 있는 이야기 전개 방법, 불안감과 우수를 일깨우는 특정 어투 등, 약간의 지식이나마 갖춘 독자라면 많은 소설들에 공통적으로 있음을 즉시 알아차리는 그러한 점들이, 나에게는 단지 ―하나의 새로운 책을, 그것과 유사한 다른 많은 책들 중 하나로 여기지 않고, 오직 자신 속에만 존재 이유를 가지고 있는 고유한 인물로 여기던 나에게는[76]―『유기아 프랑수와』의 고유한 정수가 나의 마음을 뒤흔들며 발산되는 현상으로 보였다. 그토록 일상적인 사건들 밑에서, 그토록 평범한 사물들 밑에서, 그토록 흔한 어휘들 밑에서, 나는 기이한 억양 내지 어조 같은 것을 느꼈다. 소설의 줄거리로 접어들었다. 하지만 그 시절 내가 책을 읽을 때, 여러 페이지를 넘기는 동안 엉뚱한 몽상에 자주 잠기는 버릇이 있었던지라, 소설의 줄거리가 모호해 보였다. 게다가, 그러한 방심이 이야기에 듬성듬성 남긴 공백들 이외에도, 엄마가 소설을 낭독하시면서 사랑의 장면들은 모두 건너뛰셨다. 또한 방앗간 안주인과 아이 각각의 태도에서 일어나는 괴이한 변화들, 그리고 태동하는 사랑의 진척 과정에서만 원인이 설명되는 그 모든 변화들이, 내가 보기에는 오묘한 신비의 흔적을 간직한 것 같았고,[77] 나는 그 신비의 원천이 틀림없이 '샹삐'라는 그토록 생소하고 유순한 이름[78] 속에 있으리라 선뜻 상상하였으며, 아이가 왜 그러한 이름을 갖게 되었는지는 몰랐지만, 그 이름이 아이에게 선명하고 붉으며 매력적인 색깔을 부여하는 것 같았다. 엄마가 책을 읽어주심에 있어 충실하지 못한 점도 있었지만, 진실한 감정을 표현하는 어조가 발견되는 작품들을 읽어주실 경우에는, 해석의 정중함과 소박함 및 음성의 아름다움과 부드러움이 찬탄할 만하였다. 일상생활에서도, 즉 엄마의 측은한 마음과 감탄을 자아내는 것이 예술품들이 아니라 사람들일 경우에도, 일찍이 자식을 잃은 어느 어머니의 마음을 아프게 할 수도 있을 기쁨의 편린들이나, 어떤 노인으로 하여금 자신의 고령에 이른 나이를 생각하게 할 수 있을 축제나 생일의 회상, 어느 젊은 학자에게 몹시 지루하게 여겨질 수 있을 가정사에 관한 언급 등을, 엄마가 당신의 음성과 몸짓과 언사에서 어찌나 공경스럽게 제거하시는지, 그러한 엄마의 모습이 눈물겹도록 감동적이었다. 마찬가지로, 엄마가 할머니로부터 일찍이 인생에서 다른 모든 것들보다 우월하다고 여기도록 배우셨고, 내가 훨씬 훗날에야 책들 속에서는 다른 모든 것들보다 그렇게 우월하다고 여기시지 말아야 한다고 엄마에게 가르쳐드리게 된,[79] 착함과 윤리적 품위를 항상 발산하는 죠르주 쌍드의 산문을 낭독하실 때에는, 당신의 음성으로부터 일체의 비루함을, 강력한 흐름이 그 음성 속에 받아들여지지 못하도록 방해할 수 있을 일체의 가식을, 몰아내려 잔뜩 조심하시면서, 엄마의 음성을 위해 쓰여진 듯하고 따라서 엄마의 감수성 영역에 몽땅 수용될 수 있던 그 문장들에게, 착함과 윤리적 품위가 요구하던 자연스러운 다정함과 풍부한 부드러움을 한껏 제공하셨다. 엄마는 그 문장들을 합당한 어조로 낭독하기 위하여, 그것들에 앞서 이미 존재하되 어휘들이 명시하지 않은 따스한 억양을 다시 찾아내신 다음, 문장들을 구술하듯 또박또박 읽으셨다. 또한 그 억양 덕분에, 낭독하시는 동안 내내, 동사들의 시제에 드러나는 일체의 생경함을 완화시키셨고, 미완료 시제(반과거)와 완료시제(단순과거)에다 착함 속에 있는 부드러움과 애정 속에 있는 우수를 부여하셨으며,[80] 비록 음절들의 양이 제각각일지라도 그것들을 한결같은 리듬 속에 넣기 위하여 그것들의 진행을 빠르게 하다가는 다시 느리게 하시면서, 끝나려는 문장을 그것에 이어 시작될 문장 쪽으로 이끌어 가셨고, 그렇게, 그토록 평범한 산문에 일종의 감동적이고 지속적인 생명을 불어넣으셨다.

　나의 가책감이 잔잔해졌고, 나는 엄마를 곁에 두게 된 그 밤의 포근함 속으로 내 자신이 잠기도록 내버려 두었다. 나는 그러한 밤이 다시는 나에게 주어지지 않을 것을 알고 있었다. 또한 야간의 그 슬픈 시각에 엄마를 나의 침실에 머무시게 한다는, 내가 이 세상에서 품을 수 있는 가장 큰 욕망이 삶의 숱한 불가피성과 모든 사람들의 희원에 너무나 배치되는지라, 그날 저녁 그 욕망에 허락되었던 소원의 성취가 부자연스럽고 예외적인 것 이상의 다른 것일 수 없음도 알고 있었다. 내일이면 나의 극심한 불안이 다시 시작될 것이고 엄마도 나의 침실에 머무시지 않을 것이다. 그러나 불안감이 잔잔해지자 나는 더 이상 그러한 불안감을 이해할 수 없었다. 게다가 내일은 아직 멀리 있는 것 같았다. 그리하여 나는 방안을 강구할 시간이 나에게 충분하다고 생각하였다. 물론 그 시간이 나에게 어떤 추가적인 능력도 가져다주지 못할 것은 뻔했다. 나의 의지에 의해 좌우되지 않는 일들이며, 나로부터 아직은 그것들을 떼어 놓고 있던 시간적 간격만이 나로 하여금 그것들을 피할 수 있으리라 여기게 했으니 말이다.

그렇게, 오랜 세월 동안, 밤중에 깨어나 꽁브레를 회상할 때면, 나는 그것 중, 희미한 암흑 한가운데에서 오려낸 듯 두드러진 일종의 반짝이는 조각 하나밖에 보지 못하였고, 그 조각은, 다른 나머지 부분들이 어둠 속에 잠겨 있는 건물 벽에 오색 꽃불의 섬광이나 전기 조명이 구획지어 놓은 조각들과 유사했다. 그 조각의 상당히 넓은 하단부에는, 작은 거실, 식당, 자신도 모르는 사이에 내 슬픔의 장본인이 되곤 하던 스완 씨가 도착하던 오솔길의 초입, 올라가기에 그토록 가혹했고 그 자체로 불규칙한 피라미드의 몹시 좁은 동체(胴體)를 구성하던 층계의 첫 계단을 향하여 내가 무거운 발길을 돌리던 현관 등이 보였다. 그리고 그 조각의 상단부에는, 엄마가 들어오시던, 유리 끼운 문이 있는 작은 복도와 나의 침실이 보였다. 한마디로, 항상 같은 시각에만 보이고, 그 주위에 있을 수 있었을 모든 것들로부터 단절되었으며, 스스로 분리되어 어둠 위에 홀로 떠 있는, 내가 잠자리에 드는 비극에만 필요한(지방 공연을 위하여 옛 극작품의 머리에 붙이던 설명처럼) 최소한의 치장물이었다. 그리하여 꽁브레가 마치 가느다란 층계로 이어진 두 층으로 구성되었고, 그곳에는 오직 저녁 일곱 시밖에 없었던 것으로 여겨질 지경이었다. 그러나 사실은, 누가 나에게 물었다면, 꽁브레가 그것 이외에도 다른 것을 내포하고 있었으며, 다른 시각에도 존재하였노라고 대답할 수 있었을 것이다. 하지만 그러한 경우에 내가 꽁브레에 관해 뇌리에 떠올렸을 것은 오직 의식적 기억, 즉 지성의 기억에 의해 제공되었을 것인데, 의식적 기억이 과거에 대해 알려주는 것들은 기실 과거의 그 무엇도 간직하고 있지 않은지라, 나는 그 나머지 꽁브레에 대해 생각할 욕구를 영영 느끼지 못하였을 것이다. 그 모든 것들이 사실 나에게는 죽은 것들이었다.

영영 죽었을까? 그럴 수 있었다.

그 모든 일에는 우연이 큰 몫을 담당하는데, 우리의 죽음이라는 두 번째 우연이 우리가 그 첫 번째 우연의 호의를 오랫동안 기다리도록 허락하지 않는 경우가 빈번하다.

나는, 우리가 잃어버린 이들의 영혼들이 한 마리 짐승, 한 그루 식물, 하나의 무생물체 등, 어떤 하등의 존재 속에 사로잡혀 있으며, 많은 사람들에게는 그러한 날이 영영 도래하지 않지만, 가령 우리가 어떤 나무 곁을 우연히 지나게 되어 영혼들의 감옥인 그 사물을 점유하는 날까지는, 그 영혼들이 우리에게는 실제로 상실된 것이라 여기던 켈트인들의 신앙이 이치에 맞는다고 생각한다. 우리가 사물을 점유하는 순간, 영혼들은 전율하며 우리를 부르고, 우리가 그들을 알아보기 무섭게 마법이 풀린다.[81] 우리에 의해 해방된 영혼들은 죽음을 극복하고 우리 곁으로 다시 돌아와 우리와 함께 산다.[82]

우리의 과거가 그러하다. 그것을 상기시키려 하는 것이 헛된 수고이리니, 우리 지성의 모든 노력이 부질없기 때문이다. 그것은 지성의 영역 밖에 그리고 지성이 미치지 못하는 곳에, 우리가 상상조차 못하던 하찮은 질료적 대상 속에(그 질료적 대상이 우리에게 줄 수 있을 느낌 속에) 숨어 있다. 우리가 죽기 전에 그러한 대상을 만나거나 만나지 못하는 것은 우연에 달려 있다.

꽁브레 중 내 잠자리의 비극과 그 무대가 아니었던 모든 것들이 나에게는 더 이상 존재하지도 않게 된 지 여러 해가 지난 어느 겨울날, 내가 집에 돌아오자, 추위에 떠는 내 모습을 보신 어머니께서, 그것이 내 습관이 아니건만, 차를 조금 들어보라고 제안하셨다. 나는 처음 싫다고 하였다가, 무슨 이유인지 모르지만, 생각을 바꾸었다. 그러자 어머니께서는 가리비 조개껍질처럼 가는 홈들이 파인 판에 찍어낸 듯한, 작은 마들렌느라고들 부르는 짧고 통통한 과자를 가져오게 하셨다. 그리고 이내, 흘려보낸 음울한 하루와 서글픈 다음 날에 짓눌린 채, 나는 마들렌 부스러기 하나가 잠겨 풀어진 차 한 술을 기계적으로 나의 입술로 가져갔다. 그런데, 마들렌느 부스러기 섞인 차 한 모금이 나의 입천장에 닿는 순간, 내가 소스라치면서 나의 내면에서 일어나고 있는 기이한 현상에 잔뜩 주의를 기울이게 되었다. 감미로운 희열이 나를 엄습하였고 나를 고립시켰으나,[83] 그 원인의 관념조차 어른거리지 않았다. 그리고 다음 순간 그 희열이, 마치 사랑의 작용처럼, 나를 귀한 진수로 가득 채우면서, 생의 영고성쇠가 나와 무관하고, 나의 생에 닥칠 온갖 재앙이 무해하며, 생의 덧없음이 환상처럼 보이게 해주었다. 아니, 그 진수가 내 속에 있었던 것이 아니라, 그것이 곧 나였다. 그 순간 나는, 내가 보잘것없고 우발적 산물이며 필멸의 존재라고 느끼기를 멈추었다. 그 강력한 희열이 어디로부터 올 수 있었을까? 나는 그 희열이 차와 과자의 맛에 연관되어 있으되 그것들을 까마득히 능가하며, 그것들과 같은 본질일 수 없음을 막연히 감지하였다. 그 희열이 어디에서 오는 것일까? 그것이 무엇을 의미할까? 그것을 어디에서 포착하여 인지한단 말인가? 두 번째 모금을 마셔보나 첫 번째 모금에서 느낀 것 이상의 것은 전혀 없고, 세 번째 모금을 마셔보지만 그것이 나에게 가져다주는 것은 두 번째 모금만도 못하다. 그 동작을 멈추어야 할 때이다. 음료의 효능이 감소되는 듯하다. 내가 찾는 진실이 음료 속에 있지 않고 내 속에 있음은 분명하다. 음료가 내 속에다 그 진실을 일깨워 놓았으되, 그것의 정체를 모르는지라, 내가 해석할 수 없는 같은 증언만 점점 약하게 무한히 반복할 수밖에 없고, 따라서 나는 잠시 후에나마 결정적인 규명을 시도하기 위하여, 음료에게 다시 그 증언을 요청하여 온전한 상태로 내 임의 하에 두고 싶다. 나는 찻잔을 내려놓고 나의 오성에게로 고개를 돌린다. 진실을 찾는 일은 오성의 몫이다. 하지만 어떻게? 오성이 매번 자신을 주체하지 못하고 자신에 의해 이끌려 감을 느끼니, 매우 심각한 불확실성에 빠져들고, 그때마다 그 모색자 자신이 몽땅 어두운 지역으로 변하는데, 그는 그 속에서 모색해야 하며, 그곳에서는 그의 보따리[84)]가 아무 도움도 되지 못할 것이다. 찾는다고? 그것만이 아니라 창조해야 한다. 모색자는 지금, 아직 존재하지 않지만 오직 그만이 현실화하여 자신의 빛 속으로 이끌어 들일 수 있을 그 무엇과 마주하고 있다.

  그리하여 나는, 그 미지의 상태가 무엇일 수 있을까, 어떠한 논리적 증거도 제시하지는 못하되 유열의 명백성과 다른 현실들이 그 앞에서는 즉각 자취를 감출 만큼 실재성이 느껴지는 그 상태가, 도대체 무엇일 수 있을까 나에게 다시 묻기 시작하였다. 그 상태가 다시 나타나도록 해보고 싶다. 그리하여 사념으로나마 차의 첫 한 술을 입에 넣던 순간으로 거슬러 올라간다. 같은 상태를 다시 발견하지만 새롭게 밝혀지는 것은 없다. 나는 나의 오성에게 요청하기를, 좀 더 노력하여, 도망치는 느낌을 다시 데려오라고 한다. 그리고, 그 느낌을 다시 붙잡으려는 오성의 돌진을 그 무엇도 무산시키지 못하도록 하기 위하여, 일체의 장애물을, 관계가 없는 일체의 사념을, 멀찌감치 밀어내는 한편, 나의 귀와 첨예한 주의를 옆방의 소음으로부터 철저히 보호한다. 하지만 나의 오성이 헛되이 지치는 것을 느낀 나는, 이제까지와는 반대로, 오성에게 거절하던 기분 전환을 강요하면서, 다른 일을 생각하는 등 최후의 시도에 앞서 기운을 회복하라고 요구한다.

그런 다음, 두 번째로 오성 앞을 텅 비워 놓고, 아직 생생한 첫 모금의 맛을 그 정면에 다시 가져다 놓자, 자리를 떠나 올라오려 하는 듯한 무엇이, 저 아래 깊숙한 곳에서 마치 닻을 올린 듯한 그 무엇이, 내 속에서 전율하는 것이 느껴진다. 그것이 무엇인지는 모르겠으나, 여하튼 천천히 올라온다. 그것의 저항이 느껴지고 그것이 가로지르는 먼 거리의 소음이 들린다.

그렇게 나의 깊숙한 곳에서 파닥거리는 것이, 그 맛과 관계가 깊어 그것을 따라 나에게까지 도달하려 애쓰는 영상, 즉 가시적 추억임엔 틀림없다. 하지만 그것이 너무 먼 곳에서 또 너무 어수선하게 몸부림친다. 나는 생기 없는 희미한 반사광만을 겨우 지각할 뿐인데, 그 속에서는, 휘저어 놓은 여러 색들의 포착할 수 없는 소용돌이가 뒤섞이고 있다. 하지만 나는, 그 추억의 형태를 분간할 수도 없고, 존재할 수 있는 유일한 통역사인 그것에게, 자기와 동시대의 존재이며 헤어질 수 없는 반려자인 그 맛의 증언을 번역해 달라고 요구할 수도, 그것이 어떤 특별한 정황에 그리고 과거의 어느 시기에 관련되었는지 나에게 알려 달라고 요구할 수도 없다.

그 추억이, 유사한 순간의 인력이 그토록 멀리로부터 와서 자극하고 감동시키며 나의 가장 깊숙한 곳에 깨워 일으킨 그 옛 순간이, 나의 명료한 의식 표면에까지 도달할까? 나로서는 알 수 없는 일이다. 이제 나는 더 이상 아무것도 느끼지 못한다. 그것이 멈추었다. 아마 다시 내려갔을지도 모른다. 또한 그것이 자기의 짙은 어둠으로부터 다시 올라오기나 할지, 그것을 누가 알랴? 열 번이고 나는 다시 시작해야 하고, 그것 쪽으로 상체를 숙여 들여다보아야 한다. 그런데 매번, 우리들로 하여금 어려운 일이나 중요한 과업으로부터 고개를 돌리게 하는 비겁함이, 오늘의 근심거리들과 힘들이지 않고 거듭 반추되는 내일의 욕망들이나 생각하면서 차를 마실 뿐, 그따위 일은 내버려 두라고 나에게 조언하였다.

  그러다 문득 추억이 내 앞에 나타났다. 그 맛은, 꽁브레에서 일요일 아침마다(그날에는 내가 미사 시각 전에 외출하지 않기 때문에) 레오니 숙모님의 침실로 아침 문안을 가면, 숙모님께서 홍차나 보리수차에 담갔다가 나에게 주시곤 하던 작은 마들렌느 과자 조각의 맛이었다. 작은 마들렌느의 외양이, 내가 그것을 맛보기 전에는 나에게 아무것도 상기시켜 주지 못하였다. 아마 그 시절 이후에는, 과자점 진열대에 있는 그것들을 바라보기만 하고 먹지 않았기 때문에, 그것들의 영상이 꽁브레 시절을 떠나 다른 근자의 날들과 결합되었기 때문일 것이다. 또는 그토록 오랫동안 기억 밖으로 내버려진 추억들 중 아마 아무것도 살아남지 못하고 모두 풍화되었기 때문일 것이다. 형태들은—엄격하고 경건한 주름들 밑에 그토록 기름지게 관능적으로 보이는 과자의 작은 조개껍질 형태 역시—스스로 무너졌거나, 반수면 상태에 빠져서, 그것들로 하여금 명료한 의식과 합류할 수 있도록 해줄 확산력을 상실하였던 모양이다. 그러나 하나의 먼 과거 중 아무것도 존속하지 않게 된 때에도, 모든 인물들이 죽은 후에도, 모든 사물들이 파괴된 후에도, 그 모든 것보다 더 연약하되 생명력 강하고 더욱 비질료적이고 더욱 끈질기고 더욱 충직한 냄새와 맛만은, 영혼들처럼 외롭게 아직도 오랫동안 남아, 모든 것들의 폐허 위에서 스스로를 상기하고 기다리고 희원하면서, 거의 촉지할 수조차 없을 만큼 작은 자신들의 방울 위에 추억의 광대한 건조물을 꿋꿋하게 짊어지고 있다.

  그리고, 숙모님께서 보리수차에 담갔다가 나에게 주시던 마들렌느 과자 부스러기의 맛을 내가 알아차리자 마자(그 추억이 나에게 왜 그토록 큰 행복감을 주었는지는 알 수 없었고 또 그 원인을 밝히는 일은 훨씬 훗날로 미루었지만),[85] 숙모님의 침실이 있던 그리고 길에 면해 있던 낡은 회색 건물이 즉시, 극장 무대의 배경처럼, 그 뒤 정원 쪽에 나의 부모님을 위하여 지은 작은 별채에 와서 잇대어졌다(그때까지 유일하게 내가 다시 보곤 하던 그 오려낸 듯한 조각이다). 그리고 그 건물과 함께, 도시 전체와, 아침부터 저녁까지의 모든 시각들, 모든 날씨, 점심 전에 가서 놀라고 어른들이 나를 보내시곤 하던 광장, 내가 심부름 하러 가던 길들, 날씨가 좋을 때면 우리가 따라 걷던 산책로 등도 그 작은 별채에 잇대어졌다. 또한 일본인들이, 서로 분별되지 않는 미세한 종이 부스러기들을 물 가득 채운 도자기 그릇에 담근 다음, 그것들이 즉시 기지개 켜듯 늘어나고, 형체를 이루고, 색채를 띠고, 분화되어, 꽃들과 건물들, 견실하여 식별할 수 있는 인물들로 변하는 것을 보며 즐기는 그 놀이에서처럼, 우리 정원의 꽃들과 스완 씨댁 정원의 꽃들, 비본느 시냇물의 수련들, 마을의 순박한 사람들과 그들의 작은 집들, 교회당, 꽁브레 전체와 그 주변 등, 그 모든 것들이 형체와 견고함을 얻어, 즉 도시와 정원들이, 나의 찻잔에서 나왔다.

2

 멀리서, 인근 십 리으[1] 지점에서, 우리가 부활절 직전 마지막 주에 그곳에 도착하면서 철로에서 본 꽁브레는, 그 도시를 요약하고 대변하며, 먼 곳을 향해 그 도시에 대해 그리고 그 도시를 위하여 말하는 하나의 교회당에 불과했고, 더 가까이 다가가서 보면, 자기의 양들을 데리고 있는 양치기 소녀처럼, 들판 한가운데서 바람에 맞서며, 르네쌍스 이전 화가들의 화폭 속 작은 도시 못지않게 완벽한 원형을 이룬 선으로 중세 성벽의 자취가 여기저기 둘러싸고 있는 옹기종기 모인 집들의 양털 같은 회색 잔등들을, 빛깔 어둡고 소매 없는 긴 외투 둘레에 잔뜩 끌어안고 있는 교회당이었다.[2] 그 고장의 거무스름한 돌로 지었고, 입구에 바깥 계단들을 설치하였으며, 앞쪽 땅바닥으로 던지듯 그늘을 드리우는 합각머리를 모자처럼 씌운 집들이 늘어서 있어, 해가 기울기 시작하기 무섭게 '응접실들'의 커튼을 걷어 올려야 할 만큼 그곳 길들이 침침했던지라, 꽁브레에 산다는 것이 조금은 쓸쓸했다. 성자들의 엄숙한 이름이 붙은(그 성자들 중 몇몇은 꽁브레 최초 영주들의 역사와 관련되어 있다) 그곳 길들은, 쌩-일레르 로, 나의 숙모님 댁이 있던 쌩-쟈끄 로, 숙모님 댁 철책 울타리가 있던 쌩뜨-힐데가르드 로, 그리고 숙모님 댁 정원의 작은 옆문이 뚫린 쌩-에스프리 로 등이다. 그런데 꽁브레의 그 길들이 내 기억의 어찌나 후미진 부분에 존재하는지, 그리고 그 부분이 지금 내가 보기에 세상을 덮고 있는 듯한 것과 어찌나 다른 색깔들로 채색되어 있던지, 그 길들과, 그리고 그것들을 내려다보고 있던 교회당 모두가 나에게는, 환등이 비추어주던 장면들보다 오히려 더 비현실적으로 보인다. 그리하여 어떤 순간에는, 쌩-일레르 로를 이제 다시 건널 수 있다는 것이, 그리고 루와조 로에서 방을 하나 빌릴 수 있다는 것이,—낡은 여관 루와조 홀레쉐의 환기창으로 음식 냄새가 올라오곤 하였는데, 그것이 가끔 그 시절과 다름없이 간헐적이고 뜨겁게 아직도 나의 속에서 풍기곤 한다—골로와 사귀고 쥬느비에브 드 브라방과 담소하는 것보다도 더 경이롭게 초자연적인 저세상과의 접촉처럼 여겨질 지경이다.

  우리들은 할아버지의 사촌 자매—나의 대고모—댁에 머물곤 하였는데, 그분은 레오니 숙모님의 모친이셨고, 레오니 숙모님께서는 당신의 부군이, 즉 나의 옥따브 숙부께서, 타계하신 이후 처음에는 꽁브레를 떠나시지 않더니, 그다음에는 당신의 집을, 그다음에는 당신의 침실을, 그다음에는 침대조차 떠나지 않으시다 결국 더 이상 침대에서 '내려오시지도' 않으시고, 슬픔과 신체적 허약 증세와 질병과 고정관념과 신앙심이 뒤섞인 모호한 상태로 항상 누워 계셨다. 숙모님 전용 거처를 스쳐 지나던 쌩-쟈끄 로는, 그곳으로부터 훨씬 더 가서 그랑-프레(시내 중심에 있는, 세 길이 엇갈려 이룬 쁘띠-프레에 대칭되는 명칭이다)에 이르고,[3] 거의 모든 건물 입구에 높직한 사암(砂岩) 계단 셋씩이 설치되어 단조롭고 회색빛 감돌던 그 길은, 같은 돌에 구유[4]나 골고다 언덕 풍경[5]을 조각하였을 법한, 고딕 양식의 조각상을 만들던 석공이 뚫어놓은 협로 같았다. 숙모님께서 실제로는 잇닿아 있던 방 둘밖에 사용하지 않으셨으며, 오후에 방 하나를 환기시킬 동안에는 나머지 다른 방에 머무셨다. 그 방들은—어떤 고장에서는 대기나 바다의 특정 부분 전체가, 우리의 눈에 보이지 않는 무수한 원생동물 집단으로 인하여, 빛이나 향기를 발산하는 것처럼—미덕들과 지혜와 각종 습관 등, 공기가 그곳에 정지된 상태로 붙잡아 두어 은밀하고 보이지 않으며, 풍족하고 윤리적인 하나의 삶 전체가 그곳에 쏟아놓는 수천의 냄새로 우리를 매혹하는, 전형적인 시골 방들이었다. 그 냄새들은 인근 전원지역의 냄새들처럼 아직도 천연적이며 날씨의 색깔을 띠었으되, 이미 아늑하고 인간적이며 폐쇄된 냄새, 다시 말해, 찬장으로 들어가기 위하여 과수원을 떠난 한 해의 모든 과일들로 솜씨 좋게 그리고 투명하게 빚은 지극히 감미로운 젤리와 같은 냄새들이었다. 또한 계절성이되 가구의 속성을 띠어 가정적인, 뜨거운 빵의 따스함으로 하얀 서리의 날카로움을 완화시키는, 한가로우면서 마을의 벽시계처럼 어김없는, 빈둥거리면서 동시에 단정한, 태평스러우면서 앞날을 예견하는, 내의류의, 아침의, 경건한, 불안의 중대만을 가져오는 평화와 그 속에 살아본 적 없이 그곳을 통과하는 사람에게 시(詩)의 거대한 저장소 역할을 하는 단조로움에 행복해하는, 그러한 냄새들이었다. 그 방들의 공기가 어찌나 영향 풍부하고 맛 좋은 고요함의 섬세한 꽃으로 충만했던지, 나는 일종의 게걸스러움에 이끌려 그곳으로 다가갈 수밖에 없었고, 특히 내가 꽁브레에 막 도착한지라 그 고요를 한껏 음미할 수 있었던 부활절 주간의 아직 춥던 처음 몇일 아침에는 더욱 그러했다. 숙모님에게 아침 문안을 드리러 들어가기에 앞서 나는 첫 방에서 잠시 기다려야 했고, 그 방에는 아직도 겨울 기운을 떨쳐 버리지 못한 햇빛이 들어와 불 앞에 자리를 잡은 채 불을 쬐고 있었으며, 두 벽돌 더미 사이에 이미 지펴져 방 전체를 온통 그을음 냄새로 어지럽게 뒤덮고 있던 불이, 시골의 거대한 '화덕 앞'이나 옛 성에 있는 벽난로의 아궁이 위로 돌출한 선반과 같은 역할을 하고 있었는데, 벽난로의 그 전면 돌출부 아래에 앉으면, 누구든 밖에서 비나 눈이 쏟아지거나 심지어 대홍수의 재앙이 일어나기를 바라며, 그것은 칩거의 아늑함에 겨울철의 시(詩)를 첨가하기 위함이다. 나는 기도대로부터 뜨개질한 등받이 덮개를 항상 씌워둔 돋을무늬 벨벳 안락의자까지 몇 걸음을 걷곤 하였다. 그러노라면 불이, 방의 공기를 온통 엉겨 붙게 하는 그리고 눅눅하며 햇살 받은 아침의 선선함이 이미 발효시켜 부풀린, 구미 돋구는 냄새들을 한 덩이 반죽인양 구우면서, 그것들을 종이처럼 얇게 조각내고, 황금빛을 입히고, 오므라져 주름살 지게 하고, 푸스스하게 부풀려, 보이지 않으나 촉지할 수 있는 시골 과자 하나를, 하나의 거대한 겹파이를 만들곤 하였는데, 나는 더 바삭거리고 더 섬세하며 더 명성 높으나 또한 더 건조한 찬장과 서랍장과 꽃무늬 벽지 등의 향기는 겨우 맛만 보고 즉시 발길을 돌려, 고백할 수 없는 수치스러운 욕망에 사로잡힌 채, 꽃무늬 있는 침대보의 중간적이고 끈적거리고 무미건조하고 소화되지 않고 생과일 맛이 남아 있는 냄새 곁으로 번번이 돌아와, 그 끈끈이에 걸려들곤 하였다.

  옆방에서는 숙모님께서 홀로 나지막하게 이야기하시는 소리가 들렸다. 숙모님께서는 당신의 두개골 속에, 파손되어 부유하고 있는 무엇이 있고, 그리하여 너무 큰 소리로 말하면 그 부유물들이 자리를 옮길 것이라 믿으셨기 때문에, 언제나 매우 나지막하게 말씀하셨지만, 그러나 홀로 계실 때에도 무슨 말씀을 하시지 않으며 오랫동안 머무시는 경우는 결코 없었던 바, 말하는 것이 인후 건강에 유익하고, 혈액이 그곳에 멈추는 것을 막아 주는지라, 숙모님을 괴롭히던 숨막힘 현상과 호흡 곤란 증세의 빈도를 그것이 낮춰 주리라고 믿으셨기 때문이다. 또한 전혀 움직임이 없는 상태에서 사시는지라, 지극히 작은 느낌에도 엄청난 중요성을 부여하셨다. 그리하여 느낌들을 당신 곁에 간직하는 데 난관이 되는 가동성(可動性)이 그것들 속에 있다 여기시고, 그것들을 털어놓을 믿음직한 사람이 없을 경우, 당신의 유일한 활동 형태인 끊임없는 독백으로 그것들을 당신 자신에게 알리셨다. 불행하게도 소리 내어 생각하시는 습관을 얻으신지라, 숙모님께서는 옆방에 혹시 누가 있는지를 주의깊게 살피시지 않는 경우도 있었다. 그리하여 나는 숙모님께서 당신 자신에게 말씀하시는 것을 자주 듣곤 하였다. "내가 잠을 자지 않았음을 착념해 두어야지."(결코 주무시지 않는다는 것이 숙모님의 커다란 자랑거리였고, 따라서 우리들 모두의 일상 언사가 그러한 자부심에 대한 존경과 그것의 흔적을 간직하였던지라, 예를 들어 아침에 프랑수와즈가 숙모님을 '깨워 드리기 위해' 온다 하지 않고 숙모님 방에 '들어간다'고 하였다. 또한 숙모님께서 낮에 한숨 주무시고자 하실 때에는, '생각에 잠기시기를' 혹은 '쉬시기를' 원하신다고 하였다. 그리고 대화 중에 깜빡 잊으시고 '나를 깨운 것' 혹은 '내가 꿈을 꾸었는데'라고 말씀하시는 일이 생길 경우에는, 얼굴을 붉히시며 얼른 고쳐 말씀하시곤 하였다).

잠시 후 내가 문안을 드리러 들어가곤 하였고, 프랑수와즈는 홍차를 끓이고 있었다. 혹은, 당신께서 심적으로 동요되었다고 느끼실 경우, 숙모님께서는 홍차 대신 보리수차를 달라고 하셨으며,[6] 그럴 때에는, 끓는 물에 넣어야 할 보리수를 약국 봉투에서 꺼내어 적당량을 접시에 쏟아 놓는 일을 내가 맡았다. 줄기들이, 건조되는 과정에서 오그라들어, 멋대로 얽힌 하나의 철망 형태를 이루었고, 그 망사체의 뒤얽힘 속에서 창백한 꽃들이, 마치 어느 화가가 그것들을 정돈하여 가장 장식미 돋보이게 배치한 듯, 스스로 개화하고 있었다. 잎들은 원래의 모습이 사라지거나 변하여서, 파리의 투명한 날개나 상표의 하얀 뒷면, 장미의 꽃잎 등, 지극히 잡다한 사물들의 모양을 띠었으되, 새의 보금자리처럼 쌓이고 분쇄되거나 조밀하게 짜여 있었다. 인공 약품 조제에서는 삭제해 버렸을 수천의 불필요한 지엽적인 것들이,―약제사의 매력적인 낭비였다―우리로 하여금 읽던 중 그 속에서 아는 사람의 이름을 발견하고 경탄하게 하는 책처럼, 나에게 기쁨을 주었던 바, 그것들이 내가 역전 대로에서 보던 것들과 같은 진정한 보리수들의 줄기라는 사실과, 모조품이 아니라 실물이기 때문에 그렇게 변형되고 늙었음을 깨닫는 기쁨이었다. 그것들 속에서는, 새로운 각각의 특성이 지난날 가지고 있던 특성의 변신에 불과한지라, 나는 작은 회색 알갱이들이 미처 피어나지 못한 초록색 꽃망울들이었음을 알아차릴 수 있었다. 그러나 특히, 가는 줄기들로 이루어진 부서지기 쉬운 숲에 작은 황금 장미꽃들처럼 매달려 있던 꽃들로 하여금 스스로를 두드러질 만큼 돋보이게 하는 엷고 부드러운 장밋빛 광채가,―그 광채는, 이미 지워진 벽화가 있던 자리를 여전히 드러내는 미광처럼, 나무에서 '색을 띠고 있던' 부분들과 그러지 않던 부분들과의 차이를 보여주는 징후이다―그 꽃잎들이, 약봉지를 꽃들로 장식하기 전에, 일찍이 봄날 저녁들을 향기로 뒤덮던 바로 그 꽃잎들임을 나에게 선명히 보여 주었다. 양초의 것과 같던 그 장밋빛 불꽃이 아직도 그 꽃잎들의 색깔이었으나, 이제는 그것들의 것이며 꽃들의 황혼녘과 같은, 그 약화된 생명 속에서 꺼져 잠든 색깔이었다. 이윽고 숙모님께서, 그 죽은 잎이나 시든 꽃의 맛을 즐기시던 뜨거운 차에 작은 마들렌느 과자 하나를 담그실 수 있게 되었고, 그것이 충분히 젖어 부드러워지면 그 한 조각을 나에게 건네셨다.[7]

숙모님의 침대 한쪽에는, 레몬나무로 짠 커다란 노란색 서랍장 하나와, 약국의 조제실과 흡사하기도 하고 교회당의 주제단을 닮기도 한 탁자 하나가 있었는데, 탁자에는, 성처녀의 작은 조각상 및 비쉬-쎌레스땡[8] 물병 아래에 미사 경본(經本)들 및 의약 처방전 등, 침대에서 제식(祭式)에 참여하고 동시에 식이요법을 행하는데 필요한 모든 것들이 보였으며, 그것들은 펩신 투약 시각이나 오후 기도 시각 그 어느 것도 놓치지 않기 위하여 준비된 물건들이었다. 침대의 다른 한쪽은 창문과 평행을 이루고 있어서, 숙모님은 길을 내려다보시면서, 페르시아의 군주들처럼 무료함을 달래기 위하여,[9] 아침부터 저녁까지, 꽁브레의 일상적이나 태곳적인 실록(實錄)을 읽으시고, 그런 다음 프랑수와즈와 함께 그것에 대해 논평하시곤 하였다.

숙모님은, 내가 당신 곁에 머문 지 채 오 분도 되지 않았건만, 나로 인해 당신께서 피로해지실까 저어하여 나를 돌려보내시곤 하였다. 그러면서 창백하고 활기 없는 당신의 구슬픈 이마를 나의 입술 앞으로 내미셨고, 그 아침 시각에는 아직 이마 위의 가발을 정돈하시지 않은지라, 가발의 얼개를 이룬 뼈대들이 가시면류관의 뾰족한 가지들처럼[10] 혹은 로자리오 묵주들처럼 훤히 드러나곤 하였으며, 그 순간 숙모님께서 나에게 말씀하시곤 하였다. "어서, 내 가엾은 아가, 돌아가 미사에 참석할 준비 하거라. 그리고 아래층에서 프랑수와즈 만나거든, 너희들과 너무 오랫동안 노닥거리지 말고, 잠시 후에 올라와 내게 필요한 것이 없는지 살피라 하거라."

여러 해 전부터 숙모님을 모시었지만, 언젠가는 전적으로 우리 가족을 위해 일하게 되어 있음을 의심하지 않던 프랑수와즈가, 우리들이 그곳에서 지내는 몇 개월 동안은 숙모님을 조금 소홀히 모시던 것이 사실이었다. 내가 아주 어렸던 시절에는, 우리가 꽁브레에 가기 시작하기 전, 즉 아직은 레오니 숙모님께서 빠리에 계신 모친 댁에서 겨울을 보내시던 시절에는, 내가 프랑수와즈를 거의 모르던 때가 있었으며, 그리하여 1월 초하루에는, 대고모님 댁에 들어서기 직전, 엄마가 나의 손에 오 프랑 주화 하나를 쥐어 주시면서 말씀하시곤 하였다. "특히 사람을 혼동하지 마라. 내가 '프랑수와즈 안녕하신가' 하면서 너의 팔을 슬쩍 건드릴 때까지 기다렸다가 돈을 주거라." 우리가 숙모님 댁의 어두운 손님 대기실에 겨우 도착한 순간, 그 어둠 속에, 눈부시고 뻣뻣하며 마치 설탕에서 뽑은 실로 짠 듯 부서지기 쉬워 보이는 헝겊 모자의 원통형 주름들 밑으로, 앞지른 사은의 미소가 만든 동심원형(同心圓型) 소용돌이가 보이곤 하였다. 벽감 속에 세워 놓은 성녀의 조각상처럼, 복도로 통하는 작은 문의 틀 한가운데에 꼼짝도 하지 않고 서 있던 프랑수와즈였다. 그리고 그 예배소의 어둠에 조금 더 익숙해지면, 그녀의 얼굴에서, 인간에 대한 무사무욕의 사랑과, 새해 선물에 대한 희망이 그녀의 가슴속 가장 훌륭한 지역에서 앙양시키고 있던 상류층에 대한 감동된 존경을 발견할 수 있었다. 엄마가 내 팔을 거세게 꼬집으며 힘찬 음성으로 말씀하셨다. "안녕하신가, 프랑수와즈." 그 신호에 내

손가락들이 스스로 펴졌고, 나는 주화를 놓아버렸으며, 주화는, 그것을 받으려고 송구스러워하면서 이미 내민 손을 만났다. 그러나 우리가 꽁브레에 가기 시작한 이후에는, 내가 프랑수와즈보다 더 잘 아는 사람이 없게 되었고, 그녀가 우리들을 각별히 좋아하였으며, 적어도 초기 몇 해 동안에는, 우리들에 대하여, 나의 숙모님에게로 향한 것에 못지않은 존경심과 함께, 강렬한 관심을 보였는데, 그것은 우리가 그 가문에 속한다는 특전에다가(그녀는 한 가문의 구성원들 사이를 같은 피의 순환이 이어 주는 보이지 않는 끈들에 대하여, 어느 그리스 비극 작가[11] 못지않게 존경심을 가지고 있었다) 그녀의 일상적인 상전이 아니라는 매력을 추가하였기 때문이다. 또한 차가운 바람이 불곤 하던 부활절 전날, 즉 우리가 도착하던 날, 엄마가 그녀에게 딸과 조카들의 안부를 물으시며, 그녀의 손자가 착한지, 장차 그 아이가 무엇이 되기를 바라는지, 또 아이가 할머니를 닮았느냐고 물으실 때면, 날씨가 아직 화창하지 못하다고 우리들을 위로하면서 얼마나 기쁘게 우리들을 맞았던가![12]

그리고 다른 사람들이 물러가면, 여러 해 전에 타계한 자기의 부모님을 생각하며 프랑수와즈가 아직도 눈물을 흘린다는 사실을 알고 계시던 엄마가, 그들 이야기를 다정하게 하시면서 그들의 생애가 어떠했는지 상세히 묻곤 하셨다.

엄마는 프랑수와즈가 자기의 사위를 좋아하지 않으며, 그가 있으면 딸과 자유롭게 이야기할 수 없는지라, 자기가 딸과 함께 있는 기쁨을 사위가 망친다고 생각하고 있음을 일찍이 짐작하셨다. 그리하여 프랑수와즈가 꽁브레에서 몇 리으 되는 곳에 사는 딸과 사위를 보러 갈 때면, 엄마가 미소를 지으시며 그녀에게 말씀하시곤 하였다. "그렇지 않겠나, 프랑수와즈, 만약 쥘리앵이 출타할 수밖에 없어서 자네가 온종일 마르그리뜨를 독차지하게 되면, 몹시 섭섭하겠지만, 체념하고 받아들여야 하지 않겠나?" 그러면 프랑수와즈가 웃으며 말하였다. "마님은 다 아세요. 마님께서는, 옥따브 부인을 위해 가져오도록 하였고, 사람들 가슴 속에 있는 것까지도 본다는 엑스레이보다 더 심하세요(그녀는 무식한 주제에 그 유식한 단어를 사용한다고 자신을 조롱하려는 뜻에서인지, X를 억지로 힘들여 또 겸연쩍게 웃으며 발음하였다)." 그러고는, 누가 자기에게 관심을 표한다는 것이 송구스러워서, 그리고 아마 눈물을 보이지 않으려고, 재빨리 사라지곤 하였다. 자신의 삶과 행복들, 촌여인에 불과한 자신의 슬픔 등이 어떤 사람의 관심대상일 수 있고, 자기 아닌 다른 사람에게도 기쁨이나 슬픔의 동기가 될 수 있다고 느끼는 그 달콤한 감동을 그녀에게 주었을 최초의 사람이 엄마였을 것이다. 숙모님께서도 우리가 꽁브레에 머무는 동안에는 그녀를 조금 양보하시며 체념하실 수밖에 없었다. 새벽 다섯 시부터, 하얀 도자기로 만든 듯 눈부시고 고정된 원통형 주름으로 장식한 모자를 쓰고, 대미사에 참석할 때처럼 아름다운 차림으로 부엌에 나타나며, 건강이 좋을 때나 좋지 않을 때나 항상 말처럼 일하고, 소리 없이, 무엇을 하는 기색 없이, 모든 것을 힘 잡을 데 없이 처리할 뿐만 아니라, 엄마가 뜨거운 물이나 블랙커피를 달라고 하실 때마다, 숙모님 댁 하녀들 중 그것들을 정말 끓는 상태로 가져오는 유일한 사람, 그토록 영리하고 활동적인 그 하녀의 시중을 엄마가 얼마나 높이 평가하시는지를 잘 알고 계셨기 때문이다. 그녀는, 자기들이 일하는 집에 온 어느 손님이 자기들에게는 아무 필요 없으며, 주인 또한 자기들을 내쫓기보다는 차라리 그 손님 받아들이기를 멈추리라는 점을 잘 알고서, 구태여 그 손님의 마음을 사로잡으려는 수고를 하지 않고 그에게 친절히 굴지 않기 때문에, 처음부터 그에게 불쾌감을 주는 하인들 중의 하나였다. 또한 아울러, 그들의 실질적인 능력을 이미 확인한지라, 상전들이 그들을 귀중하게 여길 뿐, 그들의 피상적인 발라맞춤이나, 방문객에는 좋은 인상을 주되 대개의 경우 고질적인 무능력을 감추고 있는 비굴한 잡담 따위에는 신경을 쓰지 않게 되는, 그러한 하인들 중의 하나이기도 하였다.

나의 부모님에게 더 이상 필요한 것이 없는지를 확인한 후, 프랑수와즈가 숙모님에게 펩신을 드리고 또 점심에 무엇을 드시겠느냐고 여쭙기 위하여 비로소 숙모님의 방으로 다시 올라가면, 상당히 중요한 어떤 사건에 대하여 그녀가 숙모님께 자신의 견해를 개진하거나 설명을 드리지 않아도 되는 경우는 드물었다.

"프랑수와즈, 구뻴 부인이 자기의 자매를 데리러 가는 데 십오 분 이상이나 늦게 지나갔다는 사실을 생각해 보게. 도중에 조금만 지체하더라도 그녀가 성체 봉거(奉擧) 의식 후에나 도착할 것은 뻔한 일, 나는 놀라지 않겠네."

"물론이에요! 전혀 놀랄 일이 아니지요." 프랑수와즈가 대꾸했다.

"프랑수와즈, 자네가 오 분만 일찍 왔어도, 앵베르 부인이 깔로 할멈의 아스파라거스보다 두 배나 굵은 것들을 가지고 지나가는 것을 보았을 걸세. 그러니, 그녀가 그것들을 어디에서 구했는지, 그녀의 하녀를 통해 알아보도록 하게. 자네가 금년에는 모든 소스에 아스파라거스를 섞으니, 우리의 여행객들을 위하여 그러한 것들을 구해 보게."

"그것들이 주임사제님 댁에서 나왔다 해도 전혀 놀랄 일이 아니에요." 프랑수와즈가 말하였다.

"아! 내가 자네 말을 믿어야겠지,[13] 가엾은 프랑수와즈, 주임 사제님 댁이라!" 숙모님이 어깨를 으쓱하시면서 대답하셨다. "하지만 자네도, 그가 아무짝에도 쓸모없는 볼품없고 가느다란 것들만 기른다는 사실을 잘 알지. 자네에게 다시 말하네만, 내가 본 것들은 팔뚝처럼 굵다네. 물론 자네의 팔뚝처럼은 아니지만, 그러나 올해에도 부쩍 더 마른 나의 가엾은 팔만큼은 굵다네…. 프랑수와즈, 자네 혹시 내 머리를 깨뜨릴 기세로 울려대던 종소리 듣지 못했나?"

"아뇨, 옥따브 부인."

"아! 나의 가엾은 딸, 자네의 머리통은 단단하기도 하지! 착한 신께 감사 드려야 하네. 삐쁘로 의사를 모시러 왔던 사람은 마글론느였어. 의사가 그녀와 함께 즉시 나오더니 루와조 로 모퉁이로 돌아갔어. 아픈 아이가 있음에 틀림없네."

"오, 맙소사!" 자기가 모르는 이에게 닥친 불행에 대해 이야기하는 것을, 심지어 그것이 이 세상의 어느 먼 구석에서 일어난 일이라도, 우선 탄식부터 하지 않고는 듣지 못하던 프랑수와즈가 한숨을 지었다.

"프랑수와즈, 그런데 누구 때문에 죽음을 알리는 종을 그토록 들 울려댔나? 아! 맙소사, 루쏘 부인을 위해서였을 거야. 그녀가 지난번 밤에 떠났다는 것을 내가 잊은 것 아닌가. 아! 착한 신께서 이제 나를 다시 부르실 때가 되었어. 나의 가엾은 옥따브가 죽은 이후에는 도대체 나의 머리를 어디에 두었는지 모르겠어. 그런데, 나의 딸아, 내가 자네로 하여금 시간을 낭비하게 하고 있군."

"천만에요, 옥따브 부인, 저의 시간은 그리 비싸지 않습니다. 그것을 만든 이가 우리에게 그것을 팔지는 않았어요. 다만 제가 지펴놓은 불이 꺼지지 않나 보러 가겠어요."

그렇게 프랑수와즈와 나의 숙모님은 그 아침 회합에서 그날의 첫 사건들을 평가하였다. 하지만 때로는 그 사건들이 하도 신비하고 심각한 성격을 띠고 있는 것 같아, 숙모님께서는 프랑수와즈가 다시 올라올 때까지 기다리실 수 없음을 느끼셨고, 그리하여 요란한 초인종 소리가 네 번 집 안에 울려 퍼졌다.

"하지만, 옥따브 부인, 아직 펩신 드실 시각이 아니에요. 혹시 무력증을 느끼셨어요?" 프랑수와즈가 말하였다.

"천만에, 프랑수와즈, 아니 그렇지, 내가 이제는 무기력증에 빠지지 않는 때가 드물다는 사실을 자네도 잘 알고 있지. 언젠가는 나 역시 루쏘 부인처럼 뉘우칠 틈도 없이 떠나겠지. 하지만 초인종을 울린 것은 그 일 때문이 아닐세. 구삘 부인이, 내가 생판 모르는 작은 여자 아이 하나와 함께 지나가는 것을, 내가 지금 자네를 보듯 분명히 보았다는 사실을 자네는 믿지 못할 걸세. 그러니 당장 까뮈의 상점에 두어 쑤[14]쯤 들고 가 소금을 사오게. 그 여자아이가 누구인지 떼오도르[15]가 자네에게 말해 주지 못할 리거의 없네."

"하지만 그 아이는 뷔뺑 씨의 딸일 거예요." 아침에 이미 까뮈 상점에 두 번이나 다녀왔던지라, 즉각 설명 드리는 편을 택한 프랑수와즈가 그렇게 대답하였다.

"뷔뺑 씨의 딸이라! 오! 가엾은 프랑수와즈, 내가 자네의 말을 믿어야겠지! 내가 그의 딸을 몰라보았다는 말이군!"

"하지만 큰 딸 이야기 하는 것이 아니에요, 옥따브 부인. 쥬이에 있는 기숙학교 학생인 계집아이에요. 제가 오늘 아침에 이미 그 아이를 본 것 같아요."

"아! 그 아이겠군." 숙모님이 말씀하셨다. "축제에 참석하기 위하여 왔겠군. 바로 그거야! 더 이상 알아볼 필요 없네. 휴가차 온 것일 테니. 하지만 잠시 후에는 우리가, 점심식사를 하기 위하여 자기의 자매 집에 와서 초인종을 누르는 싸즈라 부인을 볼 수 있을 걸세. 틀림없을 거야! 갈로뺑의 과자점에서 일하는 어린 것이 파이 하나를 들고 지나가는 것을 보았다네! 그 파이가 구뻴 부인 댁으로 가는 것이었음을 자네도 알게 될 걸세."

"구뻴 부인 집 앞에 방문객이 하나 보이면, 옥따브 부인, 그의 친척들 모두가 점심을 먹기 위하여 돌아오는 것이 머지않아 보일 거예요. 벌써 그렇게 이른 시각이 아니에요." 다시 내려가 점심을 준비해야 되기 때문에 마음이 급해졌고, 그리하여 예상되는 그 파적거리를 숙모님께 몽땅 남겨두는 것을 유감스럽게 여기지 않던 프랑수와즈가 말하였다.

"오! 정오가 되기 전에는 아니야!" 모든 것을 단념하였다는 당신께서, 구뻴 부인이 점심에 어떤 사람들을 초대하였는지 알게 되는 것에서 그토록 큰 기쁨을, 그리고 불행하게도 아직 한 시간 이상을 기다려야 할 그 기쁨을 얻으신다는 사실이 드러나지 않도록 하기 위하여, 불안하지만 신속하고 은밀한 눈길을 벽시계 위로 던지시면서, 숙모님이 체념한 어조로 대꾸하셨다. 그리고 혼잣말처럼 나지막하게 덧붙이셨다. "게다가 그 일은 내가 점심을 먹는 동안에 일어날 거야!" 숙모님의 점심은 그 자체로 하나의 충분한 파적거리였던지라, 숙모님께서 동시에 다른 파적거리를 원하시지는 않았다. "내가 먹을 크림 곁들인 계란을 평평한 접시에 담아 주는 것만은 잊지 않겠지?" 그 평평한 접시들만이 여러 주제들로 장식되었던지라, 숙모님께서는 매 끼니 때마다 그날 당신께 올리는 접시에 그려진 전설을 읽으시며 즐거워하셨다. 숙모님께서 안경을 쓰시고 『알리바바와 사십 인의 도둑』, 『알라딘 혹은 마술 램프』 등을 읽어내신 다음, 미소를 지으며 말씀하시곤 하였다. "아주 좋아, 아주 좋아."

"제가 까뮈 씨 상점에 기꺼이 가겠는데…." 숙모님께서 자기를 그곳에 보내시지 않을 것을 알고 프랑수와즈가 말하였다.

"아니야, 더 이상 그럴 필요 없네. 틀림없이 뷔뺑 씨 따님일 걸세. 가엾은 프랑수와즈, 자네를 공연히 올라오게 해서 유감스럽네."

하지만 숙모님께서는 당신이 프랑수와즈를 공연히 부르시지 않았음을 잘 알고 계셨다. 왜냐하면, 꽁브레에서는 '주민들이 모르는' 사람은 곧 신화 속의 어느 신만큼이나 믿어지지 않는 존재였기 때문이며, 또한 실제로는, 쌩-에스프리 로나 광장에 주민들을 몹시 놀라게 하는 인물이 출현할 때마다 진행된 착실한 조사가, 그 믿을 수 없는 전설적인 인물을 개인적으로나 관념적으로, 그리고 그의 호적 관계, 꽁브레에 사는 사람들과의 친척관계 및 촌수까지 알 수 있는 인물의 크기로 항상 축소시키기에 이르렀다는 사실을 주민들이 기억하지 못하였기 때문이다. 군복무를 마치고 돌아오던 쏘똥 부인의 아들, 수녀원에서 나온 뻬르드로 사제의 조카딸, 샤또덩에서 세리(稅吏)로 일하다가 은퇴를 하여 혹은 축제에 참석하기 위하여 돌아온 주임사제의 형제 등이, 예를 들자면 그러한 인물들이었다. 그들이 시야에 나타나는 순간, 단지 그들을 알아보지 못했거나 즉시 누구인지를 확인하지 못하였기 때문에, 꽁브레에 낯선 인물이 출현하였다고 믿으며 놀랐던 것이다. 그런데 하지만, 이미 오래전에, 쏘똥 부인과 주임사제가 자기들의 '나그네들'을 기다리노라고 사람들에게 예고한 적이 있었다. 저녁에 집으로 돌아온 즉시 숙모님께 우리의 산책 이야기를 해드리려고 숙모님 방에 올라갔다가, 할아버지께서도 모르시는 사람 하나와 우리가 뽕-비으 근처에서 마주쳤다고 내가 무심히 말씀드리면, 숙모님께서 놀란 듯 소리치곤 하셨다. "할아버지께서도 모르시는 사람이라, 아! 내가 네 말을 당연히 믿어야겠지!" 그러시면서도 그 소식에 조금 동요되시어, 진상을 밝히고 싶어하셨고, 결국 할아버지가 호출되곤 하였다. "숙부님, 뽕-비으 근처에서 도대체 누구를 만나셨어요? 숙부님께서도 모르시는 사람이라니요?"-"내가 모르다니, 부이으뵈프 부인 댁 정원사와 형제지간인 프로스뻬르였네."-"아! 그렇군요." 안심하신 듯, 그리고 얼굴을 조금 붉히시며, 숙모님께서 말씀하셨다. 그러더니 빈정거리는 미소를 지으시고 동시에 어깨를 한 번 으쓱하시면서 덧붙이셨다. "숙부님께서 전혀 모르시는 어떤 사람과 마주치셨다고 해서!" 그리하여 어른들께서 나에게 당부하시기를, 차후에는 더욱 조심할 것이며, 경솔한 말로 숙모님을 그렇게 흥분시키는 일이 다시는 없도록 하라고 하셨다. 꽁브레에서는 짐승이건 사람이건 모두가 어찌나 잘 알려져 있었던지, 혹시 숙모님께서 '전혀 모르시는' 낯선 개 한 마리가 지나가는 것을 우연히 보실 경우, 그것에 대해 생각하기를 멈추지 않으셨고, 그 불가해한 사실에 당신의 귀납적 추론 재능과 여가를 몽땅 바치시곤 하였다.

"싸즈라 부인 댁 개일 거예요." 확신은 없으나 진정시킬 목적으로, 그리하여 숙모님께서 당신의 '머리를 쪼개는' 일이 없도록 하기 위하여, 프랑수와즈가 말하였다.

"내가 싸즈라 부인 댁 개를 모른다는 듯 말하는군!" 하나의 사실을 쉽사리 받아들이지 않는 비판정신을 가지신 숙모님께서 대꾸하셨다.

"아! 그러면 갈로뺑 씨가 리지으에서 새로 가져온 그 개일 거예요."

"아! 그거라면 모르지."

"매우 상냥한 짐승인 모양이에요." 떼오도르로부터 들은 바가 있는지라 프랑수와즈가 덧붙였다. "사람처럼 기지가 있고, 항상 온순하며, 항상 친절하고, 항상 우아한 무엇이 보인다고 해요. 그 나이밖에 아니 된 짐승이 벌써 그토록 예의 바른 경우는 드물다고 해요. 옥따브 부인, 저는 이만 물러가야겠어요. 이렇게 노닥거릴 시간이 없어요. 열 시가 다 되어가는데 아직 화덕에 불도 지피지 못하였고, 아스파라거스 껍질 벗기는 일도 남았어요."

"그 무슨 소리인가, 프랑수와즈, 또 아스파라거스인가! 자네가 금년에는 아스파라거스 병에 걸린 모양일세. 우리의 빠리 양반들이 그것에 물리겠네!"

"천만에요, 옥따브 부인, 그것을 아주 좋아들 하십니다. 교회당에서 돌아오시면 식욕들이 왕성할 테고, 그분들이 숟가락 등으로는 잡숫지 않으실 것이니 두고 보세요."

"참, 교회당에들 갔지, 벌써 그곳에들 있을 거야. 시간 허비하지 않는 게 좋겠어. 서둘러 점심 준비하게."

숙모님께서 프랑수와즈와 그렇게 한담하시는 동안, 나는 부모님과 함께 미사에 참석하였다. 우리의 그 교회당을 내가 얼마나 좋아했던가! 그것이 지금도 내 눈에 얼마나 선한가! 우리가 들어서던, 그 검고 우박의 피해를 입은 듯 조리처럼 얽은 고색창연한 출입문은, 교회당 안으로 들어가는 시골 여인들의 소매 없는 외투와 성수에 살짝 담그는 그녀들의 수줍은 손가락의 부드러운 스침이, 수세기 동안 반복된지라 파괴력을 얻어, 농촌의 작은 짐수레 바퀴가 도로변 경계석에 날마다 부딪쳐 자국을 남기는 것처럼, 마치 돌을 휘게 하고 그 위에 가는 고랑들을 파기라도 한 듯, 그 모서리들이(출입문이 우리들을 인도하여 만나게 하는 성수반 역시) 굴절되고 깊숙이 파여 있었다. 교회당의 묘석들 밑에서는, 그곳에 묻힌 꽁브레 사제들의 고결한 유해가 성가대석의 정신적 포석(鋪石)과 같은 역할을 하였고, 묘석들 또한 더 이상 생기 없고 단단한 질료가 아니었다. 왜냐하면, 세월이 묘석들을 부드럽게 만들어, 그것들이 자신들의 네모꼴 경계 밖으로 꿀처럼 서서히 흘러넘치게 하였기 때문인데, 여기 한쪽에서는, 자신들이 흐르는 대로 꽃처럼 피어난 고딕체 대문자 하나를 이끌어 가면서, 그리고 대리석 백색 제비꽃들을 익사시키면서, 노르스름한 물결 하나가 네모꼴 경계를 넘어섰고, 그것들 안쪽에서는, 즉 또다른 곳에서는, 타원형의 라틴어 묘비명을 더욱 수축시키면서, 그 축약된 글자들의 배열에 변덕 하나를 더 추가하면서, 즉 한 단어의 다른 글자들은 터무니없이 떨어져 있는데 유독 글자 둘만 한껏 접근시키면서, 묘석들이 스스로를 다시 흡수하고 있었다. 그 교회당의 그림 유리창들은 햇볕이 별로 없는 날에 유난히 영롱하게 반짝였던지라, 밖은 비록 회색빛 날씨라도 교회당 안은 화창하리라 확신할 수 있었다. 그 유리창들 중 하나는, 놀이용 카드의 왕과 비슷하며, 하늘과 땅 사이에 있는 거대한 닫집 밑에 사는 인물 하나만으로 가득 채워져 있었다(그리고 그 유리창의 비스듬하고 푸른 반사광 속에서, 가끔 평일 정오에, 미사가 없을 때—환기되고, 텅 비고, 더욱 인간적이고, 값비싼 가구들 위로 햇볕이 비쳐 더욱 사치스러워져서, 교회당이 어느 중세풍 저택의 조각된 돌과 채색된 유리로 장식한 홀처럼, 거의 살 만한 거처로 보이는 그 드문 순간에—싸즈라 부인이, 교회당 맞은편의 과자점에서 막 사가지고, 점심에 먹으려 온통 끈으로 묶은 작은 케이크 꾸러미 하나를 옆에 있는 기도대 위에 놓으면서, 잠시 무릎을 꿇는 모습이 보이곤 하였다). 다른 그림 유리창 속에서는 분홍색 눈 덮인 산 하나가, 그 발치에서는 전투가 한창인데, 눈송이들이 남아 있을 법한, 그러나 어떤 여명에 의해(의심할 나위 없이, 하도 생생하여, 그것들이 돌에 영영 고착된 색깔들에 의해서라기보다는 언제든 스러질 준비가 되어 있는 밖의 미광에 의해서 그곳에 일시적으로 놓여진 듯 보이던 색조들로, 주제단 뒤의 장식벽을 붉게 물들이던 바로 그 여명에 의해) 환해진 눈송이들이 남아 있을 법한 유리판처럼, 자기의 뿌연 싸라기눈으로 부풀리던 대형 그림 유리창을, 직접 서리로 뒤덮은 것 같았다. 그리고 모든 그림 유리창들이 어찌나 고색창연했던지, 여기저기에서, 그것들의 은빛 노후함이 수세기 동안 쌓인 먼지로 번득이고 유리로 짠 그 부드러운 융단의 반짝이되 낡은 씨실의 올까지 드러내는 것이 눈에 띄었다. 그것들 중, 백여 개의 작은 장방형 유리판들로 나뉘어졌고, 샤를르 6세의 무료함을 달래주었을 법한 커다란 놀이용 카드처럼[16] 하늘색이 지배하는, 높직한 구획 하나가 있었다. 그러나 햇살 한 가닥이 반짝였음인지, 혹은 나의 시선이, 꺼졌다가 재점화되기를 번갈아 반복하는 유리판 위를 오가며, 유동적이고 진귀한 큰 불길을 이끌고 다녔음인지, 그다음 순간, 유리판이 공작새 꼬리의 끊임없이 변화하는 광채를 띠더니, 뒤이어 침침하고 바위투성이인 천장으로부터 축축한 벽을 따라 방울져 흐르는 활활 타오르며 환상적인 빗물 형태로 파르르 떨고 물결처럼 구불거리는지라, 내가 마치 구불구불한 종유석들로 인해 무지개 빛을 발산하는 어느 동굴의 홀에서, 기도서를 들고 가시는 내 부모님의 뒤를 따르고 있는 것 같았다. 잠시 후, 마름모꼴을 한 작은 그림 유리창들이 깊은 투명성을, 그리고 고위 사제의 가슴받이 장식 위에 병렬로 배치하였을 사파이어들의 깨뜨릴 수 없는 견고함을 띠었으나, 그 사파이어들 뒤에, 그 보석들보다 더 사랑스러운 태양의 순간적인 미소 한 가닥이 있음을 느낄 수 있었다. 그 태양의 미소는, 보석들을 적시고 있던 푸르고 부드러운 물결 속에서도, 광장의 포석들 위에서나 장터의 지푸라기 위에서 못지않게, 선명히 식별되었다. 그리하여 우리가 부활절 전에 도착하여 보낸 첫 번째 일요일에도, 비록 대지가 아직 헐벗고 칙칙하였지만, 루이 성왕의 후계자들 시절에[17] 시작된 일종의 역사적 봄날[18] 속에, 유리 물망초로 짠 그 눈부신 황금빛 융단이 피어나게 하여 나를 위로하곤 하였다.

  날실들을 수직으로 배열하여 짠 장식용 융단 두 장이 에스테르의 대관식 장면을 나타내고 있었으며(전설에 의하면 아하수헤로스에게 어느 프랑스 왕의 모습을 부여하였고, 에스테르에게는 그 왕이 연모하던 어느 게르망뜨 가문 귀부인의 모습을 부여하였다고 한다), 그 융단들의 색깔들이 용해되면서, 융단에다 새로운 표현과 두드러짐과 조명을 하나씩 추가해 주었다. 그리하여, 약간의 장밋빛이 에스테르의 입술 윤곽선 밖으로 넘쳐 감돌고 있었으며, 그녀가 입은 드레스의 노란색이 어찌나 감촉 부드럽게 그리고 어찌나 풍만하게 펼쳐지던지, 에스테르가 일종의 밀도(密度)를 얻어, 색조 억제된 대기 속으로 힘차게 비상하고 있었다. 그리고 나무들의 초록색은, 비단과 모직 자락들로 이루어진 아랫부분에서는 여전히 선명한 색조를 띠었으되, 꼭대기 쪽으로 '올라가서는', 즉 어둔 색 짙은 둥치들 위쪽에서는, 노랗게 변하면서 황금빛을 띤, 그리고 보이지 않는 어느 태양의 급작스럽고 비스듬한 조명에 의해 반쯤 지워진 듯한, 높은 가지들로 하여금, 더 창백한 색조를 띠고 드러나게 하였다. 그 모든 것들이, 그리고 특히 나에게는 거의 전설 속 인물들과 같았던 인물들이 교회당에 남긴 진귀한 물건들로(엘루와 성자가 세공하였고 다고베르가 헌납하였다는[19] 황금 십자가, 게르만 왕 루이의 아들들[20]이 묻힌 반암과 에나멜 칠한 구리로 조성한 무덤 등) 인해, 우리들이 우리의 좌석으로 갈 때마다, 내가 요정들이 방문한 골짜기 속으로, 즉 어느 촌사람이 요정들의 초자연적인 방문의 촉지할 수 있는 흔적을 하나의 바위나 나무, 늪 등에서 발견하고 경이로움에 사로잡힐 법한 골짜기 속으로 들어가기라도 하듯, 내가 교회당 안으로 과감히 전진하곤 하였는데, 그 모든 것들이, 내 눈에는 그 교회당이 도시의 나머지 다른 것들과 완전히 다른 그 무엇처럼 보이게 하였다. 그것은 이를테면 네 차원(次元)의 공간을—제4차원은 시간의 차원이니—점하고 있는, 그리고 여러 세기에 걸쳐 자기의 신도석을 펼치고 있는[21] 하나의 역사적 기념물이며, 거대한 선박같은 신도석은, 기둥과 기둥 사이의 공간들과 예배소들을 하나하나 거쳐, 몇 미터의 거리뿐만 아니라 자신이 의기양양하게 빠져나온 연속적인 시대들까지 정복하며 건너는 것 같았다. 그것은 또한 자기의 두꺼운 벽들 속에 거칠고 사나운 11세기[22]를 감추고 있는 역사적 기념물로서, 그 벽으로부터 11세기가, 출입문 근처에 종각으로 통하는 층계가 파놓은 깊은 홈을 통해서만, 다듬지 않은 석재들에 의해 막히고 소경이 된 자기의 육중한 홍예틀을 거느리고 겨우 모습을 드러내고 있었으며, 그곳에서조차, 촌스럽고 성마르며 옷차림 남루한 남자 동생을 다른 이들에게 보이지 않으려고 미소를 지으며 동생 앞을 막아서는 누나들처럼, 그것 앞에 교태를 부리며 서둘러 몰려드는 우아한 고딕식 아케이드들에 의해 감추어져 있었다. 그리고 또한 그것은, 성왕 루이[23]를 내려다보았고 아직도 그를 보고 있는 듯한 자기의 종탑을, 광장 위 하늘로 높이 치솟게 하고 있는 역사적 기념물이었다. 그 역사적 기념물은 또한 자신의 지하실과 함께 메로베 왕조 시절의 밤 속으로 깊숙이 처박히고 있었으며, 그 속에서 떼오도르와 그의 누이가, 어두운 그리고 거대한 석제 박쥐의 날개처럼 힘차게 주름 잡힌 천장 밑으로 우리들을 더듬더듬 인도하면서, 양초 한 가락의 불빛을 이용하여 씨쥬베르의 손녀가 묻혀 있다는 무덤을 우리들에게 보여 주었고, 무덤 위에 깊숙한 조개껍질 모양이—어떤 화석의 흔적처럼—파여 있는데, 사람들이 하는 말에 의하면, '그 프랑크족 왕녀가 살해되던 날 저녁, 현재의 교회당 후진(後陳) 자리에 걸려 있던 크리스탈 램프가 황금 사슬로부터 스스로 분리되어 묘석 위로 떨어지는 바람에 파인 것이며, 하지만 그 순간 크리스탈이 깨지지도 불이 꺼지지도 않은 채, 램프가 돌 속에 처박히면서 돌이 부드럽게 주저앉게 하였다'[24)]고 한다.

꽁브레 교회당의 후진,[25)] 그것에 대하여 무슨 진지한 이야기를 할 수 있을까? 그것이 하도 거칠었고, 예술적 아름다움이나 심지어 종교적 열정조차 결여되어 있었으니 말이다. 밖에서 보면, 즉 그것보다 낮은 쪽에 있던 교차로에서 보면, 전혀 다듬지 않았고 자갈들이 비죽비죽 솟은 석재로 쌓았으며, 교회당의 특색이라고는 전혀 없는 토대로 인하여, 그것의 거친 벽면이 더 높아 보였고, 그것의 대형 유리창들이 지나치게 높은 위치에 뚫린 것 같았으며, 전체적인 외양이 교회당보다는 감옥의 기색을 띠고 있었다. 그리하여 물론, 훗날 내가 본 모든 교회당들의 찬연한 후진들을 회상할 때에도, 꽁브레 교회당의 후진을 그것들과 비교해 볼 생각이 뇌리를 스친 적은 아마 없었을 것이다. 다만 어느 날, 지방의 어느 좁은 길모퉁이에서, 골목길 셋이 교차하는 지점 맞은편에 있는 투박하고 지나치게 높으며 창문들이 높직하게 뚫린, 그리고 꽁브레 교회당의 후진처럼 균형 잡히지 않은 외양을 띤 벽 하나를 우연히 보게 되었다. 그 순간 나는, 샤르트르[26]나 랭스[27]에서와는 달리, 그 벽에 종교적 감정이 얼마나 힘차게 표현되었는지를 나 자신에게 묻지는 않았으나, 나 자신도 모르는 사이에 탄성을 터뜨렸다. "교회당이다!"

교회당! 그것의 북쪽 출입문이 있던 쌩-일레르 로에서 자기의 두 이웃인 라뼁 씨의 약국과 루와조 부인의 집 사이에 경계를 이루며 그 두 건물과 추호의 간격도 없이 붙어 있고, 만약 꽁브레의 길에도 번호들이 있었다면 자기 고유의 번호를 가질 수도 있었을, 그리하여 우체부가 아침에 우편물을 배달할 때면, 루와조 부인 댁에 들어가기 전과 라뼁 씨 댁에서 나온 후에 당연히 멈추어야 할 듯 보이던, 꽁브레의 평범한 시민과 같았던, 친숙한 교회당이었다. 그러나 교회당과 나머지 모든 것들 사이에는, 나의 오성이 결코 넘을 수 없는 경계선이 있었다. 루와조 부인이 푸크샤들을 자기의 집 창틀에 내어놓아도 아무 소용없었던 바, 그것들이 자기들의 가지가 항상 고개를 숙이고 사방으로 쏘다니도록 내버려 두는 못된 버릇을 드러내고, 그것들의 꽃들은, 어느 정도 성숙하기가 무섭게 모든 다른 일 제쳐두고, 교회당의 어두운 벽면으로 달려가 자기들의 충혈된 보랏빛 볼을 그것에 부벼 식히지만, 내가 보기에는 그런다고 해서 그 푸크샤들이 더 신성해지는 것 같지 않았다. 그 꽃들과 그것들이 달려가 기대곤 하던 검게 변한 돌 사이에서, 비록 나의 두 눈은 어떤 간극도 포착하지 못하였지만, 나의 오성은 하나의 심연을 상정(想定)해 두고 있었다.

꽁브레가 아직 나타나지 않은 지평선 위에, 잊을 수 없는 자신의 모습을 새기던 쌩-일레르 교회당의 종루는, 아주 멀리에서도 알아볼 수 있었다. 그리하여, 부활절 주간에, 우리들을 빠리에서부터 태우고 오던 기차에서, 자기의 작은 철제 수탉[28]을 사방으로 치닫게 하면서 하늘의 모든 밭고랑 위를 차례로 질주하는 그것을 보시면, 아버지께서 우리에게 이렇게 말씀하시곤 하였다. "어서 덮개[29]들을 챙기도록 해요. 다 왔어요." 그리고 우리가 꽁브레에서 먼 산책길에 나설 경우, 좁고 사방이 막힌 산책로가 문득 쏟아지듯 광막한 고원으로 통하고, 그 지평선을 들쭉날쭉한 숲들이 둘러싸고 있으며, 그 위로 오직 쌩-일레르 교회당 종루의 뾰족한 끝만이 보이는 지점 하나가 있는데, 그 종루의 뾰족한 끝이 어찌나 가늘고 발그레한지, 그것이 마치, 그 풍경에, 오직 자연으로만 이루어진 그 화폭에, 그 작은 예술의 흔적을, 그 유일한 인간의 징표를 부여하기 원했을 어느 손톱 하나에 의해, 하늘에 살짝 그어진 것 같았다. 그리고 우리가 접근하여, 종루 옆에 잔존하며 그것보다 덜 높은, 반쯤 파괴된 정방형 탑을 발견하는 순간[30], 우리들은 특히 돌들의 불그스름하고 어두운 색조에 놀라곤 하였으며, 만약 안개 짙게 낀 어느 가을 날 아침이었다면, 그것이 포도밭의 격렬한 보랏빛 위로 우뚝 솟은, 그리고 개머루 색깔과 유사한, 자줏빛의 폐허라고 생각하였을 것이다.

우리가 집으로 돌아올 때면, 광장에 이르러, 할머니께서 나를 멈추게 하신 후 종루를 자주 바라보시곤 하였다. 오직 인간의 얼굴에만 아름다움과 존엄성을 부여하는 정확하고 고유한 간격의 비율을 유지하며 상하로 둘씩 배치된 종탑의 창문들을 통하여, 종루가 까마귀 떼를 놓아 보내어 규칙적으로 떨어지게 하였으며, 까마귀들은, 자기들을 못 본 척 자유롭게 놀도록 내버려두던 늙은 돌들이 문득 살 수 없는 곳으로 변하여, 무한한 동요의 원리를 발산하면서 자기들을 후려쳐 내몰기라도 한 듯, 마구 울부짖으며 탑 주위를 선회하곤 하였다.[31] 그러다가, 저녁나절 대기의 보랏빛 벨벳에 어지럽게 선들을 마구 그어놓은 다음, 문득 진정된 듯, 불길했다가 다시 상서로워진 탑으로 돌아와 그 속으로 흡수되었고, 그것들 중 몇몇은, 물결의 잔등 위에서 낚시꾼처럼 꼼짝도 하지 않고 머물러 있는 갈매기처럼, 작은 종루들 상단에서, 혹시 벌레를 쪼아 먹고 있을지는 모르되, 여기저기에 자리를 잡은 채 움직이지 않는 것 같았다. 할머니께서는, 물론 왜 그런지는 모르지만, 쌩-일레르 교회당 종루에는 상스러움이나 허세 및 째째함 등이 없다고 하셨는데, 그러한 특징이 바로 할머니로 하여금, 인간의 손이, 대고모님 댁 정원사가 그랬듯이, 왜소하게 만들어버리기 전의 자연과 천재들의 작품들을 좋아하시게 하였고, 그러한 자연과 작품들에 유익한 영향력이 풍부할 것이라고 믿으시게 하였다. 그리고 의심할 나위 없이, 사람들의 눈에 보이던 교회당의 전모가, 그 속에 주입된 일종의 사념으로 인하여 다른 모든 건축물들과는 특이하게 구별되었지만, 그 교회당이 자신을 의식하는 듯하고 개별적이며 책임 있는 하나의 존재를 입증하는 듯한 것은 그것의 종루에서였다. 교회당을 대변하던 것은 종루였다. 그리고 특히 내가 믿기에는, 어렴풋이나마, 할머니께서 이 세상의 그 무엇보다도 귀하게 여기시는 것을, 즉 자연스러운 기색과 품위 있는 기상을, 꽁브레 교회당의 종루에서 발견하신 것 같다. 건축술에 관한 지식이 없었던 할머니께서 말씀하시곤 하였다. "얘들아, 너희들이 나를 비웃어도 좋다만, 그리고 저것이 규범에 입각해 보면 아마 아름답지 않다 할 수 있겠으나, 저것의 고색창연하고 기이한 형상이 내 마음에 드는구나. 내 확신하거니와, 저것이 만약 피아노를 연주한다면 '건조하게'는 연주하지 않을 것이다." 그러신 다음, 종루를 응시하시면서, 기도

하기 위하여 모아진 두 손처럼 위로 올라갈수록 서로 접근하는 석재 경사면들의 부드러운 팽팽함과 열렬한 굽이를 눈으로 따라 가시면서, 당신 스스로를 온통 화살 같은 첨탑의 분출에 어찌나 완벽하게 합일시키셨던지, 할머니의 시선이 첨탑 끝과 함께 치솟는 것 같았다. 그리고 동시에 할머니가 그 마모된 태곳적 돌들에게 다정한 미소를 보내시곤 하였으며, 그 순간 석양이 돌들의 꼭대기만 비추었는데, 그 햇볕 드는 구역으로 들어가는 순간부터 빛에 의해 부드러워진 돌들은, 한 옥타브 높아진 날카로운 음성으로 다시 시작한 노래처럼, 단번에 훨씬 더 높이, 더 멀리 올라가 있는 것 같았다.

  모든 활동들과 모든 시각(時刻)들과 도시의 모든 시점(視点)들에게 그것들의 형상과 대관식과 축성(祝聖)을 부여하는 것은 쌩-일레르 교회당의 종루였다. 나의 침실에서 청석(靑石)으로 덮은 그것의 밑 부분밖에 보이지 않았으나, 일요일에, 뜨거운 여름 아침나절 열기에 그것이 검은 태양처럼 이글거리는 것이 보이면, 내가 나 자신에게 중얼거리곤 하였다. "맙소사! 아홉 시야! 대미사에 가기 전에 레오니 숙모님에게 문안드릴 시간을 내려면 준비를 해야지." 또한 그 순간 나는, 광장 위에 떠 있을 태양의 색깔과, 장터의 열기와 먼지, 엄마가 미사 전에 들어가서서 생마포(生麻布) 냄새에 휩싸이신 채 어떤 손수건 한 장을 구입하실지도 모를 상점의 발이 드리우고 있을 그늘 등을 정확히 알고 있었으며, 상점의 문을 닫으려 준비하면서 뒷방으로 가서 자기의 나들이용 상의를 걸치고, 아무리 침울한 정황에서도 모험이나 축하연 혹은 성공에 임한 기색으로 오 분마다 습관처럼 마주 비비던 손을 비누로 씻고 돌아온 상점 주인이, 몸을 곧게 펴 뒤로 조금 젖히며, 점원을 시켜 그 손수건을 엄마에게 보여드리게 할 것이다.

　미사 후, 화창한 날씨를 놓치지 않고 우리의 사촌들이 띠베르지에서 와 우리와 함께 점심을 먹게 되어 있었던지라, 평소보다 더 큰 브리오슈 하나를 가져오라고 떼오도르에게 이르기 위하여 상점 안으로 들어서면, 문득 우리들 앞에 종루가 보였고, 축복받은 더 큰 브리오슈처럼 역시 황금빛으로 구워졌으며 비늘들과 태양의 고무질 방울들로 덮인 종루가, 자기의 뾰족한 끄트머리를 푸른 하늘로 찔러 넣고 있었다. 그리고 저녁나절, 내가 산책에서 돌아오면서, 잠시 후에는 엄마에게 저녁인사를 드려야 하고 더 이상 엄마를 볼 수 없게 될 순간을 생각할 무렵에는, 기울어가는 낮의 잔광 속에서 그것이 반대로 어찌나 부드럽던지, 그것의 압력에 눌려 가볍게 파이면서 그것에게 자리를 만들어 주고 가장자리로 흘러넘친 창백해진 하늘 위에, 갈색 벨벳 방석처럼 놓여 박힌 것 같았다. 또한 그것 주위를 선회하는 새들의 울부짖는 소리가, 그것의 적막을 증대시키고, 그것의 화살 같은 끄트머리를 더 높이 쏘아 올리며, 그것에게 형언할 수 없는 무엇을 주는 것 같았다.

　교회당 뒤쪽에, 즉 교회당이 보이지 않는 지점에, 용무를 보러 갈 경우에도, 집들 사이로 때로는 이곳에 때로는 저곳에 불쑥 솟은 종루를 위하여 모든 것들이 정돈된 것처럼 보였고, 교회당 없이 그것이 그렇게 나타날 때 더욱 감동적이었다. 그리고 물론, 그런 식으로 보일 경우 더 아름다운 다른 많은 종루들이 있으며, 나는 나의 추억 속에 지붕 위로 솟은 종루들의 가두리 장식들을 간직하고 있는 바, 그 장식들은 꽁브레의 서글픈 길들이 구성하던 것들과는 다른 예술적 성격을 가지고 있다. 나는 발벡 근처의 어느 기이한 노르망디풍 도시에 있는, 그리고 나에게는 여러 측면에서 매우 귀하고 존경스러운, 매력적인 18세기 저택 두 채를 영영 잊을 수 없을 것 같은 바, 그 저택 앞 계단으로부터 하천 쪽으로 내려가며 펼쳐진 매력적인 정원에서 도시를 바라보노라면, 두 저택이 가리고 있는 어느 교회당의 고딕식 첨탑이, 저택들의 전면을 완성하고 그것 위로 올라서는 듯한 기색으로 치솟지만, 그 첨탑이 워낙 이질적인 자재로 이루어졌고, 워낙 진귀하고, 워낙 고리무늬(環紋)가 많고, 워낙 발그레하고, 워낙 반짝이는지라, 해변에서, 밀착된 예쁜 두 조약돌 사이에 끼어 움직이지 못하는 에나멜 광택 반짝이고 방추형인 어느 조개의 자홍색 돌며 총안 무늬 있는 나선형 탑이 두 조약돌의 일부가 될 수 없듯, 그 첨탑 또한 두 저택의 일부가 아님을 분명히 알 수 있다. 심지어 빠리에도, 그 도시에서 가장 지저분한 구역들 중 하나에도, 그곳에 앉으면, 여러 길들에 있는 지붕들이 무더기로 쌓여 형성된 제1전경(前景), 제2전경[32], 때로는 제3전경 너머로, 가끔 불그레한 색조를 띠다가, 또 어떤 때에는 대기가 인화한 가장 고아한 '양화(陽畵)'[33] 속에서, 재를 녹여 얻은 침전물처럼 검은색을 띠기도 하는 보랏빛 종 하나가 보이는 창문이 있음을 나는 알고 있다. 그 종은 다름 아닌 쌩 오귀스땡 교회당의 둥근 지붕이며[34], 그것으로 인하여 그 창문에서 바라보는 빠리의 풍경이, 삐라네시가 판화로 그린 로마 풍경의 몇몇 특색을 띠기도 한다.[35] 그러나, 추억 속에서 나의 기억력이 그 작은 판화들을 어떠한 감상력을 가지고 완성시킨다 하더라도, 그것들 중 어느 하나에도, 내가 이미 오래전에 상실한 것을, 즉 우리로 하여금 어떤 사물을 하나의 광경으로 여기게 하지 않고 등가물이 없는 유일한 존재로 믿도록 하는 감정을, 부여할 수 없었던지라, 그 판화들 중 어느 것도, 교회당 뒤 길들에서 보던 꽁브레의 종루가 드러내던 모습들이 남긴 추억과는 달리, 내 생명의 깊숙한 부분 전체를 자기에게 예속시키지는 못한다. 우리가 다섯 시에, 왼쪽 건물 몇 채 건너에 있는 우체국 사무실로 편지를 찾으러 가던 중, 홀로 나타난 뾰족한 끝 하나로 지붕들의 상단 분수선(分水線)을 별안간 불쑥 높이고 있던 그것을 보게 될 때건, 우리가 싸즈라 부인에게 문안을 드리러 그 댁에 들어가고자 할 경우, 종루를 지나 두 번째 길로 접어들어야 한다는 사실을 알기 때문에, 이번에는 반대로 다시 낮아진 그 분수선을 눈으로 따라가건, 그리고 또, 우리가 더 멀리 역까지 갈 때, 그것이 새로운 모서리들과 표면들을, 자신의 은밀한 변형의 순간에 들킨 어느 고형물처럼,[36] 옆모습으로 드러내고 있는 것을 비스듬히 바라보게 되던 경우에건, 혹은 비본느 냇가에서 원경(遠景)으로 본 근육 실하게 응집되고 높아진 교회당 후진이, 자신의 첨탑을 하늘의 심장을 향해 발사하려는 종루의 안간힘으로 인해 용솟음치는 듯 보일 때이건, 우리는 언제나 그 종루 곁으로 돌아와야 했고, 그 몸뚱이가 비록 인간의 무리 속에 감추어져 있어도 내가 결코 군중과 혼동하지 않던 신의 손가락처럼 내 앞에 쳐들려 있던 느닷없는 첨탑 하나로, 집들에게 최고(崔告)하면서 모든 것을 지배하던 것은 항상 그 종루였다. 그리하여 지금도, 지방의 어느 대도시나 내가 잘 모르는 빠리의 어느 거리에서, 나에게 길을 일러준 어느 행인이 하나의 지표로 멀리 있는 어떤 병원 망루나, 내가 접어들어야 할 길 모퉁이에서 자기 사제모(司祭帽)의 뾰족한 끝을 치솟게 하고 있는 수녀원의 종루를 가리킬 경우, 나의 기억이 그것에서, 이미 사라져버린 사랑스러운 형상과 비슷한 모습을 희미하게나마 조금이라도 발견하기만 하면, 내가 혹시 길을 잘못 들어서지 않을까 확인하기 위하여 그 행인이 나에게로 고개를 돌릴 경우, 이미 시작한 산책이나 해야 할 심부름을 까마득히 잊은 채, 나의 심층부에서 망각 위에 재탈환된 대지[37]가 다시 배수(排水)되고 재건되는 것을 느끼고 회상하려 노력하면서, 몇 시간 동안이건, 꼼짝도 하지 않고, 종루 앞에 머물러 있는 나를 발견하고 놀랄 것이다. 또한 그럴 경우, 의심할 나위 없이, 그리고 조금 전 행인에게 길을 묻던 때보다 더 근심에 사로잡혀, 나는 나의 길을 찾아 헤매며 어느 길모퉁이를 돌아설 것이고…. 그러나… 그것은 나의 가슴속에서일 것이다….

 미사에 참석한 후 돌아오던 중 우리가 자주 르그랑댕 씨와 마주치곤 하였는데, 그는 자기의 기술자라는 직업 때문에 항상 빠리에 묶여 있었던지라, 긴 여름 휴가철 이외에는, 꽁브레에 있는 자기의 소유지에 와서 토요일 저녁부터 일요일 아침까지밖에 머물 수 없었다. 그는, 자신들이 찬연한 성공을 거둔 과학 분야 이외에서도, 자기들의 직업적 전문분야에는 소용이 없으되 대화석상에서는 유용한, 문예라든가 회화 등 전혀 다른 교양을 갖춘 사람들 중 하나였다. 많은 직업문인들보다 더 문예에 정통하고(우리가 그 시절에는 르그랑댕 씨가 문인으로서의 상당한 명성을 누리고 있었다는 것을 몰랐고, 따라서 어느 유명한 작곡가가 그의 시를 위하여 멜로디 하나를 작곡한 바 있다는 사실을 알고 몹시 놀랐다), 많은 화가들보다 더 뛰어난 '능란함'을 타고난 그들은, 자기들이 영위하고 있는 삶이 자기들에게 적합한 삶이 아니라고 상상하며, 그리하여 자기들의 직업 활동에, 환상 섞인 태평스러움을 가미하거나, 지속적이되 오만하고, 경멸적이며, 신랄하되 정직한 열의를 보이기도 한다. 큰 키에 아름다운 풍채, 황금빛 긴 코 밑 수염과 푸르고 열광 사라진 시선이 돋보이는, 생각에 잠긴 듯하고 섬세한 얼굴에, 세련된 예의를 갖춘, 우리가 일찍이 들어보지 못한 대화술을 갖춘 그가, 그를 항상 모범으로 내세우던 우리 집안 사람들에게는, 삶을 가장 고아하고 품위 있는 방법으로 영위하는 일류 인간의 전형이었다. 다만 나의 할머니께서는, 그가 말을 조금 지나치리 만큼 능숙하게, 책처럼 너무 잘하여, 거의 학생복처럼 수직을 이루던 그의 상의 속에서 항상 나부끼던 큰 나비넥타이에 있는 자연스러움이 그의 언어에 결여된 것이 흠이라고 하셨다. 할머니는 또한 그가 귀족계급과 사교계 생활과 스노비즘 등을 규탄하며 자주 불길 같은 장광설을 쏟아내는 것에 놀라셨고, 그것은 '틀림없이 파울루스 성자가 사면이 있을 수 없는 죄[38]에 대하여 말하면서 생각한 죄일 것'이라고 하셨다.

사교계로 향한 야심이란, 나의 할머니께서 느끼실 수 없을 뿐만 아니라 거의 이해조차 하지 못하시던 감정이었던지라, 그토록 열을 내어 그것을 비난하는 것이 할머니에게는 부질없는 짓으로 보였다. 뿐만 아니라 할머니께서는, 남부 노르망디 발백 근처에 사는 어느 귀족과 결혼한 누이를 둔 르그랑댕 씨가, 앞뒤 가리지 않고 귀족들을 그토록 난폭하게 비난하다 못해, 심지어 그들을 몽땅 단두대로 보내지 않았다고 대혁명[39]까지 나무라는 것은, 우아한 교양의 발로가 아니라고 하셨다.

"안녕하십니까, 친구들!" 그가 우리들 쪽으로 다가오며 말하곤 하였다. "이곳에 한껏들 머무실 수 있으니 다행이십니다. 저는 내일, 빠리로, 저의 개집으로 돌아가야 합니다."

그리고 다시, 부드러운 빈정거림과 환멸과 약간의 방심이 어린 그 특유의 미소를 지으며 덧붙이곤 하였다. "오! 물론 저의 집에는 불필요한 모든 것들이 있습니다. 꼭 필요한 것만, 여기에 있는 것과 같은 커다란 하늘 덩어리 하나만 없습니다." 그리고 나에게로 고개를 돌리며 다시 한마디 하였다. "어린 소년이여,

그대의 삶 위에 항상 하늘 한 조각을 간직하도록 노력해요. 그대에게는 흔치 않은 자질을 갖춘 아름다운 영혼, 즉 예술가의 천성이 있으니, 그 영혼에게 필요한 것이 결여되는 일이 없도록 해요."

집에 돌아온 후, 숙모님께서 우리에게 사람을 보내시어, 구뻴 부인이 미사에 늦게 참석하였는지 여부를 물으실 경우, 우리들은 숙모님께 답변을 해드릴 수 없었다. 오히려, 교회당 안에서 어떤 화가 한 사람이 질베르 르 모베[40]의 이야기를 전하는 그림 유리창을 열심히 모사하고 있더라는 말씀을 드려, 숙모님의 궁금증만 증대시켰다. 즉시 식료품점으로 프랑수와즈를 보냈지만, 떼오도르가 자리를 비우는 잘못을 저지른 바람에 빈손으로 돌아왔는데, 성가대의 일원으로 교회당 일을 도우며 동시에 식료품점 점원이었던지라, 떼오도르는 모든 사람들과 접촉하였고 따라서 모든 것들을 알고 있었다.

"아!" 숙모님이 한숨을 지으며 말씀하셨다. "어서 을랄리가 올 시각이 됐으면 좋겠어. 나에게 속 시원하게 알려줄 사람은 그녀뿐이야."

을랄리는 어린 시절부터 브르또느리 부인 댁 하녀로 일하다가, 그 부인이 타계한 후 '은퇴하여' 교회당 옆에 방 하나를 얻어 사는, 다리를 절고 귀머거리이되 매우 활동적인 독신녀로, 그녀는 교회당에 제식(祭式)이 있을 때나 없을 때나 자주 그곳에 내려와, 잠시 기도를 하거나 떼오도르가 하는 일을 돕곤 하였다. 그리고 나머지 시간에는, 나의 숙모님처럼 병석에 있는 사람들을 방문하여, 미사 동안이나 오후 예배 동안에 있었던 일들을 이야기해 주곤 하였다. 그녀는 꽁브레 교구 주임사제나 기타 주요 사제들의 내의류 및 침구들을 가끔 보살펴, 그렇게 생긴 임시 수

입을, 자기의 옛 주인들 가문이 지불하는 소액 연금에 보태는 것도 마다하지 않았다. 그녀는 검은색 천으로 지은 품이 넓고 소매가 없는 여인용 외투를 입고, 거의 수녀들이 쓰는 것과 같은 베갱 모자[41]를 쓰고 다녔으며, 피부병으로 인하여, 그녀의 볼 일부와 매부리코에는 항상 봉숭아꽃의 진홍색 색조가 감돌았다. 주임사제님 이외에는 방문객을 거의 받지 않으시던 레오니 숙모님에게는, 그녀의 방문이 커다란 기분전환의 계기가 되곤 하였다. 숙모님께서 다른 모든 방문객들을 차츰차츰 배제하시게 된 것은, 당신 보시기에, 그들이 당신께서 몹시 싫어하시는 두 인간 부류들 중 어느 하나에 속하는 잘못을 저질렀기 때문이다. 그 한 부류에 속하는 사람들은, 두 부류 중 더 나쁜 사람들이라 숙모님께서 우선적으로 떨쳐 버리신 이들로서, 숙모님께 '몸을 사리지' 말라고 조언하면서, 비록 소극적으로나마, 그리하여 불찬성을 암시하는 특이한 침묵이나 의심을 내포한 특유의 미소로 그것을 드러내면서, 햇볕 아래에서의 짧은 산책과 살짝 구운 질 좋은 비프스테이크가(비쉬산 탄산수 두어 모금만 드셔도 그것을 열네 시간 동안이나 위장 속에 간직하고 계시는데!), 숙모님의 침대와 숙모님께서 복용하시는 약보다 더 이롭다는, 숙모님의 견해를 완전히 뒤엎는 이론을 주장하는 사람들이었다. 나머지 다른 부류는, 숙모님께서 생각하시는 것보다 당신의 병세가 더 위중하다고 믿는 듯한 사람들과, 당신께서 말씀하시는 것처럼 정말 위중하다고 믿는 사람들로 구성되어 있었다. 또한, 프랑수와즈의 간청에 따라 숙모님께서는 주저하신 끝에 당신의 거처에 올라오도록 허락하신 사람들, 그리하여 숙모님을 뵙는 동안에, 위험을 무릅쓰고 조심스럽게, '날씨가 좋을 때에 조금 움직이시면…'이라고 한 마디 한다든가, 혹은 반대로, 숙모님께서 '내가 기운이 없어요, 전혀 없어요, 이제 끝장이에요, 나의 가엾은 친구들이여'라고 하였을 때, '아! 건강을 잃으면 누구나 그렇지요! 하지만 부인께서는 그 상태로도 견디실 수 있어요'라고 대꾸한 사람들, 그 두 부류의 사람들은 더 이상 숙모님의 거처에 발을 들여놓지 못하였다. 그리고, 당신 댁으로 오는 듯한 사람들이 쌩-에스프리 로에 나타나는 것을 침대에서 발견하시든가 초인종 소리를 들으시면서 드러내시곤 하던, 숙모님의 공포감에 사로잡힌 기색을 프랑수와즈가 비록 즐기긴 하였지만, 그 사람들을 돌려보내기 위하여 숙모님께서 항상 성공적으로 동원하시던 술책과, 숙모님을 뵙지 못하고 발길을 돌리던 그들의 몹시 당황한 표정을 보고, 멋지게 골탕 먹인 장난인 양, 더 즐겁게 웃었으며, 그녀가 마음속으로는, 그 모든 사람들을 접견하지 않으려는 자기의 여주인이 그들보다 우월하다고 여겼고 또 찬미하였다. 요약해 말하자면, 숙모님께서는, 사람들이 당신의 식이요법에 찬동하고, 당신의 고통을 딱하게 여기며, 당신의 미래에 대해 염려할 필요 없다고 안심시켜 드리기를 요구하셨다.

그러한 요구에 탁월하게 응한 사람이 을랄리였다. "이제 끝장 났네, 나의 가엾은 을랄리." 숙모님이 단 일 분 동안에 스무 번을 그렇게 말씀하셔도, 을랄리는 스무 번 연속하여 이렇게 대답하곤 하였다. "옥따브 부인, 부인의 환후를 부인만큼 잘 아시는 싸즈랭 부인이 어제도 저에게 말씀하셨듯이, 부인께서는 일백 세수를 누리실 것입니다."(을랄리의 가장 확고한 믿음들, 그리하여 경험이 뒷받침된 감당할 수 없을 만큼 많은 부인(否認)조차도 손상을 입힐 수 없던 그녀의 확고한 믿음들 중 하나는, 싸즈라 부인의 진정한 이름이 싸즈랭 부인이라는 것이었다)[42]

"나는 백 살까지 살겠다고 하지 않아요." 당신 생애의 명확한 한계가 정해지는 것을 보고 싶지 않으셨음인지, 숙모님께서 그렇게 대답하시곤 하였다.

또한 그 이외에도, 을랄리가 그 누구보다도 능숙하게, 그리고 피로를 느끼시게 하지 않으면서, 숙모님의 무료함을 달래드릴 줄 알았기 때문에, 뜻밖의 일이 생길 때를 제외하고는 매주 일요일 숙모님을 찾아뵙는 그녀의 방문이 숙모님에게는, 그것을 미리 생각만 하여도 하루의 시작이 유쾌하고, 을랄리가 조금만 늦어도 극도의 시장기처럼 금방 고통스러워지는, 일종의 쾌락이었다. 을랄리를 기다리는 그 쾌락이 지나치게 연장될 경우, 그 쾌락이 극도의 고초로 변하여, 숙모님께서는 끊임없이 시계를 바라보시고, 하품을 하시고, 무기력증에 빠지시곤 하였다. 을랄리가 누르는 초인종 소리가, 저녁나절에야, 즉 더 이상 기대하시지 않게 된 시각에 울리면, 숙모님은 거의 까무러칠 지경이 되시곤 하였다. 사실 일요일에는 숙모님께서 오직 그 방문만을 생각하셨기 때문에, 프랑수와즈는, 점심식사가 끝나는 즉시, 숙모님의 거처로 올라가 '분부를 받들 수 있도록'[43] 우리가 식당에서 나가기를 초조히 기다리곤 하였다. 그러나(특히 꽁브레의 날씨가 본격적으로 화창해지기 시작한 이후부터는) 정오의 도도한 시각이, 자기의 쟁쟁한 음향 왕관에 매달린 순간적인 열두 송이 작은 꽃들[44]로 쌩-일레르 교회당 종탑에다 가문(家紋)을 그려주다가 내려와, 우리의 식탁 주위에서, 역시 교회당에서 나오는 길로 즉시 우리에게로 친숙하게 다가온 축복받은 빵 근처에서, 이미 오래 전에 울려 퍼졌건만, 우리들은 날씨의 열기 때문에, 그리고 특히 먹은 음식 때문에 노곤해져서, 『천일 야화』 속 일화들이 그려진 접시들 앞에 여전히 앉아 있곤 하였다. 우리가 포만감에 짓눌려 그토록 노곤해진 것은, 계란, 양이나 송아지 갈비, 감자, 잼, 비스킷 등, 더 이상 우리에게 예고조차 하지 않고 올리는 일상적이고 변함없는 음식들에다가—우리의 식단이, 대형 교회당 정면 현관에 13세기 사람들이 조각하던 네 잎 모양 장식무늬처럼, 계절의 흐름과 일상의 작은 사건들을 조금이나마 반영토록 해주는, 들과 과수원에서의 노고, 조수(潮水)가 가져다주는 산물, 상거래의 우연들, 이웃들의 정중한 호의, 그리고 자신의 천부적 재질 등에 따라—프랑수와즈가 추가한, 가령, 그것을 팔던 여자 상인이 싱싱하다고 장담한 넙치 한 마리, 그녀가 루쌩빌-르-뺑 장에서 발견한 좋은 칠면조 한 마리, 그녀가 일찍이 우리에게 선보인 적 없었던지라 맛을 보이겠다며 조리한 골수 곁들인 야생 아티초크 요리, 야외에서는 배가 금방 '꺼지며' 따라서 저녁 일곱 시까지는 그것이 '내려갈' 시간적 여유가 충분하다면서 준비한 양의 넓적다리 고기 구이, 변화를 주기 위하여 조리한 시금치, 아직은 귀한 것이라면서 내놓은 살구, 보름 후면 더 이상 없을 것이라면서 내놓은 까치밥나무 열매, 스완 씨가 점심 식사를 위하여 특별히 가져온 나무딸기, 두 해 동안 열매를 맺지 않던 정원의 벚나무에서 딴 버찌 만물, 내가 전에 좋아하던 크림치즈, 그녀가 전날 주문하였다는 편도(扁桃) 넣은 과자, 우리가 제공해야 할 차례였기 때문에 사 온 브리오슈 과자 등 때문이었다. 그 모든 것들을 먹고 난 후에는, 우리들을 위하여 각별히 배합한, 그러나 그것을 좋아하시던 아버지에게 특별히 헌정된, 프랑수와즈의 영감과 정성의 산물이었던 초콜릿 크림이, 그녀가 자신의 모든 재능을 쏟아부은 덧없고 가벼운 즉흥적인 작품처럼, 우리들에게 제공되었다. 혹시, '나는 식사를 마쳤고 더 이상 시장하지도 않아요'라고 하면서 그것 맛보기를 거절하는 사람이 있었다면, 그는 즉시, 어느 예술가가 자기들에게 선물한 그의 작품 속에서조차, 예술가의 선의와 서명만이 중요함에도 불구하고, 작품의 중량과 재질에 관심을 기울이는 상스러운 자들의 반열로 격하되었을 것이다. 또한 음식을 단 한 방울이라도 접시에 남기는 행위 역시, 어떤 곡의 연주가 끝나기 전에 작곡자의 면전에서 일어서는 것과 다름없는 결례로 여겨졌을 것이다.

이윽고 어머니가 나에게 말씀하시곤 하였다. "얘야, 이곳에 한없이 앉아 있지 말고, 밖이 너무 더우면 네 방으로 올라가려무나. 하지만 식탁에서 일어서는 길로 바로 책을 읽는 일을 피하기 위해서, 잠시 바람을 쐬도록 하거라." 그럴 때마다 나는, 펌프의 곁, 그리고 투박한 돌 위에 자신의 우의적(寓意的)이고 방추형인 몸뚱이로[45] 움직이는 돋을새김 문양을 조각하던 한 마리 도롱뇽이 고딕식 성수반(聖水盤)처럼 치장하곤 하던 구유 모양의 물받이 곁, 한 그루 라일락이 그늘을 드리워 주던 등받이 없는 벤치 위에 가서 앉곤 하였으며, 그것이 놓여 있던 정원의 작은 구석에는 하인 전용 출입구 하나가 쌩-에스프리 로 쪽으로 뚫려 있었고, 별로 돌보지 않아 내버려진 그 구석 지면으로부터는, 부엌 뒷칸이 본채에서 돌출하여, 마치 독립된 건물처럼 불쑥 솟아 있었다. 그곳에서는 부엌 뒷칸 바닥의 붉고 반암(班岩)처럼 반짝이는 포석(鋪石)이 들여다보였다. 그리고 그 부엌 뒷칸은 프랑수와즈의 음산한 동굴[46]이기보다는 여신 베누스의 작은 신전[47] 같았다. 그곳에는, 유제품 상인과 과일 상인, 그리고 자기의 밭에서 거둔 맏물을 프랑수와즈에게 바치기 위하여 때로는 상당히 멀리 있는 외지고 작은 마을로부터 온 야채 상인 등의 봉헌물들이 넘치곤 하였다. 그리고 그 뒷칸의 지붕 꼭대기를 항상 한 마리 비둘기의 구구거리는 소리가 왕관처럼 장식하곤 하였다.

전에는 내가 부엌 뒷칸을 둘러싸고 있던 신성한 숲[48] 속에서 지체하지 않았다. 왜냐하면, 책을 읽기 위하여 나의 방으로 올라가기 전에, 할아버지의 형제분이시며 소령 계급으로 은퇴하신, 전직 군인이셨던 아돌프 숙부[49]께서 쓰시던 바닥층의 작은 휴게실로 들어가곤 하였기 때문인데, 그 방은, 그곳까지 닿는 경우가 드문 햇살은 들어오지 못하더라도, 창문들을 열어놓아 밖의 열기만은 들어오도록 해놓았을 때조차, 버려진 특정 사냥막들 속으로 들어가는 순간 콧구멍들로 하여금 긴 몽상에 잠기게 하는, 숲의 냄새임과 동시에 구왕조의 냄새이기도 한, 침침하고 서늘한 그 특유의 냄새를 한없이 발산하곤 하였다. 하지만 이미 여러 해 전부터 나는 더 이상 그 방에 들어가지 않았다. 다음과 같은 정황에서, 나의 잘못으로 인하여, 숙부님과 우리 가족 사이에 뜻밖의 불화가 생겼고, 그 이후로는 숙부님께서 더 이상 꽁브레에 오시지 않았기 때문이었다.

빠리에서는 매월 한두 차례씩 나로 하여금 숙부님께 문안 인사를 드리러 가게 하였고, 내가 숙부님 댁에 도착해 보면, 숙부님께서는 간편한 점퍼 차림으로 막 점심을 마치시던 중이셨으며, 흰색 바탕에 보라색 줄무늬가 있는 즈크제 작업복 상의를 입은 하인이 시중을 들고 있었다. 내가 갈 때마다 숙부님께서는, 내가 오랜 기간 발길을 끊었고, 모두들 당신을 저버렸다고 투덜거리면서 불평을 하셨다. 그러시면서 나에게 편도과자나 귤 하나를 주셨고, 우리가 함께 응접실 하나를 가로질러 지나가곤 하였는데, 그곳에서는 단 한 번도 걸음을 멈추지 않았다. 결코 불을 지피지 않던 그 응접실의 벽들은 황금빛 쇠시리로 장식하였고, 천장은 하늘을 모방하려는 듯 푸른색으로 칠하였으며, 그곳에 있는 가구들은 나의 조부모님 댁 것들처럼 새틴을 씌워 누볐지만, 그러나 노란색이었다. 그곳을 지나 우리들은 숙부님께서 당신의 '집무실'이라고 하시던 곳으로 들어갔고, 그 방 벽에는, 검은색 배경에 살집 좋은 분홍색 여신 하나가 어느 천체 위에서, 혹은 이마에 별 하나를 달고, 전차를 모는 형상을 묘사한 판화들 중 하나가 걸려 있었는데, 제2제정 시절에는 그러한 판화들에 폼페이의 분위기가 감돈다 하여 사람들이 그것들을 좋아하였고,[50] 그러다가 그것들을 배척하더니, 제기된 다른 이유들에도 불구하고, 오직 하나의 그리고 같은 이유로 그것들을 다시 좋아하기 시작하는데, 그 이유란 그 판화들에 제2제정의 분위기가 감돈다는 것이다. 나는, 숙부님의 시중꾼이 와서, 마부가 몇 시에 마차를 대기시켜야 하는지 여쭐 때까지, 숙부님과 함께 그 방에 머물렀다. 그럴 때마다 숙부님은, 당신의 경탄한 시중꾼이 꼼짝만 하여도 깨지지 않을까 두려워하던 명상에 잠기셨고, 시중꾼은 호기심을 가지고 그 명상의 결과를 기다렸으며, 결과는 항상 같았다. 드디어, 최후의 망설임 끝에, 숙부님께서 어김없이 다음과 같이 말씀하셨다. "두 시 십오 분." 그 말씀을 시중꾼이 놀란 듯한 기색으로 반복하며 재확인하였으나, 이의를 제기하는 일은 없었다. "두 시 십오 분입니까? 알겠습니다…. 그렇게 말하겠습니다…."

그 시절 나는 극장에 대한 사랑에 사로잡혀 있었다. 하지만 그것은 플라톤적인 사랑이었다.[51] 나의 부모님이 아직 단 한 번도 내가 극장에 가는 것을 허락하시지 않았던지라, 사람들이 그곳에서 맛보는 기쁨들을 내가 어찌나 부정확하게 나의 뇌리에 떠올리고 있었던지, 각 관객이 바라보는 무대가 나머지 관객들이 각자 나름대로 바라보는 다른 수천의 무대와 비록 비슷할지라도, 각 관객은 마치 입체경(立體鏡) 속을 들여다볼 때처럼, 오직 자신만을 위한 무대를 바라보리라는 믿음에서 별로 떨어져

있지 않았으니 말이다.[52]

　나는 매일 아침 모리스 원주(圓柱)[53]까지 달려가, 그곳에 게시된 공연 예정 작품들이 무엇인지 보곤 하였다. 예고된 각 작품에 의해 나의 상상세계에 제공되었고, 작품의 제목을 구성하는 단어들과 불가분의 관계에 있던 영상들 및 그 제목이 선명히 부각되어 있던, 접착제 때문에 아직 축축하고 부풀어 있던 벽보의 색깔에 의해서도 조건 지어졌던, 그 순간의 몽상들보다 더 사심 없고 행복한[54] 것은 없었다. 오뻬라-꼬믹 극장[55]의 초록색 광고지가 아니라 꼬메디-프랑세즈[56] 극장의 포도주 재강 빛 광고지에 인쇄된 「쎄자르 지로도의 유언」[57] 및 「국왕 오이디푸스」[58] 등과 같은 기이한 작품들을 제외하고는, 「검은 도미노」의 윤기 돌고 신비한 새틴만큼 「왕관의 다이몬드들」[59]의 눈부시고 하얀 깃털 모양 다이아몬드 장식과 더 판이하게 다른 것은 없을 듯하였고, 게다가 나의 부모님께서 나에게 말씀하시기를, 내가 처음으로 극장에 가게 되면 그 두 작품들 중 하나를 선택해야 할 것이라고 하신 적이 있었던지라, 두 작품 각각의 제목을 차례로 깊이 음미하여—내가 그 작품들에 대하여 알고 있었던 것은 제목들뿐이었으니—각 제목이 나에게 약속하던 즐거움을 포착하고 그것들을 비교하려 애를 쓰던 끝에, 내가 눈부시고 도도한 작품 하나와 아울러 다정하고 촉감 부드러운 작품 하나를 어찌나 힘들게 뇌리에 떠올렸던지, 후식으로 '황후의 쌀'[60]과 초콜릿 크림 중 어느 것을 먹겠느냐고 물었을 경우만큼이나, 두 작품들 중 하나를 고르기가 거의 불가능했다.

　나의 또래들과 나누던 나의 모든 대화는, 비록 나에게 아직 알려지지는 않았지만, 그 연기의 최우선적인 형태가, 다른 모든 형태들 중에서도, 나로 하여금 예술이라는 것을 예감토록 해주는,

그러한 배우들에게로 집중되었다.[61] 연극의 대사를 외우고 긴 독백에 섬세한 어조를 가미하는 각 배우 특유의 방법들 사이에서 발견되는 극도로 작은 상이점들이, 나에게는 이루 계측조차 할 수 없는 중요성을 가지고 있는 것처럼 보였다. 그리하여 나는, 사람들이 그들에 관해 나에게 들려준 이야기에 입각하여 그들을 재능에 따라 분류하고 명부를 만든 다음, 그 명부를 온종일 외우곤 하였고, 결국 그것이 나의 뇌리에서 굳어져, 그 고정성으로 나의 뇌수 작용을 방해하기에 이르렀다.

훗날, 중등학교에 다니던 시절, 수업 시간에, 선생님이 다른 쪽으로 고개를 돌리시기 무섭게, 새로 생긴 친구와 쪽지를 주고받을 때마다, 나의 첫 질문은, 그가 이미 극장에 가본 적이 있는지, 그리고 가장 위대한 배우가 고이고 그다음이 들로네라고 생각하는지 등을 묻는 것이었다. 그리하여 혹시 그가, 자기의 견해로는 훼브르가 띠롱 다음 서열에 불과하다든가 혹은 들로네가 꼬끌랭 다음 서열일 뿐이라고 할 경우, 꼬끌랭이 나의 뇌리에서 두 번째 서열로 건너가기 위하여 돌처럼 굳은 경직성을 상실하면서 얻은 급작스러운 운동성과, 들로네가 네 번째 서열로 물러서기 위하여 얻게 된 기적적인 민첩성, 풍요로운 활기 등이, 유연해지고 비옥해진 나의 뇌수에 개화(開花)와 생명의 느낌을 돌려주곤 하였다.[62]

하지만, 남자 배우들이 그렇게 나의 마음을 사로잡았는데, 그리하여 어느 날 오후 국립극장 떼아트르-프랑세에서 나오던 모방의 모습이 나에게 사랑의 오싹함과 괴로움을 야기시킬 지경이었는데, 어느 극장 정문 위에서 화염처럼 이글거리던 명성 높은 여배우의 이름이나, 이마 끈을 장미꽃으로 장식한 말들이 끌고 거리를 지나가는 어느 꾸뻬[63]의 창문에 나타난, 아마 여배우일 것이라고 내가 생각하던 여인의 얼굴을 보았을 때, 그것이 나의 내면에 더 오래 지속될 혼란스러움을 남기면서, 나로 하여금 그녀의 생활을 뇌리에 떠올리려는 무기력하고 고통스러운 노력을 기울이게 했던 게 그 얼마인가! 나는 사라 브르나르, 라 베르마, 바르떼, 마들렌느 브로앙, 쟌느 싸마리 등[64] 가장 유명한 여배우들을 재능의 순서에 따라 분류해 두었으나, 그녀들 모두에게 관심을 가지고 있었다. 그런데 나의 숙부님은 그녀들 중 많은 사람들을, 그리고 내가 여배우들과 선명히 분간하지 못하던, 많은 갈보들을 알고 계셨다. 그리고 그녀들이 당신의 댁에 자주 드나들게 하셨다. 그리고 우리가 특정한 날에만 숙부님을 뵈러 간 것은, 다른 날에는 숙부님 집안사람들이 차마 대면할 수 없었을 그 여인들이 숙부님 댁에 오곤 하였기 때문이었는데, 여하튼 그것이 집안사람들의 견해였다. 숙부님의 경우는 그 반대였던 바, 아마 결혼한 적이 아예 없었을 예쁘장한 미망인들이나, 틀림없이 가명에 불과할 요란한 이름을 가지고 있던 백작 부인들을 나의 할머니에게 소개한다든가, 혹은 가문에 전해 내려오는 보석들을 그녀들에게 주는 등, 그녀들에게 지나칠 만큼 선뜻 예의를 표하시곤 하여, 나의 할아버지와 불화를 일으키시기 한두 번이 아니었다. 그리하여 대화 도중에 어떤 여배우의 이름이 나오면, 아버지께서 미소를 지으시며 어머니에게 자주 말씀하시곤 하였다. "당신 숙부님의 여자 친구들 중 하나지." 그럴 때마다 나는, 자기들이 보낸 무수한 편지들에 아무 답장 하지 않을 뿐만 아니라, 저택으로 찾아가도 문지기를 시켜 자기들을 쫓아버리는, 그러한 여인의 집 문 앞에서 주요 인사들이 아마 수년 동안 해야 할 실습도, 그토록 많은 사람들에게는 접근조차 할 수 없으되 당신에게는 하나의 여자 친구일 뿐인 여배우를 당신 댁에서 나와 같은 애녀석 하나에게 소개하심으로써, 그 애녀석에게는 그것을 면하게 해주실 수 있을 것이라 생각하곤 하였다.

그리하여—내가 받던 교습 시간의 변경 때문에 이미 여러 차례 숙부님을 방문하지 못하였고, 또 차후로도 쉽사리 찾아뵐 수 없으리라는 핑계를 나 자신에게 내세우며—어느 날, 우리가 일상 숙부님을 방문하던 날과 다른 날, 나의 부모님이 평상시보다 일찍 점심식사를 마치신지라, 나는 집을 나섰고, 그런 다음, 나 홀로 보러 가는 것이 허락되었던 광고탑으로 가는 대신, 숙부님 댁으로 단숨에 달려갔다. 숙부님 댁 문 앞에, 말 두 필을 맨 마차가 보였고, 말들의 눈가리개에는 마부가 자기의 단추 구멍에 꽂은 것과 같은 붉은 카네이션 한 송이가 꽂혀 있었다. 층계에서 어떤 여인이 웃으며 말하는 소리가 들렸으나, 내가 초인종을 누르자 즉시 조용해지더니, 곧이어 문들을 닫는 소음이 들렸다. 시중꾼이 내려와 문을 열었고, 나를 보자 당황한 듯한 기색을 보이더니, 숙부님께서 몹시 바쁘셔서 아마 나를 접견하실 수 없을 것이라 하였으며, 그러나 내가 왔음을 고하기는 하겠노라고 하며 발길을 돌리는데, 앞서 내가 들은 여인의 음성이 다시 들렸다. "오, 그렇게 해요! 잠시 동안만이라도, 무척 재미있을 것 같아요. 당신의 책상 위에 놓인 사진에서 보자니 엄마를, 옆에 있는 사진 속의 당신 조카딸을 많이 닮았어요. 그렇지 않아요? 그 어린 녀석을 잠시만이라도 한 번 보고 싶어요."

숙부님께서 투덜거리시며 화를 내시는 소리가 들리더니, 이윽고 시중꾼이 나에게로 돌아와 들어오라고 하였다.

탁자 위에는 여느 때와 마찬가지로 편도과자 접시가 놓여 있었고, 숙부님 역시 평소와 다름없이 점퍼 차림이셨으나, 숙부님 맞은편에는, 분홍색 비단 드레스를 입고 커다란 진주 목걸이를 걸친 젊은 여인 하나가 앉아서 귤 하나를 거의 다 먹어치우는 중이었다. 그녀를 부인이라 불러야 할지 혹은 아가씨라 불러야 할지 몰라서 나는 얼굴을 붉혔고, 그녀에게 말을 건네야 하는 일이 생길까 두려워 감히 그녀 쪽으로는 함부로 눈을 돌리지 못한 채, 곧장 숙부님에게로 가서 그를 포옹하였다. 그녀가 나를 바라보며 미소를 지었고, 그러자 숙부님이 그녀에게 말씀하셨다. "내 조카요." 그러나 그녀에게 나의 이름을 알려 주지 않으셨고, 그녀의 이름 또한 나에게 말씀하지 않으셨다. 의심할 나위 없이, 나의 할아버지와 갈등을 겪으신 이후, 당신의 집안과 그러한 친분관계 사이에 어떠한 가교도 놓이지 않도록 애를 쓰시는 중이었기 때문일 것이다.

"어쩌면 엄마를 저리도 닮았을까." 그녀가 말하였다.

"하지만 당신은 내 조카딸을 사진에서밖에 본 적이 없소." 숙부님께서 퉁명스러운 음성으로 약간 노기를 띠시며 말씀하셨다.

"용서하세요, 나의 사랑스러운 벗님, 지난해 당신이 심하게 앓으시던 무렵, 제가 층계에서 그녀와 마주쳐 지나간 적이 있어요. 제가 그녀를 본 것은 번개가 한 번 번쩍하는 동안에 불과했고 또 당신의 집 층계가 어두운 것은 사실이지만, 제가 그녀를 보고 감탄하기에는 충분했어요. 이 어린 젊은이께서 그녀의 아름다운 눈과 '이것'을 그대로 물려받았어요." 그녀가 '이것'이라고 하면서 자신의 손가락으로 자기의 이마 하단에 가로줄 하나를 그었다. "벗님, 당신의 질녀 분께서도 당신과 같은 성씨[65]를 가지고 계신가요?" 그녀가 숙부님에게 물었다.

"저 아이는 특히 자기 아버지를 닮았소." 엄마를 가까이에서 그녀에게 직접 소개하실 뜻이 없으셨던 것처럼, 엄마의 이름을 입에 올려 간접적으로나마 소개하실 생각이 없었던 숙부님께서,

으르렁거리시는 듯한 어투로 말씀하셨다. "자기의 아버지를, 그리고 불쌍한 나의 어머니를 쏙 빼닮았소."

"저는 그의 아버지를 몰라요." 분홍색 드레스 입은 부인이 머리를 살짝 숙이며 말하였다. "그리고 당신의 가엾은 어머니도 뵌 적이 없어요, 나의 벗님이여. 당신도 기억하시다시피, 우리가 서로 알게 된 것은, 당신이 그 큰 슬픔을 겪으신지 얼마 아니 되어서였어요."

나는 약간 실망하였다. 그 젊은 부인이, 내가 나의 친척들 중에서 가끔 본 예쁜 여인들, 특히 매년 1월 초하루에 찾아뵙던 사촌의 딸과 별로 다르지 않았기 때문이다. 다만 옷차림이 더 화려했을 뿐, 숙부님의 여자 친구 역시 발랄하고 착한 시선이었으며, 기색 또한 솔직하고 다정했다. 나는 그녀에게서, 내가 여배우들의 사진 속에서 찬미하던 극적인 면모라든가, 그녀가 틀림없이 영위하고 있었을 삶과 관련되었음직한 악마의 표정 같은 것을 전혀 발견하지 못하였다. 나는 그녀가 하나의 갈보[66]라는 점을 믿기 어려웠고, 특히, 내가 만약 말 두 필이 끄는 마차와 분홍색 드레스 및 진주 목걸이 등을 보지 못하였다면, 그리고 숙부님께서 최고급 갈보들만 알고 지내신다는 사실을 몰랐다면, 그녀가 멋쟁이 갈보라고는 믿지 못하였을 것이다. 하지만 나는, 그녀에게 마차와 저택과 보석을 제공하는 백만장자가 도대체 어떻게, 그토록 순진하고 단정해 보이는 사람을 위하여 재산을 탕진하면서 즐거워할 수 있는지, 의아해하기도 하였다. 또한 그러나, 그녀의 실제 생활이 어떨까 생각하기에 이르자, 그 생활의 패륜성이 나를 뒤흔드는데, 그 심하기가, 그 생활이 내 눈앞에서 특이한 외양으로 구체화 되었을 경우보다도 더하였다―그녀의 생활은, 어떤 사랑의 비밀처럼, 혹은 그녀를 자기의 평민층 부모 댁에서 쫓아내어 모든 사람들의 수중에 맡겨 버린 다음 그녀가 아름다운 용모로 피어나게 하여 화류계에 진출한 후 명성을 얻게 해준 추문의 비밀처럼, 그렇게 눈에 보이지 않는 것이었으며, 내가 이미 알고 있었던 다른 많은 여인들의 것과 유사한 그녀의 다양하게 꾸민 표정과 어조 등이, 나로 하여금, 나의 뜻에 반하여, 그녀가 더 이상 어느 가정 출신이라고 할 수조차 없었건만, 그녀를 좋은 가정 출신의 아가씨로 여기게 하였다.

  우리는 함께 '집무실'로 건너갔고, 숙부님께서, 나 때문에 조금 어색해지신 기색으로 그녀에게 담배를 권하셨다.

  "그것은 사양하겠어요, 다정한 이여, 제가 대공께서 보내주시는 담배에 익숙해져 있음을 당신도 아시잖아요. 당신이 담배 때문에 질투하신다고 대공께 말씀드렸어요." 그렇게 말하면서 그녀가, 황금색 외국어 문구로 뒤덮인 갑에서 담배를 꺼냈다. 그리고 문득 다시 말을 이었다. "아니, 참, 그래요, 제가 당신 댁에서 이 젊은이의 부친을 만났음에 틀림없어요. 당신의 조카 아닌가요? 제가 어찌 그를 잊을 수 있었겠어요? 제가 보기에 얼마나 선량하고 우아했는데요." 그러한 말을 하는 그녀의 기색이 겸허하고 다정했다. 하지만 나는, 그녀가 우아하다고 한 말을 나의 아버지가 무뚝뚝하게 받아들이실 것이라 생각하면서, 더구나 내가 아버지의 조심성과 냉정함을 잘 아는지라, 마치 아버지께서 상스러운 무례를 범하시기라도 한 듯, 아버지에게로 향한 그녀의 지나친 사의와 아버지의 충분치 못할 친절함 간의 불균형으로 인해, 나의 마음이 거북했다. 훗날 돌이켜 생각해 보니, 그러한 여인들이 자기들의 너그러움과 재능, 애정의 아름다움에 대한 구애됨 없는 몽상—예술가들처럼 그녀들도 그 꿈을 현실로 옮기지 않으니, 즉 진부한 일상생활의 틀 속으로 들어가게 하지 않으니―즉 그녀들에게는 큰 비용이 들지 않는 그 황금을, 귀하고 세련된 세공과정을 거쳐, 남자들의 거칠고 다듬어지지 않은 삶을 풍요롭게 해주는데 헌신적으로 바치는 것이, 그 한가하며 동시에 학구적인 여인들의 역할 중 감동적인 측면들 중 하나처럼 여겨졌다. 나의 숙부님이 점퍼 차림으로 흡연실에서 접견하셨건만, 그녀가 그토록 부드러운 자신의 몸과 비단 드레스, 진주들, 어느 대공의 다정한 우의에서 발산되는 고상함 등으로 흡연실을 가득 채웠듯이, 그녀는 아버지가 하신 아무 뜻 없는 말씀 몇 마디를 포착하여, 그것을 섬세하게 다듬고 마지막 손질을 한 다음, 자기의 가장 순도 높은 시선[67] 하나를 박아 넣으며 진귀한 호칭 하나를 부여하였고, 그것에 겸허함과 사은의 정이 감돌게 하였으며, 결국 아버지의 그 말씀이, 하나의 예술적 보석, '완벽하게 우아한' 그 무엇으로 변하게 하였다.

"어서, 얘야, 이제 돌아가야 할 시각이다." 숙부님께서 나에게 말씀하셨다.

나는 자리에서 일어섰고, 그 순간 분홍빛 드레스 입은 부인의 손에 키스하고 싶은 억제할 수 없는 욕구를 느꼈으나, 그것이 납치행각만큼이나 뻔뻔스러운 짓일 듯 보였다. 나의 가슴이 심하게 두근거리는데, 나는 나 자신에게 같은 말만 반복하였다. "해야 하나, 하지 말아야 하나." 그러다가, 무엇인가를 할 수 있기 위하여 해야 할 일이 무엇인지 나 자신에게 묻기를 멈추었다. 그리고, 눈멀고 미친 듯한 동작으로, 조금 전에 내가 그녀를 위하여 찾아내었던 생각들을 망각한 채, 그녀가 나에게 내민 손을 나의 입술로 가져갔다.

"친절하기도 해라! 벌써 이토록 정중하고, 여인들에게 눈을 돌려요. 숙부님을 닮았어요. 훌륭한 젠틀맨[68]이 될 거예요." 자기의 말에 가볍게 브리튼적 억양을 가미하기 위하여 치열을 조이면서 그녀가 덧붙였다. "우리의 이웃인 잉글랜드 사람들이 말하는 차 한 잔(a cup of tea)[69] 마시러 우리 집에 한 번 올 수 없을지, 그럴 경우 당일 아침에 '블르'[70] 하나를 나에게 보내면 족해요."

나는 '블르'라는 것이 무엇인지 몰랐다. 그 부인이 하던 말들의 반도 이해하지 못하였다. 그러나 대답을 하지 않으면 결례가 될 질문이 감추어져 있지 않을까 하는 염려 때문에, 그 말들을 주의 깊게 듣지 않을 수 없었으며, 그로 인하여 심한 피로감을 느꼈다.

"아니 되오, 불가능한 일이오." 숙부님이 어이없다는 듯 어깨를 으쓱하시며 말씀하셨다. "이 아이는 몹시 바빠요, 공부를 열심히 하니까." 그러시면서 내가 당신의 거짓말을 듣지 못하도록, 그리하여 반론을 제기하지 못하게, 나지막한 음성으로 덧붙이셨다. "이 아이가 학교에서 모든 과목 상을 휩쓴다오. 누가 알겠소, 혹시 이 아이가 작은 빅또르 위고나 볼라벨[71] 같은 사람이 되지 않을지."

"저는 예술가들을 열렬히 좋아해요." 분홍색 드레스 입은 여인이 대답하였다. "여인들을 이해하는 사람들은 그들뿐…. 그들과 당신과 같은 엘리트들뿐이에요. 저의 무지를 용서하세요, 벗님이여. 볼라벨이 누구지요? 당신의 골방에 있는 유리창 끼운 작은 책장에서 제가 본, 금박 표지의 책들을 쓴 사람인가요? 그것들을 저에게 빌려주시겠다고 약속하셨지요. 제가 그것들을 아주 조심해서 읽을게요."

당신의 책들을 누구에게 빌려주기를 몹시 싫어하시는 숙부님께서, 그녀의 말에 아무 대꾸 하시지 않고 나를 대기실로 데리고 나가셨다. 분홍빛 드레스 입은 부인에 대한 사랑으로 정신을 잃은 내가 늙으신 숙부님의 담배 냄새로 덮인 볼을 미친 듯이 키스로 뒤덮고 있는 동안, 숙부님께서 상당히 거북하신 어조로, 차마 드러내놓고는 말씀하시지 못하고, 내가 그 방문에 대해 나의 부모님께 아무 이야기도 하지 않았으면 좋겠다는 뜻을 넌지시 드러내셨는데, 나는 눈물을 글썽거리면서 숙부님께 말하기를, 베풀어주신 자애로움의 추억이 내 속에 어찌나 강하게 새겨졌던지, 언젠가는 내가 감사의 정을 표할 방법을 찾겠노라 하였다. 그런데 정말 그 추억이 어찌나 강력했던지, 두 시간 후, 내가 지니게 된 새로운 중요성에 대해 부모님께 충분히 명료한 생각을 안겨드리지 못할 것 같은 알쏭달쏭한 몇 마디를 지껄인 끝에, 나는 숙부님 댁에서 보고 들은 것을 자세히 부모님께 말씀드리는 것이 의사 표현 분명한 사람의 태도라고 생각하였다. 그렇게 하더라도 그것으로 인해 숙부님께서 난처해지시리라고는 믿지 않았다. 내가 그것을 바라지 않는데 어찌 그러리라 믿겠는가! 또한 내가 하등의 해악도 발견하지 못한 그 방문에서 나의 부모님이 어떤 해악을 발견하실 것이라고는 상상조차 못하였다. 어떤 친구가 우리에게 부탁하기를, 불가피한 사정으로 편지를 보내지 못하였노라고 어떤 여인에게 자기를 대신하여 사과해 달라고 하였으나, 그러한 소식 두절이 우리에게와 마찬가지로 그녀에게도 별로 중요하게 여겨지지 않을 것이라 판단하여, 친구의 부탁을 소홀히 취급하는 일이 항상 생기지 않는가? 흔히들 그러듯 나 또한, 다른 사람들의 뇌수란, 그 속에 무엇을 부어 넣건 특별한 반응을 보일 능력이 없는, 하나의 무기력하고 고분고분한 집수조(集水槽)라고 생각하였다. 그리하여, 숙부님 덕분에 내가 한 사람을 알게 되었다는 소식을 내 부모님의 뇌수에 위탁함과 동시에, 내가 바라던 바와 같이, 내가 그러한 소개에 대하여 가지고 있던 호의적인 견해 또한 그곳으로 옮겨 놓을 수 있을 것을 의심치 않았다. 하지만 나의 부모님은, 숙부님이 하신 일을 평가하실 때, 불행하게도 내가 당신들께 넌지시 제시하던 원칙들과는 전혀 다른 원칙들에 의지하셨다. 아버지와 할아버지께서 숙부님을 상대로 심한 논쟁을 벌이셨고, 나는 그러한 사실을 후에 간접적으로 알게 되었다. 몇일 후 외출하였다가, 무개마차를 타고 지나가시는 숙부님과 마주쳤을 때, 나는 슬픔과 고마움과 숙부님께 표하고 싶은 가책감을 느꼈다. 나의 그 깊은 감정에 비할 때, 잠시 모자를 쳐들어 건네는 인사가 몹시 인색하게 여겨졌고, 또한 그것이 숙부님으로 하여금, 내가 당신에게 평범한 예의 이상의 것을 빚지고 있지 않다고 믿는 것처럼 생각하시게 할 수도 있을 것 같았다. 그리하여 나는, 그러한 불충분한 인사는 차라리 그만두겠다 마음을 정하고, 고개를 돌렸다. 숙부님은 나의 그러한 행동이 내 부모님의 명령에 따른 것이라 생각하셨고, 그리하여 부모님을 용서하지 못하셨으며, 여러 해 후에 세상을 떠나셨으나 우리들 중 아무도 숙부님을 다시는 뵙지 못하였다.

그리하여, 이제는 잠긴 아돌프 숙부님의 그 휴게실에 내가 더 이상 들어가지 않게 되었으며, 부엌 뒷칸 밖 변두리에서 어슬렁거리다가, 프랑수와즈가 불쑥 정원으로 모습을 드러내면서 '저의 부엌데기가 커피 시중을 들거나 뜨거운 물을 올리다 드리게 내버려 두고 저는 옥따브 부인의 거처로 급히 가야 해요'라고 나에게 말하면, 그제야 나는 집 안으로 다시 들어가기로 마음을 정한 다음, 책을 읽기 위하여 곧장 나의 방으로 올라가곤 하였다. 그 부엌데기는 하나의 법인(法人), 즉 변함없는 직무가 일종의 지속성과 정체성을 확보해 주며 일시적인 형태들의 승계를 통하여 그것들 속에서 구현되는, 하나의 상설 기구였다. 우리가 같은 부엌데기를 단 두 해 동안도 연속하여 고용하지 않았으니 말이다. 우리가 아스파라거스를 유난히도 많이 먹던 해에, 그것들의 '털을 뽑는'[72] 일을 항상 도맡아 하던 부엌데기는, 우리가 부활절에 도착하였을 때, 임신한 지 이미 오래 되고 병색 짙은 가엾은 소녀였고, 그리하여 프랑수와즈가 그녀에게 그토록 많은 심부름과 일을 시키는 것에 우리가 몹시 놀라기까지 하였던 바, 날마다 눈에 띄게 부풀어 오르며 그녀의 짧고 헐렁한 작업복 상의 밑으로 거대한 형태가 윤곽을 드러내던, 그 신비한 바구니를 앞에 달고 다니는 것을 힘겨워하기 시작하였기 때문이다. 그 작업복은, 죠또가 그린 몇몇 상징적인 인물들이 입고 있는 품과 소매가 헐렁한 외투를 연상시켰고, 그 그림들의 사진은 스완 씨가 나에게 선물하신 것이었다. 그러한 사실을 우리에게 일깨워 주신 분은 그였고, 또한 우리에게 부엌데기의 안부를 물으실 때마다 이렇게 말씀하시곤 하였다. "죠또의 '자비'[73]는 어찌 지내나요?" 더구나, 임신으로 인하여 얼굴에까지 살이 잔뜩 올라, 두 볼이 수직으로 처져 정방형을 이룬 그 가엾은 소녀가 정말, 아레나[74] 예배당에서 미덕들을 상징하고 있는, 오히려 펑퍼짐한 중년 여자들이라 해야 좋을, 그 억세고 남자 같은 처녀들을 닮았다. 또한 이제야 깨닫게 된 사실이지만, 빠도바의 그 '미덕들'과 '악덕들'[75]은 다른 측면에서도 그녀와 유사했다. 그 부엌데기 소녀가, 그 의미조차 모른다는 기색으로, 또한 그것의 아름다움과 영혼을 일절 표정에 드러내지 않은 채, 마치 평범하고 무거운 짐인 양 복부 앞쪽에 달고 다니던 그 추가된 상징에 의해서 그녀의 영상이 증폭되었듯이, 아레나 예배당 벽의 '카리타스'[76]라는 이름 밑에 그려져 있고, 그 복사본이 꽁브레의 내 공부방 벽에 걸려 있던 그림 속의 억센 가정부[7] 역시, 그녀의 힘차고 상스러운 얼굴로는 단 한 번도 자비로운 사념을 표현했을 것 같지 않지만, 자신은 그러한 사실을 전혀 의식하지도 못한 채 그 미덕을 구현하고 있다. 화가의 아름다운 창의성에 따라 그녀가 지상의 보화를 밟고 서 있으나, 영락없이 즙을 짜내기 위하여 포도알들을 짓밟는 형상, 혹은 자신의 키를 높이기 위하여 자루들 위에 올라선 형상이다. 그런 다음, 바닥층에서 지하실 환기창을 통하여 코르크마개 뽑개 하나를 달라고 하는 어떤 사람에게 어느 여자 요리사가 그것을 건네듯, 그녀가 자기의 활활 타는 심장을 신에게 내미는데, '건넨다'고 하는 표현이 더 적합할 것이다. 한편 '질투'는 조금 더 강한 질투의 표정을 지었어야 마땅하다. 그러나 그 벽화 속에서도 상징이 어찌나 큰 자리를 차지하고 있던지, 그리고 어찌나 사실적으로 구현되어 있던지, '질투'의 입술에서 혀를 널름거리는 독사가 어찌나 굵던지, 그녀의 딱 벌린 입을 어찌나 가득 채우고 있던지, 그녀의 안면 근육들은, 독사를 입속에 물고 있느라고, 자기의 입김으로 풍선을 불어 부풀리려는 아이의 안면 근육처럼 한껏 팽창해 있고, '질투'의 관심은―그 순간 우리의 관심 또한―온통 자기 입술들의 움직임에 쏠려 있어, 질투의 염(念)은 품을 겨를이 없다.

죠토가 그린 그 형상들에 대해서 스완 씨는 자주 찬탄하는 말씀을 하셨지만, 자비심 없는 그 '자비', 혀가 부어서 혹은 수술기구를 삽입해서 압축된 성문(聲門)이 목젖을 보여 주는, 의학 서적의 삽화나 연상시키는 그 '질투', 꽁브레에서 미사에 참석하였다가 본, 그리고 이미 '불의'의 예비 민병대에 지원했던 경건하고 건조한 몇몇 예쁘장한 부르주와 여인들의 특징을 환기시키는 구슬프고 초라하게 단정한 얼굴을 가진 그 '정의' 등, 스완 씨가 가져다주신 그 형상들의 복제품이 우리의 공부방 벽에 걸려 있었지만, 나는 오랜 세월이 지나도록 그것들을 바라보며 아무 기쁨도 느끼지 못하였다. 그러나 훗날 나는, 그 벽화들의 인상적인 기이함이, 그 특이한 아름다움이, 그 속에서 상징이 차지하고 있던 커다란 자리에 기인하였다는 것과, 상징화된 사념이 표현되지 않은지라, 상징이 하나의 상징물로가 아니라, 실제로 겪었거나 질료적으로 빚은 현실로 구현되었다는 사실이, 작품의 의미에 더 정확하고 더 분명한 무엇을, 작품이 내포한 교훈에 더 구체적이고 더 충격적인 그 무엇을 부여한다는 것을 깨달았다. 가엾은 부엌데기 소녀의 경우에 있어서도, 사람들의 시선이 끊임없이 그녀의 복부로 이끌려간 것은, 그 복부를 밑으로 당기던 하중(荷重)에 의해서가 아니었다. 또한 마찬가지로, 대개의 경우, 죽어가는 사람들의 생각은, 실제적이고 고통스럽고 어둡고 본능적인 쪽으로, 죽음이 정확히 그들에게 제시하고 그들로 하여금 격렬하게 느끼게 하며 우리가 죽음의 개념이라고 부르는 것보다는 그들을 짓누르는 짐이나 호흡곤란이나 절박한 갈증 등과 더 유사한 쪽으로, 즉 죽음의 이면 쪽으로 향하고 있다.

  그 '미덕들'과 '악덕들'이라는 우의화들이 임신한 하녀 못지않게 생동하고, 하녀 또한 내가 보기에는 그림들 못지않게 우의적이었으니, 그 우의화들 속에 상당한 현실성이 있었음에 틀림없다. 그리고 아마, 한 존재를 통하여 구현되는 미덕에 그 존재의 영혼[78]이 참여하지 않는(적어도 외면적으로는) 현상 역시, 그것의 미학적 가치 이외에, 하나의 심리학적 실체는 아니더라도, 최소한, 흔히들 말하는 관상학적 실체는 아마 가지고 있을 것이다. 훗날, 나의 생애 동안, 예를 들어 여러 수녀원에서, 행동하는 자비의 진실로 성스러운 화신(化身)들을 우연히 만날 기회가 있었는데, 그녀들은 일반적으로 바쁜 외과의사의 쾌활하고, 적극적이고, 무심하고, 퉁명스러운 기색이었고, 그녀들의 얼굴에서는 어떠한 동정심도, 인간의 고통에 대한 어떠한 연민도, 그러한 고통에 상처를 주지 않을까 하는 어떠한 근심도 읽을 수 없었던바, 그것은 다정함 없는 얼굴, 진정한 어짊을 감싸고 있는 적대적이되 숭고한 얼굴이었다.

 부엌데기 소녀가—마치 '오류'가 대조적으로 '진리'의 승리를 더욱 찬란하게 만들듯, 자기도 모르게 프랑수와즈의 우월성을 빛나게 하면서—엄마의 말씀에 의하면 뜨거운 물에 불과한 커피를 내온 다음 우리들 방에 겨우 미지근할 정도인 '더운 물'을 올려오는 동안, 나는 책 한 권을 손에 들고 나의 방에서 침대 위에 누워 있었고, 나의 방은 자기의 투명하고 부서지기 쉬운 시원함을 거의 닫힌 덧창 뒤에 머물게 하여 태양의 반사광으로부터 파르르 떨면서 보호하고 있었으며, 그러나 태양의 반사광은 자기의 노란 날개들을 덧문들 틈으로 침투시킬 방도를 찾은 후, 덧창의 목재와 창문의 유리 사이 한 구석에, 내려앉은 나비 한 마리처럼 꼼짝도 하지 않고 머물러 있었다. 방 안은 겨우 책을 읽을 수 있을 만큼밖에 밝지 않았고, 태양빛이 찬연하다는 느낌도 까뮈가 쀠르 로에서 먼지 뒤집어쓴 궤짝들 두드리는 소리에 의해서밖에 나에게 전달되지 않았으나(숙모님께서 '휴식을 취하시는 중'이 아니니 소음을 내도 좋다고 프랑수와즈가 까뮈에게 알려주었다), 그 소리가, 뜨거운 날 특유의 반향성 높은 대기 속에 울려 퍼지면서, 진주홍 빛 별들을 멀리 날려 보내는 것 같았다. 태양빛이 찬연하다는 느낌은, 내 앞에서 자기들의 작은 합주단을 이루어 일종의 여름철 실내악을 연주하던 파리들에 의해서도 나에게 전달되곤 하였다. 그러나 파리들의 음악은 태양빛의 찬연함을 인간의 음악과 같은 방법으로 환기시키지 않는 바, 인간의 음악은, 우리가 그것을 아름다운 계절에 우연히 들었을 때, 그 다음에야 태양빛을 우리의 뇌리에 상기시키는 반면, 파리들의 음악은 더 필연적인 관계에 의해 여름철과 합일되어 있으며, 여름철의 아름다운 날들에서 태어났을 뿐만 아니라, 오직 그러한 날들과만 함께 태어나고 그러한 날들의 진수를 약간 내포하고 있는지라, 그것이 우리들의 기억 속에 아름다운 날들의 영상을 일깨울 뿐만 아니라, 그러한 날들의 도래를, 실재적이고 주변적이며 즉각 접근할 수 있는 임재(臨在)를 보증한다.

내 방의 그 침침한 시원함과 길 위에 한껏 내리쬐는 태양의 관계는, 그늘과 햇살의 관계와 같아서, 즉 내 방의 침침함이 태양에 못지않게 빛을 발하여, 내가 만약 밖으로 산책을 나갔다면 나의 감각기관들이 그 부스러기 형태로밖에 즐기지 못하였을 여름날의 총체적인 광경을, 나의 상상세계에 몽땅 제공하곤 하였다. 또한 그렇게 그 침침한 시원함이, 흐르는 물속에 움직이지 않고 머물러 있는 손의 휴식처럼, 급류 같은 활력에서 비롯된 충격 및 생기를 감당하던 나의 휴식(나의 책들이 들려주던 이야기들, 그리고 그 휴식을 뒤흔들던 이야기들 덕분에)과 훌륭한 조화를 이루곤 하였다.

하지만 할머니께서는, 너무 뜨겁던 날씨가 나빠져, 한 바탕 폭풍우가 몰아치거나 혹은 다만 소나기가 한 차례 지나가도, 나의 방으로 올라오셔서 밖으로 나가라고 간곡히 권하시곤 하였다. 그러실 때마다 나는, 독서를 중단하기가 싫어서, 정원의 마로니에 밑에 있는, 등나무 줄기와 거친 천으로 만든 포장 달린 의자로 가서 독서를 계속하였고, 그 의자에 깊숙이 자리를 잡고 앉으면, 나의 부모님을 뵈러 오는 방문객들의 눈에도 내가 보이지 않을 것이라 믿었다.
　또한 그 순간 나의 사념 역시, 비록 외부에서 일어나는 일들을 바라보기 위해서라 할지라도, 내가 그 밑바닥에 깊숙이 머물러 있다고 느끼던, 일종의 또다른 하나의 요람 아니었던가? 내가 하나의 외부 대상을 볼 때에는, 그것을 보고 있다는 의식이 나와 그것 사이에 머물러 있었고, 얇은 정신적 가두리 장식띠로 그것을 둘러싸고 있어, 내가 그 대상의 질료와 절대 직접 접촉하지 못하도록 막곤 하였다. 어떤 의미에서는 그 질료가, 내가 자기와 접촉하기 전에 기화(氣化)되곤 하였는데, 그것은 마치 습기로 덮인 사물에 접근시킨 뜨거운 백열체(白熱體)가, 항상 기화대(氣化帶)를 앞세우는 속성 때문에, 사물을 덮고 있는 습기에 닿지 못하는 현상과 같다. 내가 책을 읽는 동안에, 나의 가장 깊숙한 곳에 숨겨져 있던 열망들로부터 정원 저쪽 끝까지 이어지는 내 눈에 보이던 순전히 외면적인 풍경에 이르기까지, 나의 의식이 동시에 펼치던 서로 다른 여러 (심적) 상태들로 이루어진 일종의 알록달록한 영사막 속에서, 최초로 나의 내면에 등장한 것, 가장 내밀한 것, 나머지 모든 것을 조정하며 끊임없이 움직이던 그 손잡이는, 내가 읽던 책의 철학적 풍요로움[79]과 아름다움에 대한 믿음, 그리고 그것이 어떤 책이든, 그것의 철학적 풍요로움과 책 속의 아름다움을 나의 것으로 만들고 싶은 욕망이었다. 왜냐하면, 내가 비록 그 책을 꽁브레에서 구입하였어도, 즉 프랑수와즈가 까뮈의 상점에서처럼 일상 생필품을 조달하기에는 집으로부터 너무 멀리 있으되 문방구나 서적류에 있어서는 더 다양한 상품을 갖추고 있던 보랑주 식료품점 앞에서, 대교회당의 정문보다도 오히려 더 신비하고 더 많은 사상들이 뿌려져 있는 상점 출입문[80]의 문짝 둘을 뒤덮고 있던 소책자들과 정기 간행물의 낱권

들로 이루어진 모자이크 속에 노끈으로 매달아 놓은 것을 발견하고 그 책을 구입하였어도, 나는 그것이 나의 선생님에 의해, 혹은 그 시절 나에게는 반쯤 예감되었고 반쯤 불가해한 것으로 보이던 진리와 아름다움, 그리하여 그것들을 인지하는 것이 내 사유의 막연하나 지속적인 목표였던, 그 진리와 아름다움의 비밀을 보유하고 있던 것처럼 보이던 나의 동료에 의해, 괄목할 만한 작품이라고 언급된 책이었음을 알아보았기 때문이다.

내가 독서를 하는 동안, 안으로부터 밖으로 향한, 즉 진리의 발견으로 향한, 부단한 동작을 수행하던 나의 중추적 믿음에 뒤이어, 내가 참여하고 있던 사건이 나에게 주는 감동들이 밀려왔던 바, 그러한 오후들은 대개의 경우, 하나의 생애를 채우고 있을 것보다 더 많은 극적 사건들로 가득 채워지곤 하였기 때문이다. 그것들은 내가 읽던 책 속에 돌발적으로 나타나던 사건들이었다. 프랑수와즈가 자주 지적하였듯이, 그 사건들에 등장하던 인물들이 '실제' 인물들이 아니었음은 사실이다. 그러나 어떤 실제 인물의 기쁨과 불운이 우리들로 하여금 느끼게 하는 모든 감정들은, 오직 그 기쁨이나 불운의 영상만을 매개로 하여 우리들 내면에 생성된다. 따라서 최초 소설가의 기발한 재능이란, 우리의 여러 감동들을 주관하는 기관에서 영상이 유일한 필수요소인지라, 실제 인물들을 가차 없이 완전히 제거하는 단순화 작업이 곧 결정적인 완성의 비결임을 깨달았다는 사실이다. 하나의 실제 인물이란, 우리가 그와 아무리 깊숙이 공감한다 할지라도, 그의 큰 부분은 우리의 감각기관에 의해 포착되기 때문에, 다시 말해 우리에게는 불투명한 상태로 남아 있기 때문에, 우리의 감수성이 도저히 들어 올릴 수 없는 자체 중량을 우리에게 제공한다. 어떤 불행이 그에게 닥친다 해도, 우리가 그것에 흔들리는 것은 그에 대하여 가지고 있는 총체적인 개념 중 작은 일부분에서이며, 뿐만 아니라, 그 자신이 자기에게 닥친 불행에 흔들리는 것 역시, 그가 자신에 대하여 가지고 있는 총체적 개념 중 오직 한 부분에서만이다. 최초 소설가의 독창적인 발견은, 영혼이 침투할 수 없는 부분들을 동등한 양의 비물질적 부분들로, 다시 말해, 우리의 영혼이 흡수하여 자신과 동화시킬 수 있는 부분들로, 대체할 생각을 하였다는 사실이다. 일단 그렇게 한 후에는, 그 새로운 유형의 존재들이 나타내는 행위들, 그 감동들이, 우리에게 실제의 것들로 보인들 무슨 상관이겠는가? 우리가 그 감동들을 이미 우리의 것으로 만들었고, 그것들이 생성되는 곳이 우리의 내면이며, 우리가 열에 들떠 책장들을 넘기는 동안 우리 호흡의 격렬함과 시선의 강렬함을 지배하는 것이 그 감동들이니 말이다. 그리고, 순수하게 내적인 모든 상태에서처럼 모든 감동이 열 배로 증가되는 상태 속으로 소설가가 우리를 한 번 던져 넣으면, 하나의 꿈이 그러듯, 하지만 우리가 잠을 자면서 꾸는 꿈보다 더 명료하고 그 추억이 더 오래 지속될 꿈이 그러듯, 그의 책이 바야흐로 우리를 뒤흔들 상태 속으로 던져 넣으면, 그 순간 우리의 내면에서는, 실제 삶에서라면 단지 그 몇몇을 경험하는 데만도 여러 해가 걸릴 뿐만 아니라, 가장 강렬한 것들은 그 일어나는 속도가 너무 느려 우리가 인지할 수 없는지라 아예 우리에게 영영 노정되지조차 않는, 온갖 개연적인 행복과 불행들이 꾸역꾸역 터져 나온다(우리의 삶에서는 우리의 심정이 그렇게 부지불식간에 변하며, 그것이 가장 고통스러운 슬픔이다. 하지만 우리는 그 슬픔을 오직 독서를 하면서만, 상상을 통해서 알게 된다. 실제의 삶에서는, 우리의 심정이, 특정 자연현상들이 발생하듯 상당히 느리게 변하여, 우리가 그 서로 다른 상태들 각개를 연속적으로 확인할 수 있는 반면, 그 변화의 느낌 자체는 우리들을 비켜 지나간다).

  작중 인물들이 영위하는 삶보다는 말할 나위 없이 나의 몸에 덜 깊숙이 침투하던 것이지만, 그 인물들의 뒤를 이어, 사건이 펼쳐지던 배경이 내 앞에 반쯤 투영되어 나타났고, 그것이 다른 풍경보다, 즉 내가 책에서 눈을 쳐들면 목전에 보이던 풍경보다, 나의 사념에 더 큰 영향력을 행사하곤 하였다. 그렇게 두 해 여름 동안, 꽁브레 정원의 열기 속에서, 나는, 그 시절 읽던 책 때문에, 산이 많고 냇물을 끼고 있는 어느 고장에 대한 그리움을 품게 되었고, 그곳에 가면 많은 제재소들과, 맑은 냇물 바닥의 물냉이 포기들 밑에서 썩고 있을 나무 조각들을 볼 수 있을 것 같았다. 또한 근처에 있는 낮은 담장을 따라 올라가며 보라색 꽃 타래들과 불그스름한 꽃 타래들이 주렁주렁 매달려 있을 것 같았다. 또한, 나에게 연정을 품었음 직한 여인에 대한 몽상이 항상 내 생각을 점유하고 있었던지라, 그 여름 동안에는, 그 몽상에 흐르는 물의 시원함이 스며들어 있었다. 그리하여, 어떠한 여인을 뇌리에 떠올리든, 자주색과 불그스름한 꽃 타래들이, 마치 보조색들인 양, 그녀의 양쪽에 즉시 떠오르곤 하였다.

  그것은 단지, 우리가 몽상하는 하나의 영상이, 항상 선명히 각인되어 남고 미화되는 등, 우리의 몽상 속에서 그 영상을 우연히 둘러싸는 낯선 색깔들의 반사광으로부터 혜택을 입기 때문만은 아니었다. 왜냐하면, 내가 읽던 책 속의 풍경들이 나에게는, 꽁브레가 나의 눈앞에 펼쳐 보여 주던 풍경들보다 더 생생하게 나의 상상세계에 제시된 것들에 불과한 것만은 아니었으니 말이다. 그것들이 오히려 서로 유사했다 할 수 있을 것이다. 풍경들을 고르던 작가의 선택, 그리고 작가의 말을 하나의 계시로 여기고 기꺼이 그것을 맞은 내 사념의 믿음 등으로 인해, 그 풍경들이 나에게는 연구되고 심화될 가치가 있는 대자연의 한 부분처럼 보였는데, 그것은 내가 처해 있던 고장이, 특히 나의 할머니께서 경멸하시던 정원사의 지나치게 단정한 환상에서 비롯된 매력 없는 산물이었던 우리의 정원이, 나에게 별로 주지 못하던 인상이었다.

  내가 어떤 책을 읽을 때, 그 책이 묘사하고 있는 지역을 방문하기 위하여 그곳에 가기를 나의 부모님께서 나에게 허락하셨다면, 나는 그것이 곧 진리를 쟁취하기 위한 더없이 귀한 한 걸음을 내딛는 것으로 믿었을 것이다. 왜냐하면, 혹시 우리가 그 책의 영혼에 의해 항상 둘러싸여 있다고 느낀다 하더라도, 그것은 부동(不動)의 감옥에 갇혀 있는 것과는 다르며, 그보다는 오히려, 일종의 의기소침함에 사로잡힌 채, 외부로부터의 메아리가 아니라 어떤 내적 진동의 울림인, 그 항상 유사한 음향을 자신의 둘레에서 여일하게 들으면서, 그 감옥을 뛰어넘어 외부에 도달하기 위한 끊임없는 도약에, 그 영혼과 함께 휩쓸리는 현상과 비슷하기 때문이다. 그러한 과정을 거치는 동안 우리에게 소중해진 사물들 속에서 우리는, 우리의 영혼이 그것들 위로 투영한 반사광을 다시 찾으려 노력하며, 그것들이 우리의 생각 속에서 특정 사념들과 이웃한 덕분에 얻은 매력이, 자연 속에서는 결여된 듯함을 확인하고 실망하게 된다. 그리하여 때로는, 우리들 밖에 있으며 따라서 우리가 영영 도달할 수 없을 듯 여겨지는 그 존재들에게 영향을 미치고자, 그 영혼의 힘을 몽땅 교묘함과 화려함으로 전환하기도 한다. 또한 그리하여, 내가 무엇보다도 구경하기를 열망하던 고장들이 당시 내가 사랑하던 여인의 주위에 있다고 상상하면서, 나로 하여금 그 고장들을 방문하게 해주어, 나에게 하나의 낯선 세계로 들어가는 문을 열어 줄 사람이 그녀이기를 바랐다면, 그것은 단순한 연상 작용의 우연 때문이 아니었다. 결코 아니다. 나의 여행에 대한 몽상과 사랑에 대한 몽상이란—무지개빛을 띠고 외견상 정지된 분수의 서로 다른 고도(高度)에 구획들을 정하기라도 하듯 내가 오늘에 이르러 인위적으로 분리하는 순간들처럼—내 생명의 총체적인 활력이 하나의 같은 그리고 굴절될 수 없는 분출 속에서 드러내던 계기들에 불과하다.

마침내, 나의 의식 속에 동시적으로 병렬된 심적 상태들을 안으로부터 밖으로 따라가면서, 그리고 그것들을 감싸고 있던 실제의 지평에 이르기 전에, 나는 다른 유형의 즐거움들, 가령 편안히 앉아 있는 즐거움, 대기의 좋은 냄새를 느끼는 즐거움, 방문객에 의해 방해를 받지 않는 즐거움, 그리고 쌩-일레르 교회당 종루에서 시각을 알리는 종소리가 들리면, 오후 중 이미 소모된 것이 한 조각씩 떨어지는 모습을 바라보는 즐거움 등을 발견하곤 하였으며, 그 조각조각 떨어지는 모습을 보는 즐거움은 나로 하여금 그 조각들의 총계를 낼 수 있도록 해주는 마지막 종소리를 내가 들을 때까지 계속되었고, 그 뒤에 이어지던 긴 침묵은, 책 속의 주인공을 따라 계속되던 독서로 인해 쌓인 피로를 해소시켜 줄, 프랑수와즈가 준비하고 있던 푸짐한 저녁을 먹을 때까지 더 책을 읽을 수 있도록, 나에게 허여된 부분이 푸른 하늘 속에서 몽땅 다시 시작되도록 하고 있는 것 같았다. 그리고 매 시각마다 겨우 몇 순간 전에 앞 시각을 알리던 종소리가 울린 것 같아서, 직전의 시각이 매 시각 곁에 어찌나 가까이 와서 새겨지던지, 나는 육십 분이 자기들의 두 황금빛 기호(숫자) 사이에 있는 그 작은 하늘색 호(弧) 속에 머물러 있었으리라고는 믿을 수 없었다. 때로는 심지어 그 너무 이른 시각이 직전에 울렸던 시각보다 두 번을 더 치기도 하였다. 결국 내가 듣지 못한 시각 하나가 있었던 것이며, 다시 말해, 실제로 발생한 어떤 일이 나에게만은 발생하지 않은 것이다. 깊은 잠처럼 마술을 부리는 독서의 재미가, 환각에 사로잡힌 나의 귀를 속였고, 적막한 창천의 표면에서 황금빛 종소리를 지워버린 것이다. 꽁브레의 정원 마로니에 밑에서 보낸 여름날의 오후들이여, 경쾌히 흐르는 물이 적시던 고장의 품에서 영위하던 기이한 모험과 열망 가득한 삶으로 내가 대체한 내 개인적 삶의 진부한 사건들이 나에 의해 세심하게 비워졌던 여름날의 오후들이여, 내가 그대들을 생각할 때면 그대들이 아직도 그 삶을 나에게 상기시켜 주며,—내가 독서를 계속하고 태양의 열기가 떨어지는 동안에도—고요하고, 낭랑하고, 향기롭고, 투명한 그대의 시각들로 이루어진 연속적이고 서서히 변하며 실한 잎새들이 통과하던 크리스탈 속에, 그 삶을 조금씩 둘러싸 가두었던지라, 그대는 정말 그 삶을 간직하고 있도다![81]

때로는, 프랑수와즈와 내가 급히 달려가 구경거리를 하나도 놓치지 않도록 하기 위하여, 정원사의 딸이 지나가는 길에 오렌지나무 심은 화분을 넘어뜨리면서, 자신의 손가락 하나에 상처를 입히면서, 자신의 치아 한 대를 부러뜨리면서, '그들이야, 그들이 왔어!'라고 소리를 지르면서, 마치 미친 계집아이처럼 뛰어다니는 바람에, 오후 중반부터 나의 독서가 중단되기도 하였다. 군부대가 주둔지 훈련을 위하여, 대개의 경우 쌩뜨-힐데가르드 로를 따라, 꽁브레를 가로지르는 날이면 벌어지던 일이었다. 우리의 하인들이 철책 울타리 밖에서 의자에 나란히 앉아, 일요일 산책을 즐기는 꽁브레 주민들을 구경하면서 자신들 또한 그들의 구경거리 역할을 하고 있는 동안, 정원사의 딸이 역전 대로에 멀찌감치 있는 집 두 채 사이로 난 좁은 틈을 통하여 투구들의 강렬한 번쩍임을 보았던 것이다. 하인들이 서둘러 자기들의 의자를 다시 집 안으로 들여놓았다. 흉갑 기병대원들이 쌩뜨-힐데가르드 로를 따라 행진할 때면, 그들이 길을 가득 메웠고, 질주하는 말들이, 쏟아져 내려오는 급류에 너무 좁은 하상(河床)을 제공한 제방을 물이 삼키듯 인도를 뒤덮으면서, 길가 집들을 스쳐 지나가곤 하였기 때문이다.

"가엾은 아이들!" 철책 울타리에 도착하기 무섭게 눈물을 글썽이며 프랑수와즈가 말하곤 하였다. "풀밭처럼 몽땅 베어질 가엾은 젊음. 생각만 하여도 저는 충격을 받아요." 그녀가 '충격'을 받았다는 부분에, 즉 자기의 심장 위에, 손을 얹으면서 그렇게 덧붙이곤 하였다.

"목숨에 애착하지 않는 젊은이들을 보고 있노라면, 프랑수와즈 부인, 참으로 아름답게 여겨집니다. 그렇지 않아요?" 그녀의 기분을 '돋구어' 주기 위하여 정원사가 말하였다.

그의 말이 헛되지 않았다.

"목숨에 애착하지 않는다고요? 착하신 신께서 결코 두 번 다시 주시지 않는 유일한 선물인 목숨에 애착하지 않으면, 도대체 무엇에 애착해야 하나요? 아! 맙소사! 하지만 그들이 목숨에 애착하지 않는 것은 사실이에요! 제가 70년[82]에 그들을 보았어요. 그 비참한 전쟁에 휩쓸려 들기만 하면 그들이 더 이상 죽음을 두려워하지 않아요. 더도 덜도 아닌 미치광이들이에요. 뿐만 아니라, 그들은 그들의 목을 매다는 데 쓸 밧줄만큼의 값어치도 없어요. 그것들은 사람들이 아니라 사자들이에요."(프랑수와즈는 사자를 리-옹[83]이라 발음하였고, 그녀에게는 한 사람을 사자에게 비유하는 것이 하등의 찬사도 아니었다)[84]

쌩뜨-힐데가르드 로는 멀지 않은 곳에서 이내 급격히 꺾여, 멀리에서 오는 것은 사람들의 눈에 전혀 띄지 않았던지라, 새로운 투구들이 연이어 질주하고 햇빛에 번쩍이는 것을 볼 수 있었던 것은, 역전 대로에 있는 집 두 채 사이의 틈을 통해서였다. 정원사는 아직도 지나갈 군사들이 많은지 알고 싶어하였으며, 햇볕이 사정없이 내려쬐었던지라 심한 갈증을 느끼고 있었다. 바로 그 순간, 그의 딸이 문득 포위된 요새에서 내달으며 출격을 감행하듯 뛰쳐나가 길 모퉁이까지 갔다가, 죽을 고비를 무수히 넘긴 후, 손에 감초 음료 한 병을 들고 우리들에게 돌아와 소식을 전하는데, 띠베르지와 메제글리즈 방면으로부터 끊임없이 몰려오는 군사들의 수가 일천은 족히 될 것이라 하였다. 프랑수와즈와 정원사가 다시 화해한 듯, 전쟁이 일어날 경우 어떻게 처신해야 할지에 대해 토론을 벌였다.

"내 말 들어보세요, 프랑수와즈, 혁명이 훨씬 나아요. 그것이 터졌을 때, 원하는 사람들만 참가하니까요." 정원사의 말이었다.

"아! 그래요, 제가 적어도 그것만은 아는데, 혁명이 더 솔직해요."

정원사는, 전쟁이 선포될 경우 모든 철로가 막힐 것이라고 하였다.

"정말이에요. 사람들이 도망가지 못하도록 하기 위해서예요." 프랑수와즈의 말이었다.

그러자 정원사가 말하였다. "아! 교활한 녀석들이에요." 그는 전쟁이라는 것이 국가가 국민을 상대로 벌이는 일종의 못된 장난이 아니라는 것을 인정하지 않았다. 또한 그리하여, 그럴 수단만 있다면, 전쟁을 피해 도망가지 않을 사람이 하나도 없을 것이라 생각하였다.
 하지만 잠시 후 프랑수와즈는 서둘러 나의 숙모님에게로 다시 돌아갔고, 나는 나의 책 곁으로 돌아갔으며, 하인들은 문간에 다시 자리를 잡고 앉아, 군인들이 일으켜 놓은 먼지와 놀라움이 조용히 내려앉는 것을 바라보았다. 소강상태가 찾아온 지 한참 후, 평소에 볼 수 없던 산책자들의 물결 한 줄기가 꽁브레의 길들을 다시 검게 물들였다. 그리고 각 집의 문 앞에서는, 심지어 평소에는 그러지 않던 집들의 문 앞에서도, 하인들이나 혹은 주인들까지도, 자리를 잡고 앉아 구경을 하면서, 세찬 조수가 멀리 물러간 다음 해변에 크레이프와 자수품처럼 남긴 해초와 조개껍질 못지않게 형태 무상하고 색채 어두운 피륙의 가두리로, 문간을 장식하곤 하였다.
 그러한 날들을 제외하고는, 그와 반대로, 내가 대개 조용히 책을 읽을 수 있었다. 하지만 나에게는 전혀 새로운 작가였던 베르고뜨의 책을 읽고 있을 때, 스완 씨가 방문하셨다가 그 책을 보고 하신 한마디 언급이 다음과 같은 결과를 초래하였던 바, 그것은, 그 언급을 들은 이후 오랜 기간 동안, 내가 몽상하던 여인들 중 하나의 영상이, 보라색 방추형 꽃 타래들로 장식된 담장 위가 아니라, 그것과는 전혀 다른 배경인 고딕풍 대교회당의 정문 현관 앞에 부각되어 떠오르곤 하였다는 사실이다.
 내가 베르고뜨에 관한 이야기를 처음으로 들은 것은, 나보다 나이가 위이고, 나를 탄복하게 하던, 블록이라는 나의 동료로부터였다. 내가 「시월의 밤」[85]을 찬미한다고 자기에게 고백하는 말을 듣더니, 그가 트럼펫 소리처럼 요란한 웃음을 터뜨리며 나에게 말하였다. "뮈쎄 나리에게로 향한 자네의 상당히 비천한 애정을 경계하게. 그 물건은 가장 큰 해악을 끼치는 녀석들 중 하나이며, 상당히 음산한 짐승이라네. 뿐만 아니라, 솔직히 고백하네만, 그와 그리고 라씬느라고 하는 자가, 평생 동안 각자 제법 운율을 갖춘 구절 하나씩을 지었는데, 그것들의 장점이란, 내가 보기에는 최대 장점들이지만, 그것들이 아무것도 의미하지 않는다는 점일세. 그 구절들이란, '하얀 올로오쏜과 하얀 카메이로스'[86] 그리고 '미노스와 파시화에의 딸'[87]이라는 것들일세. 그 구절들은, 불멸의 신들에게도 기꺼울 나의 지극히 귀하신 사부 르꽁뜨[88] 할아버지께서 그 두 불한당들을 변호하시기 위하여 쓰신 논설문 덕분에 나의 눈에 띄었네. 참, 여기 책 한 권이 있는데, 지금은 내가 이것을 읽을 시간이 없네. 그 거대한[89] 노인께서 이 책을 사람들에게 추천하시는 모양일세. 사람들이 나에게 말하기를, 그 노인께서는 이 책을 쓴 베르고뜨 나리를 가장 능란한 녀석들 중 하나로 여기신다고 하네. 그러나, 그 노인께서 비록 내가 보기에는 납득할 수 없는 관용을 베푸시는 경우가 잦지만, 그의 말씀이 나에게는 곧 델포이 신전의 신탁(神託)이라네. 그러니 이 서정적 산문들을 읽으시게. 또한, 「바가밧」[90]과 「마그누스의 사냥개」[91]를 지으신 그 거대한 운율 조립공의 말씀이 사실이라면, 아폴론의 이름으로 맹세하거니와, 지극히 귀하신 거장이시여, 그대는 올림포스의 넥타르처럼 감미로운 즐거움을 맛볼 것일세." 그는 빈정거리는 어조로 나에게 요구하기를, '지극히 귀하신 거장'이라는 호칭으로 자기를 불러 달라고 하였으며, 그 또한 나를 그렇게 불렀다. 그러나 사실은 우리 두 사람이 그러한 말장난에서 상당한 즐거움을 취하였던 바, 우리가 아직, 이름을 부여하면 그것이 곧 창조라고 믿던 나이에 가까이 있었기 때문이다.[92]

불행하게도 나는, 아름다운 시구들이란 그것들이 아무 의미도 내포하지 않을 때 그만큼 더 아름답다고 나에게(시구들에게서 진리의 계시 이외에는 아무것도 기대하지 않던 나에게) 말하면서 블록이 나의 내면에 일으켜 놓은 심한 동요를, 그와 한담을 나누고 그에게 많은 설명을 요구하면서도 가라앉힐 수 없었다. 블록이 다시는 우리 집에 초대되지 않았기 때문이다. 처음에는 그가 우리 집에서 환대를 받았다. 사실 나의 할아버지께서는, 내가 어떤 동료와 유난히 가까이 사귀고 또 그를 집에 데려올 경우, 그 동료가 항상 유대인이라고 하시면서, 내가 그러한 친구를 언제나 가장 모범적인 동료들 중에서만 고르는 것이 아니라고 여겨지지만 않는다면, 원칙적으로—당신의 친구이신 스완도 유대인 혈통이라 하셨다—그것이 당신의 마음에 거슬리지 않을 것이라 하셨다. 그리하여 내가 새로 사귄 친구를 집에 데려올 경우,『유대 여인』[93] 중 '오! 우리 선조들의 신이시여' 나 '이스라엘이여, 그대의 사슬을 끊으라' [94] 등을 콧노래로 부르시지 않는 경우는 드물었다. 물론 곡조만(딸라 람 딸람 딸림) 부르셨지만, 나는 나의 친구가 그 곡을 알아차리고 가사까지 뇌리에 떠올리지 않을까 두려워하곤 하였다.

   나의 친구들을 보시기도 전에, 그들의 이름만 들으시고, 대개의 경우 이스라엘적인 특징이 전혀 없는 이름들이건만, 할아버지께서는 실제 그러했던 내 친구들의 유대계 혈통을 알아맞히셨을 뿐만 아니라, 때로는 심지어 그들 가정의 좋지 않은 점들까지 알아내셨다.

   "그래, 오늘 저녁에 온다는 네 친구의 이름이 무엇이냐?"

   "뒤몽이에요, 할아버지."

   "뒤몽이라! 오! 내가 단단히 경계해야겠구나."

   그리고 노래를 부르셨다.

궁수들이여, 철저히 경계하라!
쉬지 말고 소리 없이 지키라,

그러시다가 우리들에게 더 상세한 질문 몇 가지를 교묘하게 던지신 다음 소리 치셨다. "조심해! 조심해!" 혹은 희생자가 이미 도착하여, 할아버지께서 당신도 모르게 던지신 일련의 은근한 질문에 자신의 혈통을 고백할 수밖에 없게 될 경우, 할아버지께서는 더 이상 아무 의혹도 품지 않으셨음을 우리들에게 보이시기 위하여, 다음의 노래를 거의 들리지 않을 만큼 나지막하게 콧노래로 부르셨다.

이 소심한 유대인의 발걸음을
감히 이곳으로 이끌어 오다니![95]

선조들의 터전 헤브론, 정든 계곡.[96]

혹은 이러한 구절도 있었다.

그래 나는 선민의 후예로다.[97]

할아버지의 그 작은 기벽들 속에는 내 동료들에게로 향한 어떠한 악의적 감정도 내포되어 있지 않았다. 그러나 블록은 다른 이유들로 인하여 우리 집 어른들의 마음에 들지 않게 되었다. 그는 우선 아버지의 신경을 몹시 자극하였는데, 그의 옷이 흠뻑 젖은 것을 보시고 아버지께서 호기심에 이끌려 다음과 같이 물으셨을 때였다.

"도대체, 블록 씨, 날씨가 어떻길래? 비가 내렸나요? 도무지 영문을 모르겠군요, 청우계를 보니 날씨가 화창하던데."

아버지께서 그에게서 들으신 대답은 고작 이러했다.

"선생님, 비가 내렸는지 여부를 저는 도저히 말씀드릴 수 없습니다. 제가 물리적 우발성 밖에서 결연히 머물러 사는지라, 저의 감각기관들은 저에게 그 현상들을 일일이 수고스럽게 통보하지 않습니다."

블록이 돌아간 후 아버지께서 나에게 말씀하셨다.

"내 가엾은 아들아, 너의 친구라고 하는 그 아이가 백치구나. 도대체! 날씨가 어떤지 나에게 말해 줄 수가 없다니! 더 이상 재미있는 일이 없다! 녀석은 멍청이야!"

그다음에는 블록이 할머니에게 불쾌감을 안겨 드렸다. 점심 식사 후 할머니께서 몸이 좀 불편하다고 하시자, 그가 흐느낌을 억제하며 눈물을 닦았기 때문이다. 그가 돌아간 후에 할머니께서 나에게 말씀하셨다.

"그 아이가 나를 모르는데, 생각해 보렴, 그것이 어떻게 진심일 수 있으랴. 혹은 그 아이가 미치광이겠지."

그리고 결국에는 모든 사람들이 그에 대해 불만을 품게 되었는데, 어느 날 점심식사에 진흙투성이가 되어 한 시간 반이나 늦게 도착한 그가 사과를 하기는커녕, 이렇게 말하였기 때문이다.

"저는 결코 기상 이변이나 약속으로 정한 시간의 단위 따위에 의해 제가 영향을 받도록 내버려 두지 않습니다. 저는 아편 피우는 파이프와 말레이시아 크리쓰[98] 사용 관습을 기꺼이 복원시킬지언정, 시계와 우산이라는, 비할 수 없을 만큼 더 위험할 뿐만 아니라 시시하게 부르주아적인 연장들 사용 관습은 아예 모릅니다."

그 모든 일에도 불구하고 그가 꽁브레에 다시 올 수도 있었을 것이다. 하지만 그는 나의 집안 어른들께서 내가 사귀기를 바라셨을 친구는 아니었다. 어른들께서는 결국, 할머니의 편찮으심이 그로 하여금 흘리게 하였던 눈물이 짐짓 꾸민 것이 아니었으리라고 생각하시게 되었지만, 감수성의 일시적인 폭발이 우리 행위들의 연속성과 우리 삶의 행태를 별로 지배하지 못한다는 사실과 윤리적 의무의 존중, 친구들에게로 향한 신의, 중요한 일의 실천, 어떤 법규의 준수 등이, 그렇게 일시적이고 뜨거우며 헛된 열광보다는 맹목적인 습관 속에 더 확실한 토대를 가지고 있다는 사실을, 본능적으로 혹은 경험을 통하여 알고들 계셨다. 어른들께서는 나를 위하여, 블록보다는, 부르주와적 윤리준칙에 따라 친구들에게 흔히 베푸는 것 이상의 것을 나에게 주지 않을 동료들을 택하셨을 것이다. 다시 말해, 어느 날 문득 다정한 마음으로 나를 생각하다가 느닷없이 과일 바구니를 나에게 보낼 동료들이 아니라, 자신들의 상상력과 감수성의 단순한 움직임에 이끌려 우정의 의무 및 준칙을 판단하는 정당한 저울을 나에게 유리하도록 기울게 할 능력이 없는지라, 그것을 나에게 더 해롭게 왜곡하지도 않을 동료들을 택하셨을 것이다. 우리들이 저지르는 잘못들조차도, 그러한 천성을 가진 이들이 우리에 대하여 가지고 있는 의무감을 다른 데로 돌리지 못하는데, 나의 대고모님이 그러한 천성의 전형이셨으며, 대고모님은 여러 해 전부터 당신의 질녀 하나와 사이가 몹시 나빠져 그녀에게 말씀 한 마디 건네시지 않았으나, 당신의 전 재산을 그녀에게 남기신다는 말씀을 명기한 유언장을 고치지 않으셨다. 그 질녀가 당신의 가장 가까운 혈족이며 또 그렇게 '되어야 한다'고 생각하셨기 때문이다.

그러나 내가 블록을 좋아하였고, 집안 어른들께서도 내 마음이 기쁘기를 원하셨으며, '미노스와 파시화에의 딸'[99]이라는 구절의 '의미 결여된 아름다움'에 관해 내가 나 자신에게 끊임없이 제기하던 의문들이, 비록 엄마는 그 대화가 몹시 해롭고 위험하다 판단하셨지만, 그와 대화를 더 계속하는 것보다도 오히려 더 나를 지치게 하고 나의 병세를 더 악화시켰다. 그리하여 만약, 어느 날 저녁식사 후, 모든 여인들이 생각하는 것은 오직 사랑뿐인지라 제압하지 못할 여인의 저항이란 없다고 나에게 알려주면서 — 훨씬 훗날 나의 삶에 많은 영향을 끼쳤고, 나의 삶을 더 행복하게 해주다가 뒤에 더 불행하게 해준 새로운 사실이었다 — 나의 대고모님께서 질풍 같은 젊은 날을 보내시며 공공연히 첩질을 하셨다는 확실한 소문을 들었노라고 나에게 단언하지만 않았어도, 집안 어른들께서 여전히 꽁브레에 그가 오는 것을 허락하셨을 것이다. 나는 참지 못하고 그가 한 말을 어른들께 그대로 전했으며, 다음에 그가 다시 우리 집에 왔을 때 어른들이 그를 문전에서 돌려보냈고, 얼마 후 거리에서 내가 그에게 다가갔을 때, 그가 나를 몹시 냉랭하게 대하였다.

하지만 베르고뜨에 관해 그가 한 말은 진실이었다.

초기에는, 후에 열렬히 좋아하게 될 것이지만 아직은 선명히 분간하지 못하는 어느 곡처럼, 내가 그의 문체에서 그토록 좋아하게 될 것이 나에게 아직 보이지 않았다. 나는 내가 읽고 있던 그의 소설을 잠시도 손에서 놓을 수 없었으나, 마치 사랑의 태동기에, 갈 때마다 한 여인을 볼 수 있는 어떤 모임이나 오락장에 날마다 가면서, 그곳에서 맛보는 즐거움에 자신이 이끌릴 뿐이라고 믿듯, 내가 오직 소설의 주제에만 관심을 가지고 있는 것으로 믿었다. 그러다가, 조화의 숨겨진 물결이, 즉 내면의 서곡이,

소설가의 문체를 고조시키는 특정 순간에, 그가 즐겨 사용하는 거의 고어체에 가까운 희귀한 표현들이 내 눈에 띄게 되었다. 또한 그가 '인생의 헛된 꿈', '아름다운 외양의 고갈되지 않는 급류', '이해하고 사랑한다는 것의 부질없고 달콤한 괴로움', '대교회당들의 거룩하고 매력적인 정면 벽을 영원히 고귀하게 만드는 감동적인 조각상들' 등에 관해 이야기를 시작하고, 나에게는 새로웠던 철학체계 하나를 경이로운 영상들을 통하여 몽땅 표출하는 것도 그 순간인데, 그 순간 서서히 고조되는 하프의 선율을 그 영상들이 일깨우는 것 같았고, 그 영상들이 하프의 반주에 숭고한 무엇을 부여하는 것 같았다. 내가 나머지 다른 부분으로부터 떼어내고 싶었던 베르고뜨의 글 세 번째인지 혹은 네 번째 단락이, 첫 번째 단락에서 느낀 것과는 비교조차 할 수 없는 기쁨을 나에게 주었고, 그것은, 나 자신의 더 깊고 더 통일되고 더 광대한, 그리고 장애물들과 경계가 말끔히 제거된 듯한, 나의 내면 한 구역에서 내가 느낀다고 여겨지던 기쁨이었다. 달리 말하자면, 희귀한 표현들에 대한 여일한 취향, 그 여일한 음악적 분출, 이미 전에 내가 깨닫지 못한 상태에서 내 즐거움의 원인이 되었던 그 여일한 이상주의적 철학 등을 알아보는 순간, 나는 내 사념의 표면에 지극히 단조로운 형상이나 그리는, 베르고뜨의 특정한 책에서 떼어낸 특정 단락과 내가 마주하고 있다는 느낌을 더 이상 갖지 않았고, 그보다는 오히려, 그의 모든 책들에 보편적으로 존재하는 베르고뜨의 '이상적인 단락', 그리고 유사한 모든 단락들이 다가와 그것과 혼융되면서, 나의 오성을 확대시킨 일종의 두께와 체적을 제공하였을 법한, 그 이상적인 단락과 마주하고 있다는 느낌을 가졌다.

    베르고뜨의 숭배자가 유독 나만은 아니었다. 내 어머니의 학식 있는 친구 분에게도 그는 선호하는 문인이었다. 또한 의사 불봉도, 그의 최근작을 읽기 위하여, 환자들이 장시간 기다리게 하는 일도 있었다. 그리하여 베르고뜨에 대한 그 특별한 애호의 최초 씨앗들 중 몇몇이, 당시에는 그토록 희귀했으나 오늘날에는 온 누리에 퍼져, 그 이상적이고 보편적인 꽃을 유럽에서, 아메리카에서, 심지어 작은 마을에서도 발견할 수 있게 되었고, 그 최초의 씨앗들이 하늘로 날아오른 것은, 그의 진료실과 꽁브레 인근의 어느 공원으로부터였다. 어머니의 친구 분과 불봉 의사가 베르고뜨의 책들에서 특히 좋아하던 것은, 짐작하거니와 나처럼, 그 여일한 선율적 굽이침, 그 고어적 표현들, 기타 소박하고 널리 알려진 몇몇 표현들이었다. 그러나 또한, 그가 그 표현들을 위치시킨 자리가, 그러한 표현들을 좋아하는 그의 특이한 취향을 드러내주기도 하는 것 같았다. 한마디로, 구슬픈 구절 속에서 뜻밖에 발견되는 무뚝뚝함, 거의 난폭함에 가까운 거친 억양 등이 그 예이다. 또한 의심할 나위 없이, 그 자신 역시 그러한 점에 자기의 가장 큰 매력이 있다고 느꼈음에 틀림없다. 왜냐하면, 뒤이어 출간된 책들 속에서는, 어떤 위대한 진실이나 유명한 교회당의 이름과 조우할 경우, 그가 이야기를 중단한 후, 자기의 초기 작품들 속에서는 그의 산문 내면에 머물러 오직 표면의 파동에 의해서만 살짝 드러났고, 그렇게 가려져 있을 때 아마 더 부드럽고 조화로웠을 것이며, 그 웅얼거림이 어디에서 발생하여 어디에서 잦아버렸는지 명료하게 가리킬 수 없었을, 그 활기의 굽이침이 하나의 호소 속에서, 하나의 돈호법(頓呼法) 속에서, 하나의 긴 기도 속에서 자유롭게 흘러가도록 내버려 두었으니 말이다. 그가 만족스러워하던 그러한 단락들이 곧 우리가 선호하던 것들이었다. 특히 나는 그것들을 외워 암송할 수 있을 정도였다. 그리하여 나는 그가 다시 이야기의 줄거리로 돌아올 때마다 섭섭함을 느끼곤 하였다. 소나무 숲들, 싸락눈, 빠리의 노트르-담므 교회당, 『아달리야』, 『화이드라』 등, 그 아름다움이 그때까지는 나에게 감추어져 있었던 것들에 대하여 말할 때마다, 그는 하나의 영상 속에서 그 아름다움이 폭발하여 나에게까지 이르게 하였다. 그리하여, 만약 그가 내 가까이로 이끌어다 주지 않는다면 불구에 가까운 나의 인지능력이 분별해 내지 못할 부분들이 이 세상에 얼마나 많을까를 직감하고, 나는 모든 것들에 관한, 특히 내가 직접 볼 기회가 있을 것들에 관한, 그리고 그것들 중에서도, 그가 자기의 책들 속에서 강조하여 언급한 것으로 보아 의미와 아름다움이 풍요로울 것으로 입증된, 프랑스의 옛 건축물들과 특정 해안 풍경들에 관한, 그 특유의 견해를, 즉 그 특유의 은유[100]를 나도 갖고 싶어하였다. 불행하게도 나는 거의 모든 것들에 관한 그의 견해를 모르고 있었다. 나는 그의 견해가 나의 것들과는 전적으로 다를 것이라는 점을 의심하지 않았다. 그것이, 내가 나 자신을 치켜 올려 도달하려 애쓰던 세계로부터 내려오는 것이라 믿었으니 말이다. 나의 생각들이 그 완벽한 오성에게는 순전한 어리석음으로 보일 것이라 확신한 나머지, 내가 내 생각들을 어찌나 깡그리 치워버렸던지, 그의 어떤 책에서 내가 이미 품은 적이 있던 생각들 중 하나와 우연히 조우하는 일이 생길 경우, 어떤 신이 선의로 그것을 나에게 돌려주기라도 한 듯, 그것이 정당하며 아름답다고 선언하기라도 한 듯, 나의 가슴이 부풀곤 하였다. 때로는 그가 쓴 한 페이지가, 잠을 이룰 수 없던 밤이면 내가 할머니와 엄마에게 쓰던 편지들과 같은 내용을 담고 있어서, 베르고뜨의 그 페이지가 나의 편지들 머리에 놓이기 위하여 쓴 제사집(題詞集) 같기도 하였다. 훗날에도, 내가 책 하나를 짓기 시작하였을 때에도, 그 질이 만족스럽지 못하여 몇몇 문장을 계속 써야 할지 말아야 할지 망설이던 중에, 베르고뜨의 책에서 그것들과 대등한 표현들을 다시 발견한 적이 있다. 하지만 내가 그 문장들을 즐길 수 있었던 것은, 그것들을 그의 작품 속에서 읽을 때뿐이었다. 반면, 그 문장들이 내가 나의 사념들 속에서 발견한 것들을 정확히 반영하는지 마음을 쏟으면서, '실물을 닮게' 하지 못할까 두려워하면서, 나 자신이 그 문장들을 지을 때에는, 내가 쓰는 글이 즐거움을 줄 수 있을지 여부를 나 자신에게 물을 겨를조차 없었다![101] 하지만 실제로 내가 진정 좋아하던 것은 그러한 유형의 문장들, 그러한 유형의 사념들밖에 없었다. 근심에 사로잡힌 그리고 불만스러운 나의 노력들 자체가, 사랑의, 즐거움 없으나 심오한 사랑의 징후였다. 그리하여, 다른 어떤 사람의 작품에서 문득 그러한 문장들을 만날 경우, 다시 말해 더 이상 주저하지 않고, 엄격함 없이, 더 이상 고심하지 않고 그러한 문장들을 대할 경우, 나는 마치 모처럼 더 이상 할 요리가 없어서 마침내 하나의 식도락가로 변신할 시간을 얻은 요리사처럼, 내가 그러한 문장들에 대하여 가지고 있던 취향에 나 자신이 감미롭게 이끌려 가도록 내버려 두곤 하였다. 어느 날, 베르고뜨의 책에서, 내가 할머니에게 프랑수와즈에 관해 이야기하면서 자주 하던 것과 같으나, 그 문인의 화려하고 엄숙한 언어가 더 냉소적으로 들리게 하는, 어느 늙은 하녀에 관한 농담 하나를 발견하였을 때, 그리고 또 언젠가, 내가 일찍이 우리의 친구 르그랑댕 씨에 대하여 한 적이 있던 것과 유사한 지적을(베르고뜨가 별로 흥미 없는 것들이라 여길 것이라고 확신하면 내가 단호히 버렸을 것들에 속하던, 프랑수와즈와 르그랑댕 씨에 대한 지적들이었다) 그 역시 자격 없다 여기지 않았음인지, 그의 작품들이라는 그 진리의 거울들 중 하나에 형상화시킨 것을 보았을 때, 문득 나의 보잘것없는 삶과 진실의 왕국들이 내가 믿던 것만큼 그토록 동떨어져 있는 것은 아니며, 오히려 몇몇 측면에서는 서로 일치하는 듯했던지라, 나는 신뢰감과 기쁨에 겨워, 다시 찾은 아버지의 품에 안긴 듯, 그 문인의 펼쳐진 책 위에 엎드려 눈물을 흘렸다.

 나는 베르고뜨의 책들을 읽으면서, 그가 자식들을 잃고 그 슬픔에서 벗어나지 못한, 약하고 실의에 빠진 노인이라고 상상하였다. 그리하여 나는 그의 산문을, 실제 쓰여졌을 것보다도 오히려 더 부드럽게(dolce), 더 느리게(lento), 읽고 속으로 노래하곤 하였으며, 그러노라면 가장 단순한 구절도 측은한 어조로 나에게 다가왔다. 나는 다른 모든 것보다도 그의 철학을 좋아하였고, 나 자신을 그것에게 영원히 바쳤다.[102] 철학은 나로 하여금 중등학교에서 '철학 반'이라고 하는 과정에 들어갈 수 있는 나이에 어서 도달하고 싶어 조바심하게 하였다. 하지만 나는 그 과정에서 베르고뜨의 사상에 의지해서 사는 것 이외의 다른 것은 하지 않기를 바랐으며, 따라서 만약 어떤 사람이 나에게 말하기를, 그 과정에 들어가서 내가 장차 열렬히 좋아할 형이상학자들이 그와는 전혀 유사하지 않을 것이라고 하였다면, 필생의 사랑을 원하건만 자신이 훗날 사귀게 될 다른 여인들에 관한 이야기를 들은 어느 연인이 느낄 법한 절망에 휩싸였을 것이다.

 어느 일요일, 나는 정원에서 책을 읽다가 우리 집 어른들을 뵈러 오신 스완 씨 때문에 독서를 잠시 중단하게 되었다.

 "무슨 책을 읽고 있지요? 내가 좀 봐도 될까요? 아, 베르고뜨의 책을? 누가 그의 작품을 소개하였지요?"

 나는 블록이라고 말씀드렸다.

"아! 그래, 내가 여기에서 한 번 본, 벨리니가 그린 마호멧 2세 [103]의 초상화를 쏙 빼닮은 그 소년이지. 오! 놀라운 일이야, 반달 모양의 눈썹, 매부리코, 돌출한 광대뼈 등이 똑같지. 장차 턱수염만 자라면 같은 사람이라고 할 수 있을 거야. 여하튼 그 아이의 취향이 고상하군. 베르고뜨가 매력적인 지성이니 말이야."
그러시더니, 내가 베르고뜨를 무척 좋아하는 듯한 기색을 보시고, 자기가 알고 지내는 사람들에 관한 이야기를 결코 하지 않는 그였건만, 특별히 친절을 베풀어 나에게 말씀하셨다.
"내가 그를 잘 알지. 지금 손에 가지고 있는 책 허두에 그가 한마디 써주기를 바란다면, 내가 그에게 요청할 수도 있는데."
나는 감히 그러한 호의를 받아들일 수 없었고, 다만 베르고뜨에 관해 그에게 여러 가지 질문을 하였다.
"그분이 어느 배우를 좋아하시는지 저에게 말씀해 주실 수 있어요?"
"남자 배우들 중에서는 누구를 좋아하는지 모르겠어요. 하지만 그가, 어떠한 남자도 무대 위에서는 라 베르마를 당할 수 없다고 생각하는 것은 알지. 그는 그녀를 최고로 여기지. 그녀의 공연을 본 적이 있어요?"
"아뇨, 부모님께서 제가 극장에 가는 것을 허락하지 않으세요."
"그것 안됐군. 허락해 주십사 말씀 드려요. 『화이드라』나 『엘 씨드』에서 라 베르마는, 이를테면, 하나의 여배우에 불과해요. 하지만 솔직히 말해 나는 예술에서의 '서열'이라는 것을 별로 믿지 않아요."(또한 나는, 그가 할머니의 자매들과 대화를 나눌 때 나에게 자주 강한 인상을 주던 점이지만, 진지한 것들에 대하여 말할 때, 중요한 주제에 대한 하나의 견해를 내포한 듯한 표현을 사용할 때에, 그것을 마치 따옴표 안에 넣은 듯, 하나의 특이하고 기계적이며 빈정거리는 억양 속에 고립시켜, 그 표현에 대하여 책임지고 싶지 않다는 기색으로 이렇게 말하곤 한다는 사실을 간파하였다. "서열이라니요, 아시다시피, 우스꽝스러운 사람들이 그 말을 사용하지요." 그런데 왜, 그것이 우스꽝스럽다면, 그 자신이 왜 서열이라는 말을 사용하였을까?) 잠시 후 그가 덧붙였다. "그것이 사람들에게 여느 걸작품 못지않게, 내가 잘은 모르지만⋯. ─그러더니 웃기 시작하였다─샤르트르의 왕비들¹⁰⁴⁾ 못지않게, 고결한 모습을 제공할 거예요!" 그때까지는, 자신의 견해를 진지하게 표현하는 것을 몹시 꺼리던 그러한 태도가 나의 눈에는, 우아하고 빠리풍인 무엇, 할머니의 자매들이 가지고 계시던 시골풍의 교조주의와 정면으로 상반되는 그 무엇으로 보였었다. 나는 또한 그것이 스완이 속해 있던 사회 계층의 사고방식 중 하나이고, 그 계층에서는, 앞 세대들의 감상적 과장에 대한 반발로, 전에는 상스럽다고 치부되던 구체적인 작은 사실들을 복권시켜, '섬세한 문장들'을 금기시한다고 어렴풋이 짐작하고 있었다. 그러나 이제 나는, 사물들을 대하는 스완 씨의 태도에서 충격적인 무엇인가를 발견하게 되었다. 그는 감히 하나의 견해를 갖지 못하고, 또 시시콜콜하게 세심한 조사 결과를 제공하지 않으면 안심하지 못하는 기색이었다. 하지만 그렇다면, 그러한 세부사항들의 정확성이 중요하다고 전제하는 것이 곧 견해를 역설하는 것이라는 사실을, 그가 깨닫지 못하고 있었던 것이다. 그리하여 나는, 엄마가 나의 침실로 올라오실 수 없어서 내가 그토록 슬펐던 날의 저녁식사를, 그리고 그가 레옹 대공녀 댁에서의 무도회는 전혀 중요하지 않다고 말했던 그날의 저녁식사를, 다시 뇌리에 떠올렸다. 하지만 그가 자기의 삶을 소진하는 것은 그러한 종류의 즐거움을 위해서였다. 내가 보기에는 그 모든 것이 서로 모순되는 것 같았다. 도대체 다른 어떤 삶을 위하여, 자신이 사물에 대하여 생각하는 바를 진지하게 말하기를, 따옴표 속에 넣을 수 없을 자신의 견해를 분명하게 표현하기를, 그리고 자신이 우스꽝스럽다고 역설하면서도 몰두하는 일들에 지나치게 꼼꼼한 예의를 갖추어 자신을 몽땅 바치는 짓 멈추기를 보류하고 있었단 말인가? 나는 또한, 베르고뜨에 관하여 나에게 이야기하던 스완 씨의 어투에서, 그 특유의 것이 아닌, 반면에 그 시절, 내 어머니의 친구 분이나 불봉 의사 등, 그 문인을 숭배하던 모든 사람들에게서 발견되던 공통적인 그 무엇을 간파하였다. 스완 씨처럼 그들도 베르고뜨에 관하여 이렇게들 말하곤 하였다. "매우 특이하고 매력적인 지성이에요. 조금 지나치게 손질하는 그만의 화법을 가지고 있으나 듣기에 유쾌해요. 그의 서명을 볼 필요조차 없지요. 그 사람이라는 것을 즉시 알아볼 수 있으니까요." 그러나 아무도 이렇게 까지는 말하지 않았을 것이다. "그는 위대한 문인이며, 그에게는 위대한 재능이 있어요." 그들은 그에게 재능이 있다는 말조차 하지 않았다. 그러한 말을 하지 않는 것은 그에게 재능이 있음을 알지 못하였기 때문이다. 보편적인 생각들로 이루어진 우리의 박물관에서 '위대한 재능'이라는 명패를 달고 있는 모델을, 새로운 문필가의 독특한 용모 속에서 알아보는 데는 우리가 매우 느리다. 그 용모가 새롭기 때문에, 바로 그러한 이유 때문에, 우리는 그 용모가 우리가 재능이라고 부르는 것과 완전히 닮았다고 생각하지 않는다. 우리는 오히려 독창성이니, 매력이니, 섬세함이니, 힘이니 등과 같은 말들만 하다가, 어느 날 문득 그 모든 것들이 곧 재능이라는 사실을 깨닫는다.

"베르고뜨의 작품들 중 그가 라 베르마에 관해 언급하였을 법한 것들이 있나요?" 내가 스완 씨에게 물었다.

"내가 믿기로는 그가 라씬느에 대하여 쓴 소책자에 있어요. 하지만 그 책은 절판되었을 거예요. 그러나 아마 다시 한 번 찍었을지도 모르지. 내가 알아보도록 하겠어요. 그 외에도 원하는 것이 있으면 무엇이든 내가 베르고뜨에게 물을 수 있어요. 그가 매주 우리 집에서 저녁식사를 하니까. 내 딸과 절친한 사이지. 그들은 항상 함께 옛 도시들과 교회당들과 성들을 방문해요."

나에게는 사회적 서열이라는 것에 관한 기초적인 지식이 전혀 없었기 때문에, 우리가 스완 부인 및 스완 아가씨와 교류하는 것을 아버지께서 오래전부터 불가능한 일로 여기셨다는 사실이, 나로 하여금 그녀들과 우리들 사이에 커다란 격차가 있다고 상상하게 함으로써, 결국 내 눈에 그녀들이 화려한 매력으로 보이게 하는 결과를 낳았다. 나는 나의 어머니가 머리를 염색하지 않으시고 입술에 루즈를 칠하지 않으시는 것을 애석해하였다. 스완 부인이, 자기의 남편 마음에 들기 위해서가 아니라 샤를뤼스 씨의 마음에 들기 위하여, 그렇게 한다고 우리의 이웃 여자인 싸즈라 부인이 언젠가 하던 말을 들었기 때문이다. 그리하여 나는 우리들이 틀림없이 그녀에게는 멸시의 대상이라고 생각하였으며, 그러한 생각이 나를 괴롭혔던 것은 특히, 사람들이 나에게 말하기를 매우 귀여운 소녀라 하였고, 따라서 자주 나의 몽상 속에 떠올려 매번 내 멋대로 매력적인 얼굴을 그려보던, 스완 아가씨 때문이었다. 그러나, 스완 아가씨가, 그토록 많은 특전(特典) 속에 그것이 마치 자연스러운 고유 생활환경이기라도 한 듯 잠겨 있는, 그토록 희귀한 신분의 존재인지라, 그녀가 자기의 양친에게 만찬에 초대한 사람이 있느냐고 물으면, 그녀에게는 단지 자기 집안의 오래된 친구일 뿐인 베르고뜨라는 황금빛 초대손님의 이름으로, 즉 빛 가득한 그 음절들로, 누가 그녀에게 대답할 것이고, 나에게는 대고모님의 대화에 해당하는 식탁에서의 친밀한 한담이, 그녀에게는 책들 속에서 다룰 수 없었던 모든 주제들, 그리하여 그것들에 대하여 그가 내리는 신탁을 내가 듣기 원하였을, 그러한 주제들에 대한 베르고뜨의 말들이며, 그리하여 한마디로, 그녀가 도시들을 방문할 때에는, 인간들 사이에 내려온 신들처럼 사람들이 알아보지 못하나 영광 가득한 그가, 그녀와 나란히 길을 걷는다는 사실 등을 알게 되었을 때, 나는 스완 아가씨와 같은 존재의 가치를 느낌과 동시에, 내가 그녀의 눈에 얼마나 상스럽고 무지한 사람으로 보일지를 절감하였고, 그리하여 내가 그녀의 친구가 된다는 달콤함과 그것의 불가능성을 어찌나 생생히 느꼈던지, 나는 욕망과 절망으로 동시에 가득 채워졌다. 그리하여 그 이후 내가 그녀를 생각할 때에는, 어느 교회당 입구 앞에서 그곳에 있는 조각상들이 의미하는 바를 내게 설명해 주고, 나에 대한 칭찬을 내포한 미소를 띤 채, 나를 자기의 친구라고 하면서 베르고뜨에게 소개하는 그녀의 모습이 가장 자주 내 눈앞에 어른거렸다. 그리고 항상, 교회당들이 나의 속에 태동시킨 모든 사념들의 매력이, 일-드-프랑스 지방의 구릉들과 노르망디 평원들의 매력이, 내가 스완 아가씨와 관련시켜 그리곤 하던 영상 위에, 자기의 반사광들을 넘쳐 흐르게 하곤 했다. 그것은 곧 그녀를 사랑할 만전의 준비가 갖추어진 상태였다. 어떤 사람의 사랑이 우리로 하여금 침투할 수 있게 해줄 미지의 삶에 그 사람이 참여하고 있으리라 우리가 믿는 사실, 그것이, 사랑이 태동하기 위하여 요구하는 모든 것 중에서, 사랑으로 하여금 가장 중시하게 하고 나머지는 문제시하지 않게 하는 것이다. 심지어 한 남자를 그의 외모만 보고 판단하노라 주장하는 여인들마저도, 그 외모에서 특수한 삶이 풍기는 것을 발견한다. 그녀들이 군인들이나 소방수들을 좋아하는 것은 그러한 이유 때문이다. 그녀들이 남자의 얼굴에 덜 까다로운 것은 제복 덕분이다. 그녀들은 갑옷 밑에 있는 별다르고 용감하며 다정한 가슴에 입맞춘다고 믿는다. 젊은 군주나 왕세자가, 자기들이 방문하는 나라에서 가장 멋진 여인들의 마음을 사로잡는 데 있어서, 아마 뜨내기 주식 중개인에게는 불가결할 단정한 용모를 필요로 하지 않는다.

내가 정원에서 책을 읽고 있는 동안, 진지한 일은 일체 금지된지라 대고모께서는 바느질조차 하지 않으시는 일요일 이외의 날에 내가 하였다면 당신께서 도저히 납득하지 못하셨을 그 짓을 내가 정원에서 하고 있는 동안(평일이었다면 '즐기기'라는 단어에 '어린애 장난'이나 '시간 낭비'라는 뜻을 부여하시면서, '일요일도 아닌데 너는 어찌 책을 읽으며 즐기느냐'고 하셨을 것이지만), 레오니 숙모님께서는 을랄리가 올 시각을 기다리면서 프랑수와즈와 한담을 나누셨다. 숙모님께서, 구뻴 부인이 '우산도 없이, 샤또 덩에서 맞춘 비단 드레스를 입고' 지나가는 것을 보았노라고, 프랑수와즈에게 알리시면서 말씀하셨다. "그녀가 멀리까지 가야 한다면, 오후 예배 전에 드레스가 흠뻑 젖을 수도 있겠어."

"아마, 아마"('아마 아닐 것'이라는 뜻이었다) 더 호의적인 여지의 가능성을 완전히 배제하지 않으려고 프랑수와즈가 그렇게 대꾸하였다.

"아! 참," 숙모님이 당신의 이마를 손바닥으로 치시면서 말씀하셨다. "그러고 보니, 그녀가 성체 거양(擧揚) 후에 교회당에 도착하였는지, 내가 알아보지 못한 것이 생각나는군. 잊지 말고 을랄리에게 물어보아야지…. 프랑수와즈, 종루 뒤에 있는 저 검은 구름과 청석 지붕 위의 저 보잘것없는 햇빛 좀 보게. 틀림없이 해가 지기 전에 비가 올 거야. 이러한 상태로 머물 수는 없어. 날씨가 너무 뜨거웠어. 그리고 이르면 이를수록 좋아. 폭풍우가 몰아치지 않으면 내가 마신 비쉬 광천수가 내려가지 않으니 말이야." 숙모님의 뇌리에서는 비쉬 광천수의 소화를 촉진시키고 싶은 욕망이 구뻴 부인의 드레스가 망가지지 않을까 하는 근심보다 훨씬 강했음인지, 그렇게 덧붙여 말씀하셨다.

"아마도, 아마도."

"그리고 광장 위로 비가 쏟아지면 피할 곳이 별로 없는 것도 사실일세. 뭐라고, 세 시야?" 숙모님의 안색이 문득 창백해지면서 소리치셨다. "오후 기도가 시작되었는데 내가 펩신 복용하는 것을 잊다니! 나의 비쉬 광천수가 왜 위장 속에 머물러 있는지 이제야 알겠어."

그러시더니, 보라색 벨벳으로 제본하고 금박으로 장식한 미사경본(經本)을 허겁지겁 집어드시는데, 그 바람에, 축제일들을 표시하기 위하여 끼워두었던, 노랗게 변색된 종이 레이스 띠로 가두리 장식을 한 그림들이 빠져나왔으며, 그러한 경황에도 숙모님은 약을 삼키시는 한편, 최대한 신속히 그 신성한 구절들을 읽기 시작하셨다. 하지만, 비쉬 광천수를 마신지 그토록 오랜 시간 후에 복용한 펩신이, 아직도 광천수를 따라잡아 그것이 내려가게 할 수 있을까 하는 불안감 때문에, 신성한 구절들을 희미하게밖에 이해하지 못하셨다. "세 시라니, 시간이 그토록 신속히 흐르다니, 믿을 수 없군!"

마치 무엇이 그것에 부딪힌 듯, 창유리에 약한 충격이 가해지더니, 그 뒤를 이어, 마치 위층 창문에서 떨어뜨렸을 법한 모래 알들처럼, 우수수 가볍게 추락하는 소리가 들렸고, 그다음, 추락이 퍼져나가고, 스스로를 조절하고, 하나의 리듬을 타더니, 유동적이며, 쟁쟁하며, 음악적이며, 무수하며, 광범위한 것으로 변하였다. 비가 내리고 있었다.

"그래! 프랑수와즈, 내가 무슨 말을 하고 있었지? 많이도 쏟아지는군! 그런데 정원 문에 달린 방울 소리가 들린 것 같으니, 이러한 날씨에 도대체 누가 밖으로 나갔는지 어서 가보게."

프랑수와즈가 다녀와 말하였다.

"아메데 부인(나의 할머니)이신데, 산책을 하시겠답니다. 비가 이토록 퍼붓건만."

"나에게는 전혀 놀랄 일이 아니라네." 숙모님께서 하늘을 향해 눈길을 처드시면서 말씀하셨다. "내가 항상 말하기를, 그녀의 머리가 보통 사람들의 것처럼 생기지 않았다고 했지. 이 순간 내가 아니고 그녀가 밖에 있기를 바라네."

"아메데 부인은 항상 다른 이들의 정반대편 끝에 계세요." 내 할머니께서 조금 '맛이 갔다'고 생각한다는 말은 다른 하인들과 함께 있을 때를 위하여 보류한 채, 프랑수와즈가 부드러운 어조로 말하였다.

"구원은 이제 없을 것이네! 이제 을랄리는 오지 않을 걸세." 그러면서 숙모님이 한숨을 지으셨다. "그녀가 험한 날씨를 무서워했던 모양일세."

"하지만 아직 다섯 시도 아니 되었어요, 옥따브 부인, 이제 겨우 네 시 반이에요."

"겨우 네 시 반이라고? 그렇건만 변변찮은 햇살 한 가닥 받아들이려고 내가 작은 커튼들을 다시 쳐들어 올려야 했네. 네 시

반에! 로가티오 여드레 전에! 아! 가엾은 프랑수와즈, 착한 신께서 우리들 때문에 몹시 노하셨음에 틀림없네. 오늘날 세상이 너무 지나쳐! 나의 가엾은 옥따브가 자주 말했듯이, 사람들이 착한 신을 너무 망각하여서 신이 복수하시는 걸세."

문득 숙모님의 볼에 진한 홍조가 어렸다. 을랄리가 도착한 것이다. 불행하게도 그녀가 겨우 숙모님 거처로 들어섰는데, 프랑수와즈가 다시 들어오더니, 자기가 하는 말이 틀림없이 숙모님께 안겨 드릴 것이라고 확신하던 기쁨에 자신도 동조하려는 목적으로 미소를 지으면서, 또한 비록 간접화법을 사용하지만,[105] 자기가, 충실한 하인으로서, 방문객이 송구스럽게도 하신 말씀들을 그대로 아뢴다는 것을 보이려는 목적으로 각 음절들을 또박또박 발음하면서, 이렇게 말하였다.

"혹시 옥따브 부인께서 휴식을 취하시는 중이 아니어서 방문객을 접견하실 수 있다면, 주임사제님께서 매우 기쁘고 황홀할 것이라 하십니다. 주임사제님께서는 성가시게 해드리기를 원치 않으십니다. 주임사제님은 아래층에 계십니다. 제가 그곳 거실로 들어가시라 하였습니다."

실제로는 주임사제의 방문이 프랑수와즈가 짐작하던 만큼 나의 숙모님에게 그리 큰 기쁨은 아니었으며, 따라서 주임사제의 방문을 숙모님께 고할 때마다 프랑수와즈가 자기의 얼굴에 치장용 깃발처럼 내걸어야 한다고 생각하던 환희의 기색이, 환자의 감정에 전적으로 부응하는 것은 아니었다. 주임사제(그가 예술에 있어서는 문외한이어서, 유감스럽게도 내가 그와 많은 이야기를 나누지는 않았지만, 그는 많은 어원들을 알고 있었다)는 저명한 방문객들에게 교회당에 관하여 많은 것들을 설명하는데 습관이 되어 있어서(그는 꽁브레 소교구에 관한 책을 한 권 쓸 의도마저 품은 적이 있었다), 끝없는 게다가 항상 같은 설명들로 숙모님을 지치게 하곤 하였다. 그러나 특히 그의 방문이 그날처럼 을랄리의 방문과 겹칠 경우, 그의 방문은 솔직히 말해 숙모님께 불쾌한 것이 되곤 하였다. 숙모님은 을랄리에게서 즐거움 취하는 편을 택하셨고, 그 자리에 모든 사람들이 참석하는 것을 원하지 않으셨다. 하지만 주임사제 접견하기를 차마 거절하지 못하셨고, 다만 을랄리에게 눈짓을 하여, 사제가 돌아갈 때 함께 떠나지 말라고 하시며, 사제가 떠난 후에 그녀와 단 둘이 이야기를 나누겠노라 하셨다.

"주임사제님, 어느 화가 하나가 그림 유리창 하나를 모사(模寫)하겠다며 자기의 화판틀(畵架)을 교회당 안에 들여놓았다고들 하는데, 그것이 도대체 무슨 소리인가요? 단언하거니와, 제가 이 나이에 이르도록 그처럼 해괴한 이야기는 일찍이 들어본 적이 없어요! 도대체 오늘날에는 모두들 무엇을 찾겠다는 것인지! 게다가 교회당 내에서 가장 보기 흉한 것을 베껴 그리겠다니!"

"저는 가장 보기 흉한 것이라고까지는 하지 않겠습니다. 왜냐하면, 쌩−일레르 교회당 안에 구경할 만한 가치가 있는 부분들이 없는 것 아니지만, 우리 주교구에서 유일하게 보수조차 하지 않은 저의 가엾은 바실리카[106] 안에는, 몹시 낡은 다른 부분들도 있기 때문입니다! 맙소사, 바실리카의 입구는 지저분하고 오래되어 낡았으나 장엄함은 있습니다. 에스테르의 대관식을 나타낸 융단들은 그런대로 괜찮습니다. 물론 저는, 개인적인 생각입니다만, 두어 푼짜리도 안 된다고 여기지만, 그것들을 전문 감식가들은 쌍스[107]에 있는 것들 바로 다음 가는 것으로 평가합니다. 뿐만 아니라 저 역시, 조금 사실주의적인 몇몇 자질구레한 부분들 이외에, 그 융단들이 진정한 비평정신을 증언하는 다른 부분들도 보여 주고 있음은 인정합니다. 그러나 그림 유리창들에 대해서는 언급조차 하고 싶지 않습니다. 높이가 같은 포석이 단 두 장도 없어 바닥이 온통 울퉁불퉁하건만, 그 포석들이 꽁브레의 역대 사제들 및 옛 브라방 백작들이었던 게르망뜨 가문 나리들의 묘석이라는 핑계로, 저의 요청에도 불구하고 그것들을 다른 포석들로 교체하지 않는 교회당에, 햇빛이 들어오지 못하게 할 뿐만 아니라, 저로서는 무엇이라 규정할 수조차 없는 색의 반사광으로 시각에 혼동을 일으키게 하는 그 창문들을 그대로 내버려 두는 것이 사리 밝은 짓입니까?[108] 브라방 백작들은 오늘날의 게르망뜨 공작 및 공작 부인의 직계 선조들인데, 게르망뜨 가문의 아가씨가 자기의 사촌인 게르망뜨 공작과 혼인하였으니, 공작부인의 직계 선조가 되기도 합니다."(저명인사들에 무관심한 나머지 모든 이름들을 혼동하시게 된 할머니께서는, 우리가 게르망뜨 공작부인의 이름을 꺼낼 때마다, 그녀가 빌르빠리지 부인의 친척임에 틀림없다고 하셨다. 그럴 때마다 우리 모두 폭소를 터뜨렸고, 할머니는 당신께서 전에 받으셨던 청첩장이나 부고를 유력한 증거로 내세우시며 당신을 변호하려 애를 쓰시곤 하였다. "그 속에 게르망뜨라는 말이 있었던 것 같은데." 그러면 나 또한 모처럼 다른 사람들과 함께 할머니의 반대편에 서곤 하였다. 할머니의 기숙학교 친구와 쥬느비에브 드 브라방의 후예 간에 어떤 인연이 있으리라는 것을 인정할 수 없었기 때문이다)[109] "루쌩빌을 좀 보십시오. 그 지역이 옛날에는 펠트 모자와 벽시계 장사로 번영을 누렸건만, 지금은 농사꾼들의 소교구에 불과합니다.(루쌩빌이라는 명칭의 어원에 대해서는 제가 확실히 알지 못합니다. 샤또루의 옛 명칭이 '카스트룸 라둘피'였듯이, 그곳이 전에는 루빌, 즉 '라둘피 빌라'였을 것으로 생각됩니다만, 그 이야기는 다른 기회에 해드리겠습니다) 그런데! 그곳 교회당에는 거의 모두가 현대적인, 화려한 그림 유리창들이 있고, 특히 꽁브레 교회당에 있어야 더 잘 어울릴 그 '루이-필립의 꽁브레 입성'이라는 장엄한 그림 유리창은, 사람들이 말하기를, 샤르트르 대교회당의 유리창에 못지않다고 합니다. 바로 어제도 제가 뻬르스삐에 의사의 형제분을 만났는데, 그 분야에 조예가 깊은 그 역시 그것이 훌륭한 작품이라고 하였습니다. 그러한, 매우 예의 바른 듯 보일 뿐만 아니라 화필의 진정한 명인처럼 여겨지는 그 화가에게 제가 물었듯이, 다시 여쭙거니와, 다른 것들보다도 조금 더 침침하기까지 한 이곳 그림 유리창에 도대체 무슨 특별한 것이 있다고 생각하십니까?"

"주임사제님께서 주교님께 요청하시면, 새 그림 유리창으로 바꾸어주기를 마다하지 않으실 거예요." 당신께서 곧 지칠 것이라 생각하기 시작하신 숙모님이 나른한 어조로 말씀하셨다.

"어디 기대해 보시지요, 옥따브 부인." 주임사제가 대꾸하였다. "하지만 그 몹쓸 유리창이, 게르망뜨 가문의 아씨였던 쥬느비에브 드 브라방의 직계 후손이며 게르망뜨 나리인 질베르 르 모베가 일레르 성자로부터 사죄 선언 받는 장면을 나타내고 있는 것임을 입증하면서, 그 유리창에다가 방울을 달아주신[110] 분이 바로 우리의 주교 예하이십니다."

"하지만 전 그 유리창 어디에 일레르 성자가 있는지 모르겠어요."

"틀림없이 있습니다. 그림 유리창 한 구석에서, 노란 드레스를 입고 있는 귀부인 하나를 보신 적이 없습니까? 바로 그것입니다! 그것이 일레르 성자인데, 아시다시피, 어떤 지방에서는 그를 일리에 성자 혹은 엘리에 성자라 부르고, 심지어 쥐라 지역에서는 일리 성자라고도 합니다. 싼크투스 힐라리우스(sanctus

Hilarius)의 그 다양한 변형이, 성자들의 이름에 생기는 무수한 변형들 중 가장 기이한 것은 아닙니다. 그리하여, 나의 착한 을랄리, 자네의 수호성녀이신 쌴크타 에울랄리아(sancta Eulalia)가 부르고뉴 지방에서는 어떻게 변했는지 아시는가? 아주 간단히 엘루와 성자(saint Eloi)로 변하였다네. 그녀가 남자 성인으로 변하였네. 아시겠는가, 을랄리, 자네가 죽으면 사람들이 자네를 남자로 만들 걸세."

"주임사제님은 항상 우리들을 웃기시는 말씀을 하세요."

"질베르 르 모베(못된 질베르)와 형제지간이며 독실한 왕자이되, 정신병으로 죽은 아버지 삐뺑 앵쌍세(주책바가지 삐뺑)를 일찍 잃은 샤를르 르 배그(말더듬이 샤를르)가,[111] 교육받지 못한 젊은이의 오기로 절대권력을 휘두르며, 한 도시에서 어떤 사람의 얼굴이 자기의 마음에 들지 않으면, 그 도시 사람들을 마지막 하나까지 깡그리 학살하였습니다. 질베르가 샤를르의 폭정에 앙갚음하기 위하여 꽁브레의 교회당을 태워버리게 하였는데, 그 초대 교회는, 떼오드베르[112]가 일찍이 부르군트족 군대를 치러가기 위하여 이 근처 띠베르지(테오데베르키아쿠스)에 있던 자기의 행궁을 조신들과 함께 떠나면서, 만약 일레르 성자께서 자기에게 승리를 안겨 주시면, 성자의 무덤 위에 교회당을 세우겠다고 약속하여 세워졌던 것입니다.[113] 그 교회당의 유물이라곤, 떼오도르가 사람들을 안내하여 내려가곤 하는 그 지하실뿐입니다. 나머지는 질베르가 몽땅 태워버렸으니까요. 그런 다음 질베르가 정복자 기욤(주임사제는 길롬이라고 발음하였다)을 축출하였는데, 그러한 사연으로 인해 많은 잉글랜드 사람들이 이곳을 방문하지요. 하지만 그가 꽁브레 주민들의 호감을 얻지는 못하였던 모양입니다. 그가 어느 날 미사에 참석하였다가 나오는데, 꽁브레 주민들이 그에게 우르르 몰려들어 그의 목을 잘랐으니 말입니다. 떼오도르가 대여하는 소책자에 자세한 설명이 있습니다.

그러나 우리의 교회당에서 이론의 여지 없을 만큼 가장 기이한 것은, 종루에서 바라볼 수 있는 광막한 풍경입니다. 물론 근력이 왕성하지 못한 부인에게는, 그 유명한 밀라노 교회당 원형 천장 꼭대기 높이의 딱 절반인 우리 종루의 아흔일곱 계단을 올라가시라고 권하지 않겠습니다. 머리가 깨지지 않도록 하려면 몸을 반으로 접은 채 올라가야 하며, 휴대품만 아니라 층계에 늘어져 있는 거미줄까지 휩쓸어가지고 올라가야 하니, 건장한 사람이라도 지칠 수밖에 없습니다. 여하튼 그곳에 올라가시려면 몸을 잘 감싸야 합니다." (당신이 마치 종루에 올라가실 수라도 있다는 듯한 그따위 생각에 숙모님께서 분개하시는 것을 눈치채지 못한 채) 그가 덧붙였다. "일단 저 위에 올라가면 기류가 특이하기 때문입니다! 어떤 사람들은 그 기류에서 죽음의 냉기를 느꼈다고도 합니다. 그럼에도 불구하고 일요일이면 항상, 펼쳐진 풍경의 아름다움을 감상하기 위하여 아주 먼곳으로부터도 사람들이 단체를 이루어 오고, 모두들 황홀해져 돌아갑니다. 다음 일요일에는, 날씨 변동만 없다면, 로가티오[114] 축일도 겹치는지라, 많은 사람들이 몰려오는 것을 보실 수 있을 것입니다. 뿐만 아니라, 솔직히 말씀 드리거니와, 저 위에 올라가면, 특이한 흔적을 가진 평원 위에 길게 뻗어 있는 풍경 등, 선경에 들어온 듯한 매력을 느낄 수 있습니다. 청명한 날에는 베르뇌이유까지 선명히 보입니다. 특히, 키 큰 나무들의 장막이 갈라놓고 있는 비본느 냇물 줄기와 쌩-아씨즈-레스-꽁브레 수로처럼, 혹은 쥬이-르-비꽁뜨(아시다시피 가우디아쿠스 비케 코미티스[115]지요)의 여러 운하들처럼, 평소에는 다른 것을 못 보고 하나밖에 볼 수 없는 것들을,

저 위에서는 한꺼번에 볼 수 있습니다. 제가 쥬이-르-비꽁뜨에 갈 때마다 겪는 일입니다만, 운하 한 가닥을 본 후에 길 모퉁이 하나를 돌아서면 다른 운하 한 가닥이 보이는데, 그러면 앞서 본 것은 보이지 않습니다. 그리하여 그 둘을 한꺼번에 뇌리에 떠올려보아도 별로 인상적이지 못합니다. 그러나 쌩-일레르 교회당의 종루에서 보면 전혀 다릅니다. 하나의 망상체 속에 전지역이 들어가 있습니다. 다만 물은 보이지 않습니다. 커다란 틈들이 도시를 구역별로 어찌나 솜씨 좋게 잘라놓았던지, 도시가 마치, 이미 잘렸으나 조각들이 서로 지탱하고 있는 브리오슈 빵 같습니다. 풍경을 제대로 즐기시려면, 쌩-일레르 종각에 올라가는 일과 쥬이-르-비꽁뜨에 가는 일을 병행해야 합니다."

사제가 숙모님을 어찌나 지치게 하였던지, 그가 떠나기 무섭게 숙모님은 을랄리 또한 돌려보내실 수밖에 없었다.

"이것 받아요, 가엾은 을랄리, 자네가 기도할 때 나를 잊지 말아 달라고 주는 것일세." 당신의 손이 닿는 곳에 놓아두었던 작은 돈주머니에서 주화 한 닢을 꺼내시면서, 숙모님이 기운 없는 음성으로 말씀하셨다.

"아! 옥따브 부인, 제가 받아야 하는 건지 모르겠어요. 그것 때문에 제가 여기에 오는 것이 아님을 잘 아시잖아요!" 을랄리는 매번, 마치 그것이 처음 있는 일이기라도 한 듯, 항상 같은 모습으로 주저하고 당황하며 그렇게 말하였으며, 동시에 불만스러워하는 듯한 표정을 짓곤 하였다. 하지만 그러한 표정에 숙모님께서는 즐거워하실지언정, 불쾌감을 느끼시지 않았다. 만약 어느 날 을랄리가 주화를 받으면서 평소보다 덜 어색한 표정을 지으면, 숙모님께서 이렇게 말씀하시곤 하였으니 말이다.

"을랄리에게 무슨 일이 있는지 모르겠어. 내가 그녀에게 평소와 같은 것을 주었건만, 오늘은 만족스러운 기색이 아니었어."
 "하지만 그녀가 불평할 이유는 없다고 생각해요." 프랑수와즈가 한숨을 지으며 말하였다. 그녀는, 숙모님께서 그녀나 그녀의 자식들을 위하여 그녀에게 주시는 것은 모두 잔돈푼으로 여기고, 일요일마다 숙모님께서 을랄리의 손에, 그러나 프랑수와즈가 결코 볼 수 없도록, 넌지시 쥐어 주시는 소액 주화들은 배은망덕한 여자를 위하여 분별없이 낭비하는 거금으로 여기는 성향을 가지고 있었다. 물론 숙모님께서 을랄리에게 주시는 돈을 프랑수와즈가 탐냈을 것이라는 말은 아니다. 여주인의 부가, 모든 사람들이 보기에는, 하녀 또한 고상하고 아름답게 해준다는 사실을 잘 아는지라, 그녀는 숙모님께서 소유하신 것을 충분히 누리고 있었다. 즉, 숙모님의 많은 소작지들, 주임사제의 빈번한 장시간 동안의 방문, 비쉬 광천수를 마시고 쌓아 둔 빈 병들의 수가 기이하게 많다는 사실 등의 덕분에, 프랑수와즈가, 꽁브레에서는 물론 쥬이-르-비꽁뜨 및 인근 다른 지역에서도, 사람들의 이목을 끌었고 명성이 높았다. 그녀는 오직 나의 숙모님을 위해서만 인색하였다. 그리하여, 그것이 그녀의 꿈이었을지 모르지만, 그녀가 만약 숙모님의 재산을 관리하였다면, 그녀는 다른 이들에 의해 그것이 잠식되는 것을 모성적인 표독스러움으로 방지하였을 것이다. 하지만 불치병처럼 막무가내로 후하신 숙모님께서 서슴지 않고 마구 베푸신다 하여도, 그것이 적어도 부유한 사람들에게라면, 프랑수와즈가 그것을 크게 잘못된 일로 여기지는 않았을 것이다. 아마 그녀는, 부유한 사람들이, 숙모님의 선물을 구태여 필요로 하지 않는지라, 선물 때문에 숙모님을 좋아한다는 혐의를 받을 수 없다고 생각하였던 모양이다. 뿐만 아니라, 싸즈라 부인이나 스완 씨, 르그랑댕 씨, 구뻴 부인 등 재산이 많은 사람들, 즉 나의 숙모님과 '같은 지위'에 있고 서로 '잘 어울리는' 사람들에게 주는 선물들이 그녀에게는, 사냥을 즐기고 무도회를 베풀며 서로를 방문하는 부유한 사람들, 그녀가 미소를 지으며 찬미하는 사람들의 기이하고 화려한 생활 관례의 한 부분으로 여겨졌다. 하지만 숙모님의 후함에서 덕을 보는 사람들이 프랑수와즈가 '나와 같은 사람들, 나보다 나을 것이 없는 사람들'이라고 부르는 이들에 속할 경우, 그리고 그녀를 '프랑수와즈 부인'이라고 부르면서 스스로를 '그녀보다 낮게' 여기지 않아, 그녀가 가장 멸시하는 이들에 속할 경우, 그녀의 생각은 전혀 딴판이었다. 그리하여, 자기의 조언에도 불구하고 숙모님께서 당신 뜻대로 돈을 그 자격 없는 것들에게 마구 뿌리시는 것을 볼 때마다,―프랑수와즈는 적어도 그렇게 생각하였다―그녀는 숙모님께서 을랄리에게 듬뿍 퍼주신다고 상상하던 그 금액에 비해, 자기에게 주시는 것이 훨씬 적다고 여기기 시작하곤 하였다. 꽁브레 인근의 쓸 만한 소작지들 중, 을랄리가 사람들을 방문하여 모은 재산으로 사들이지 못할 소작지는 없으리라고 프랑수와즈가 추측하고 있었다. 을랄리 역시 프랑수와즈에게 은닉된 막대한 재산이 있으리라고 추측하던 것은 사실이었다. 을랄리가 떠난 후, 그녀에 대하여 호의적이지 않은 예언을 하던 것이 프랑수와즈의 버릇이었다. 그녀가 을랄리를 미워하였으나 또한 두려워하였던지라, 그녀가 자기 앞에 있을 때에는 '좋은 낯'을 하는 것이 옳은 태도라고 생각하였다. 하지만 을랄리가 떠난 후에는, 엄밀히 말해 그녀의 이름은 입에 담지 않고, 씨뷜라[116)]의 예언들을, 혹은 「전도서」에 있는 보편적인 성격을 가지고 있는 격언들을 마구 쏟아내면서, 상실하였던 자존심을 회복하곤 하였다. 하지만 그 예언들과 격언들이 누구를 겨냥하는지,

숙모님은 그것을 놓치지 않으셨다. 을랄리가 나가면서 대문을 다시 닫았는지, 커튼 한 귀퉁이를 통하여 확인한 후 이렇게 말하곤 하였다. "아첨꾼들이 자신들이 환대받게 하는 방법을 알고, 그렇게 돈을 긁어모으지. 하지만 두고 보라지. 착한 신께서 어느 날 갑자기 그들 모두를 벌하실 거야." 그 말을 하는 순간 그녀는, 요아스가 오직 아달리야만을 생각하면서 다음과 같이 말할 때처럼, 눈을 흘기고 변죽을 울렸다.

못된 자들의 행복은 급류처럼 흘러가도다.[117]

그러나 주임사제의 방문이 을랄리의 방문과 겹쳐져, 그의 영영 끝날 것 같지 않은 지체가 숙모님의 기운을 고갈시킨 날에는, 프랑수와즈가 을랄리의 뒤를 따라 방에서 나가며 말하였다.
"옥따브 부인, 이제 쉬시도록 저는 물러갑니다. 무척 피곤하신 기색입니다."
그러면 숙모님께서는 아무 대꾸도 하지 않으시고, 죽은 사람처럼 눈을 감으신 채, 임종을 맞은 사람의 마지막 숨결 같은 한숨을 내쉬시었다. 하지만 프랑수와즈가 겨우 아래층에 이르기 무섭게, 맹렬하게 울리는 네 번의 초인종 소리가 집 안에 울려퍼졌고, 숙모님이 침대 위에서 상체를 일으키신 후 소리치셨다.
"을랄리가 벌써 떠났나? 구뻴 부인이 성체 거양 의식 이전에 미사에 참석하였는지 묻는다는 것을 내가 잊다니! 힘껏 달려 그녀 뒤를 따라가 보도록 하게!"
그러나 프랑수와즈가 을랄리를 따라잡지 못하고 돌아오면, 숙모님은 머리를 설레설레 흔드시며 말씀하시곤 하였다.
"속이 상하는군. 내가 그녀에게 묻고 싶었던 중요한 것은 그

일뿐이었는데!"

　나의 레오니 숙모님에게는 항상 유사한 삶이, 당신께서 짐짓 경멸하시는 듯한 어조로 그러나 깊은 애정을 가지고 당신의 '작은 일상'이라고 부르시던 것의 아늑한 한결같음 속에서, 그렇게 흘러가고 있었다. 숙모님에게 더 좋은 건강 증진법 권하는 것이 부질없음을 느껴, 모든 사람들이 차츰 체념하고 숙모님의 뜻을 존중하게 된 우리의 집에서뿐만 아니라, 마을에서도, 길 셋 건너에서 짐을 꾸리던 사람이, 궤짝들에 못을 박기 전에 먼저 프랑수와즈에게 사람을 보내어, 혹시 숙모님께서 '쉬고 계시지' 않는지 여부를 알아볼 만큼, 모든 사람들에 의해 보호받던 그 '작은 일상'이, 그럼에도 불구하고 그해에 한 번 흔들렸다. 감추어져 있던 과일 하나가 사람들의 눈에 띄지 않고 익어 스스로 나뭇가지에서 떨어지듯, 어느 날 밤 문득 부엌데기 소녀의 분만이 닥쳤다. 그러나 그녀의 진통이 견딜 수 없을 만큼 심한 데다, 꽁브레에는 조산부가 없었던지라, 프랑수와즈가 날이 밝기 전에 띠베르지로 조산부를 데리러 떠나야 했다. 부엌데기 소녀의 비명 소리 때문에 숙모님께서 쉬실 수 없는데, 프랑수와즈는 거리가 별로 멀지 않음에도 불구하고 아주 늦게서야 돌아온지라, 숙모님이 그녀를 몹시 아쉬워하셨다. 결국 어머니가 아침나절에 나에게 말씀하셨다. "너라도 올라가서, 숙모님께서 원하시는 것이 없는지 알아보려무나." 내가 첫 번째 방으로 들어가, 열린 문을 통하여 들여다보니, 숙모님은 옆으로 누우셔서 주무시고 계셨다. 가볍게 코를 고시는 소리가 들렸다. 내가 조용히 물러가려 하였건만, 나로 인해 야기된 소리가 틀림없이 숙모님의 잠에 개입하여, 흔히들 자동차에 관해 말하듯, 그 '속도를 변환시켰던' 모양이다. 코고는 소리의 선율이 한 순간 끊겼다가 한 음조 낮게 다시 계속되더니, 숙모님께서 깨어나시어 얼굴을 반쯤 돌리셨고, 그 순간에야 비로소 내가 그 얼굴을 볼 수 있었으니 말이다. 얼굴에는 일종의 공포감이 역력하였다. 끔찍한 꿈을 꾸셨음에 틀림없었다. 그러한 위치에서 숙모님이 나를 보실 수는 없었고, 따라서 나는 숙모님에게로 다가가야 할지 물러가야 할지 몰라 그 자리에 엉거주춤 머물렀다. 하지만 숙모님께서는 현실의 감정으로 이미 되돌아오셔서, 당신에게 두려움을 안겨드리던 광경들의 거짓을 깨달으신 것 같았다. 기쁨의 미소 한 가닥이, 삶이 꿈보다 덜 잔인하도록 허락하신 신에게로 향한 경건한 감사의 정에서 비롯된 미소 한 가닥이, 숙모님의 얼굴을 희미하게 밝혔고, 당신께서 홀로 계신다고 믿으시면 나지막한 음성으로 혼잣말을 하시던 습관대로, 조용히 중얼거리셨다. "고맙기도 해라! 우리의 걱정거리라곤 해산하는 부엌데기 소녀뿐이니. 나의 가엾은 옥따브가 부활하여 나에게 매일 한 차례씩 산보를 시키겠다는군!" 숙모님의 손이 협탁 위에 놓여 있던 묵주 쪽으로 향하였다. 그러나 다시 몰려온 잠이 묵주에 손이 닿는데 필요한 힘을 허락하지 않았다. 숙모님이 평온을 되찾아 다시 잠드셨고, 나는 살금살금 늑대의 걸음으로 방을 빠져나왔으며, 그리하여 숙모님도 다른 그 누구도 내가 들은 바를 영영 모르게 되었다.

부엌데기 소녀의 그 분만처럼 매우 희귀한 사건들이 일어날 경우 이외에는 숙모님의 일상이 어떠한 변동도 결코 겪지 않았노라고 하는 나의 말에, 일정한 간격을 두고 항상 같은 형태로 반복되면서 한결같음 한가운데에 일종의 부차적인 한결같음을 이끌어 들이는데 그치던 변동은 포함되지 않는다. 그 부차적인 변동이란, 매주 토요일, 프랑수와즈가 오후에 루쌩빌-르-뺑-장터에 가는지라, 모든 사람들이 예외 없이 점심을 한 시간 일찍

먹는 것이었다. 그리하여 숙모님께서도 당신의 습관에 저촉되는 그 매주의 예외에 어쩌나 익숙해지셨던지, 그 새로운 습관 역시 종전의 습관 못지않게 중시하셨다. 그리고, 프랑수와즈의 말대로 그것에 어쩌나 잘 '길들여지셨던지', 혹시 어느 토요일에 점심을 드시기 위하여 평일의 점심시간까지 기다리셔야 하는 경우가 생긴다면, 그것이 숙모님에게는, 평일에 점심을 토요일 점심시간으로 앞당기는 것만큼이나 혼돈스러웠을 것이다. 뿐만 아니라, 우리들 모두가 보기에도, 그러한 점심의 앞당김이 토요일에게 하나의 특별하고 관대하며 상당히 우호적인 면모를 부여하였다. 평일이라면 식사의 느긋함을 즐기기 위하여 아직도 한 시간을 더 보내야 하는 순간에, 잠시 후 철 이른 꽃상추와 호의 가득한 오믈렛과 과분한 비프스테이크가 도착하는 것을 보리라는 사실을 모두 알고 있었다. 그 비대칭적인 토요일의 도래는 국내적이고 지역적이며 거의 공민적인 작은 사건들 중의 하나였는데, 그러한 사건들이, 태평스러운 삶이나 폐쇄된 사회 속에서는, 일종의 국민적 유대를 창조하고 대화와 농담과 한껏 과장된 이야기의 인기 있는 주제가 된다. 그리하여 우리들 중 하나가 영웅담에 소질을 가지고 있었다면, 그 주제가 하나의 전설집을 위하여 온전히 준비된 핵심이 되었을 것이다. 아침부터, 옷을 차려입기 전에, 아무 이유 없이, 연대성의 힘을 느끼는 기쁨을 위하여, 쾌활하고 다정하며 일종의 애국심을 가지고 서로에게 이렇게들 말하곤 하였다. "허비할 시간이 없어요. 오늘이 토요일임을 잊지 맙시다!" 그러는 동안 숙모님은 프랑수와즈와 상의를 하시면서, 다른 날보다 하루가 더 길 것이라고 생각하시어, 이렇게 말씀하셨다. "토요일이니, 모두에게 더 큼직한 송아지 고기 덩이를 먹이는 게 좋겠네." 혹시 어떤 사람이 열 시 반에 회중시계를 꺼내어 보면서 무심히 말하기를, '점심 먹기 전에 아직 한 시간 반이 남았군' 이라고 하면, 모두들 그 사람에게 한껏 들뜬 어조로 이렇게 말하였다. "이것 봐요, 도대체 무슨 생각 하고 있나요, 오늘이 토요일임을 잊으셨군." 십오 분이 지난 후에도 그 일을 두고 다시 한 번 웃고 나서, 숙모님 거처로 올라가 숙모님을 즐겁게 해드리기 위하여 그렇게 깜박 잊은 일에 대해 이야기해 드리겠노라 서로에게 다짐하기도 하였다. 하늘의 얼굴도 바뀐 것 같았다. 점심식사 후에는, 토요일임을 의식한 태양이 하늘 높은 곳에서 한 시간 동안을 더 어슬렁거렸고, 혹시 어떤 사람이 쌩-일레르 교회당의 종루에서 나온 두 번의 종소리가 지나가는 것을 보고(그 두 번의 종소리는, 점심식사나 낮잠 때문에 인적이 끊긴 길이나, 낚시꾼 마저도 떠나버린 생기 넘치고 하얀 냇물 주변에서, 아직은 아무도 만나지 못하고, 몇몇 게으른 구름덩이들만 남아 있는 빈 하늘에서 외롭게 지나가는 것에 익숙해져 있었다), 산책이 늦어졌다 생각하면서 '아니, 겨우 두 시야?' 라고 하면, 모든 사람들이 합창하듯 일제히 그에게 대꾸하였다. "착각하시게 한 것은, 우리가 한 시간 일찍 점심을 먹었다는 사실이에요. 오늘이 토요일이라는 것을 잘 아시잖아요!" 나의 아버지를 뵙기 위하여 열한 시에 왔다가, 식탁 앞에 앉아 있던 우리들을 본 야만인(토요일의 그러한 특별함을 모르던 모든 사람들을 우리는 그렇게 불렀다)의 놀라움이, 프랑수와즈는 자기의 생애에서 그녀를 가장 즐겁게 해준 것들 중 하나라고 하였다. 그러나, 어리둥절한 방문객이, 우리가 토요일에는 일찍 점심을 먹는다는 사실을 모른다는 사실도 재미있지만, 그녀는 나의 아버지가, 그러한 분께서, 우리가 토요일에는 일찍 점심을 먹는다는 사실을 그 야만인이 모를 수 있다는 생각을 전혀 못 하셨고, 그리하여 우리가 벌써 식당에 있는 것을 본 그의 놀라움에, 다른 설명 없이 이렇게 대답하신 것이(그 편협한 배타주의에 진심으로 공감하면서도) 더욱 익살스러웠다고 하였다. "이것 보시오, 오늘은 토요일이에요!" 자기가 하던 이야기의 그 부분에 이르러, 그녀는 폭소에 동반된 눈물을 닦았고, 자기가 느끼던 즐거움을 증대시키기 위하여 대화를 연장시켰으며, 그 '토요일'이라는 것이 무슨 뜻인지 모르던 방문객이 한 대답을 꾸며대기도 하였다. 하지만 우리들이 그러한 덧붙임을 불만스러워하기는커녕, 그것에 만족하지 못하고 이렇게 말하곤 하였다. "하지만 그가 다른 말도 한 것 같은데. 처음 당신이 그 이야기를 할 때에는 그것이 더 길었어요." 그러면 대고모께서도 하시던 일을 멈추시고 머리를 쳐드신 다음 코안경 너머로 우리들을 바라보시곤 하였다.

그 이외에도 토요일은 다음과 같은 점에서 특별했는데, 5월 중에는 우리가 저녁을 먹은 후 '마리아의 달'[118] 예배에 참석하기 위하여 외출하였다는 사실이다.

우리가 예배에 참석하였다가, '현대의 사상에 휩쓸려 차림새를 등한시하는 개탄스러운 젊은이들'을 몹시 못마땅하게 여기는 뱅뙤이유 씨를 종종 만나는 경우가 있는지라, 어머니가 나의 차림새에 혹시 흐트러진 것이 없는지 먼저 살피신 다음에야 교회당으로 떠나곤 하였다. 내가 산사나무들을 좋아하기 시작한 것은, 기억하거니와, 그 '마리아의 달' 예배에서였다. 산사나무들이, 그토록 신성하지만 우리에게는 들어갈 권리가 있던, 그 교회당 내부에 단지 있었던 것만이 아니라, 바로 주제단 위에 놓여져 의식의 집전에 참여하는지라, 의식과 불가분의 관계에 있었으며, 촛대들과 성기(聖器)들 가운데로, 축제의 차림을 하고 서로 수평으로 이어진 가지들을 마구 쏘다니게 하고 있었는데,[119]

무성한 잎들이 가지들을 더욱 돋보이게 하였으며, 그 잎들 위로는, 마치 새색시의 바닥에 끌리는 드레스 위로 그렇게 하듯, 눈부신 꽃망울들의 작은 다발들이 수북이 뿌려져 있었다. 그러나, 그것들을 감히 정면으로 바라보지 못하고 겨우 훔치듯 보았지만, 나는 그 화려한 차림새가 생생히 살아 있으며, 잎들의 둘레를 톱니 모양으로 오려내고 그 하얀 꽃망울들로 만든 마무리 장식물을 덧붙여, 그러한 꾸밈이 민속적 축제와 종교적 엄숙함에 모두 어울리게 만든 것이 자연 그 자체일 것이라고 느꼈다. 가지들의 상단 쪽에서는 꽃부리(花冠)들이 여기저기에서 태평스러운 우아함을 보이며 열렸고, 그러면서, 거미줄처럼 가늘고 자기들을 몽땅 안개로 뒤덮는 수술 다발을 마치 최종의 그리고 수증기 덮인 치장물인 양 어찌나 건성으로 붙잡고 있던지, 나는 꽃망울들이 벌어지는 동작을 따라가면서, 즉 나의 내면에서 그 동작을 흉내 내려 시도하면서, 그것이 마치 방심한 듯 보이나 발랄한 어느 소녀의, 요염한 시선과 작아진 동공으로 얼빠진 듯 빠르게 움직이는 머리 동작인 것처럼 상상하였다. 뱅뙤이유 씨가 자기의 딸과 함께 와서 우리들 옆에 자리를 잡았다. 그는 좋은 가문 출신으로, 한때 할머니 자매들의 피아노 선생이었고, 부인과 사별한 후, 그리고 재산을 상속한 후, 꽁브레 인근에 물러나 자리를 잡았을 때, 우리가 그를 자주 초대하곤 하였다. 그러나 우스꽝스러울 만큼 지나친 점잖음 때문에, 그가 '격에 맞지 않고 시류의 취향에 이끌린 결혼'이라고 부르던 것을 한 스완과 마주치지 않기 위하여, 우리 집에 오기를 멈추었다. 나의 어머니는 그가 작곡을 한다는 사실을 알고, 당신께서 그를 방문하면 그가 작곡한 것을 무엇이 되었건 당신에게 들려주어야 할 것이라고, 자상한 배려에서 나온 말씀을 그에게 하신 적이 있었다. 뱅뙤이유 씨에게는 그것이 커다란 기쁨이었을 것이다. 하지만 자신을 항상 다른 사람들의 입장에 놓을 만큼 예의와 친절에 있어서 어찌나 조심성이 많았던지, 자기가 만약 자기의 욕구를 따르거나 그것이 간파되도록 내버려 두기만 하여도, 다른 이들에게 불쾌감을 주지 않을까 혹은 자신이 그들에게 이기적인 사람으로 비치지 않을까 저어하였다. 나의 부모님이 그의 댁을 방문하시던 날 내가 부모님과 동행하였고, 그러나 나는 밖에 머물러 있어도 좋다는 허락을 내리셨으며, 몽주뱅에 있는 뱅뙤이유 씨의 집이 잡목 무성한 언덕 아래쪽에 자리 잡았던지라, 내가 잡목숲 속에 몸을 숨기자, 나는 삼층의 응접실 창문과 겨우 오십 센티미터의 거리를 두고 수평을 이룬 지점에 놓이게 되었다. 하인이 올라와 내 부모님이 오셨음을 고하였을 때, 나는 뱅뙤이유 씨가 악보 하나를 피아노 위에다 눈에 잘 띄게 서둘러 펼쳐 놓는 것을 보았다. 그러나 나의 부모님이 들어서시자 그가 악보를 집어 한구석으로 치웠다. 의심할 나위 없이, 자기가 그들을 보고 기뻐하는 것이, 오직 자기의 작품을 그들에게 연주해 드릴 수 있기 때문일 것이라고 두 분이 추측하시지 않을까 염려하였을 것이다. 그리하여, 나의 어머니가 그곳에 머무시는 동안 연주를 해달라고 거듭 요청하실 때마다, 그는 몇 차례에 걸쳐 같은 대답을 반복하였다. "저것을 누가 피아노 위에 올려놓았는지 모르겠군. 제자리가 아닌데." 그리고 대화를 다른 주제들로 돌리곤 하였는데, 그것들이 바로 그에게는 가장 무관심한 주제들이었기 때문이다. 그의 유일한 열정은 자기의 딸에게로 향한 것이었는데, 남자아이처럼 생긴 그 딸이 어찌나 건장해 보였던지, 그녀의 어깨에 언제든 둘러 주기 위하여 예비 숄들을 추가로 더 들고 다니는 그의 세심함을 보고, 사람들이 미소를 금하지 못하였다. 나의 할머니께서는,

얼굴이 온통 주근깨로 뒤덮인 그토록 거친 아이의 시선에 자주 감도는 표정이 어찌나 그리도 온순하고 섬세하다 못해 거의 수줍을 정도냐고 지적하곤 하셨다. 그녀가 어떤 말을 한 마디 하고 난 다음에는, 그 말을 듣던 사람들의 입장에서 자신의 그 말을 되새기곤 하였던지라, 혹시 어떤 오해[120]가 생기지 않았을까 하여 몹시 근심하곤 하였는데, 바로 그 순간, 눈물 글썽이는 한 소녀의 매우 섬세한 윤곽이, 그 '착한 마귀'[121]의 남자 같은 얼굴 밑으로부터, 마치 그것을 투과하듯, 스스로 밝아져 두드러지게 드러나는 것이 보이곤 하였다.

 교회당을 떠날 순간, 주제단 앞에서 무릎을 꿇었다가 다시 일어설 때, 나는 문득 산사나무 꽃들로부터 씁쓸하면서 달콤한 냄새가 뛰쳐나오듯 발산되는 것을 느꼈고, 아울러 꽃들 위에 있는 유난히 노란 작은 부분들을 발견하였으며, 편도 크림 얹은 과자의 맛이 살짝 탄 부분 밑에, 혹은 뱅뙤이유 아가씨의 두 볼의 맛이 적갈색 주근깨 밑에 감추어져 있듯이, 그 냄새가 꽃의 노란 부분들 밑에 감추어져 있을 것이라고 상상하였다. 산사나무 꽃들의 고요한 부동성(不動性)에도 불구하고, 그 간헐적인 냄새는, 살아 있는 더듬이들의[122] 방문을 받은 전원지역의 산울타리가 그러듯 주제단이 전율하게 하는, 꽃들의 강열한 생명에서 들리는 웅얼거림 같았으며, 이제는 꽃들로 변신한 곤충들이 가지고 있던 봄날의 난폭성, 그 자극적인 힘을 간직하고 있는 듯한 거의 적갈색을 띤 특이한 수술들을 보노라면, 그 살아 있는 더듬이들이 뇌리에 되살아날 수밖에 없었다.

 우리는 교회당에서 나오다가 잠시 출입문 앞에서 뱅뙤이유 씨와 한담을 나누곤 하였다. 그는 교회당 앞 광장에서 요란스럽게 다투던 개구쟁이들 사이로 끼어들어, 작은 아이들의 편을 들며 큰 녀석들에게는 훈계를 하였다. 그의 딸이, 그녀 특유의 굵은 음성으로, 우리를 보게 되어 무척 만족스럽다고 할 경우, 그녀의 내면에서 그녀보다 더 예민한 자매 하나가, 우리로 하여금 그녀가 우리 집에 초대되기를 간청하는 말로 믿게 할 수도 있을, 지각없는 착한 애 녀석의 그 말에 얼굴을 붉히곤 하였다. 그녀의 아버지가 그녀의 어깨에 외투 하나를 둘러 주었고, 그녀가 손수 모는 작은 마차에 함께 올라, 두 사람 모두 몽주뱅으로 돌아갔다. 한편 우리는, 다음 날이 일요일이어서 대미사에 늦지 않게만 일어나면 되는지라, 달이 밝고 대기가 온화할 경우, 아버지가, 영광을 좋아하셔서, 우리들로 하여금 골고다 언덕 같은 고난의 길을 따라 긴 산책을 하도록 하셨으며, 방향을 잡아 길을 찾아 나아가실 능력이 거의 없으셨던 어머니는, 그러한 산책을 전략의 천재가 떨치는 용맹으로 여기셨다. 때로는 우리가 구름다리가 있는 곳까지 가기도 하였는데, 그것의 석조 지주들이 역으로부터 성큼성큼 일정한 간격으로 늘어서기 시작하였으며, 그것들이 나에게는 곧 문명된 세계로부터의 추방과 절망을 의미하였던 바, 매년 빠리를 떠나 그곳으로 올 때마다, 기차가 2분 후에는 즉시 다시 출발하여 구름다리로 접어들고, 나에게는 꽁브레가 그 마지막 경계 지점이었던 예수교도들의 나라 밖으로 나가게 되니, 꽁브레가 가까워지면 역을 지나치는 일이 없도록 미리 내릴 준비를 해두라고 모두들 우리들에게 당부를 하곤 하였기 때문이다. 우리는 역전 대로를 따라 돌아오곤 하였는데, 읍에서 가장 아름다운 저택들이 그곳에 있었다. 각 저택의 정원에서는 달빛이, 위베르 로베르가 그랬듯이, 부서진 백색 대리석 계단들과 분수들과 살짝 열린 철책문들을 마구 흩뿌리고 있었다.[123] 달빛이 이미 전신국 건물을 완전히 파괴하였다. 남은 것이라곤 반쯤 부서진 원주 하나뿐이었지만, 그것이 영원한 폐허의 아름다움을 간직하고 있었다. 나는 다리를 질질 끌면서 걸었고, 졸음에 겨워 쓰러질 지경이었으며, 발산되던 보리수 냄새가 엄청난 피로라는 대가를 지불하고서야 얻을 수 있는, 하지만 그럴 만한 가치가 없는, 하나의 보상처럼 보였다. 서로 멀리 떨어진 철책문들에서, 우리들의 호젓한 발자국 소리에 잠을 깬 개들이 서로 뒤를 이어 가며 짖어대고 있었다. 지금도 가끔 저녁이면 그렇게 짖어대는 소리를 듣는 경우가 있는데, 그 소리들 속으로 역전 대로가(그 자리에 꽁브레의 공원을 조성할 때에) 피신하였음에 틀림없는 바,[124] 내가 어디에 있건, 개들 짖어대는 소리가 울려 퍼지며 서로 화답하기 시작하면, 그 역전 대로가 보리수들 및 그 보도와 함께 즉시 나의 눈앞에 어른거리니 말이다.

아버지가 문득 우리들을 멈추게 하시더니 어머니에게 물으셨다. "우리들이 지금 어디에 와 있지요?" 걸으시느라고 지치셨으나 아버지가 자랑스러우신 듯, 어머니가 다정한 음성으로 고백하듯 말씀하시기를, 전혀 짐작조차 못 하겠노라 하셨다. 아버지가 어깨를 한 번 으쓱하시더니 큰 소리로 웃으셨다. 그러신 다음, 마치 당신의 웃옷 주머니에서 열쇠와 함께 꺼내시기라도 한 듯, 우리가 따라 걷던 미지의 길 끝에 있는 쌩-에스프리 로 모퉁이와 함께 와서 우리들을 기다리고 있던, 우리의 정원 뒤 작은 문이 우리들 앞에 서 있는 것을 가리키셨다. 어머니가 찬탄하시며 아버지에게 말씀하셨다. "당신 정말 비범하세요!" 그리고 그 순간부터는 내가 더 이상 단 한 걸음도 옮길 필요가 없었다. 나의 행동들이 의도적인 주의를 동반하기 멈춘 지 그토록 오래 된 정원 안에서는, 땅바닥이 나를 위하여 걸었다. 즉, 습관이 나를 자기의 품에 안고 내가 아기인 양 나의 침대로 옮겨 놓았다.

한 시간 일찍 시작되고 또 프랑수와즈가 없어서 숙모님에게
는 다른 날보다 토요일 하루가 더 느리게 지나가건만, 그럼에도
불구하고 숙모님께서는, 그 하루에 당신의 약화되고 까다로운
육신이 아직 감당할 수 있을 파격거리와 새로운 일이 내포되어
있는지라, 토요일이 도래하기를 주초부터 조바심 속에서 기다리
시곤 하였다. 하지만 그렇다 하여 숙모님께서 가끔이나마 어떤
커다란 변화를 열망하시지 않았다거나, 현존하는 것 이외의 다
른 것에 대한 갈증을 느끼는 예외적인 시간들, 그리고 기력이나
상상력의 결여로 인하여 자신들 속에서 갱신의 원동력을 이끌어
내지 못하는 이들이, 다가올 순간에게, 초인종을 누르는 우편물
배달부에게, 비록 최악의 것일지라도, 하나의 격렬한 감동이나
슬픔 등을 요구하는 그 예외적인 시간들을 겪지 않으셨다는 것
은 아니다. 그 예외적인 시간들이란 다시 말해, 행복에 의해 게
으른 하프처럼 입을 다물도록 강요당한 감수성이, 비록 난폭한
손길 아래에서라도, 그리하여 그 손길에 의해 부서지는 한이 있
어도 반향하고 싶은 시간들, 혹은, 자기의 욕망에, 자신의 고통
에, 아무 장애 받지 않고 넘겨질 권리를 그토록 어렵게 쟁취한
의지가, 거역하지 못할 사건들의 손에, 그 사건들이 아무리 잔혹
할지라도, 고삐를 맡겨 버리고 싶어하는 시간들이다. 물론, 지극
히 적은 피로에도 고갈되는 숙모님의 기력이 푹 쉬시는 동안에
겨우 한 방울씩밖에 돌아오지 않기 때문에, 기력 저장용 저수지
를 채우는데 몹시 느려, 다른 사람들은 활동으로 돌리나 숙모님
께서는 어찌 사용할지도 또 사용할 결단도 내리시지 못, 그 살
짝 넘치는 만수위를 숙모님이 이루시려면 수개월이 걸렸다. 그
시절―숙모님께서 그것에 '물리지' 않는다고 하시며 감자 풀떼
기[125]를 날마다 드시는 즐거움으로부터 결국 얼마 후 그것을 베

샤멜 소스[126] 곁들인 감자볶음으로 대체하고 싶은 욕망이 태동하였듯이―숙모님께서는, 단 한 순간만 지속되지만, 당신에게 유익할 것임을 시인하시면서도 스스로는 결단을 내리지 못하시던 생활의 변화를 결단코 꾀하시도록 당신에게 강요할, 집안의 어떤 참사에 대한 기대를, 당신께서 그토록 귀하게 여기시던 단조로운 나날들의 축적에서 이끌어내셨음에 틀림없다. 숙모님께서 우리들을 정말 사랑하셨으니, 그러한 일이 벌어지면 우리들의 죽음을 슬퍼하는 즐거움을 맛보실 수도 있었을 것이다. 집이 화재에 휩싸여 우리들이 모두 죽었고 머지않아 벽의 돌 하나 남지 않을 것이지만, 숙모님은, 침대에서 즉시 일어나시기만 하면, 서둘지 않더라도 화재를 피할 시간은 충분하다는 소식이, 당신께서 편안하셔서 초조하지 않을 때 문득 날아드는 것을 자주 당신의 염원 속에 떠올리셨을 것인 바, 그러한 참사가 당신으로 하여금 긴 슬픔 속에서 우리들에게로 향한 애정을 한껏 음미하게 해 드릴 뿐만 아니라 극도의 괴로움에 짓눌리셨으되 꿋꿋하게, 죽어가면서도 꿋꿋이 서서, 우리의 장례행렬을 인도하시어, 온 마을 사람들을 경악 속에 휩싸이게 하는 등의 부차적인 이득에다, 그것들보다 더 소중한 이득, 즉 당신으로 하여금 적시에 지체하지 않고, 기력을 소진시키며 머뭇거릴 여유도 없이, 폭포 하나가 있는 미루그랭에 당신께서 소유하고 계신 아름다운 농장으로 피신하시도록 강요하는 이득을 결합시켜 주었을 것이기 때문이다. 숙모님께서 홀로 무수히 반복하시던 카드 패 떼기에 골몰하실 때에는 틀림없이 그 성공을 곰곰 생각하셨을(하지만 사건 발발 첫 순간에, 예측하지 못하였던 작은 일들 중 맨 처음 것이 터졌을 때, 나쁜 소식을 알리는 그리하여 그 억양을 영영 잊을 수 없는 말로, 그리고 논리적이며 추상적인 죽음의 개연성과는 전혀 다른 실질적인 죽음의 흔적을 간직한 모든 것으로, 당신을 절망시켰을) 그러한 종류의 사건이 영영 일어나지 않자, 숙모님께서는, 가끔 당신의 삶을 더 흥미롭게 만들기 위하여, 당신의 삶에 가공의 돌발 사고들을 도입하시어 그 추이를 열렬히 따라가는 것으로 만족하셨다. 숙모님께서는 프랑수와즈가 당신을 상대로 도둑질을 하는데, 당신께서 계략을 동원하여 그 사실을 확인하였으며, 그녀를 현장에서 잡았다고 문득 상상하기를 즐기셨다. 홀로 카드놀이를 하실 때마다 당신의 패와 상대방의 패를 당신께서 모두 가지고 노시는 것에 익숙해지신지라, 프랑수와즈의 더듬거리는 변명을 당신 자신에게 늘어놓으시는 한편, 그 변명에 어찌나 불같이 열을 내시고 분개하며 대꾸하시는지, 우리들 중 하나가 그러한 순간 우연히 거처에 들어설 경우, 숙모님께서 땀에 흠뻑 젖은 채 눈을 번득이시고, 가발이 한쪽으로 밀려 머리카락 없는 이마가 드러난 모습을 발견하곤 하였다. 프랑수와즈가 아마 가끔 옆방에서 자기에게로 향한 그 신랄한 빈정거림을 들었을 것인데, 그 빈정거림들이 온전히 비질료적 상태에 머물렀다면, 그리고 그것들을 너무 나지막하게 중얼거려 그것들에게 더 큰 현실감을 주지 못하였다면, 그러한 빈정거림의 창안 자체가 숙모님을 충분히 진정시켜 드리지는 못하였을 것이다. 때로는 그 '침대 속에서의 연극'[127)]이 숙모님에게 만족스럽지 못하였던지, 숙모님은 그것이 공연되기를 원하셨다. 그리하여 어느 일요일, 모든 문들을 이상스럽게 걸어 닫은 다음, 프랑수와즈의 정직성에 대한 의구심과 그녀를 해고하겠다는 의도를 을랄리에게 털어놓으시더니, 또 언젠가는 프랑수와즈에게, 을랄리가 신의 없다고 토로하시면서 그녀가 집에 드나들지 못하도록 하겠노라 하셨다. 하지만 몇일 후, 숙모님께서는 바로 전날 당신의 고백을 들어준 사람에 대하여 혐오감을 느끼시고, 다른 배신자와 도당을 이루셨고, 그렇게 배신자들이 다음 공연에서는 역을 서로 바꾸게 되었다. 그러나 을랄리가 숙모님께 가끔 불러일으킬 수 있었던 의심은 지푸라기 불에 불과했고, 을랄리가 같은 집에 살지 않아 증오나 의심의 자양이 되는 연료를 충분히 제공할 수 없어 곧 꺼졌다. 반면 프랑수와즈와 관련된 의심들은 그렇지가 않았다. 숙모님은 그녀가 당신과 같은 지붕 밑에 있음을 끊임없이 느끼셨고, 하지만 침대 밖으로 나오실 경우 감기에 걸리지 않을까 두려워, 감히 부엌에까지 내려가 당신의 의심이 근거 있는 것인지 직접 확인하시지는 못하셨다. 차츰 숙모님의 정신은 프랑수와즈가 매 순간 무엇을 하고 있는지, 당신에게 무엇을 감추려 하는지 등을 알아내려는 데에만 골몰하게 되었다. 숙모님은 프랑수와즈의 얼굴에서 일어난 가장 은밀한 움직임들과 그녀의 말 속에 드러난 모순, 그녀가 감추려고 하는 듯한 욕망 등을 지적하시곤 하였다. 그리고, 프랑수와즈의 얼굴이 창백해지도록 하며, 당신에게는 그것을 불쌍한 여인의 가슴 깊숙이 처박는 것이 잔인한 파적거리로 여겨졌던, 한마디 말씀으로 당신께서 그녀의 가면을 벗겼음을 그녀에게 보여 주시곤 하였다. 그런데 그다음 일요일, 을랄리가 폭로한 새로운 사실이—태동기에 있어 아직도 타성에서 벗어나지 못한 어떤 학문에게 문득 뜻밖의 분야를 열어주는 새로운 발견들처럼—숙모님의 추측들이 진실에 훨씬 미치지 못함을 숙모님께 입증해 드리게 되었다. "하지만 이제, 부인께서 자기에게 마차 한 대를 주셨음을, 프랑수와즈가 알아야 합니다."—"내가 그녀에게 마차 한 대를 주다니!" 숙모님께서 언성을 높이셨다.—"아! 제가 어찌 알겠습니까만, 그녀가 루쎙빌 장터에 가기 위하여, 아르타반처럼 의기양양하게[128] 사륜 마차를 타고 지나가는 것을 조금 전에 보았기 때문에 그렇게 생각한 것입니다. 저는 옥따브 부인께서 그녀에게 그것을 주신 것이라 믿었습니다." 차츰 프랑수와즈와 숙모님은, 짐승과 사냥꾼처럼, 서로의 계략을 예측하려는 노력을 더 이상 멈추지 않았다. 어머니는 프랑수와즈가, 자기를 한껏 무자비하게 모욕하는 숙모님에 대하여 정말 증오심을 품지 않을까 염려하셨다. 여하튼 프랑수와즈가 날이 갈수록 숙모님의 하찮은 말씀과 행동에도 점점 더 특이한 주의를 쏟았다. 숙모님에게 요청할 것이 있을 경우, 그녀는 어떠한 방법으로 착수해야 할지를 궁리하며 긴 시간 동안 멈칫거리곤 하였다. 뿐만 아니라, 요청하는 바를 아뢰고 나서도, 숙모님의 표정에서, 숙모님이 어떤 생각을 하셨는지 그리고 어떤 결정을 내리실 것인지를 알아내려 애를 쓰면서, 숙모님을 흘깃흘깃 살피곤 하였다. 또한 그렇게—17세기의 회고록[129]을 읽으며 그 시대의 위대한 왕[130]처럼 되기를 열망하는 어느 예술가가, 자신이 어느 역사적 가문의 후손임을 입증해 줄 족보 하나를 만들어 갖거나 현존하는 유럽의 군주들 중 하나와 서신을 교환함으로써 그러한 길로 들어선다고 믿으면서, 실은 옛날과 유사한 형태들 밑에서, 즉 죽은 형태들 밑에서 찾으려는 잘못을 저지르며 찾고 있던 바로 그것에 등을 돌리고 있는 동안—떨쳐버릴 수 없는 기벽(奇癖)들과 한가함에서 태동한 심술궂음에 정직하게 복종이나 하는 시골의 어느 늙은 부인은, 루이 14세를 전혀 뇌리에 떠올리지 않고서도, 잠에서 깨어나는 것이나 점심식사나 휴식 등과 관련된 하루의 하찮은 일들이, 그것들의 폭군적인 기이함으로 인하여, 쌩-시몽이 베르사이유 궁에서 이어지는 생활의 '역학(力學)'이라고 부르던 것의 중요성을 조금이나마 띠는 것을 보곤 하였고, 또한 자기의 침묵 혹은 자신의 용모에 나타나는 좋은 기분이나 거만함의 기미가 프랑수와즈에게는, 어느 궁정인이, 그가 비록 가장 세력 큰 나리라 할지라도, 베르사이유 궁 오솔길의 어느 모퉁이에서 왕에게 탄원서를 올렸을 때, 왕의 침묵과 흥락함과 도도함이 궁정인에게 그랬던 것 못지않게, 다급하고 두려운 해설의 대상이리라 믿을 수도 있었다.

숙모님께서 주임사제와 을랄리의 방문을 동시에 받으셔서, 그들이 떠난 후 즉시 휴식을 취하신 어느 일요일, 우리들 모두 저녁인사를 드리기 위하여 숙모님 거처로 올라갔을 때, 방문객들을 같은 시각에 데려온 불운에 대하여 말씀하시면서 엄마가 숙모님을 위로하셨다.

"레오니, 오늘 오후에도 일이 꼬였더군요." 엄마가 숙모님에게 부드럽게 말씀하셨다. "모든 사람들의 방문을 동시에 받으셨으니."

"좋은 일이 넘친 것이지…." 대고모님이 엄마의 말씀을 그렇게 끊으셨다. 당신의 따님이 병석에 누운 이후부터는, 모든 것의 좋은 측면만을 보여 주어 따님에게 다시 활력을 찾아주어야 한다고 믿으셨기 때문이다. 그 순간 아버지가 말씀하셨다.

"식구들이 다 모였으니, 이 기회에 이야기하겠어요. 그러면 각자에게 같은 이야기를 다시 할 필요가 없을 테니까요. 우리와 르그랑댕 간에 불화가 생기지 않았나 걱정이에요. 오늘 아침에 그 사람이 저에게 인사를 하는 둥 마는 둥 하였으니 말이에요."

나는 아버지의 이야기를 듣기 위하여 그 자리에 머물러 있을 필요가 없었다. 미사 직후 우리가 르그랑댕 씨를 만났을 때 내가 바로 아버지와 함께 있었기 때문이다. 그리하여 나는 그날 저녁 식단이 어떻게 짜여졌는지 알아보기 위하여 부엌으로 내려갔다. 그 식단이 우리가 신문에서 읽는 소식들처럼 나의 무료함을 달래주었고 축제 예정표처럼 나를 흥분시켰기 때문이다. 그날 아침, 르그랑댕 씨가 교회당에서 나와, 근처 성에 살며 우리들과는 안면만 있는 귀부인과 나란히 우리들 곁으로 지나가는지라, 우리들 또한 걸음을 멈추지 않은 상태에서, 아버지가 그에게 친근하게 그러나 정중하게 인사를 건넸다. 그러나 르그랑댕 씨는, 마치 우리들을 알아보지 못하는 듯 놀란 기색으로, 그리고, 친절을 표하기 원치 않아, 마치 상대가 영영 끝나지 않을 만큼 까마득히 긴 길 끝 먼 곳에 있어, 상대의 꼭두각시처럼 하찮은 중요성에 어울리게 하려고 보일락 말락 머리를 겨우 까딱하여 답례하는 것으로 만족할 만큼, 문득 깊어진 눈의 저 아래 밑바닥으로부터 상대방을 발견한 척하는 사람들 특유의 비스듬한 시선으로, 아버지의 인사에 답례를 하는 둥 마는 둥 하였다.

그런데 르그랑댕과 동행하던 부인은 정숙하고 또 사람들의 존경을 받는 여인이었다. 따라서 그가 여자와 밀회하다가 발각되어 거북하게 느낀 것일 수는 없었으며, 그리하여 아버지는 당신께서 도대체 어떻게 그의 심기를 상하게 할 수 있었는지 끊임없이 자문하셨다. 그러면서 말씀하셨다. "나들이옷을 한껏 차려 입은 그 모든 사람들 속에서, 그의 통 좁고 선이 곧은 상의에 느슨한 넥타이만 걸친, 그토록 거의 치장을 하지 않고 그토록 진실로 검소한 차림을 한 그가, 정말 호감을 주는 거의 어수룩한 기색을 띤지라, 그가 우리로 인하여 마음이 상하였다면 그만큼 더 애석한 일이에요." 그러나 그 가족회의에서 만장일치로 도출된 의견은, 아버지가 잘못 생각하셨거나, 르그랑댕이 그 순간 어떤 생각에 골몰해 있었을지도 모른다는 것이었다. 아버지의 그러한 근심은 정말 다음 날 저녁나절에 말끔히 씻겼다. 우리가 긴 산책에서 돌아오던 중, 축제 때문에 여러 날 꽁브레에 머물던 르그랑댕을 뽕—비으 근처에서 발견하였다. 그가 악수를 청하며 우리들에게로 다가오더니 나에게 물었다.
"독서 좋아하시는 우리의 도령께서는 뿔 데쟈르댕[131]의 다음 구절을 알고 계시는가?

숲들은 벌써 검은데, 하늘은
아직도 푸르도다.

바로 이 시각을 섬세하게 묘사한 구절 아니겠어요? 아마 뿔 데쟈르댕을 아직은 읽지 않으셨겠지. 그의 작품을 읽으시오, 나의 사랑스러운 젊은이여. 사람들이 나에게 말하기를, 그가 요즈음엔 설교꾼 수도사로 털갈이하고 있다 하지만, 전에는 한동안 투명한 수채화가였소….

숲들은 벌써 검은데, 하늘은
아직도 푸르도다….

나의 젊은 벗이여, 하늘이 그대에게는 언제나 푸르게 남기를 바라오. 그리고, 지금 나에게 다가오고 있는 시각에도, 숲들이 이미 검게 변하고 밤이 신속히 드리워지는 시각에도, 내가 지금 그러듯, 그대 또한 하늘 쪽을 바라보며 스스로를 위로할 것이오." 그가 호주머니에서 담배 한 가치를 꺼내더니, 눈을 지평선에 고정시킨 채 한동안 머물러 있었다. "안녕히 가시오, 동무들." 그가 문득 그렇게 말하더니 우리들 곁을 떠났다.
저녁 식단이 무엇인지 알아보려고 내가 부엌으로 내려가던 그 시각에, 식사 준비가 이미 시작되었고, 그리하여 프랑수와즈는, 거인들이 자원하여 요리사가 되는 요정극들 속에서처럼, 자기의 조수들로 변한 자연의 힘들에게 명령을 내리면서, 석탄을 힘차게 두드리고 쪄야 할 감자들을 수증기에 넘기는가 하면, 커다란 통들, 찜솥, 가마솥, 생선 조리용 장방형 냄비로부터 사냥한 짐승 조리용 깊은 뚝배기, 과자 틀, 작은 크림 단지에 이르기까지, 도자기 제조업자들이 만든[132] 모든 그릇들과 모든 크기의 냄비들 속에서 우선 준비된 걸작 요리들을, 불로 하여금 완성토록 하고 있었다. 나는, 부엌데기 소녀가 까서, 당구 경기를 하기 위하여 늘어놓은 초록색 당구공인 양 탁자 위에 정연히 줄 세워 놓은 완두콩들을 보고 탁자 옆에 멈추어 서곤 하였다. 그러나 내가 황홀감에 사로잡힌 것은, 짙은 남색과 분홍색이 스며 있고, 특히 엷은 보라색과 하늘색을 가벼운 필치로 칠해 놓은 듯한 그것의 이삭[133]이, 이 지상의 것이 아닌 무지개 아롱거리듯 그것의 밑동까지—하지만 아직도 묘판의 흙으로 더럽혀진—부지불식간에 색조가 조금씩 변하는, 아스파라거스들 앞에서였다. 내가 보기에는 그 천상의 색조들이, 재미 삼아 채소로 변신하여 자신들의 식용할 수 있고 팽팽한 살로 이루어진 변장을 뚫고, 그 여명의 초기 색깔들에, 그 무지개의 희미한 윤곽에, 그 하늘색 저녁의 소멸에, 자신들의 진귀한 본질이 드러나게 내버려 두는, 또한 내가 그것들을 저녁식사에서 먹은 어느 날 밤 내내, 그것들이 셰익스피어의 어느 요정극처럼[134] 시적이고 상스러운 자기들의 익살극에서 나의 요강을 향료 단지로[135] 놀이 삼아 바꾸어놓을 때마다 내가 알아볼 수 있었던 진귀한 본질이 드러나도록 내버려 두는, 그 매혹적인 계집들의 정체를 폭로하고 있는 것 같았다.

    스완 씨가 '죠또의 자비'라 부르던 그 가엾은 부엌데기 소녀는, 프랑수와즈로부터 그것들의 '털을 뽑으라'는 임무를 받고, 바구니에 담긴 그것들을 곁에 두고 있었는데, 마치 그녀가 이 지상의 모든 불행을 몽땅 느끼기라도 하는 듯 고통스러운 기색이었다. 그리고 아스파라거스의 분홍빛 외투 윗부분을 두르고 있는 가벼운 하늘색 화관들은, '빠도바의 미덕'[136] 이마에 띠처럼 둘러져 있거나 바구니[137]에 꽂혀 있는 꽃들이 벽화 속에서 그렇듯이, 화관을 이루고 있는 별들[138] 하나하나가 섬세한 선으로 그려져 있었다. 그리고 그 순간 프랑수와즈는 닭들 중 한 마리를 쇠꼬치에 꿰어 돌리고 있었는데, 오직 그녀만이 그것들을 구울 줄 알았던지라, 그 닭들이 꽁브레 지역 멀리까지 그녀가 가지고 있는 재능의 냄새를 퍼뜨렸고, 그녀가 닭들을 식탁에서 우리들에게 올리는 동안에는, 그녀가 그토록 기름기 감돌고 부드럽게 만들 줄 아는 살의 향기가 나에게는 그녀가 갖추고 있는 미덕들 중 하나의 고유 향기였을 뿐이었던지라, 내가 그녀의 성격에 대하여 가지고 있던 특수한 개념 속에서는 항상 부드러움이 지배적이었다.

 그러나, 아버지께서 르그랑댕을 만난 일에 대하여 식구들의 견해를 물으시는 동안 내가 부엌으로 내려갔던 그날은, '죠또의 자비'가 얼마 지나지 않은 분만 후유증으로 몹시 아파 침대에서 일어나지 못하던 날들 중 하나였고, 따라서 프랑수와즈가 그녀의 도움을 받지 못하여 저녁식사 준비가 늦어졌다. 내가 부엌에 도달하였을 때, 프랑수와즈는 가금사육장과 잇닿아 있는 부엌 뒤칸에서 닭 한 마리를 죽이는 중이었는데, 그 닭이, 절망적이고 지극히 필연적인, 그러나 귀 아래쪽 목을 따려고 하면서 몹시 화가 나서 '더러운 짐승!'이라고 거듭 소리지르던 프랑수와즈가 동반된 저항으로, 다음 날 저녁 식탁에서 제의처럼 황금빛 수놓은 자기의 껍질과 성합(聖盒)에 방울방울 스며나오는 것만큼이나 귀한 자기의 즙으로 그랬을 것에는 조금 못 미치게, 우리 하녀의 신성한 온화함과 경건한 언행을 드러내주고 있었다. 닭이 죽자, 프랑수와즈가 자기의 분기를 희석시키지 못한 채 흐르던 닭의 피를 받았고, 그리하여 소스라치듯 한 번 더 노여움을 터뜨리고 나서, 자기 적의 시신을 노려보며 마지막으로 한마디 더 하였다. "더러운 짐승!" 나는 온몸을 부들부들 떨며 다시 올라왔고, 프랑수와즈를 즉시 내쫓았으면 좋겠다고 생각하였다. 하지만 그럴 경우, 누가 나에게 그 따뜻한 침대용 수통을, 그토록 향기로운 커피를, 그리고 그 닭고기를 준비해 준단 말인가…? 그리고 실제로, 모든 사람들이 나처럼 그 비겁한 계산을 해야 할 처지였다. 레오니 숙모님께서도—내가 그 시절에는 몰랐던 사실이지만—자신의 딸이나 조카들을 위해서라면 불평 한마디 없이 자신의 목숨을 바쳤을 프랑수와즈가, 다른 사람들에 대해서는 기이하다 할 만큼 냉혹하게 군다는 사실을 잘 알고 계셨으니 말이다. 그럼에도 불구하고 숙모님께서는 그녀를 곁에 두셨다. 그녀의 잔혹성을 잘 아시지만 그녀의 시중을 높이 평가하셨기 때문이다. 나는, 교회당들의 그림 유리창들 속에 경건히 두 손을 모은 모습으로 그려진 왕들과 왕비들의 치세가 유혈 낭자했던 사건들로 점철되었음을 역사 연구가 밝혀내듯, 프랑수와즈의 온화함과 겸손함과 미덕들이 부엌 뒤칸의 비극들을 감추고 있었음을 차츰 간파하였다. 또한, 그녀의 혈족들을 제외한 다른 사람들의 경우, 그들이 그녀로부터 멀리 있으면 있을수록, 그들의 불행이 그만큼 더 그녀의 연민을 자극한다는 사실도 깨달았다. 모르는 사람들의 불운에 관한 소식을 신문에서 읽으며 그녀가 도랑물처럼 펑펑 쏟던 눈물도, 관련된 사람을 그녀가 조금이나마 구체적으로 자신의 뇌리에 떠올릴 수 있을 경우, 즉각 고갈되곤 하였다. 부엌데기 소녀가, 분만한 지 얼마 아니 된 어느 날 밤, 끔찍한 복통에 휩싸였다. 엄마가 그녀의 비명 소리를 듣고 잠자리에서 일어나서 프랑수와즈를 깨우셨다. 그러나 프랑수와즈는, 그 비명에 무심한 채, 그 모든 울부짖음이 꾸민 연극에 불과하며, 부엌데기 소녀가 '주인마님 행세를 하고 싶어한다' 고 했다. 병세의 그러한 급변을 염려한 의사가, 우리 집에 있던 의학서적 중 그러한 증세를 자세히 설명한 페이지에 서표(書標)를 끼워주면서, 그 페이지에 의지해 초기 조치를 취하라고 우리에게 말한 바 있었다. 어머니가 그 책을 급히 가져오라고 프랑수와즈를 보내시면서, 특히 서표가 빠져 떨어지지 않도록 조심하라고 당부하셨다. 한 시간이 지나도 프랑수와즈가 돌아오지 않았다. 분개하신 어머니는 그녀가 다시 잠자리에 누운 것으로 믿으시고, 나에게 서재에 가서 그 책을 찾아보라고 하셨다. 서재에 가 보니 프랑수와즈가 그곳에 있었고, 그녀는 서표가 가리키는 부분을 보고 싶었던지, 그러한 증세를 설명한 임상적 묘사를 읽고 있었으며, 이번에는 자신이 개인적으로 모르는 하나의 표준 환자와 관련된 묘사건만, 슬프게 흐느끼고 있었다. 그 책을 지은 저자가 언급한 통증의 증세 하나를 읽을 때마다, 그녀가 탄식했다. "허, 이럴 수가! 성처녀시여, 선하신 신께서 불쌍한 피조물인 사람으로 하여금 이토록 고통에 시달리게 하기를 바라신다는 것이 있을 수 있는 일입니까? 허, 가엾은 피조물!"

그러나 내가 그녀를 불러, 그녀가 '죠또의 자비' 가 누워 있던 침대 곁으로 돌아오기 무섭게, 그녀의 눈물이 즉시 흐르기를 멈추었다. 부엌데기 소녀를 위하여 한밤중에 일어나게 되어 귀찮고 짜증이 났음인지, 그녀에게 익숙했고, 신문을 읽을 때마다 자주 그녀를 엄습하던, 그 연민과 동정이라는 기분 좋은 느낌도, 유사한 어떤 즐거움도, 인지할 수 없었으며, 심지어 그녀로 하여금 눈물을 흘리게 하던 설명과 똑같은 고통의 실체를 보면서도, 언짢은 심기를 드러낼 뿐만 아니라 끔찍한 말로 빈정거리면서, 우리가 그녀 곁을 떠나 더 이상 자기의 말을 듣지 못할 것이라고 생각되자 이렇게 중얼거렸다. "저 꼴이 되는데 필요한 짓은 하지 말아야 했어! 그 짓이 무척 즐거웠겠지! 그러니 이제 아니꼽게 굴지는 말아야지! 하지만 사내녀석 하나가, 저것과 놀아났다 해서 착한 신으로부터 버림을 받았어야 했어. 아! 불쌍한 내 어머니가 사용하시던 사투리로 사람들이 하던 말 그대로야.

개 궁둥이에 반한 녀석 눈에는,
그것이 장미꽃으로 보이느니라."

자기의 손자가 가벼운 코감기에만 걸려도, 혹시 그 아이에게 필요한 것이 없나 확인하기 위하여, 자신의 몸이 불편한 것을 무릅쓰고, 잠자리에 드는 대신 밤중에 길을 떠났다가, 다음 날 새벽 먼동이 트기 전, 자기의 일에 늦지 않기 위하여 어둠을 헤치며 사 리으를 걸어 돌아오는 그녀이건만, 자기 혈족들에게로 향한 그러한 사랑과 자기 가문의 융성을 확보하려는 그녀의 열망이, 다른 하인들을 대하는 책략에 있어서는, 그들 중 아무도 숙모님 댁에 뿌리 내리도록 내버려두지 않는다는 한결같은 준칙으로 표현되었으며, 그리하여 몸이 불편할 때라도, 부엌데기 소녀가 자기 주인마님의 방에 들어가도록 허락하느니 자기가 숙모님께 비쉬 광천수를 드리기 위하여 자리에서 일어나는 편을 택할 만큼, 아무도 숙모님께 접근하지 못하게 하는 것을 일종의 자랑으로 여겼다. 그리하여, 화브르가 관찰한 막시류(膜翅類)중, 자신이 죽은 후에도 새끼들이 먹을 싱싱한 고기를 마련해 주기 위하여, 바구미들과 거미들을 생포한 다음, 자기의 잔혹행위에 해부학을 동원하여, 다리들의 움직임은 통제하되 다른 생명기능은 통제하지 않는 신경중추를 경이로울 만큼 정확히 식별하여 정교하게 찔러, 자기의 알들 곁에 놓아둔 그 마비된 곤충이, 알을 깨고 애벌레들이 태어났을 때, 그것들에게 고분고분하고 공격적이지 않으며 도망치거나 저항할 능력은 없으나 전혀 상하지 않은 사냥감을 제공하도록 하는 말벌처럼, 프랑수와즈 역시, 어떤 하인에게도 견딜 수 없는 집으로 만들려는 자기의 한결같은 뜻을 성취하기 위하여, 어찌나 정교하고 무자비한 계략을 동원하였던지, 아주 여러 해가 지난 후 우리들은, 어느 해 여름 우리가 거의 날마다 아스파라거스를 먹은 것은, 그것들의 냄새가 그것들의 껍질 벗기는 일을 떠안았던 가엾은 부엌데기 소녀에게 어찌나 맹렬한 발작적 천식증을 유발하였던지, 그녀가 결국 숙모님 댁을 떠날 수밖에 없었기 때문이었다는 사실을 알게 되었다.

애석한 일이다! 우리들은 르그랑댕에 관한 우리의 견해를 결정적으로 바꾸어야만 했다. 뽕—비으 위에서[139] 그와 마주친 후 아버지께서 당신의 오해였노라 고백하신 그 만남 이후 어느 일요일, 미사가 끝나자 태양과 외부의 소음을 따라 어찌나 신성하지 못한 무엇이 교회당 안으로 들어오던지, 구뻴 부인과 뻬르스삐에 부인이(잠시 전 내가 조금 늦게 도착하였을 때에는 눈들이 어찌나 기도에 몰두해 있던지, 나의 자리로 가는 통로를 막고 있던 작은 걸상을 그들의 발이 살짝 밀지 않았다면, 내가 들어서는 것을 보지 못하였으리라고 내가 믿었을 그 모든 사람들이), 우리가 이미 광장에 나가 있기라도 한 듯, 세속적인 일들에 관해 큰 소리로 우리와 대화를 나누기 시작하였을 때, 출입구의 타는 듯 뜨거운 문지방 위에서 장터처럼 소란스러운 법석을 내려다보고 있던 르그랑댕이 우리들 눈에 띄었고, 지난번 그를 만났을 때 그와 동행하였던 여인의 남편이, 인근에 사는 다른 대지주의 아내에게 그를 소개하고 있었다. 르그랑댕의 안면에 일종의 활기, 아니 특이한 열광이 어렸다. 그가 인사를 올리느라 허리를 깊숙이 굽혔다가 두 번째로 무너질 듯 뒤로 상체를 젖히는데, 그 동작으로 인하여 그의 등이 출발점 너머로 급격히 이끌려갔으며, 그런 인사법은 그의 누이인 깡브르메르 부인의 남편[140]이 그에게 가르쳐주었을 것임에 틀림없었다. 그토록 신속하게 상체를 다시 세우는 동작이, 그토록 살집이 좋으리라고는 내가 짐작조차 하지 못하던 르그랑댕의 엉덩이로 하여금, 격렬하고 근육 발달된 일종의 물결 모양으로 역류하게 하였다. 또한 그 순수질료의 파동이, 즉 정신적인 것은 기미조차 없고 천박함 가득한 열성이 폭풍처럼 후려치던 그 살의 물결이, 왜 문득 나의 뇌리에, 우리가 알고 있던 르그랑댕과는 전혀 다른 르그랑댕이 있을 수 있다는 생각을 일깨워 놓았는지는 모르겠다. 여인이 자기의 마부에게 무슨 말을 전해 달라고 그에게 부탁하였고, 그가 마차가 있던 곳까지 가는 동안 내내, 그 새로운 소개 인사가 그의 얼굴에 자국처럼 남긴 소심하고 헌신적인 기쁨이 여전히 남아 있었다. 일종의 꿈속에서 황홀감에 사로잡혀 그가 미소를 짓더니, 걸음을 재촉하여 여인에게로 돌아오는데, 평소보다 빠르게 걷는지라, 그의 두 어깨가 왼쪽과 오른쪽으로 우스꽝스럽게 흔들거렸고, 그가 나머지 다른 일은 더 이상 근심하지 않고 자신을 몽땅 그 일에 맡겼던지라, 그가 마치 행복의 무기력하고 기계적인 장난감 같았다. 한편 우리들이 교회당 정문을 통하여 밖으로 나가 그의 곁을 지나려 하는데, 그가 하도 예의 바른 사람인지라 고개를 돌려 외면하지는 못하였으나, 깊은 몽상이 문득 실린 시선으로 지평선의 어찌나 먼 한 지점을 응시하였던지, 그가 우리들을 볼 수 없었고 따라서 우리에게 인사를 건넬 필요도 없었다. 싫어하는 호화로움 한가운데서, 자신의 뜻에도 불구하고 길을 잃었다고 느끼는 듯한 기색이었던, 부드럽고 수직적인 상의 위에, 그의 얼굴이 어수룩한 모습을 하고 있었다. 그리고 광장에서 불던 바람이 뒤흔들던 물방울 무늬 나비넥타이는, 그의 오만한 고립과 고결한 독립을 상징하는 군기처럼, 르그랑댕의 위에서 계속 펄럭이고 있었다. 우리가 집에 막 도착하였을 때, 쌩-오노레 과자 주문하는 것을 잊었다는 사실을 깨달으신 엄마가, 즉시 나와 함께 되돌아가 과자를 배달하게 하라고 아버지에게 말씀하셨다. 아버지와 나는 교회당 근처에서, 여인을 그녀의 마차가 있는 곳으로 안내하며 우리 반대쪽에서 오던 르그랑댕과 정면으로 엇갈리게 되었다. 그가 우리들 곁으로 지나갔고, 곁에 있던 여자에게 하던 말을 중단하지 않았으며, 그의 푸른 눈 한 귀퉁이로, 어찌 보면 눈꺼풀 속에 있다고 할 수 있을, 그리하여 그의 안면근육에 하등의 영향도 주지 않는지라 자기와 대화하고 있던 여인의 눈에 전혀 보이지 않을, 작은 눈짓을 우리들에게 보냈다. 그러나 감정의 표현을 한정한 그 조금 좁은 면적을 감정의 강도로 보상하려는 듯, 그는 우리에게 배당한 그 푸른 귀퉁이에 친절의 모든 활기가 탁탁 소리를 내며 타오르게 하였으며, 그 활기는 쾌활함을 지나 교활함에 가까웠다. 그는 친절의 섬세함을 공모자의 눈짓이나 변죽 울리기, 암시, 공모의 신비 등 수준으로 정묘하게 세련시켰으며, 결국, 은밀하여 성에 사는 그 여인에게는 보이지 않는 부드럽고 꿈꾸는 듯한 우수로, 얼음장 같은 얼굴에, 오직 우리들만을 위하여, 열렬히 반한 눈동자 하나를 밝히면서, 우정의 다짐을 애정의 고백이나 사랑의 맹세로까지 이끌어 올렸다.

바로 전날 그는 나의 부모님에게, 자기와 함께 저녁식사를 하도록, 나를 다음 날 자기의 집에 보내달라고 요청하였으며, 그러면서 나에게 말하였다. "와서 그대의 늙은 친구와 자리를 함께 해주게나. 우리가 더 이상 돌아갈 수 없는 고장으로부터 어느 나그네가 보낸 꽃다발처럼, 나 역시 아주 먼 옛날에 통과한 봄날들의 꽃들을, 그대의 청춘으로부터 멀리에서나마 호흡할 수 있게 해주게나. 앵초(櫻草)[141]와 야생 마타리[142]와 미나리아재비[143]를 가지고 오시게. 발작의 꽃들[144] 중 사랑의 꽃다발 만드는데 사용된 꿩비름, 부활의 날에 핀다는 데이지, 부활절에 쏟아져 마지막 눈덩이들을 이룬 진눈깨비가 채 녹지도 않았는데 그대의 대고모님 댁 정원 오솔길에서 향기를 발산하기 시작하는 가막살나무[145] 등을 가지고 오시게. 솔로몬에 걸맞는 백합의 영광스러운 비단 의복[146]과 삼색제비꽃[147]의 울긋불긋한 에나멜[148]을 가지고 오시게. 그러나 특히, 마지막 서리에서 일어난지라 아직도 선선하며, 오늘 아침 이후 내내 문 앞에서 기다리는 듯 두 마리 나비를 위하여 최초의 예루살렘 장미[149]를 살짝 피어나게 해줄, 그 미풍을 가지고 오시게."[150]

르그랑댕의 그러한 태도에도 불구하고 나를 그에게 보내어 함께 저녁식사를 하도록 해야 할지, 집에서는 의견이 분분했다. 그러나 할머니는 그가 불손했을 것이라고 믿으려 하지 않으셨다. "그가 속된 사람의 차림이라 할 수 없는 지극히 소박한 옷차림으로 그곳에 온다는 사실을, 자네들도 인정하지 않는가." 할머니는 그렇게 말씀하시고 나서, 어떠한 경우이든, 그리고 최악의 경우를 가정하더라도, 그가 정말 불손하였다면, 그것을 눈치챈 기색을 드러내지 않는 것이 더 좋다고 하셨다. 사실을 말하자면, 르그랑댕이 보인 태도에 가장 역정을 내시던 나의 아버지조차, 그 태도에 내포된 의미에 대해 아마 일말의 의구심을 간직하고 계셨을 것이다. 르그랑댕의 태도 또한 어떤 사람의 깊숙하고 은밀한 성격을 드러내는 다른 여느 태도나 행동과 같은 것이었다. 진실을 결코 고백하지 않을 범인의 증언으로는 그 태도에 관한 확증을 얻을 수 없는 바, 그 태도와 범인이 전에 한 말들 간에는 어떠한 관련도 없다. 따라서 우리는 우리의 감각 기능에게 증언을 요청할 수밖에 없는 궁지에 빠지게 되는데, 그 단절되고 분산된 추억 앞에서, 우리는 혹시 우리의 감각 기능이 어떤 환상의 노리개였지 않았을까 자문하게 된다. 유일하게 다소나마 중요성을 내포할 수 있을 그러한 태도들이 우리에게 자주 의구심을 남기는 것은 그러한 이유 때문이다.

나는 르그랑댕과 함께 그의 집 테라스에서 저녁식사를 하였다. 달빛이 밝았다. 그가 나에게 말하였다. "이 고요에 아름다운 특질이 있지 않나요? 나의 것처럼 상처 입은 심정들에게는, 그대가 장차 읽게 될 어느 소설가가 주장하듯, 오직 그늘과 고요만이 어울려요.[151] 그리고 아시겠소, 젊은이, 그대로부터는 아직 멀리 있지만, 살다 보면, 지친 눈이 오직 한 가지 빛밖에, 오늘 저녁처럼 아름다운 밤이 어둠을 가지고 빚어 증류시킨 빛밖에 용납하지 못하며, 귀는 밝은 달빛이 고요의 플루트로 연주하는 음악밖에 들을 수 없는 시각이 닥쳐온다오."[152] 나는 언제 들어도 그토록 유쾌한 르그랑댕 씨의 말에 귀를 기울이고 있었다. 그러나 최근에 내가 언뜻 본 어느 여인의 추억에 마음이 동요되어, 그리고 르그랑댕 씨가 인근의 몇몇 귀족 인사들과 친분이 있다는 사실을 알게 된지라, 혹시 내가 마음속에 두고 있던 여인과도 친분이 있을 것이라 생각되어, 용기를 추슬러 그에게 물었다. "선생님, 게르망뜨 성에 사는 여인…. 여인들과도 친분을 맺고 계십니까?" 나는 그 이름을 발음하면서, 그것을 나의 몽상 밖으로 이끌어내 그것에게 하나의 객관적이고 소리를 내는 존재를 부여하였다는 사실만으로도, 그것에게 일종의 권력을 행사한 행복감을 느꼈다.

그러나 게르망뜨라는 그 이름을 듣는 순간, 우리 친구의 푸른 두 눈 중앙에, 마치 두 눈이 보이지 않는 화살에 의해 이제 막 관통된 듯, 작은 갈색 오늬가 하나씩 박히고,[153] 그동안 눈동자의 나머지 부분은 하늘색 물결을 분비하면서 그것에 반응하는 것이 보였다. 그의 눈꺼풀 자위가 검어지면서 축 처졌다. 그리고 슬픈 주름 하나가 잡혔던 그의 입이 더 신속히 평정을 되찾아 미소를 짓는데, 그동안에도 시선은, 몸에 화살들이 비죽비죽 꽂혀 있는 잘생긴 순교자의 시선처럼, 고통스러운 기색이었다.[154] "아니오, 나는 그녀들과 교분이 없어요." 그의 대답이었다. 그러나, 그토록 단순한 사실을 알려주는 말에, 즉 그토록 놀랄 만하지 못한 대답에 어울리는, 자연스럽고 일상적인 어조를 부여하는 대신, 그는 단어 하나하나에 지긋이 힘을 주면서, 상체를 앞으로 기울이면서, 머리를 인사하듯 숙이면서 연설조로 그 말을 하였고, 그러는 동안, 있음 직하지 않은 사실을—마치 자기가 게르망뜨 성 사람들과 친분이 없다는 사실이 기이한 우연의 결과일 수밖에 없다는 듯—사람들이 믿도록 단언할 때처럼 강하게 역설하였고, 또한 동시에, 자신에게 몹시 고통스러운 처지에 대해 함구할 수 없어, 자기의 고백이 자신에게는 전혀 당황스럽지 않을 뿐만 아니라 오히려 수월하고 유쾌하며 자발적인 데다, 그 고통스러운 처지 자체도—게르망뜨 성 사람들과의 교분 부재도—불가피한 결과가 아니라 그가 원한 것, 즉 윤리적 준칙이나 종교적 맹세 등, 특히 게르망뜨 성 사람들과의 교류를 금지하는 가문의 어떤 전통에서 유래한 것이라는 생각을 다른 사람들의 뇌리에 심어 주기 위하여, 그 처지를 공표하는 편을 택하는 사람처럼 과장된 말투를 사용하였다. "아니, 아니오, 나는 그녀들과 교분이 없어요." 자신의 어조를 자기의 말로 설명하면서 그가 다시 말하였다. "나는 단 한 번도 그러기를 원한 적이 없고, 나의 완전한 독립을 보존하는 것에 항상 마음을 써왔어요. 사실은, 내가 그대 아시다시피, 쟈꼬뱅 당원들의 사고방식을 가지고 있소.[155] 많은 사람들이 나를 구출하겠노라고 하며 나에게로 와서, 내가 게르망뜨 성에 가지 않는 것은 잘못이며, 자칫 사람들의 눈에 일개 버르장머리 없는 상것이나 늙은 곰처럼 보일 수도 있다고 하였지요. 하지만 그 따위 소문은 전혀 두렵지 않아요. 그것이 엄연한 사실이니까! 사실 나는 이 세상의 것들 중, 몇몇 교회당들과 책 두세 권과 그보다 약간 많은 화폭들과, 나의 늙은 눈동자가 더 이상 분별해 볼 수 없게 된 화단의 냄새를 그대에게 있는 젊음의 미풍이 나에게까지 가져올 때의 달빛 이외에는, 아무것도 좋아하지 않아요." 나는, 교분 없는 사람들의 집에 가지 않기 위하여 자신의 독립을 중시하는 것이 왜 필요한지, 그리고 가지 않는다는 사실이 도대체 어떤 면에서 야만인이나 곰과 같은 인상을 줄 수 있다는 것인지, 잘 이해할 수 없었다. 그러면서도 내가 이해한 것은, 그가 오직 교회당들과 달빛과 젊음만을 좋아한다고 말하던 순간, 르그랑댕이 정직하지 못했다는 사실이다. 그가 성에 사는 귀족들을 매우 좋아하였고, 그들 앞에서는 그들의 마음에 혹시 들지 않을까 어찌나 두려워하였던지, 자기에게 공증인이나 증권 중매인의 아들들과 같은 부르주와 친구들이 있다는 사실은 감히 내색조차 하지 못하였으며, 혹시 그러한 사실이 불가피하게 드러나게 되더라도, 그것이 자기의 부재중에, 자기로부터 멀리에서, 그리고 '결석재판'에서 드러나는 편을 택하였다. 즉 그는 속물이었다. 물론 그가 그 모든 것들 중 어느 하나도, 나의 부모님과 나 자신까지도 그토록 좋아하던 언어로는 결코 발설하지 않았다. 그리하여 내가 '게르망뜨 가문 사람들과 교분이 있습니까?' 라고 물었을 때, 대화꾼 르그랑댕은 이렇게 대답한 것이다. "아니오, 나는 그들과 교분 맺기를 단 한 번도 원한 적이 없어요." 불행하게도 그가 그러한 대답을 한 것은 제2의 르그랑댕으로서였으니, 그가 자신의 내면 깊숙이 세심하게 감추고 있던 다른 르그랑댕이, 즉 그의 속물 근성에 관련되었고, 평판을 손상시키는 이야기들을 알고 있었던지라 그가 드러내지 않던 그 다른 르그랑댕이, 시선에 생긴 상처로, 입 주변에 잡히던 주름[156]으로, 답변하던 어조의 지나친 심각함으로, 우리가 표면적으로 알던 르그랑댕을 마치 속물근성을 위하여 순교하는 쎄바스티아누스 성자인 양 마구 찔러 순식간에 기운을 잃게 한 수천 대의 화살로, 이미 이렇게 대답하였기 때문이다. "아! 당신이 어찌 나를 이다지도 괴롭히시는가! 아니오, 나는 게르망뜨 가문 사람들과 교분이 없소. 내 생애의 그 큰 괴로움을 일깨우지 마시오." 또한 그 말썽꾼 르그랑댕이, 그 공갈꾼 르그랑댕이, 다른 르그랑댕의 번지르르한 언어는 구사하지 못하는 반면, 흔히들 '반사작용' 이라고 부르는 것들로 구성되어 그 언어보다 엄청나게 즉각적인 말투를 사용하는지라, 대화꾼 르그랑댕이 그에게 침묵을 강요하려 할 때에는, 그가 이미 말을 해버렸고, 그리하여 우리의 친구는, 자기 분신(알테르 에고 alter ego)의 폭로가 야기시켰을 나쁜 인상에 절망하여도 소용없었던지라, 그 인상을 얼버무리는 데 착수하는 수밖에 없었다.

물론 그렇다 하여, 르그랑댕 씨가 속물들을 천둥처럼 요란하게 규탄할 때, 그가 진실하지 못했다는 말은 아니다. 그는 자신이 속물이라는 것을 적어도 스스로는 알 수 없었다. 우리가 오직 다른 이들만의 악벽밖에 모르고, 우리 자신의 악벽들 중 어느 것을 겨우 알게 되는 경우에도, 오직 다른 이들로부터 그것을 배우듯 알 수밖에 없으니 말이다. 우리 자신에게는 그 악벽이, 일차적 동기들을 더 품위 있는 예비 동기들로 대체하는 상상력을 통해, 보조적인 방법으로밖에 작용하지 않는다. 르그랑댕의 속물근성이 그에게 어떤 공작부인을 자주 찾아가라고는 결코 조언하지 않았다. 르그랑댕의 상상력에게, 그 공작부인이 온갖 우아함으로 치장된 것처럼 그의 눈에 보이도록 하라는 임무를 부여하였을 뿐이다. 그리하여 르그랑댕이, 상스러운 속물들은 알아차리지도 못할 기지와 미덕의 매력에 자신이 어쩔 수 없이 이끌린다고 자신을 평가하면서, 그 공작부인에게로 다가갔다. 오직 다른 사람들만이 그 역시 속물들 중 하나라는 사실을 알고 있었다. 왜냐하면, 그의 상상력이 수행하던 중개역할을 이해할 능력이 그들에게 없었던 덕분에, 그들이 르그랑댕의 사교계 활동과 그의 일차적 동기가 정면으로 마주 서 있는 것을 보았기 때문이다.

이제 우리 집에서도 더 이상 르그랑댕 씨에 대해서는 어떤 환상도 품지 않게 되었고, 그와 우리의 관계가 부쩍 소원(疏遠)해졌다. 엄마는, 그가 여전히 사면 가능성 없는 범죄라고 부르던 그 속물적 행태, 그가 결코 자백하지 않던 그 범행을 현장에서

적발하실 때마다 무척 즐거워하셨다. 반면 아버지는 르그랑댕을 차마 그토록 무심하게 또 즐겁게 멸시하지는 못하셨다. 그리하여, 어느 해에 나를 할머니와 함께 발백에 보내어 여름방학을 그곳에서 보내도록 하자는 이야기가 나왔을 때, 아버지가 말씀하셨다. "너와 할머니가 발백에 갈 것이라고 르그랑댕에게 꼭 말해야겠군. 그가 자기의 누이를 소개하겠다고 나설지 보아야지. 그녀가 그곳으로부터 2킬로미터 되는 곳에 산다고 우리에게 말한 것을 아마 잊었을 거야." 바닷가 휴양지에서는 아침부터 저녁까지 해변에서 소금기를 들이마셔야 하며, 따라서, 누구를 방문하거나 산책에 나설 경우 그만큼 바닷바람을 빼앗기게 되는지라 그 누구와도 교분을 맺지 말아야 한다고 생각하시던 할머니는, 아버지와 정반대로, 우리의 계획을 절대 르그랑댕에게 말하지 말라시면서, 그의 누이 깡브르메르 부인이, 우리가 고기를 잡으러 떠나려는 찰라 호텔에 불쑥 나타나, 우리로 하여금 그녀를 접견하면서 호텔에 처박혀 있도록 할 것이 뻔하다고 하셨다. 하지만 엄마는 할머니의 그러한 염려에 크게 웃으셨다. 위험이 그토록 위협적이지 못할 것이며, 르그랑댕이 우리들을 자기의 누이에게 그토록 서둘러 소개하지 않을 것이라고 나름대로 생각하셨기 때문이다. 그런데, 우리가 그의 앞에서 발백 이야기를 꺼낼 필요도 없이, 어느 날 저녁나절 그와 우리가 비본느 냇가에서 우연히 마주쳤을 때, 우리가 그쪽으로 여행할 의도를 가지고 있으리라고는 짐작조차 하지 못한 그가, 스스로 덫에 걸려들었다.

그가 아버지에게 말하였다. "오늘 저녁에는 구름 속에 아주 아름다운 보라색과 푸른색이 있소, 나의 벗이여 그렇지 않소, 대기보다는 꽃을 연상시키는 푸른색, 하늘을 놀라움에 빠뜨리며 불쑥 나타난 잿빛 개쑥갓[157]의 푸른색이오. 그리고 저 작은 분홍색 구름 덩이에는 패랭이꽃이나 붉은 수국꽃의 색조도 있지 않소? 내가 대기에 펼쳐진 이런 종류의 식물계를 가장 많이 관찰할 수 있었던 곳은 노르망디와 브루따뉴 사이의 망슈 해협[158]에서뿐이었소. 그곳 발백 근처에, 그토록 야성적인 지역 근처에, 매력적일 만큼 잔잔한 작은 포구 하나가 있고, 그곳에서 볼 수 있는 오쥬[159] 지역의 석양, 내가 하찮게 여기지는 않지만 여하튼 붉고 황금색 띤 그곳의 석양에는 특징이 없고 개성도 없소. 하지만 그 습하고 잔잔한 대기 속에, 저녁나절이면, 푸르고 분홍색을 띤, 그 무엇에도 비교할 수 없을 만큼 아름다우며 시드는 데 여러 시간이 걸리는, 천상의 꽃다발들이 순식간에 피어나곤 하오. 어떤 것들은 즉시 꽃잎이 떨어지고, 그러면 무수한 유황색 혹은 분홍색 꽃잎들이 흩어져 하늘을 온통 뒤덮어, 보기에 더욱 아름답소. 오팔빛 포구라고도 하는 그 작은 포구 안에 있는 황금빛 해변이 더욱 평온해 보이는 것은, 그것이 인근 해안의 그 무시무시한 암석들에, 매년 겨울마다 바다의 위험에 휩쓸려 많은 배들이 사라지는 것으로 유명한 그 음산한 해안에, 금발의 안드로메다(안드로메데)[160]들처럼 묶여 있기 때문이오. 발백! 우리 강토의 가장 오래된 지질학적 뼈대, 진정한 아르-모르,[161] 바다, 땅의 끝, 아나똘 프랑스가—우리의 어린 친구도 꼭 읽어야 할 그 마법사가—그토록 멋있게 묘사한,[162] 『오뒷세이아』에 이야기된 진정한 킴메리에 사람들의 나라처럼[163] 영원한 안개 속에 감싸인 저주 받은 고장이오. 특히 그 태고의 매력적인 땅 위에 벌써 호텔들이 지어져 포개져 있건만, 그 토양이 훼손되지 않은 발백으로부터 두어 걸음밖에 떨어져 있지 않은, 그 원시적이고 아름다운 지역으로 소풍을 가는 즐거움은 정말로 크다오."

"아! 혹시 잘 아시는 분이 발백에 계십니까?" 아버지가 물으셨다. "마침 저의 어린것이, 자기의 할머니와 그리고 어쩌면 저의 아내와도 함께, 그곳에 가서 두 달쯤 머물러야 할 것 같습니다."

자신의 눈이 나의 아버지를 향하여 고정되어 있던 순간 불시에 그러한 질문에 걸려든지라, 르그랑댕이 눈을 다른 곳으로 돌릴 수는 없었으되, 그러나 그것들을 순간순간 더 강렬하게—또한 구슬프게 미소를 지으면서—대화 상대자의 눈에, 우정과 솔직성 가득하며 그를 정면으로 바라보는 것이 두렵지 않다는 기색으로 집중시킴으로써, 상대방의 얼굴이 마치 투명해지기라도 한 듯, 그가 그 얼굴을 관통하여, 그 순간 얼굴 뒤 저 너머에서, 그에게 정신적 알리바이 하나를 만들어줄 뿐만 아니라, 발벡에 아는 사람이 있느냐고 묻던 순간, 자기가 다른 생각을 하느라 질문을 듣지 못하였다는 증거를 제시할 수 있도록 해줄, 색깔 선명한 구름 덩이 하나를 바라보고 있는 것 같았다. 일반적으로는 대화 상대자가 그러한 시선을 보면 이렇게 묻는다. "무슨 생각을 하고 계십니까?" 그러나 의아해지셨고 역정이 나셨으며, 그리하여 잔인해지신 아버지가 다시 물으셨다.

"발벡에 대해 그토록 잘 아시니, 그곳에 친구분들이 계시겠지요?"

절망적인 최후의 안간힘을 쓰느라고, 르그랑댕의 미소 띤 시선이 부드러움과 막연함과 진지함과 방심의 절정에 달하였고, 그러나 틀림없이 대답할 수밖에 다른 도리가 없다고 생각한 듯, 그가 우리에게 말하였다.

"상처를 입었으나 정복되지는 않은, 그리하여 자기들을 불쌍히 여기지 않는 무자비한 하늘에게 비장한 집요함으로 함께 호소하기 위하여 서로에게로 다가간 나무들의 무리가 있는 곳에는, 어디에든 친구들이 있소."

"제가 말하는 친구들이란 그것이 아닙니다." 나무들처럼 집 요하고 하늘 못지않게 무자비한 아버지가 그의 말을 끊으셨다. "그곳에 아시는 분들이 계시냐고 여쭌 것은, 저의 장모님에게 혹시 무슨 일이 생기더라도, 당신께서 낯선 곳에 고립되어 계시다고 느끼시지 않도록 해드릴 도움이 필요할 경우를 위해서입니다."

"그곳에서도 다른 어느 곳에서와 마찬가지로 나는 모든 사람들을 알지만 또한 아무도 모르오." 르그랑댕이 선선히 항복하지 않고 대답하였다. "많은 사물들을 알지만 극히 적은 사람들밖에 모르오. 하지만 그곳에서는 사물들도 사람들을, 희귀한 사람들을, 섬세한 진수로 이루어져 삶이 실망시켰을 사람들을 닮았소. 때로는 절벽 위 길가에서, 자신의 슬픔을 황금빛 달 떠오르는 아직 분홍색 띤 저녁과 대면시키기 위하여 걸음을 멈춘 작은 성을 만나기도 하는데, 그동안 알록달록한 수면에 줄무늬를 그려 넣으며 돌아오는 작은 돛배들은, 자기들의 돛대 높은 곳에 저녁 불꽃들을 게양하고 저녁의 색깔들을 싣고 온다오. 그리고 또 때로는, 행복과 환멸의 소멸되지 않을 비밀을 그 누구의 눈에도 띠지 않게 감추고 있는, 볼품없는 편이고, 수줍되 몽상에 잠긴 듯한 기색이며, 외롭게 서 있는 소박한 집 한 채를 만나기도 하오." 그가 마키아벨리적 정교함을 발휘하며 다시 덧붙였다. "진실이라고는 없는 그 고장, 순전한 허구로 이루어진 그 고장이, 아이에게는 나쁜 읽을거리이며, 따라서 이미 그토록 슬픔 쪽으로 기울어져 있는 나의 어린 친구를 위해서는, 그러한 숙명을 타고난 그의 가슴을 위해서는, 내가 그러한 고장을 선택하여 권하지 않을 것임이 확실하오. 연정에 사로잡힌 고백과 부질없는 회한 감도는 기후들은 나처럼 미망에서 깨어난 늙은이에나 적합하지, 아직 미처 형성되지 못한 기질에게는 매우 해롭소." 그가 강조하여 말을 계속하였다. "내 말을 믿으시오, 이미 반은 브르따뉴의 물인 그 포구의 물이, 이론의 여지가 있지만, 나의 가슴처럼 더 이상 온전치 않은 가슴에는, 입은 상처가 더 이상 보상되지 않은 가슴에는, 진통 작용을 할 수도 있소. 하지만 어린 소년이여, 그곳 물이 그대의 나이에는 맞지 않아요. 안녕히들 주무시오, 이웃들이여."[164] 그렇게 덧붙이면서 그가 자기의 습관대로 마치 피하듯 불쑥 우리들 곁을 떠났고, 잠시 후, 진단을 마친 의사처럼 손가락 하나를 세운 채 우리들을 향해 돌아서더니, 자기의 진단을 이렇게 요약하였다. "나이 50이 되기 전에는 발백은 아니 되며, 그것도 심정의 상태에 달려 있소." 그가 외친 소리였다.

그 이후에도 아버지는, 그와 마주칠 때마다 발백에 관한 이야기를 꺼내시어, 이런저런 질문으로 그에게 고문을 가하셨으나, 모두 헛수고였다. 그 100분의 1만 제대로 활용하여도 돈벌이가 더 되지만 명예롭기도 한 지위를 확보해 줄 노고와 학식을, 위조 양피지 초고 만드는 데 바쳤던 그 박식한 사기꾼처럼,[165] 르그랑댕 씨 역시, 우리가 만약 계속 고집스럽게 그 이야기를 꺼냈다면, 발백으로부터 2킬로미터 떨어진 곳에 자기의 친누이가 산다고 우리에게 고백하거나, 그리하여 우리에게 마지못해 소개장을 써주느니, 차라리 남부 노르망디의 풍경 윤리학과 천문학 하나를 몽땅 구축하는 편을 택하였을 것이지만, 그가 만약, 우리가 그 소개장을 사용하지 않을 것이라 확신하였다면─할머니의 성격을 그가 이미 겪어 잘 아는지라 당연히 그랬어야 하지만─그 소개장을 그토록 꺼리지는 않았을 것이다.

우리는 저녁식사 전에 레오니 숙모님께 문안인사를 드릴 수 있도록, 항상 일찍 산책에서 돌아오곤 하였다. 해가 일찍 지는 산책의 계절 초기에, 우리가 쌩-에스프리 로에 도착할 때쯤에는, 석양의 반사광이 아직 우리 집 유리창에 남아 있었고, 주홍빛 띠 하나가 깔베르 숲 안쪽에 드리워져, 조금 더 멀리 있는 연못에 반사되곤 하였으며, 대개의 경우 상당히 쌀쌀한 추위를 동반한 그것의 붉은색이, 나의 뇌리에서, 그 위에서 닭이 구워지고 있을, 그리하여 산책이 준 시적 즐거움에 식도락과 따스함과 휴식의 즐거움이 나를 위하여 이어지도록 해줄, 그러한 불의 붉은색과 제휴하곤 하였다. 여름에는 그와 반대로, 우리가 돌아와 집에 도착해도, 해가 아직 기울지 않았다. 그리하여, 우리가 레오니 숙모님을 뵈러 숙모님의 거처에 올라가 있는 동안, 점점 낮아져서 창문에 이르러 큰 커튼들과 그것들을 지탱하는 상단 가로줄 사이에 머물러, 갈리고 가지를 치고 걸러져, 서랍장의 레몬나무 목재에 작은 황금 조각들을 상감하던 햇빛이, 대수림 속의 작은 나무들 사이로 스며들 때처럼[166] 섬세하게 방 안을 비스듬히 비추곤 하였다. 하지만 매우 드문 어떤 날에는, 우리가 돌아왔을 때, 서랍장이 자기의 일시적인 황금빛 상감을 이미 오래전에 상실하였고, 우리가 쌩-에스프리 로에 도착하였을 때에는, 유리창에 석양의 반사광이 하나도 걸려 있지 않았으며, 깔베르 숲 아래에 있는 연못도 이미 자기의 붉은 색을 상실하여, 때로는 그것이 벌써 오팔빛으로 변하였는데, 긴 달빛 한 줄기가, 점점 그 폭이 넓어지면서, 그리고 수면의 모든 잔물결에 의해 금이 간 채, 연못 전체를 뒤덮으며 건너가곤 하였다. 그런 날에는, 집 근처에 도달하는 순간, 대문 앞에 서 있는 형체 하나가 보였고, 그것을 보고 엄마가 나에게 말씀하시곤 하였다.

"맙소사! 저기에서 프랑수와즈가 우리들을 기다리고 있구나. 너의 숙모님께서 근심하시기 때문이겠지. 우리가 너무 늦게 돌아온 거야."

그리하여 우리들은, 휴대품을 내려놓을 겨를도 없이, 서둘러 레오니 숙모님의 거처로 올라가 숙모님을 안심시켜 드렸고, 숙모님께서 이미 상상하시던 바와는 달리, 우리들에게 아무 일도 닥치지 않았으며, 단지 '게르망뜨 성 쪽으로' 산책을 떠났었던 것뿐임을 설명드렸다. 그런데 정말이지, 우리가 그 방면으로 산책을 떠나면, 몇 시에 집에 돌아올 수 있을지 아무도 정확히 예측할 수 없다는 사실을, 숙모님도 잘 알고 계셨다.

"이보게 프랑수와즈," 숙모님이 말씀하셨다. "게르망뜨 성 쪽으로들 갔을 것이라고 내가 자네에게 말하였지! 맙소사! 얼마나 시장들 하겠어! 그리고 자네가 준비한 양 넓적다리 고기는 바싹 말랐겠군. 이 시각에 돌아오다니! 어떻게 게르망뜨 성 쪽으로 갈 생각들을 하였나!"

"하지만, 레오니, 그 사실을 알고 계신 줄로 믿었지요. 우리가 채소밭의 작은 문으로 나가는 것을 프랑수와즈가 보았으리라 생각하였어요." 엄마가 말씀하셨다.

꽁브레 주위에서 산책을 하려면 두 '방면'을 향해 길을 떠날 수 있었는데, 그 두 방면이 서로 정반대편에 있었던지라, 그것들 중 하나를 선택할 때마다, 우리 집에서는 각각 다른 문을 통해 나가곤 하였기 때문에 하신 말씀이다. 그 두 방면이란, 그곳으로 가려면 스완 씨의 소유지 앞을 지나야 하기 때문에 스완 댁 쪽이라고도 부르던 메제글리즈-라-비느즈 쪽과 게르망뜨 성 쪽이었다. 메제글리즈-라-비느즈에 대해서는, 사실을 말하자면, 내가 알고 있었던 것이라곤 그 '방향'과 일요일이면 꽁브레에 와서 산책하던 낯선 사람들뿐이었고, 그 사람들을 숙모님도 우리도 그 시절에는 '전혀 몰랐고', 따라서 그러한 사실 때문에, 그들이 '메제글리즈에서 온 사람들일 것'이라 여겼다. 게르망뜨에 대해서는 뒤에 더 많은 것을 알게 되어 있었지만, 아주 먼 훗날에서야 그랬다. 그리하여 나의 소년 시절 내내 메제글리즈가 나에게, 꽁브레를 벗어나, 이미 더 이상 꽁브레의 지형을 닮지 않기 시작한 땅의 습곡(襲曲)을 따라 아무리 멀리 가도 시야에서 사라지는 지평선처럼, 도저히 접근할 수 없는 그 무엇이었다면, 게르망뜨는, 자기 고유 '방면'의 실제적이기보다는 이상적인 종착지처럼, 다시 말해 적도선이나 극지나 동방과 같은 추상적인 일종의 지리학적 표현처럼 보였다. 그리하여 그 시절에는, 메제글리즈에 가기 위하여 '게르망뜨 쪽으로 접어든다'든가, 혹은 반대로, 게르망뜨에 가기 위하여 메제글리즈 쪽으로 접어든다는 말이, 나에게는 서쪽으로 가기 위하여 동쪽으로 접어든다는 말만큼이나 의미 결여된 말로 들렸을 것이다. 아버지가 항상 메제글리즈 쪽에 대해 당신께서 보신 가장 아름다운 평원 풍경이라 말씀하셨고, 게르망뜨 성 방면에 대해서는 하천 풍경의 전형이라고 하셨던 터라, 나는 그것들을 각각 독립된 두 개체로 상상하여, 오직 우리 오성의 창작물에만 속하는 응집력과 통일성을 그것들에게 부여하곤 하였다. 그리하여, 그 두 방면의 가장 작은 부스러기조차도 나에게는 진귀하게 여겨졌으며 또 그 양쪽 특유의 탁월성을 나타내는 것처럼 보였던 반면, 그 두 곳 중 하나의 신성한 땅에 도달하기 전에 만나는 순전히 질료적인 길들, 평원 풍경의 이상인 듯 그리고 하천 풍경의 이상인 듯 그것들을 둘러싸고 있는 길들은, 연극에 미친 관람객이 어느 극장 주위를 어슬렁거리며 유심히 살피는 골목길들만큼이나 바라볼 가치가 없는 것처럼 보였다. 그러나 특히 나는, 그 두 방면 사이에 킬로미터로 측정할 수 있는 거리보다는, 그것들을 생각하던 내 뇌수의 두 부분 사이에 있는 거리, 그 두 방면을 멀찌감치 떼어놓는 것에 그치지 않고 그것들을 분리시켜 서로 다른 도면 속에 넣는 거리를 상정하곤 하였다. 그리고 그러한 구획이 더욱 절대적으로 변한 것은, 같은 날 양쪽으로 산책을 떠나는 일이 결코 없고, 한 번은 메제글리즈 쪽으로 다른 한 번은 게르망뜨 성 쪽으로 번갈아 떠나던 우리들의 습관이, 그 두 방면을, 이를테면, 서로 멀리 그리고 서로 알 수 없는 상태로, 서로 다른 오후들로 이루어져 닫혀 있고 상호간에 연락이 없는 두 항아리 속에 가두었기 때문이다.

메제글리즈 쪽으로 가고자 할 때에는, 평소 아무 곳에나 갈 때처럼(산책길이 너무 길지 않아 멀리 가지 않기 때문에, 너무 이르지 않은 시각에, 그리고 하늘이 흐렸어도), 쌩−에스프리 로에 면한 숙모님 댁 대문을 통하여 나가곤 하였다. 그런 다음, 무기 판매상인의 인사를 받기도 하고, 각자의 편지들을 우체통에 던져 넣기도 하는가 하면, 기름이나 커피가 떨어졌다는 프랑수와즈의 말을 지나는 길에 떼오도르에게 전하고 나서, 스완 씨의 넓은 정원 입구에 있는 하얀 살문과 평행을 이루고 있던 길을 통해 시가지를 벗어나곤 하였다. 그 정원에 도달하기 전에 우리는, 낯선 사람들을 마중하러 나온 그곳 라일락꽃 냄새를 만나곤 하였다. 라일락꽃들 스스로, 작은 심장 모양의 싱싱한 초록색 나뭇잎들 사이로부터, 자기들이 잠겨 목욕하던 햇빛에 반짝이는 연보라나 흰색 깃털로 이루어진 치장물[167]을, 호기심에 이끌린 듯 정원 살문 위로 쳐들고 있었다. 그 깃털 장식들 중 몇몇은, 경비원이 기거하던, 궁수들의 집이라고들 부르던 작은 기와집에 반쯤 가리워진 채, 고딕식 합각머리 위로 자신들의 분홍색 메나렛[168]을 살짝 추켜올리고 있었다. 그 전형적인 프랑스식 정원에서 페르시아 세밀화의 선명하고 순결한 색조를 간직하고 있던 그 젊은 후리야[69]들에 비하면, 봄날의 뉨파들조차 아마 비속해 보였을 것이다. 그것들의 유연한 허리를 나의 팔로 휘감아, 향기로운 머리 위에 별처럼 박혀 있는 곱슬머리를 나에게로 끌어당기고 싶은 나의 욕망에도 불구하고, 우리들은 그곳에서 걸음을 멈추지 않고 그냥 지나가곤 하였다. 스완의 결혼 이후, 어른들이 더 이상 땅송빌에 가시지 않는지라, 혹시 정원 안을 기웃거린다는 인상을 주지 않을까 하여, 우리가 정원 울타리를 따라 올라가 들판과 직결되는 길로 접어드는 대신, 역시 들판으로 이어지기는 하나, 비스듬히 돌아 한참 가서야 들판으로 빠지는 길을 택하였기 때문이다. 어느 날 할아버지가 아버지에게 말씀하셨다.

"스완이 어제, 자기의 처와 딸이 랭스로 떠날 예정인지라, 자기는 그동안을 이용하여 빠리에 가서 스물네 시간을 보내겠노라고 하던 말 기억하시겠는가? 그 부인들께서 아니 계시니, 오늘은 우리가 정원 울타리를 따라 올라갈 수 있겠네. 그만큼 거리도 단축될 걸세."

우리들은 쌀문 앞에서 잠시 걸음을 멈추었다. 라일락의 계절이 그 막바지에 이르고 있었다. 그리하여 몇몇 그루는 아직도 높다랗게 걸린 연보라색 샹들리에 모양으로 꽃들의 섬세한 수포들을 발산하고 있었지만, 한 주일 전까지만 하여도 향기 가득한 거품을 한껏 펼치던 대부분의 잎 무성한 가지들 속에서는, 오그라들고 검게 변하여 푹 꺼진, 그리하여 마르고 향기 없는 거품이 시들어가고 있었다. 할아버지는 정원의 이곳저곳을 가리키시면서, 부친 스완 씨의 부인이 작고하던 날 그와 함께 정원에서 산책하시던 때 이후, 어떤 점에서 그곳 모습이 바뀌었고, 또 어떤 점에서 바뀌지 않았는지를 아버지에게 설명하셨고, 그 기회를 놓치지 않고 다시 한 번 그 산책 이야기를 하셨다.

우리들 정면에서는, 한련(旱蓮)들로 양쪽 가장자리를 장식한 오솔길 한 가닥이, 햇볕을 한껏 받으면서 저택으로 올라가고 있었다. 그 오른쪽으로는, 그와 반대로, 정원이 평평한 지형을 이루고 있었다. 스완 씨의 부모님이 파놓은 작은 웅덩이 하나가, 그것을 둘러싸고 있던 키 큰 나무들의 그늘로 인하여 우중충한 빛을 띠고 있었다. 아무리 인위적인 창조 작업에서도 인간은 자연에 공헌한다. 그리하여 어떤 장소들은, 자기들 특유의 지배력이 항상 자기들 주위에 군림하게 하고, 마치 모든 인간의 개입으로부터 먼 곳에서 그러듯, 자기들이 놓인 처지의 필연성으로부터 돌출하여 인간의 작품 위에 포개진, 그리고 어디에든 돌아와 자기들을 에워싸는 한적함 속에서 그러듯, 공원 한가운데서도 자기들의 까마득한 태곳적 휘장들을 높직하게 내건다. 그렇게, 인위적인 웅덩이를 굽어보는 오솔길 발치에서는, 물망초꽃들과 빈카꽃들이 두 줄로 엮이어, 물의 희미한 이마를 두르는, 자연스럽고 섬세하며 푸른 화관 하나가 이루어졌으며, 또한 그렇게, 글라디올러스가, 자기의 검들이 구부러지도록 군주처럼 초연하게 내버려 두면서, 에우파토리아[170]와 발이 물에 젖은 작은 개구리[171] 위로, 자기의 호상(湖上) 홀(笏)에 달린 보라색과 노란색의 누더기 나리꽃[172]들을 펼치고 있었다.

스완 아가씨의 떠남이―그녀가 어느 오솔길에 홀연히 나타나는 것을 보고, 베르고뜨를 친구로 두어 그와 함께 대교회당들을 방문하기도 하는 특전 받은 작은 소녀의 눈에 띄어 멸시당하는, 그 어마어마한 기회를 나에게서 박탈하면서―나로 하여금, 그것이 처음으로 허용된 것이건만, 땅송빌을 돈담무심하게 바라보도록 한 반면, 할아버지와 아버지가 보시기에는, 그 사유지에 여러 편안함과 일시적인 쾌적함을 덧붙여 주고, 쾌청함이 산악지방에서의 소풍을 위해 그렇게 해주듯, 그 예외적인 날이 땅송빌 쪽으로의 산책을 순조롭게 해주는 것처럼 여겨졌다. 나는 두 분의 계산이 빗나가기를 바랐고, 어떤 기적이 스완 아가씨와 그녀의 부친을 우리들 아주 가까이에 나타나게 하여, 우리가 그녀를 피할 겨를이 없게 되고, 그리하여 그녀와 인사를 나눌 수밖에 없게 되기를 은근히 원하였다. 그리하여, 풀밭 위에 왕골 바구니 하나가, 수면에 찌를 띄운 채 놓여 있는 낚시줄 옆에 내버려져 있는 것이, 마치 그녀가 집에 있다는 징후처럼 문득 내 눈에 보였을 때, 나는 할아버지와 아버지의 시선을 서둘러 다른 쪽으로 돌렸다. 여하튼, 친지가 집에 와 있는데 집을 떠나는 것이 잘못이라고 스완 씨가 말하였으니, 낚싯줄은 어느 손님의 것일 수 있었다. 오솔길들로부터는 어떤 발자국 소리도 들리지 않았다. 어느 것인지 모를 나무의 높이를 분할하면서, 보이지 않는 새 한 마리가, 한낮이 짧게 보이도록 애를 쓰면서 긴 울음소리로 주위의 적막을 답사하고 있었으나, 적막으로부터 어찌나 일치된 응답을 받았던지, 적막과 부동성의 어찌나 배가된 반향의 충격을 받았던지, 자기가 더 빨리 지나가게 하려던 순간을 영원히 멈추게 한 것 같았다. 정지된 하늘로부터 빛이 어찌나 집요하게 쏟아지던지, 그것의 배려로부터 벗어나고 싶어할 지경이었으며, 곤충들이 그 졸음을 끊임없이 덧들이던 잠든 물조차도, 틀림없이 상상적인 어느 말스트룀[173])을 꿈꾸면서, 코르크 찌를 보는 순간 나의 내면에 야기된 동요를, 반사된 하늘의 고요한 평면 위로 코르크 찌를 전속력으로 이끌어가는 듯 보이게 함으로써 증대시키고 있었다. 낚시 찌가 거의 수직으로 서더니 곧 물속으로 들어갈 기세였고, 그리하여 나는, 그녀와 사귀고 싶은 열망과 그러한 두려움은 염두에 두지도 않은 채, 물고기가 미끼를 물었다고 스완 아가씨에게 알리는 것이 나의 의무가 아닐까 하고 벌써 망설이고 있었는데—바로 그 순간, 당신들께서는 이미 접어드신, 들판으로 올라가는 좁은 길로 내가 당신들을 따라가지 않는 것에 놀라 나를 부르시던, 아버지와 할아버지에게로 달려가 두 분과 합류해야 할 처지가 되었다. 내가 보자니 그 좁은 길이 산사나무꽃 향기로 온통 웅성거렸다. 울타리가, 연속적으로 잇닿아 있는 일종의 예배소들을 형성하고 있었으며, 예배소들은 노변 임시 제단 모양으로 쌓인 꽃 무더기 밑에 가려져 있었다. 예배소들 밑 땅바닥에, 마치 이제 막 유리창을 통해 들어온 듯, 태양이 빛의 격자 무늬 하나를 살그머니 내려놓고 있었다. 예배소들의 향기는, 나 자신이 성처녀의 주제단[174] 앞에 서 있다고 여길 만큼, 경건하고 삼가는 형태로 발산되고 있었으며, 역시 한껏 치장한 꽃들은, 교회당에서 제랑(祭廊)[175]의 난간이나 창들까지 햇빛을 받은 듯 밝게 만들면서 딸기꽃의 하얀 살로 피어나던 꽃들처럼, 각자 자기의 빛나는 수술 다발을, 즉 활활 타오르는 암술대의 섬세하고 눈부신 시맥(翅脈)[176]들을, 천연덕스러운 기색으로 붙잡고 있었다. 그것들에 비하면, 몇 주 후, 역시 한껏 햇볕을 받으며 같은 시골길을 따라 올라올, 바람 한 가닥에 흩어질, 무늬 없는 비단으로 지은 블라우스를 입은 찔레꽃들은 얼마나 천진스럽고 촌여인다워 보이겠는가!

그러나, 꽃들의 보이지 않으며 고집스러운 냄새를 호흡하면서, 그것을 어찌해야 할지 모르는 나의 사념 앞에 가져다놓으면서, 그것을 잃었다가 되찾으면서, 자기들의 꽃들을 젊음의 환희 넘치는 동작으로 또한 특이한 몇몇 음정(音程)들처럼 느닷없는 간격을 두고 이리저리 뿌리는 리듬에 나 자신을 합류시키면서, 내가 산사나무들 앞에 머물러 있어도 소용없었던 바, 꽃들이 나에게 고갈될 수 없을 만큼 풍성한 매력은 끊임없이 제공하였으되, 일백 번을 연속적으로 연주하여도 그 비밀의 근저에는 조금도 더 가까이 가지 못하는 특이한 멜로디들처럼, 내가 그 매력의 실체를 깊이 규명하도록 허락하지는 않았기 때문이다. 나는 꽃들로부터 잠시 고개를 돌렸다. 더 생생한 힘을 모아 그것들에게 다가가기 위해서였다. 나는, 울타리 뒤에서 급경사를 이루며 들판 쪽으로 이어지는 비탈까지 눈을 돌려, 융단 전체를 지배할 전원적 모티프가 듬성듬성 나타나는 융단의 가장자리 장식처럼 자기들의 꽃들로 여기저기를 치장하고 있던, 길 잃은 개양귀비와 뒤에 게으르게 처져 있던 몇몇 수레국화들을 따라갔다. 아직은 드물어, 어느 마을이 가까워지고 있음을 알려 주는 외딴 집들처럼 띄엄띄엄 떨어져 있었으되, 그것들은 나에게 밀밭이 물결처럼 펼쳐지고 구름덩이들이 양떼처럼 굼실거리는 광막한 평원을 예고하였고, 그리하여, 나의 눈에 띈, 끈적끈적하고 검은 자신의 부표(浮標) 위에서 자기의 붉은 기(旗)를 동아줄 상단에 게양하여, 휘몰아치는 바람에 내맡기고 있던 개양귀비 한 그루가, 해안에 좌초되어 선박 틈 봉합공(縫合工)이 수리하고 있는 소형 목선을 보고, 바다가 아직 보이기도 전에, '바다야!' 라고 소리치는 나그네의 심장처럼, 나의 심장이 두근거리게 하였다.

    잠시 후 나는, 바라보기를 잠시 멈추었다가 다시 보면 더 명료하게 보일 것이라 믿으며 사람들이 걸작품들 앞으로 다시 돌아가듯, 산사나무들 앞으로 되돌아오곤 하였다. 그러나 오직 그것들만을 눈앞에 두려고 나의 두 손으로 가리개를 만들어도 소용없었던 바, 산사나무꽃들이 나의 내면에 일깨워놓은 감정은, 나에게서 빠져나가 꽃들과 합류하려 헛되이 애를 쓸 뿐, 여전히 희미하고 모호한 상태로 남았다. 산사나무꽃들은 내가 그것을 규명할 수 있도록 돕지 않았고, 그렇다 하여 내가 다른 꽃들에게 내 감정의 욕구를 충족시켜 달라고 요청할 수도 없었다. 그런데, 우리가 좋아하는 화가의 작품들 중 이미 우리가 잘 알고 있던 것들과는 다른 작품 하나를 보게 될 때 느끼는, 혹은 아직까지는 연필로 그린 초벌그림만 보았는데 누가 우리를 그것의 완성품 앞으로 데려갈 경우에 느끼는, 또는 피아노 연주로만 듣던 어떤 곡이 오케스트라의 색채에 감싸여 우리들 앞에 나타나는 경우에 느끼는, 그러한 기쁨을 나에게 주시면서, 할아버지가 나를 불러 땅송빌의 울타리를 가리키시며 말씀하셨다. "네가 산사나무꽃들을 좋아하니, 이 분홍색 꽃을 좀 보려무나. 참으로 아름답지!" 정말 그것은 산사나무꽃이었으나 분홍색이었고, 흰색 꽃들보다 한층 더 아름다웠다. 그 꽃 역시 축제 의상을—우발적인 변덕이, 세속적 축제들처럼 특별히 마련되지 않은, 그래서 본질적으로 축제적인 것이 전혀 없는, 아무 날이나 잡아 지정하지 않은지라, 유일하게 진정한 축제라 할 수 있는 종교적 축제[177]의 의상을—입었으나 오히려 그 의상보다 더 화려하였으니, 로꼬꼬풍의 양치기 지팡이를 화환처럼 감싼 방울술들처럼, 치장되지 않은 부분이 하나도 없게 가지에 차곡차곡 쌓듯 들러붙어 있던 꽃들이, '물들여져' 있었고, 따라서, 광장에 있던 '상점'이나 분홍색 비스킷이 더 비쌌던 까뮈의 식료품점에서 통용되던 가격 등급을 기준으로 판단할 경우, 꽁브레의 미학에 따라 더 고품질의 꽃들이었기 때문이다. 나 역시 그 시절, 딸기를 으깨어 그것과 섞어서 먹어도 무방하다는 허락을 얻었던, 분홍색 크림 치즈를 더 좋아하였다. 그런데 그 꽃들이 마침, 먹을 수 있는 것들의 혹은 큰 축제에 어울리는 의상의 부드러운 장식물의 색조들 중 하나를 택하였던 바, 그 색조들은, 아이들에게 자기들이 우월한 이유를 제공하기 때문에, 아이들의 눈에 가장 명백하게 아름다워 보이며, 또한 그러한 이유 때문에, 그 색조들이 자기들의 게걸스러운 식욕에게 아무것도 약속하지 않으며 그 색조들이 재단사 여인에 의해 선택된 것이 아니라는 사실을 깨달은 후에조차, 다른 어느 색조들보다도 항상 더 강렬하고 자연스러운 무엇을 간직하고 있는 것처럼 보일 것이다. 그리고 확실한 사실은, 내가 하얀 산사나무꽃들 앞에 섰을 때처럼, 그러나 더욱 경이감에 사로잡혀 즉시 그것을 느꼈던 바, 꽃들 속에 축제의 의도가 표현된 것은 인간이 만든 수단을 이용하여 인위적으로 이루어진 것이 아니라, 자연이 자발적으로, 지나치게 부드럽고 촌스러운 뽕빠두르풍 색조[178]를 띤 그 작은 연분홍 꽃들로 키 작은 관목에 과도한 짐을 지우면서, 노변 임시 제단을 꾸미는 마을의 여자 상인처럼 천진스럽게 축제의 의도를 표현하였다는 점이다. 가지들의 꼭대기에는, 큰 축제 때마다 주제단 위에 가느다란 방추(紡錘)들 모양으로 늘어놓던 종이 레이스에 감추어진 화분들에 심은 작은 장미 나무들에 못지않게, 색조 더욱 창백한 수천의 작은 꽃망울들이 우글거렸고, 그것들이 살짝 벌어지면서, 분홍색 대리석 잔(盞) 바닥에 있는 것 같은 피 빛깔 적색을 드러냈고, 그렇게, 활짝 핀 꽃들보다도 더, 어디에서 망울을 맺고 어디에 가서 개화하든 분홍색일 수밖에 없는 그 산사나무꽃의 독특하고 항거할 수 없을 만큼 매력적인 본질을 누설하고 있었다. 울타리의 다른 나무들 사이에 끼어 있었으되, 집에 머물러 있을 생각으로 옷차림에 신경 쓰지 않는 사람들 가운데 축제용 드레스를 입고 앉아 있는 소녀만큼이나 특이했고, 마리아의 달 축제에 완벽히 대비한 상태인지라 이미 축제에 참가한 듯 보이던 그 카톨릭적이고 매혹적인 관목은, 그러한 모습으로 자기의 성성한 분홍빛 의상 속에서 미소를 지으며 광채를 발하고 있었다.

울타리를 통하여 정원 안에 있는 오솔길 하나가 보였고, 그 양쪽 가장자리를 이루고 있던 재스민, 삼색제비꽃, 마편초(馬鞭草)들 사이에서는 꽃무들이, 낡은 꼬르도바산 가죽의 향기롭고 바랜 분홍빛을 띤 자기들의 성성한 주머니[179]를 열고 있었는데, 그러는 동안 자갈밭 위에서는, 물 뿌리는데 사용하는 긴 초록색 호스 한 가닥이 자신의 환상선(環狀線)을 펼치면서, 구멍들이 뚫린 부분들로부터, 자기가 그 향기들을 축축하게 적시고 있던 꽃들 위로, 자기의 알록달록한 작은 물방울들로 형성된 수직적이고 프리즘으로 분광된 부채를 펼치고 있었다. 별안간 내가 걸음을 멈추었고, 하나의 시각적 대상이 단지 우리의 시선만을 향하는 것이 아니라 더 깊숙한 인지를 요구하면서 우리의 존재를 몽땅 사로잡을 때처럼, 더 이상 꼼짝도 할 수 없었다. 산책에서 돌아오는 듯하고, 손에 원예용 삽 하나를 든, 붉은 색조 감도는 금발의 작은 소녀 하나가, 분홍색 반점들 가득한 얼굴을 쳐들어 우리들을 바라보고 있었다. 그녀의 검은 눈이 반짝였고, 그 당시에는 내가 하나의 강력한 인상을 객관적인 요소들로 축소 변형시킬 줄 몰랐고, 또 그 이후에도 그것을 배우지 못하였던지라, 다시 말해, 흔히들 말하듯, 눈의 색깔이 가지고 있던 개념을 추출해 낼 만큼 충분한 '관찰력'을 가지고 있지 않았기 때문에, 오랜 세월 동안, 내가 거듭 그녀 생각을 할 때마다, 그녀의 눈에서 발산되던 광채의 추억이 짙은 하늘색의 추억처럼 즉시 내 앞에 어른거렸던 바, 그녀가 금발의 소녀였기 때문이다.[180] 그리하여 아마, 그녀의 눈이 만약 그토록 검지 않았다면—그것을 처음 본 사람에게 그토록 충격을 준—나는, 내가 그랬던 것처럼, 그녀에게 있다고 믿던 그 푸른 눈에 그토록 특별히 반하지는 않았을 것이다.

내가 그녀를 바라보았다. 처음에는, 눈의 대변자일 뿐만 아니라, 불안해지고 화석처럼 굳어진 모든 감각기관들이 그 창문을 통하여 밖으로 상체를 내미는 그러한 시선으로, 다시 말해, 자기가 바라보는 몸뚱이를 그 영혼과 함께 촉지하고 사로잡아 자기에게로 끌어당기려고 하는 시선으로, 그녀를 바라보았다. 그러다가, 할아버지와 아버지가 혹시 그 소녀를 발견하시고 나에게 당신들보다 조금 앞에서 뛰어가라고 하시어, 당장이라도 나를 그녀로부터 멀어지게 하시지 않을까 어찌나 두려웠던지, 그다음에는, 그녀로 하여금 나에게 주의를 집중하여 나를 깊숙이 알도록 하게 하려는 무의식적으로 애원하는 시선으로 바라보았다! 그녀가 나의 할아버지와 아버지를 정확히 인지하려는 듯, 자기의 두 동공을 앞쪽으로 그리고 옆으로 던지듯 움직였고, 그런 다음 그녀가 거두어들인 생각은 우리들이 모두 우스꽝스럽다는 것임에 틀림없었던 바, 그녀가 무관심하고 깔보는 기색으로 얼굴을 돌리더니, 자기의 얼굴이 할아버지와 아버지의 시야에서 벗어나도록 비켜섰다. 그러더니, 계속 걸으신지라 또 그녀를 발견하시지 못한지라 두 분이 나를 앞지르시게 되었고, 그러자 내가 있던 방향으로 그녀가 자기의 시선을 한껏 뻗어나가도록 내버려두었는데, 그 시선에 특별한 표정도, 나를 바라보는 기색도 없었으나, 일종의 집요함과 감춘 미소가 감돌았고, 그것을 나는 좋은 교육에 관해 내가 배운 개념들에 입각하여, 하나의 모욕적인 멸시로밖에 해석할 수 없었다. 또한 그녀의 손이 동시에 단정치 못한 동작을 취하였는데, 모르는 사람을 향하여 공공연히 그러한 짓을 하였을 경우, 내가 간직하고 있던 작은 예절 사전은, 그 동작에게 오직 하나의 의미밖에 부여할 수 없었던 바, 그것은 불손한 의도라는 의미였다.

"어서, 질베르뜨, 이리 와. 뭘 하고 있는 거야?" 내가 아직까지 본 적이 없는 흰옷 차림의 한 부인이, 날카롭고 권위적인 음성으로 소리를 질렀고, 그 여인으로부터 조금 떨어진 곳에서, 즈크제 옷을 입었고 내가 모르는 어느 신사 하나가, 그의 머리통에서 곧 튀어나올 듯한 눈으로 나를 쏘아보고 있었다. 그러자 소녀가 문득 미소를 멈추더니, 자기의 삽을 집어든 다음, 내가 있던 쪽으로는 얼굴 한 번 돌리지 않은 채, 고분고분하며 속내를 들여다볼 수 없고 앙큼한 기색으로 멀어져 갔다.

질베르뜨라는 이름이 그렇게 내 곁을 스쳐 지나갔고, 그 순간 직전까지도 하나의 막연한 영상에 불과하였으되, 그 이름이 이제 막 하나의 인격체로 규정해 준 그 사람을 나로 하여금 언젠가는 다시 만나게 해줄지도 모를 하나의 호신부[181]처럼, 나에게 주어졌다. 재스민들과 꽃무들 위로 들려왔고 시큼하며 초록색 물뿌리개에서 떨어지던 물방울들처럼 신선한 이름이, 자기가 통과한—그리고 격리시킨—순수한 대기의 구역을, 그녀와 어울려 살고 여행도 함께 하는 행복한 사람들을 위하여, 자기가 가리키는 소녀의 삶이 간직하고 있던 신비로 물들이고 무지개를 일으키면서, 그리고, 그녀 및, 나는 영영 들어갈 수 없을 것 같았던, 그녀의 알려지지 않은 생활 영역과 그들 사이에 형성된, 나에게는 그토록 괴로웠던, 그 친밀함의 정수를, 분홍색 산사나무 밑 나의 어깨 높이에 펼치면서, 그렇게 지나갔다.

질베르뜨의 어머니가 말을 할 때 그녀가 아무 항변도 할 수 없을 만큼 전제적이던 그 어조가, 누구에겐가 복종하기를 강요당하는 그리고 모든 것 위에 있지 않은 그녀를 나에게 보여 주면서 나의 내면에 남긴 인상이, 잠시(그동안 우리는 울타리로부터 멀어져 갔고 할아버지가 나지막하게 중얼거리셨다. "불쌍한 스완, 그녀가 자기의 샤를뤼스와 오붓이 함께 있으려고 그로 하여금 집을 떠나게 하다니, 도대체 저것들이 그에게 무슨 역할을 안겨 준 거야! 틀림없이 샤를뤼스야, 내가 그를 보았어! 그리고 저 어린것이 그 모든 수치스러운 일에 휩쓸려들게 하다니!") 나의 괴로움을 조금 가라앉혀 주었고, 나에게 다소간의 희망을 돌려주었으며, 그녀에게로 향한 나의 사랑을 감소시켰다. 그러나 아주 신속히 그 사랑이 나의 내면에서 하나의 반발처럼 다시 고개를 쳐들었고, 모욕감을 느낀 나의 심정은, 그 반발을 이용해 스스로를 질베르뜨와 같은 높이에 놓든가 그녀를 자기의 수준으로 끌어내리려고 하였다. 나는 그녀를 사랑하였고, 그리하여 그녀의 마음을 상하게 하고, 그녀에게 고통을 주어, 그녀로 하여금 나를 회상하도록 하는데 필요한 시간과 기지가 나에게 없음을 애석하게 여겼다. 내 눈에 그녀가 어찌나 아름다워 보이던지, 할 수만 있다면 가던 길을 되돌아와, 어깨를 으쓱하면서 그녀에게 소리 치고 싶었다. "내 눈에는 당신이 어찌나 못생기고 기괴한지, 당신이 나에게 혐오감을 일으켜!" 하지만 그러면서도 나는, 원예용 삽 하나를 손에 들고 앙큼하며 무표정한 긴 시선이 나에게로 한껏 흐르도록 내버려 두면서 미소를 짓던, 머리가 적갈색이고 피부에 분홍빛 반점 가득한 작은 소녀의 영상을, 거스를 수 없는 자연법칙 때문에 나와 같은 부류의 아이들에게는 접근이 불가능한 행복의 최초 전형인 양, 영원히 간직하여 가지고 그곳으로부터 멀어져가고 있었다. 그리고 벌써부터, 그녀의 이름이 그녀에게와 동시에 나에게도 들렸던 분홍빛 산사나무 밑 그 자리를 영광스럽게 만든 그 이름의 매력이, 형언할 수 없는 행복을 누리시며 나의 조부모님이 사귀셨던 그녀의 조부모님, 증권 중매인이라는 숭고한 직업, 그녀가 살고 있던 그리고 나에게 괴로움을 주던 빠리의 샹젤리제 구역 등, 그녀와 가까이 있던 모든 것에 번져 그것들을 뒤덮어 향기로 감싸려 하고 있었다.

"레오니, 나는 오늘 오후 자네가 우리들과 동행하였으면 좋았겠다 하는 생각을 하였네." 집에 돌아오신 즉시 할아버지가 말씀하셨다. "자네가 아마 땅송빌을 알아보지 못할 걸세. 나에게 그럴 용기가 있었다면, 자네가 그토록 좋아하던 분홍색 산사나무꽃 가지 하나쯤 자네에게 꺾어다 줄 수 있었으련만." 할아버지는 그렇게 우리의 산책에 대하여 레오니 숙모님께 이야기를 해주셨는데, 숙모님의 기분을 전환시켜 드리기 위해서였거나, 숙모님으로 하여금 외출하시도록 할 수 있으리라는 희망을 우리가 완전히 상실하지 않았기 때문일 것이다. 그런데 숙모님이 전에는 그 사유지를 무척 좋아하셨을 뿐만 아니라, 이미 모든 사람들의 출입을 금하신 후에도, 스완의 방문만은 마지막까지 허락하셨다. 또한 그와 마찬가지로, 스완이 숙모님의 안부를 여쭙기 위하여 올 때마다(그가 우리 집에서 아직도 뵙기를 청하는 유일한 사람은 숙모님이었다), 숙모님은 당신께서 매우 피곤하시다고 사람을 시켜 말씀하셨으며, 그러나 다음에는 그를 접견하겠노라고 하셨다. 우리가 산책을 다녀 온 날 저녁에도 역시 이렇게 말씀하셨다. "그래요, 날씨가 화창한 날을 골라, 마차를 타고 그 정원 출입문까지라도 갈 생각이에요." 숙모님께서는 그 말씀을 진지하게 하셨다. 스완과 땅송빌을 다시 보고 싶으셨을 것이다. 하지만 숙모님에게 남아 있던 기력은 겨우 그러한 욕구를 품으시는 데 충당할 만하였고, 그 욕구를 실현하시기에는 부족하였을 것이다. 가끔 화창한 날씨가 숙모님에게 약간의 기력을 회복시켜 드렸고, 그럴 때마다 자리에서 일어나시어 옷을 차려입으시곤 하였다. 그러나 옆방으로 건너가시기도 전에 피곤을 느끼기 시작하셨고, 그리하여 다시 침대를 찾으셨다. 숙모님에게 일어나기 시작한 현상은—다만 일반적인 경우보다 일찍 시작되었을 뿐이지만—죽음에 대비하여 스스로를 자신의 번데기로 감싸는 노년의 그 위대한 단념이었으며, 그러한 현상은, 늦게까지 연장된 삶의 막바지에서, 일정한 나이를 넘기고부터는, 서로 만나는 데 필요한 여행이나 외출조차 중단하고, 서로에게 편지 쓰기를 멈추며, 자기들이 이승에서는 더 이상 소식을 주고받지 않으리라는 것을 잘 아는, 가장 열렬히 사랑했던 옛 연인들이나 가장 정신적인 인연으로 맺어졌던 옛 친구들 사이에서조차 관찰된다. 숙모님께서는 당신께서 스완을 영영 다시 못 보실 것이며, 더 이상 집 밖으로 나가시지 못할 것이라는 사실을 완벽하게 알고 계셨음에 틀림없었으나, 그 결정적인 칩거가, 우리가 보기에는 그것을 더 고통스럽게 감수하실 수밖에 없도록 해드릴 바로 그 이유로 인하여, 숙모님에게는 상당히 수월했을 것이다. 즉, 그 칩거가, 숙모님께서 날마다 느껴 확인하실 수 있었던 기력의 감소로 인하여 숙모님에게 강제되었던 것인데, 그 기력의 감소가 행동 하나 움직임 하나를 통증까지는 아니더라도 하나의 피곤으로 변형시켰던지라, 숙모님이 보시기에는 그것이, 활동 정지와 고립과 적막에, 원기를 회복시켜 주는 그리고 축복 받은 휴식의 안온함을 준다고 여겨졌을 것이다.

    숙모님은 분홍색 산사나무로 이루어진 울타리를 보러 가지 않으셨으나, 나는 혹시 숙모님이 그곳에 가시지 않을지, 전에는 땅송빌에 자주 가셨는지 등을 틈만 나면 부모님께 여쭈었고, 그러면서 나에게는 신들처럼 위대해 보이던 스완 아가씨의 부모님과 조부모님에 관한 이야기를 꺼내시게 하려고 애를 썼다. 내가 부모님과 한가하게 이야기를 할 때에는, 나에게 거의 신화적으로 보이게 된 그 스완이라는 이름이 부모님의 입에서 나오는 것을 듣고 싶은 욕구 때문에 몸살이 날 지경이었고, 또 내가 감히 그 이름을 나의 입에 담을 수 없었으나, 나는 질베르뜨와 그녀의 가문에 인접해 있고 그녀와 관련되어 있으되 내가 그녀로부터 너무 멀리 축출되지 않은 주제들 가까이로 부모님을 이끌어가곤 하였다. 그러다가 나는, 예를 들어 할아버지가 수행하시던 직책[182]이 할아버지 당대 이전에도 이미 우리 집안의 것이었다거나, 혹은 레오니 숙모님이 보고 싶어하시는 분홍색 산사나무 울타리가 시 공유지 안에 있다고 믿는 척함으로써, 문득 아버지로 하여금 나의 그러한 단언을 바로잡으시도록 하여, 마치 내가 원하지 않았음에도, 그리고 그것이 아버지의 뜻인 것처럼, 다음과 같이 말씀하시지 않을 수 없게 하였다. "천만에, 그렇지 않단다. 그 직책은 '스완'[183]의 부친 것이었고, 그 울타리는 '스완' 가문 정원의 일부란다." 그러면 내가 한숨을 크게 내쉴 수밖에 없었는데, 항상 나의 내면에 적혀 있는 그 자리에 스스로를 놓아 나를 질식시킬 지경으로 짓누르던 그 이름이, 내가 그것을 듣는 순간, 다른 어느 이름보다도 육중하게 보였음이며, 그것은 내가 그 이름을 마음속으로 미리 하도 여러 차례 반복해 불러, 그만큼 그 이름이 무거워졌기 때문이다. 그 이름이 나에게 기쁨을 주었지만, 내가 감히 그 기쁨을 부모님께 요구하였다는 사실이 송구스러웠다. 왜냐하면, 그 기쁨이 어찌나 컸던지, 부모님께서 그것을 나에게 주시기 위해서는 많은 괴로움을 겪으셨음에 틀림없었을 것이며, 그 기쁨이 그분들에게는 기쁨이 아니었던지라, 괴로움의 보상도 받지 못하셨기 때문이다. 그리하여 나는 조심스러워져서 화제를 슬그머니 바꾸곤 하였다. 또한 가책감 때문이기도 하였다. 내가 스완이라는 이름에 부여하던 모든 특이한 매력들을, 나는 부모님이 그 이름을 발음하시는 순간 즉시 그 속에서 다시 발견하곤 하였다. 그럴 때면 문득, 부모님께서 그 매력들을 느끼지 않으실 수 없을 것으로 여겨졌고, 두 분 역시 나의 관점에 계신 것 같았으며, 그 매력들을 드디어 포착하시어, 나의 몽상을 용서하시고 그것에 동조하시는 것 같았던지라, 나는 마치 내가 두 분을 정복하여 타락시킨 듯 슬퍼지곤 하였다.

그해에는 나의 부모님께서 예년보다 일찍 빠리로 돌아가기로 하고 출발일을 정하셨는데, 그리하여 떠나는 날 아침, 사진을 찍기 위하여 나의 머리를 곱슬곱슬하게 말았고, 내가 아직 한 번도 쓰지 않은 모자를 나에게 씌었으며, 솜을 포근하게 넣은 벨벳 외투를 나에게 입혀 놓았건만, 내가 문득 사라져, 어머니가 나를 사방으로 찾아 헤매신 끝에, 땅송빌 곁 비탈길에서, 가시투성이 가지들을 두 팔로 얼싸안은 채, 그리고 그 모든 헛된 치장물들이 무겁게만 여겨질 비극 속 어느 왕녀처럼,[184] 나의 머리카락들을 정성스럽게 나의 이마 위에 모아 곱슬거리게 만들려 애쓰던 그 귀찮은 손의 은혜를 저버린 채, 머리를 말던 종이를 몽땅 떼어내어 나의 새 모자와 함께 발로 짓밟으면서, 산사나무꽃들에게 눈물을 흘리며 작별을 고하고 있던 나를 발견하셨다. 어머니가 나의 눈물에는 흔들리지 않으셨으나, 구겨진 모자와 못쓰게 된 외투를 보시고는 경악의 외마디소리를 억제하지 못하셨다. 나는 그 소리를 듣지 못한 채, 눈물을 흘리며 말하였다. "오! 나의 가엾은 어린 산사나무꽃들아, 나에게 슬픔을 안겨 주면서 나를 억지로 떠나 보내는 것은 너희들이 아니야. 너희들은 결코 나를 괴롭힌 적이 없단다! 그리하여 나는 너희들을 영원히 사랑할 거야." 그런 다음, 눈물을 닦으면서 그것들에게 약속하기를, 훗날 내가 어른이 되면, 다른 사람들의 몰지각한 삶을 모방하지 않을 것이며, 비록 빠리에 살더라도, 봄날에는, 사람들을 방문하여 어리석은 말에 귀를 기울이는 대신, 제일 먼저 피는 산사나무꽃들을 보기 위하여 시골로 떠나겠노라 하였다.

일단 들판에 들어서면, 메제글리즈 쪽으로 산책을 하는 동안 내내 들판을 벗어나지 않았다. 나에게는 꽁브레 특유의 정령이었던 바람이, 눈에 보이지 않는 떠돌이처럼 끊임없이 들판을 이리저리 쏘다녔다. 매년 우리가 꽁브레에 도착하는 날이면, 내가 정말 꽁브레에 있다는 것을 실감하기 위하여, 들판으로 올라가 그 바람을 만났고, 바람은 밭고랑들 사이로 마구 달리면서 나로 하여금 자기의 뒤를 따르게 하였다. 메제글리즈 쪽에서는, 즉 수십 리[185]를 가는 동안 어떠한 지형적 장애도 만나지 않는 중앙 불룩한 그 평원에서는, 우리 곁에 항상 바람이 있었다. 나는 스완 아가씨가 자주 랑[186]에 가서 며칠 동안 그곳에 머물곤 한다는 사실을 알고 있었으며, 그곳이 비록 수십 리 밖이지만, 어떤 장애물도 중간에 없다는 점이 먼 거리를 상쇄해 주는지라, 날씨 뜨거운 오후, 예의 그 바람이 지평선 끝으로부터 와서, 가장 멀리 있는 밀들까지 구부려 낮추고, 파도처럼 평원 전체를 휩쓴 다음, 웅얼거리면서 또 미지근해진 상태로, 나의 발치에 있는 잠두(蠶豆)풀과 클로버 사이에 눕는 것을 볼 때마다, 우리 두 사람이 공유하고 있던 그 평원이 우리들을 서로에게로 이끌어가 결합시켜 주는 것처럼 여겨졌고, 나는, 그 바람결이 그녀 곁을 지나왔을 것이고, 바람이 나에게 속삭여 주었으나 내가 이해할 수 없던 것이, 그녀로부터의 어떤 소식이리라 생각하였으며, 따라서 그것이 내 곁을 지나갈 때마다 그것을 포옹하곤 하였다. 들판 왼쪽에는 샹뻬으(주임사제는 캄푸스 파가니[187]라 불렀다)라는 마을이 있었다. 오른쪽에는, 밀밭 너머로, 쌩−앙드레−데−샹 교회당의 두 종루가 보였는데, 그것들 또한 두 이삭들인 양, 호리호리하고, 비늘로 덮혀 있는 듯하고, 벌집 구멍들이 촘촘하고, 일정하게 엇갈린 선들로 장식되었고, 황금색을 띠고, 오톨도톨하였다.

다른 어떤 과일 나무 잎들과도 혼동할 수 없는 자기들의 잎들로 형성된 도저히 모방할 수 없는 장식물 한가운데에, 일정한 간격을 두고, 사과나무들이 폭 넓은 흰색 수단(繡緞) 꽃잎들을 펼치거나 붉게 물드는 꽃망울들의 수줍은 다발들을 매달고 있었다.[188] 사과나무들이 햇볕 드는 땅바닥에 만드는 둥그런 그림자와 아울러, 석양이 잎들 밑으로 비스듬히 짜는, 그리고 아버지가 당신의 지팡이로 중단시키려 하셨으나 결코 굴절시키지 못하시던, 황금빛 비단을 내가 처음으로 눈여겨본 것은 메제글리즈 방면에서였다.

때로는 오후의 하늘 속에, 한 점 구름처럼 하얗고, 자기의 공연 시간이 아니므로 평상복 차림으로 관객석에서 잠시 동료들의 공연을 바라보다가, 혹시 사람들의 시선을 끌지 않을까 하여 자취를 감추어버리는 어느 여배우처럼 은밀하고 광채 없는 달이 지나가곤 하였다. 나는 달의 그러한 영상을 그림들이나 책들 속에서 다시 발견하며 즐거워하였으나, 그러한 예술품들이, 그 시절에는—적어도 블록이 나의 눈과 생각을 더 세련된 조화에 익숙해지도록 해주기 전, 나의 인생 초기 시절에는—내가 알아보지 못하였으되 오늘에 이르러서는 아름답게 여기게 된 달을 담고 있는 예술품들과는 판이하게 달랐다. 그 예술품들이란, 예를 들자면, 쌩띤느의 어떤 소설[189]이나, 은으로 벼린 낫의 윤곽을 하늘에 선명히 그리고 있는 달의 모습이 담긴 글레이르의 풍경화[190]

등, 내가 느끼던 인상들처럼 순진하게 불완전하여, 내가 그것들을 좋아하는 것을 보시고 할머니의 자매분들이 분개하시던 그러한 예술품들이었다. 그분들은, 우선 아이들 앞에 예술품들을 놓아주어야 하고, 아이들이 처음부터 그것들을 좋아하여 좋은 취향을 드러내게 해야 하며, 성년이 되었을 때 그것들을 영영 좋아하도록 해주어야 한다고 생각하셨다. 그분들은 틀림없이, 미학적 가치들이라는 것이, 그것들의 등가물(等價物)을 각자의 심정 속에서 천천히 성숙시키지 않아도, 눈만 뜨면 발견할 수밖에 없는 질료적 대상들과 같은 것으로 상상하셨던 모양이다.

뱅뙤이유 씨는, 메제글리즈 방면 몽쥬뱅 마을, 커다란 늪가에, 잡목숲 우거진 둔덕을 등지고 있는 집에 살고 있었다. 그리하여 그 쪽으로 산책을 하던 중, 버기[191]를 전속력으로 몰던 그의 딸과 자주 마주치곤 하였다. 그런데 어느 해부터인가, 그녀 홀로가 아니고, 그녀보다 나이가 더 많고 인근 지역에서 평판이 좋지 않으며 결국 몽쥬뱅에 자리를 잡은, 그녀의 친구와 동행하는 것이 자주 눈에 띄었다. 사람들이 수군거리곤 하였다. "소문을 전혀 눈치채지 못한 채, '격에 맞지 않는' 말 한마디에도 이맛살을 찡그리는 사람이, 자기의 딸로 하여금 그러한 여자와 함께 한 지붕 밑에 기거하게 하다니, 가엾은 뱅뙤이유 씨가 딸에 대한 애정 때문에 눈이 멀었음에 틀림없어. 그의 말로는, 그녀가 탁월한 여자이고, 위대한 심성의 소유자이며, 제대로 가꾸기만 하였으면 한껏 만개하였을, 범상치 않은 음악적 소질을 가졌다고 하더군. 하지만 그녀가 자기의 딸과 음악에 열중하는 것이 아니라는 사실을 그가 알아야 해." 뱅뙤이유 씨가 정말 그런 말을 하였는데, 어떤 사람이 그 누구와 육체적 관계를 갖건, 자기와 관계를 가진 사람의 부모로 하여금 항상 자기의 윤리적 장점을 보고 찬탄하게 만든다는 것은, 사실 놀랄 만한 일이다. 그토록 부당하게 헐뜯음 당하는 육체적 사랑이, 그 누구이든 자기에게 있는 착함과 자기희생을 가장 작은 부스러기들까지 몽땅 발휘하도록 강요하는지라, 그 부스러기들이 그의 가까이에 있는 사람들의 눈에도 반짝이는 듯 보인다. 그의 용모에는 어울리지 않는 역할이지만, 그의 굵은 음성과 짙은 눈썹이 뻬르스뻬에 의사에게, 자비로운 심술꾼이라는 그의 흔들릴 수 없고 부당한 명성에 전혀 손상을 입히지 않으면서, 그가 원하는 만큼 얼마든 악역을 맡게 허락한지라, 그는 거칠은 어조로 다음과 같은 말을 하여 주임사제와 다른 모든 사람들로 하여금 눈물이 나도록 웃게 하였다. "그래요! 뱅뙤이유 아가씨가 자기의 친구와 어울려 음악을 연주하는 모양이에요. 그것을 보고 모두들 놀라시는 것 같소. 나는 영문을 모르겠소. 어제도 뱅뙤이유 영감이 나에게 그 이야기를 하였소. 누가 뭐라고 하든, 그 딸에게도 음악을 좋아할 권리가 있소. 나는 아이들의 예술적 소명을 억압하는 것에 찬성하지 않으며, 뱅뙤이유 또한 내가 보기에는 그런 것 같소. 게다가 그 역시 자기 딸의 친구와 음악을 연주하오. 아! 빌어먹을, 그 궤짝 속에서 음악이라니! 하지만 왜들 그렇게 웃으시오? 그 사람들이 음악을 지나치게 연주할 뿐이오. 며칠 전 내가 묘지 근처에서 뱅뙤이유 영감을 만났소. 그의 두 다리가 그를 지탱하지도 못하였소."

우리들처럼, 그 시절, 뱅뙤유 씨가 자신이 잘 아는 사람들을 피하기 위하여 그들을 보면 외면하거나, 단 몇 달 사이에 부쩍 늙었다든가, 자신의 슬픔에 몰두한다든가, 자기 딸의 행복이 직접적인 목표가 아니면 어떠한 일에도 노력을 기울일 수 없게 되었다든가, 자기 아내의 무덤 앞에서 여러 날 동안 온종일 머문다든가 하는 것을 직접 목격한 사람들에게는, 그가 슬픔으로 인해 죽어가고 있었다는 사실을 이해하지 못하거나, 떠도는 소문을 그가 깨닫지 못하리라 추측하기는 어려웠을 것이다. 그가 소문을 알고 있었으며, 아마 소문을 믿었을 것이다. 아무리 큰 덕성을 갖추었다 할지라도, 자기가 단호하게 단죄하는 악덕 곁으로 상황의 복합성에 의해 언젠가는 이끌려 와 그것과 친숙하게 지내지 않을 사람은 하나도 없으며, 그러면서도 자기가 사랑할 많은 이유를 가지고 있는 이가 어느 날 저녁에 한 괴이한 말이나 설명되지 않는 행동 등, 그와 접촉하고 그에게 고통을 안겨 주기 위하여 특이한 현상들로 이루어진 가면 밑에 숨은, 그 악덕을 확실하게 알아보지 못한다. 하지만 보헤미아 세계[192] 특유의 속성이라고 흔히들 잘못 알고 있는 처지들 중 하나를 체념하고 받아들여야 할 경우, 뱅뙤이유 같은 사람은 다른 어느 누구보다도 더 많은 고통을 감수하였음에 틀림없을 것이다. 자연이 스스로 한 아이 속에, 마치 아이의 눈 색깔처럼, 때로는 아버지와 엄마의 미덕들을 섞는 것만으로 피어나게 하는 악덕이, 자기에게 필요한 자리와 안전을 확보할 필요를 느낄 때마다, 그러한 처지들이 생성되기 때문이다. 그러나 뱅뙤이유 씨가 자기 딸의 행실을 혹시 알았다 해도, 그로 인하여 딸에게로 향하던 그의 예찬이 감소되지는 않았을 것이다. 사실들이, 우리의 믿음들이 사는 세계 속으로는 침투하지 않고, 그것들이 믿음들을 태어나게 하지 않은 것처럼, 믿음들을 파괴하지도 못한다. 그 믿음들이 거짓이라고 아무리 줄기차게 부인하여도, 사실들이 그것들을 약화시키지는 못하며, 그리하여 불운이나 질병이 한 가정에 눈사태처럼 끊임없이 밀려들어도, 그 가정으로 하여금 자기들이 믿는 신의 선량함이나 가족들의 건강을 책임진 의사의 능력을 의심하게 하지는 못한다. 그러나 뱅뙤이유 씨가 사회적 관점에서, 즉 자기들에 대한 평판의 관점에서, 자기의 딸과 자신을 생각할 때에는, 그리고 일반적인 평가에서 자기와 딸이 차지하고 있던 서열에 자신들을 놓아보려고 할 때에는, 그가 자신에 대한 사회적 평가를, 꽁브레 주민들 중 그에게 가장 적대적인 사람이 그랬을 것처럼 정확히 내렸던지라, 그는 자신이 딸과 함께 사회의 밑바닥에 있음을 깨달았고, 그로 인하여 얼마 전부터는 그의 태도에, 자기보다 위에 있어 자기가 밑으로부터 올려다보게 된 사람들(그들이 비록 그때까지는 자기보다 훨씬 아래에 있었다 할지라도)을 대할 때마다, 겸허함과 그들에 대한 존경, 그리고 그들의 높이까지 다시 올라갈 방도를 찾으려는 경향이 나타났는데, 그러한 경향은 모든 실추 뒤에 나타나는 거의 기계적인 결과이다. 어느 날 우리가 스완 씨와 함께 꽁브레의 어느 길을 따라 걷고 있을 때, 다른 길로부터 나오던 뱅뙤이유 씨가 너무 급작스럽게 우리들과 마주쳐, 우리들을 미처 피하지 못하였다. 그러자 스완 씨가, 자기의 모든 윤리적 편견이 붕괴된 상태에서는 다른 이의 치욕을 오히려 그에게 친절을 베풀어야 할 이유로 여기며, 친절의 표현이 그것을 베푸는 사람의 자존심에게 쾌감을 주는 것 못지않게 그것을 받는 사람에게도 귀하게 여겨짐을 느끼는, 사교계 인사 특유의 오만한 자비심에 이끌려, 그때까지는 말 한마디 건네지 않던 뱅뙤이유 씨와 한동안 이야기를 나누었고, 우리들과 헤어지기 전에, 그의 딸을 땅송빌에 보내어 연주를 하게 하지 않겠느냐고 그에게 물었다. 두 해 전만 해도 뱅뙤이유 씨가 분개하였을 초대였으나, 그것이 이제는 그를 어찌나 고마운 정으로 가득 채웠던지, 그는 자신이 그 초대에 응하는 무례를 저지르지 않는 것이 자기의 의무라고 여겼다. 자기의 딸에게로 향한 스완의 친절이 그 자체로 어찌나 명예롭고 감미로운 지지로 여겨졌던지, 그러한 지지를 고히 간직하는 플라톤적 감미로움을 느끼기 위하여 그것을 이용하지 않는 것이 아마 나을 것이라고 생각하였다.

"정말 우아한 사람이야!" 스완 씨가 우리들 곁을 떠난 후, 기지 넘치고 예쁜 부르주아 계층 여인이 못생기고 멍청한 어느 공작부인의 매력에 사로잡혀 존경심을 표할 때 드러내는 열광적인 숭배의 감정을 곁들여 그가 말하였다. "정말 우아한 사람이야! 전혀 격에 맞지 않는 결혼을 하다니, 참으로 불행한 일이야."

그러자, 가장 솔직한 사람들에게도 위선이 섞여 있어, 어떤 사람과 이야기를 하는 동안에는 그에 대한 자기의 견해를 옆으로 제쳐두었다가, 그 사람이 자리를 뜨기 무섭게 그 견해를 표출하는 법인지라, 나의 부모님이 뱅뙤이유 씨와 함께 스완의 결혼을 두고 원칙과 관습의 이름으로 개탄하셨고(그분들이 그와 함께 원칙과 관습을 같은 부류에 속하는 착한 사람들의 자격으로 내세우셨다는 바로 그 사실로), 뱅뙤이유 씨가 몽쥬뱅에서 원칙과 관습을 어기지 않았다고 은연중에 암시하시는 것 같았다. 뱅뙤이유 씨가 자기의 딸을 스완 씨 댁에 보내지 않았다. 그런데 그것을 먼저 애석하게 여긴 사람은 스완 씨였다. 왜냐하면, 얼마 전부터, 그가 매번 뱅뙤이유 씨와 헤어진 직후면, 그와 같은 성씨를 가졌고 따라서 그와 친척 간일 것이라 믿던 어떤 사람에 대하여, 그에게 알아볼 것이 있음을 뇌리에 떠올리곤 하였고, 따라서 이번에는, 뱅뙤이유 씨가 자기의 딸을 땅송빌에 보낼 경우, 그에게 하고자 하던 말을 잊지 않겠노라 스스로에게 다짐하였기 때문이다.[193]

우리가 꽁브레 주위를 따라 걸으며 하던 두 가지 산책 중, 메제글리즈 방면으로 떠나던 산책이 덜 길었고, 또한 그러한 이유 때문에 그 방면으로의 산책은 확실치 않은 날씨에만 배정하였던지라, 메제글리즈 방면의 기상은 비가 상당히 잦았고, 따라서 우리들은 루쌩빌 숲 언저리에서 결코 눈을 떼지 않았는데, 비가 내릴 경우, 무성한 숲 밑으로 몸을 피할 수 있었음이다.

태양이 자기의 타원형을 이지러뜨리는 먹구름덩이 뒤로 숨으며 그 가장자리를 노란색으로 물들이는 경우가 잦았다. 일체의 삶이 유보된 듯한 들판에서, 밝음까지는 아니지만, 광채가 사라졌는데, 그동안 작은 마을 루쌩빌은, 압도하는 정교함과 끝손질로 자기의 하얀 뼈대들[194]을 하늘에 양각(陽刻)하고 있었다. 약간의 바람이 까마귀 한 마리를 날려 멀찌감치에서 다시 떨어지게 하였고, 하얗게 변하던 하늘에 대조된 먼 숲은, 옛날 집의 창문과 창문 사이 벽들을 치장하는 단색화들 속에서처럼 더 푸르게 보였다.

그러나 다른 날에는, 안경 상인이 진열대에 놓아둔 벙거지 쓴 수도사[195]가 우리에게 경고하던 비가 쏟아지기 시작하였다. 물방울들이, 일제히 날아오르는 철새들처럼, 밀집된 열을 이루어 하늘로부터 내려왔다. 물방울들은 허공을 신속히 가로지르는 동안 서로 떨어지지 않고 아무렇게나 이동하지도 않으며, 각자의 자리를 지키면서 뒤따르는 물방울을 자기에게로 끌어당기는지라, 그것들로 인하여, 제비들이 일제히 떠날 때보다도 하늘이 더 어두워진다. 그럴 때마다 우리들은 숲으로 피신하였다. 물방울들의 여행이 끝난 것처럼 보이는 때에도, 더 약하고 더 느린 몇몇이 뒤늦게 도착하곤 하였다. 그러나 우리들은 피신처로부터 즉시 다시 나왔다. 왜냐하면, 땅은 이미 거의 말랐는데, 물방울들은 나뭇잎을 좋아하여, 잎맥에서 지체하며 놀거나, 잎 끄트머리에 매달려 휴식을 취하면서 햇빛에 반짝이다가, 문득 높다란 가지로부터 미끄러져 우리들의 콧등에 떨어지곤 하였기 때문이다.

또한 우리들이 석제 성자들 및 족장들과 뒤죽박죽 어울려 쌩—

상드레-데-샹 교회당 정문 현관 아래로 피신하는 일도 잦았다. 그 교회당이 얼마나 프랑스적이었던가! 출입문 상단 위쪽에는, 성자들과, 손에 백합꽃 한 송이를 든 기사 왕들과, 혼례식 및 장례식 장면들이, 프랑수와즈의 영혼 속에서 그럴 수 있었을 것처럼 뒤섞여 조각되어 있었다. 조각가는, 프랑수와즈가 마치 성왕 루이가 자기와 개인적 친분이라도 있었던 것처럼 그리고 대개는 비교를 통해 그보다 덜 '공정한' 나의 조부모님에게 창피를 주기 위하여,[196] 성왕 루이에 대하여 부엌에서 거침없이 이야기하듯, 아리스토텔레스와 비르길리우스 등에 관련된 일화들도 이야기해 놓았다.[197] 중세의 예술가와 중세의 촌여인(19세기에 생존해 있는)이 고대 역사나 예수교 역사에 대하여 가지고 있던 개념들, 그 착함에 못지않게 부정확함에 있어서도 두드러지는 그 개념들을, 그들이 책에서가 아니라, 유구하며 동시에 직접적이고 연속되고 구전적이고 변형된, 그리하여 원형을 알아보기 힘든, 하지만 생생히 살아 있는 전설에서 취하였음을 짐작할 수 있었다. 쌩-앙드레-데-샹 교회당의 고딕풍 조각에 잠재되어 있고 예언되어 있음을 내가 발견한, 또다른 꽁브레의 인물은, 까뮈의 상점 고용원 소년인 어린 떼오도르였다. 게다가 프랑수와즈는 그에게서 하나의 동향인과 동시대인을 어찌나 생생히 느꼈던지, 레오니 숙모님의 병세가 너무 위중하여 프랑수와즈 혼자서는 숙모님을 침대에서 돌려 눕혀 드리거나 안락의자에 앉혀 드리기가 힘에 벅찰 경우, 부엌데기 소녀가 올라와 숙모님에게 '잘 보이도록' 내버려 두는 대신, 떼오도르를 부르곤 하였다. 그런데, 당연한 이유 때문에 그토록 못된 녀석으로 알려진 그 소년이, 쌩-앙드레-데-샹 교회당을 치장한 영혼과, 특히 프랑수와즈가 '가엾은 환자들' 덕분에 얻게 된 것이라 믿던 '자기의 가엾은 여주인'에 대한 그녀의 존경심으로 어찌나 가득 차 있었던지, 그가 숙모님의 머리를 베개 위에서 쳐들어 올릴 때에는, 기력 쇠하여 기절하는 성처녀 주위로 손에 촛불 하나씩을 들고 몰려드는, 교회당 저부조(低浮彫)에 새긴 어린 천사들의 순진하고 열성적인 안색을 드러내는지라, 조각된 돌로 이루어졌고 회색빛을 띠었으며 헐벗은 얼굴들이 마치, 겨울철 숲들이 그렇듯이, 떼오도르의 얼굴처럼 공손하되 약삭빠르고 익은 사과의 붉은 색조를 띤 기층민들의 무수한 얼굴에 생명을 얻어 다시 피어날 준비가 되어 있는, 하나의 가수면 상태 혹은 저장물에 불과한 것 같았다. 그 작은 천사들과는 달리, 석벽에 붙어 있지 않고 현관으로부터 분리되어, 발이 젖은 흙에 닿지 않도록 해주는 받침돌 위에 마치 등받이 없는 걸상 위에 올라서듯 서 있던, 실제 인간보다 신장이 큰 성녀 상 하나는, 통통한 볼과, 모시 자루에 들어 있는 잘 익은 포도송이처럼 옷자락을 부풀리고 있는 탄탄한 젖가슴, 좁은 이마, 짧고 짓궂게 생긴 코, 움푹 들어간 눈동자, 원기 왕성하고 무심하며 대담한 그 고장 여인들의 기색을 간직하고 있었다.[198] 내가 그것에서 기대하지 않던 부드러움을 그 성녀상에 슬그머니 끼워 넣어주던 그러한 유사성이, 우리들처럼 비를 피하기 위하여 그곳에 온 촌소녀에 의해 자주 입증되었으며, 그녀의 출현은, 조각된 잎들 곁에 자란 쐐기풀 잎들처럼, 실물과의 대조를 통하여 예술품의 진실을 판단할 수 있도록 해주려 예정되어 있었던 것처럼 보였다. 우리들 앞쪽 멀리에 있는, 약속의 땅인지 저주받은 땅인지 모를 루쌩빌이, 그 성벽 안으로는 내가 결코 침투하지 않았던 루쌩빌이, 우리들이 있던 곳에는 조금 전에 이미 비가 그쳤건만, 『구약』의 어느 마을처럼, 주민들의 거처들을 비스듬히 후려치는 폭풍우의 빽빽한 창들에 의해 계속 처벌을 받거나,[199]

혹은 그 마을 쪽으로, 성체합(盒)으로부터 발산되는 길이 일정하지 않은 광선들 같은, 다시 출현한 자기 태양의 술 달린 황금빛 줄기들을 내려 보내는 아버지 신에 의해 이미 용서를 받고 있었다.

  때로는 날씨가 심하게 궂어, 집으로 돌아와 두문불출할 수밖에 없었다. 어둠과 습기로 인해 흡사 바다와 같던 전원 여기저기, 밤과 물속에 잠긴 동산 허리에 매달린 외딴 집들이, 포구 밖에서 밤을 지새우기 위하여 돛을 접고 꼼짝도 하지 않는 작은 배들처럼 반짝거렸다. 하지만 비도 폭풍우도 무슨 상관이란 말인가! 여름에는, 궂은 날씨라는 것이, 겨울철의 불안정하고 유동적인 맑은 날씨와는 전혀 달라, 고정되어 밑에 초석처럼 깔려 있는 맑은 날씨의 일시적이고 피상적인 신경질에 불과하며, 그 맑은 날씨가, 겨울철의 그것과는 반대로 촘촘한 나뭇잎의 형태로 땅 위에 응고되어, 나뭇잎들 위로 빗방울들이 떨어져도 그것들의 여일한 기쁨이 항거하는 것을 심하게 저해하지 못하도록 하면서, 여름철 내내, 마을 골목길에도, 집들의 담벼락에도, 그리고 정원들 안에도, 보라색 혹은 흰색 깃발들을 게양하였다. 내가 책을 읽으며 저녁식사를 기다리던 작은 응접실에 앉아 있노라면, 우리의 마로니에들로부터 물이 방울져 떨어지는 소리가 들렸지만, 나는, 소나기가 그것들의 잎에 윤기가 돌게 할 뿐, 그 나무들이, 여름의 담보물처럼, 비 내리는 밤 내내 맑은 날씨가 계속되리라는 것을 보장하면서 그곳에 머물 것이며, 비가 쏟아져도 헛일, 내일이면 땅송빌 입구의 하얀 살문 위로 여전히 무수한 심장 형태의 작은 잎들이 일렁일 것임을 잘 알고 있었다. 그리하여, 뻬르샹 로에 있던 버드나무들이 폭풍우에게 애원하며 절망적으로 굽신거리는 것을 바라보면서도 슬퍼하지 않았고, 정원 안쪽에서 천둥의 마지막 우르릉 소리가 라일락꽃들 속으로 구구거리는 비둘기의 노래처럼 잦아드는 소리를 듣고도 슬퍼하지 않았다.

날씨가 아침부터 궂으면 어른들이 산책을 포기하셨고 나 또한 외출하지 않았다. 그러나 얼마 후, 레오니 숙모님의 유산 상속 절차 때문에 우리가 꽁브레에 가야 했던 그 가을에는, 그렇게 날씨가 궂은 날이면, 내가 홀로 메제글리즈-라-비느즈 방면으로 걷곤 하였다. 숙모님께서 결국, 몸이 쇠잔케 하는 식이요법이 숙모님을 죽음으로 이끌어갈 것이라고 주장하던 사람들 못지않게, 숙모님께서 상상적 질환이 아닌 기질적(器質的) 질환에 시달리시며, 숙모님께서 그 질환으로 쓰러지시는 날에야 비로소 그 사실을 의심하던 이들도, 그 명백함 앞에 승복할 것이라는 주장을 굽히지 않던 사람들에게도, 동시에 승리를 안겨 주시면서, 그리고 당신의 죽음으로 오직 한 사람에게만, 그러나 야만적인 그 사람에게만, 커다란 슬픔을 안겨 주시면서 세상을 떠나셨기 때문이다. 숙모님의 막바지 환후가 계속되던 마지막 보름 동안, 프랑수와즈는 단 한 순간도 숙모님 곁을 떠나지 않았고, 옷을 벗지 않았으며, 그 누구에게도 숙모님 보살피는 일을 맡기지 않다가, 숙모님의 시신을 매장한 후에야 그 곁을 떠났다. 우리는 프랑수와즈가 숙모님으로부터 험한 말씀을 듣고 의심을 받거나 화풀이 대상이 되면서 사는 동안, 그녀를 사로잡고 있던 그러한 두려움이 그녀 내면에 중대시킨 감정이 증오이리라 여겼으나, 존경과 사랑이었음을 그제야 깨달았다. 예측하기 불가능한 결단을 내리고, 좌절시키기 어려운 음모에 능하며, 누그러뜨리기 쉬운 선한 심정을 가진 그녀의 진정한 여주인, 그녀의 여제(女帝), 그녀의 신비하고 전능한 군주가 더 이상 존재하지 않게 되었다. 숙모님에 비하면 우리들은 정말 하잘것없었다. 우리가 휴가를 보내기 위하여 꽁브레에 오기 시작하던 시절, 그리고 우리가 프랑수와즈의 눈에 숙모님 못지않게 위세 있게 보이던 시절이 먼 옛날이 되었다. 그 해 가을에는, 밟아야 할 각종 절차와 공중인들 및 소작인들과의 면담에 몰두하시느라고, 나의 부모님이 외출하실 여가를 얻지 못하셨고 날씨 또한 여의치 않았던지라, 당신들께서 동행하시지 않은 채, 내가 메제글리즈 방면으로 홀로 산책을 나가도록 내버려 두곤 하셨으며, 그럴 때마다 품 헐렁한 스코틀랜드 산악지방 외투가 나를 감싸 빗물로부터 보호해 주었는데, 외투의 스코틀랜드 격자무늬가 프랑수와즈를 분개시킴을 느낀지라 나는 더욱 즐겨 그 외투를 어깨에 걸치곤 하였던 바, 의복의 색깔이 애도 그 자체와 아무 상관없다는 생각을 그녀의 뇌리에 넣어주기는 불가능했을 것이며, 게다가, 성대한 장례 만찬을 우리가 베풀지 않았고 숙모님에 관한 이야기를 할 때 우리가 특별한 음성으로 하지 않은 데다, 내가 심지어 가끔 낮은 소리로 노래를 흥얼거리기까지 하였던지라, 숙모님의 죽음에 대하여 우리가 느끼던 슬픔마저 그녀는 못마땅하게 여겼다. 어떤 책에서였다면—그러한 면에서는 나 역시 프랑수와즈와 같았다—『롤랑전』과 쌩-앙드레-데-샹 교회당 정문에 있는 조각상에서 발견되는 애도의 개념에 내가 공감하였을 것은 분명하다.[200] 그러나 프랑수와즈가 내 곁으로 다가오기가 무섭게, 그녀가 노여움에 사로잡히기를 내가 바라도록 어떤 악마가 나를 충돌질 하였음인지, 나는 아주 작은 기회도 놓치지 않고 그녀에게 말하기를, 나의 숙모님에게 우스꽝스러운 점이 많았음에도 내가 숙모님의 죽음을 슬퍼하는 것은, 그녀가 착한 여인이기 때문이지 나의 숙모이기 때문은 전혀 아니며, 그녀가 비록 나의 숙모라 할지라도 나의 눈에 가증스럽게 보일 수도 있었을 것이고 또 그리하여 그녀의 죽음이 나에게 전혀 슬프지 않을 수도 있었을 것이라 하였는데, 나의 그러한 말을 어떤 책에서 발견하였다면, 그것이 나에게도 어처구니없는 말로 여겨졌을 것이다.

나의 그러한 말에, 어떤 문인처럼 슬픔과 가문의 추억이 뒤섞인 사념의 거센 물결로 가득해진 프랑수와즈가, 나의 그러한 이론에 어떻게 답변해야 하는지 몰라 죄송하다고 하면서 이렇게 말하곤 하였다. "저는 생각을 말로 표현할 줄 몰라요." 그러면 나는 뻬르스삐에 의사 못지않게, 그러한 고백 앞에서, 빈정거리는 그리고 난폭한 상식을 뽐내며 흡족해하곤 하였으며, 그녀가 이렇게 덧붙이기도 하였다. "하지만 그분은 친척이셨어요. 친척에게는 언제나 표해야 할 존경이 있어요." 그러면 내가 어처구니없다는 기색으로 어깨를 한 번 으쓱하고 나서 나 자신에게 말하곤 하였다. "저따위 가죽을 만들어내는[201] 문맹자와 토론을 벌이는 내 꼴이 가관이구나." 그렇게 나는, 프랑수와즈를 심판함에 있어, 비열하고 쩨쩨한 사람들의 관점을 취하였는데, 그러한 역할은, 그 비속한 사람들을 편견 없이 응시하며 그 무엇보다도 경멸하는 이들도, 일상생활이라는 속된 연극에서는 훌륭히 수행할 수 있는 역할이었다.

그해 가을에 하던 산보가 즐거웠던 것은, 내가 그것을 책 위에 장시간 엎드려 있다가 하였기 때문이며, 그만큼 즐거움도 더 컸다. 실내에서 아침나절 내내 책을 읽다가 지치면, 나는 스코틀랜드 외투를 어깨에 걸친 다음 밖으로 나가곤 하였고, 오랫동안 미동조차 하지 않던, 그러나 제 자리에서 축적된 활기와 속도로 장전된 나의 몸뚱이는, 문득 풀려난 팽이처럼, 그것들을 사방으로 발산할 필요를 느끼곤 하였다. 집들의 담장들과 땅송빌의 울타리, 루쌩빌 숲의 나무들, 몽쥬뱅이 등을 기대고 있던 관목 숲 등이 우산이나 지팡이의 타격을 받거나 즐거운 고함 소리를 들었으며, 그 타격이나 고함 모두, 느리고 어려운 규명보다는 즉각적인 출구 쪽으로 향한 더 수월한 우회 분출의 즐거움을 선택한 탓에, 나를 열광시켰으되 밝은 빛 속에서의 휴식에 도달하지 못한, 나의 어수선한 사념들에 불과했다. 이른바 우리가 느끼는 것의 번역[202]이라고 주장하는 것들의 대부분이 그렇게, 우리에게 그 느낀 것의 실체가 무엇인지 가르쳐주지 못하는 모호한 형태로 배출되게 함으로써,[203] 우리로 하여금 그것을 떨쳐 버리게 한다.[204] 내가 메제글리즈 방면에서 입은 은덕을, 즉 그 우연한 배경 혹은 필연적인 영감으로 말미암아 내가 이룬 소박한 발견들을 총체적으로 파악해 보려 할 때마다, 우리들이 받은 인상들과 그것들의 습관적인 표현 간의 불일치에 내가 처음으로 놀란 것이, 그 해 가을, 그 방면으로의 산책 중, 몽쥬뱅을 보호하는 그 잡목림 언덕 근처에서였음을 상기하곤 한다. 비와 바람을 상대로 내가 희열에 잠겨 한 시간 동안 투쟁을 벌인 후, 몽쥬뱅 늪가에, 뱅뙤이유 씨 댁 정원사가 자기의 원예용 연장들을 차곡차곡 넣어두던 기와로 지붕을 덮은 오두막 앞에 도착하면, 태양이 막 다시 모습을 드러냈고, 소나기에 씻긴 그것의 황금빛이 다시 새롭게 하늘에서, 나무들 위에서, 오두막의 벽 위에서, 아직도 축축한 기와지붕 위에서, 암탉 한 마리가 어슬렁거리던 지붕 꼭대기에서 반짝이고 있었다. 한창 불고 있던 바람이 벽 발치에 자란 잡초들과 암탉의 솜털 덮인 깃털들을 수평으로 잡아당겼고, 잡초나 깃털 모두, 무기력하고 가벼운 사물들 특유의 단념한 모습으로, 자기들의 길이가 허락하는 대로 바람에 한껏 끌려가게 자신들을 내맡기고 있었다. 기와 덮은 지붕이, 태양으로 인해 다시 반사하기 시작한 늪 수면에, 내가 일찍이 주의해 보지 않던 분홍색 대리석 무늬 하나를 만들어놓았다. 그리고, 수면과 벽면에서 하늘의 미소에 응답하는 창백한 미소 하나를 본 나는, 열광에 사로잡혀, 다시 접은 나의 우산을 휘두르며 소리쳤다. "쥣, 쥣, 쥣, 쥣."[205] 그러나 동시에 나는, 그 불투명한 말에 그치지 말고 내가 느끼던 황홀감의 실체를 더욱 명료하게 보려 애쓰는 것이 나의 의무일 것이라고 막연히 생각하였다.

그리고—이미 심기 언짢은 기색이었는데 내가 휘두르던 우산이 자칫 얼굴에 닿을 뻔했던지라 더욱 심기가 상했고, 그래서 '날씨가 좋아요, 그렇지 않아요, 걷는 것이 좋아요' 라고 한 나의 인사에 냉담하게 대꾸한, 마침 그곳을 지나던 어느 촌사람 덕분에—같은 감동이 모든 사람들 속에서, 미리 설정된 질서에 따라, 동시에 일어나지 않는다는 사실을 깨닫게 된 것도 그 순간이었다. 훗날, 조금 길어진 독서 끝에 잡담을 하고 싶은 기분이 들어 내가 나의 동료에게 열렬히 말을 건넸는데, 그는 마침 대화의 즐거움에 빠졌다가 이제는 사람들이 자기를 조용히 내버려 두기를 갈망하고 있었다. 혹은 내가 나의 부모님에 대한 애정 어린 상념에 잠겨, 그분들에게 기쁨을 드릴 수 있을 가장 현명하고 적합한 결단을 내리는 동안, 그분들은 그 시간을 내가 이미 잊은 나의 작은 잘못들을 비로소 들어 아시는 데 사용하셨으며, 그리하여 내가 두 분을 포옹하려 내닫는 순간에 나를 엄히 꾸짖으시곤 하였다.

때로는 적막함이 나에게 주던 열광에, 내가 그것과 분별할 줄 모르던 다른 또 하나의 열광이 추가되었고, 그것은 내가 포옹할 수도 있을 어느 촌소녀가 내 앞에 불쑥 나타나는 것을 보고 싶은 욕망에 의해 야기되었다. 그 욕망에 수반된 기쁨이, 다양한 사념들 한가운데서, 내가 그 원인을 정확히 포착할 겨를도 없이 갑자기 태동한지라, 나는 그것이, 사념들이 나에게 주던 기쁨보다 한 단계 우월한 것인 줄로만 여겼다. 그 새로운 마음의 동요로 인해, 나는 그 순간 나의 뇌리에 있던 모든 것에, 즉 기와지붕의 분홍색 반사광에, 잡초들에, 내가 오래전부터 가고자 열망하던 루쌩빌 마을에, 그곳 숲의 나무들에, 그곳 교회당의 종루에, 가치 하나를 더 부여하였고, 그 새로운 마음의 동요가 그것들을 나에게 단지 더 매력적으로만 보이게 한 것은, 그 동요를 촉발시킨 것이 그것들이라고 내가 믿었기 때문이며, 그 새로운 마음의 동요가 힘차고 생소하며 순조로운 미풍으로 나의 돛을 한껏 부풀릴 때에는, 오직 나를 그것들 쪽으로 더욱 신속히 데려가는 것만을 열망하는 것처럼 보였다. 하지만 어떤 여인이 나타나기를 바라는 욕망이 내가 느끼던 자연의 매력에 자극적인 그 무엇을 추가해 주었다면, 자연의 매력은, 그 보답으로, 여인의 매력이 가지고 있을 지나치게 제한된 것을 넓혀 주었다. 나무들의 아름다움조차 그 여인의 것처럼 보였고, 지평선들의 영혼과 루쌩빌 마을의 영혼과 내가 그 해에 읽던 책들의 영혼도, 그녀의 입맞춤이 나에게 넘겨 줄 것처럼 여겨졌다. 그리하여, 나의 상상력은 나의 관능과 접촉하여 기운을 회복하고, 나의 관능은 내 상상력의 모든 영역으로 퍼져나가, 나의 욕망에는 더 이상 한계가 없어졌다. 또한 그리하여—자연 한가운데서 몽상에 잠길 때마다, 습관적 행위가 유보되고 사물의 추상적 개념들이 잠시 배제된지라, 우리가 처한 곳의 고유성과 개별적 생명을 깊은 신앙을 가지고 우리가 믿는 경우가 생기듯—나의 욕망이 소리쳐 부르던 지나가는 여인이 나에게는, 여인이라는 보편적 유형의 일개 표본이 아니라, 그곳 토양의 필연적인 산물처럼 보였다. 왜냐하면, 그 시절에는, 토양과 그 위에 있는 존재들, 나 이외의 모든 것들이, 나에게는 더 진귀했고 더 중요했으며, 어른들의 눈에 비치는 것보다 더 실질적인 삶을 내포하고 있는 것처럼 보였기 때문이다. 그리하여 나는 토양과 그곳의 존재들을 분리하지 않았다. 나는 메제글리즈와 발백에 대한 욕망을 품듯이 메제글리즈나 루쌩빌의 촌여인 혹은 발백의 고기잡이 여인에 대한 욕망을 품었다. 그녀들이 나에게 줄 수 있는 즐거움도, 만약 내가 임으로 그 조건을 변화시킬 경우, 나에게는 덜 실질적으로 보였을 것이며, 그 즐거움을 나는 즐거움으로 여기지 않았을 것이다. 발백의 어느 고기잡이 여인이나 메제글리즈의 어느 촌여인을 빠리에서 사귀는 것은, 해변에서 내가 직접 보지 못한 조개나 내가 숲 속에서 직접 찾아내지 않은 고사리를 받는 것과 마찬가지일 것이며, 그것은 또한, 여인이 나에게 제공할 즐거움에서 나의 상상력이 그녀를 포장하고 있던 모든 즐거움을 삭제하는 일과 다름없을 것이다. 하지만 포옹할 촌여인 하나 없이 그렇게 루쌩빌 숲 속에서 배회하는 것은, 그 숲의 감춰진 보물, 그곳의 깊숙한 아름다움을 인지하지 못하는 것과 같았다. 듬성듬성 나뭇잎들로 가려진 상태로만 보이던 그 소녀, 그 소녀 자체도 나에게는 단지 다른 식물들보다 종자 우수하며, 그것의 구조 속에서, 다른 식물들 속에서보다, 그 고장의 깊숙한 맛에 더 가까이 다가가게 해주는, 그 지역 특산 식물일 뿐이었다. 우리가 상대하며 맛보는 여러 여인들을 상관하는 즐거움의 성질을 아직 추상하지 못하고, 즐거움을 하나의 보편적 개념으로, 즉 여인들을 항상 유사한 쾌락의 호환성 있는 도구로 간주하게 해주는 하나의 보편적 개념으로 축소 변환시키지 못하는 시기가 나에게는 아직 많이 남아 있던 나이였던지라(또한 나로 하여금 쾌락에 도달하게 해줄 그 소녀의 애무 역시 특별한 종류여서, 그녀 이외 다른 소녀의 애무로는 내가 쾌락을 맛볼 수 없었을 것인지라), 그만큼 나는 더 쉽사리 그렇게 믿을 수 있었다. 그러한 나이에는 쾌락이라는 것이, 뇌리에 고립되고 격리된 채 공식화되어 있을 뿐, 한 여인에게로 다가가면서 추구하는 목적으로조차도, 우리가 느끼는 전조 동요로조차도 존재하지 않는다. 우리가 맛볼 쾌락이라고는 거의 생각조차 하지 못하고, 그 대신, 그것을 그녀 특유의 매력이라고 부른다. 우리가 자신에게로 생각을 집중하지 않고 자신의 밖으로 나갈 생각만 하기 때문이다. 모호한 상태로 대기하며 내재되어 숨어 있다가, 실현되는 순간에야 그 쾌락이 우리 곁에 있는 여인의 다정한 시선과 입맞춤이 유발하는 다른 쾌락들을 그 절정으로 이끌어 가는지라, 그 쾌락이 특히 우리에게는, 우리가 상관하는 여인의 착한 마음으로 향한, 그리고 그녀가 우리에게 안겨 주는 행복감 및 우리에게 표하는 호의를 기준으로 우리가 측정하는 우리에 대한 그녀의 감동적인 편애로 향한, 우리의 고마운 정이 표출하는 일종의 열광처럼 보인다.

  애석한 일이다! 꽁브레의 우리 집 꼭대기에 있는 붓꽃 냄새 풍기던 작은 방에서, 영웅적으로 멈칫거리며 답사에 착수하는 나그네나 자살을 감행하려는 절망한 사람처럼, 기절할 상태가 되어, 내가 나의 속에서, 미지의, 그리하여 죽음에 이르는 것으로 믿던 길 하나를, 달팽이가 남긴 흔적처럼 자연스러운 흔적 하나가 내 앞에까지 이르도록 기울어져 있던 야생 까막까치밥나무 잎에 추가될 때까지 개척하는 동안, 나의 눈에 보이던 것은, 살짝 열어놓은 창문의 유리 중앙에 나타난 루쌩빌의 주루(主樓) 뿐이었고, 그때 내가 그 탑에게 애원하면서, 나의 최초 욕망을 유일한 지기(知己)에게 털어놓듯, 그 마을의 아이 하나를 내 곁으로 데려 오라고 간청하였지만 부질없는 일이었다. 이제 숲에 와서도 탑에게 애원하였지만 역시 헛일이었다. 내 앞에 펼쳐진 전원을 몽땅 내 시야에 가두고, 그곳으로부터 여인을 하나 데려오기 원했을 나의 시선으로 그 지역을 훑었으나 헛일이었다. 내가 쌩-앙드레-데-샹 교회당 정문까지도 갈 수 있었다. 하지만 할아버지와 동행하였다면 틀림없이 그곳에 있었을, 그래서 내가 대화를 시도하기가 불가능했을, 그 촌여인은 그곳에 없었다. 나는 멀리 서 있는 나무의 밑둥치를 한없이 노려보았고, 그 뒤로부터 촌여인이 나타나 나에게로 올 것이라고 생각하였다. 하지만 나의 시선이 그렇게 샅샅이 뒤지던 지평선에는, 여전히 인적이 끊겼고 어둠이 내려앉고 있었으며, 나의 관심은 아무 희망 없이, 그 불모의 토양이, 그 고갈된 땅이, 감추고 있을지도 모를 여인들을 빨아들이려는 듯 그 땅에 집착하고 있었다. 또한 어느 풍경화 속에 있는 나무들인 양, 살아 있는 존재들이 더 이상 그 사이에서 나올 것 같지 않던, 루쌩빌 숲의 나무들을 나는 더 이상 환희에 휩싸여서가 아니라 광증 같은 노기에 휩싸여 후려쳤으며, 그토록 갈망하던 여인을 껴안아 보기 전에 체념하고 집으로 돌아가기가 불가능했건만, 우연이 내 앞에 여인을 데려다 놓을 가능성이 점점 작아지고 있다는 사실을 나 자신에게 시인하면서, 나는 꽁브레로 이어지는 길로 다시 접어들 수밖에 없었다. 게다가, 혹시 여인 하나가 내 앞에 나타났다 할지라도, 내가 감히 그녀에게 말을 건넬 수 있었을까? 그녀가 나를 미친놈으로 여겼을 것 같았다. 나는 그러한 산책 도중에 내가 품었고 또 실현되지 않은 그 욕망들이, 다른 이들에 의해서도 공유되고 나의 외부에서도 진실이라고 믿기를 멈추었다. 그 욕망들이 내 기질의 순전히 주관적이고 무기력하며 허망한 창조물로밖에 보이지 않았다. 그것들은 더 이상 자연과, 즉 현실과 아무 관계도 없었으며, 현실이라는 것도 그 이후부터는 일체의 매력과 의미를 상실하여, 열차 승객이 좌석에 앉아 시간을 죽이기 위하여 읽는 소설의 허구적 내용에 비할 때 객차가 그렇듯, 나의 삶에게는 하나의 인습적인 틀에 불과해졌다.

    내가 오랜 세월 후 싸디즘에 대하여 나름대로 갖게 된 개념이 도출된 것은, 몇 해 후, 몽쥬뱅 근처에서 느낀 인상, 당시에는 모호한 상태였던, 아마 그 인상에서였을 것이다. 그 인상의 추억이, 전혀 다른 이유들로 인하여, 나의 삶에서 중요한 역할을 하게 된다는 것을 누구든 알게 될 것이다. 몹시 무덥던 날이었다. 온종일 집을 비우셔야 했던지라, 나의 부모님께서는 내가 원하는 만큼 늦게 집에 돌아와도 좋다고 하셨다. 그리하여 나는, 수면에 어린 기와 지붕 그림자를 다시 보고 싶어, 몽쥬뱅의 늪까지 갔고, 언젠가 뱅뙤이유 씨를 방문하신 아버지를 내가 기다리던 장소에서, 즉 집 뒤 언덕의 관목 숲 그늘에서, 사지를 펴고 누웠다가 그만 잠이 들었다. 내가 잠에서 깨어났을 때에는 거의 날이 저물었고, 그리하여 일어서려는데, 아마 외출하였다가 막 돌아온 듯한 뱅뙤이유 아가씨가(내가 그녀를 꽁브레에서 자주 보지 못하였고 또 그녀가 아이였던 시절에 가끔 보았는데, 이제는 벌써 성숙한 처녀티를 내기 시작한지라, 여하튼 내가 식별한 바로는 그녀였다), 나의 정면 몇 센티미터밖에 아니 되는 곳, 그녀의 부친이 나의 아버지를 맞던 그 작은 방, 그리고 이제는 그녀가 자기의 응접실로 사용하는 그 방에 있는 것이 보였다. 창문이 살짝 열려 있었고 램프에 불이 켜져 있었으며, 그녀가 나를 볼 수는 없었지만 그녀의 모든 움직임은 나에게 보였다. 하지만 내가 그 순간 그곳을 떠나면, 나의 움직임으로 인하여 관목들이 바스락 소리를 낼 것이고, 그녀가 나의 움직이는 소리를 들을 것이며, 내가 자기를 엿보려고 그곳에 숨어 있었다고 믿을 수도 있을 것 같았다.

    그녀는 정식 상복 차림이었다. 그녀의 부친이 작고한 지 아직 얼마 되지 않았기 때문이다. 그녀가 상을 당하였을 때 우리는 그녀를 보러 가지 않았다. 나의 어머니가 그러기를 원하지 않으셨다. 착한 심성의 표현을 제한하던, 삼감이라는 어머니의 그 미덕 때문이었다. 그러나 어머니는 그녀를 매우 불쌍히 여기셨다. 자기의 딸에게 쏟던 엄마와 유모의 정성에 몰두하다가, 그다음에는 딸이 자기에게 안겨 주던 온갖 괴로움에 사로잡혔던, 뱅뙤이유 씨의 슬픈 종말을 어머니가 회상하시곤 하였다. 어머니는 그 노인의 고통에 시달리던 얼굴이 자주 눈앞에 어른거린다고 하셨다. 어머니는 그가 말년의 작품들을 모두 다른 악기용으로 편곡하고자 하던 뜻을 영영 포기하였음을 알고 계셨다. 늙은 피아노 선생의 보잘것없는 곡들, 마을 교회당의 옛 오르간 연주자가 남긴, 그리하여 우리들이 그것들 자체로는 별 가치가 없으리라고 선뜻 상상하였으되, 그가 자기의 딸을 위하여 그것들을 희생시키기 전에는 그것들이 그의 생존 이유였을 만큼 그에게 귀중했던지라, 우리가 멸시는 하지 않던 작품들, 대부분은 악보에 기록조차 되지 않고 단지 그의 기억 속에만 간직되어 있거나, 몇몇은 분산된 쪽지에 읽기 어려울 정도로 대강 기록되어, 영영 알려지지 않을 수도 있었을 작품들이었다. 나의 어머니는 뱅뙤이유 씨에게 강요되었던 그것보다 더 잔인한 단념, 즉 자기 딸의 정직하고 존경 받는 미래의 행복에 대한 단념도 생각하시곤 하였다. 내 숙모님들의 옛날 피아노 선생이었던 사람의 그 극도의 절망을 회상하실 때마다, 어머니는 절실한 슬픔을 느끼셨고, 자기가 거의 아버지를 죽인 것이나 다름없다는 가책감이 섞인, 뱅뙤이유 아가씨가 장차 느낄 다른 형태로 쓰라릴 슬픔을 생각하시며 질겁하시기도 하였다. 어머니가 이렇게 말씀하시곤 하였다. "가엾은 뱅뙤이유 씨, 그는 자기의 딸을 위하여 살았고 죽었으나 아무 보상도 받지 못하였어. 그 보상을 죽음 후에나 받을까? 그리고 어떤 형태로? 그 보상은 오직 그녀로부터만 올 수 있을 거야."[206]

뱅뙤이유 아가씨의 응접실 안쪽 벽난로 위에 그녀 아버지의 작은 초상화 하나가 놓여 있었는데, 길에서 마차 바퀴 구르는 소리가 요란하게 들리는 순간, 그녀가 서둘러 초상화를 집어 들더니, 까나뻬[207] 위에 털썩 주저앉은 다음 작은 탁자 하나를 가까이로 당겨, 전에 뱅뙤이유 씨가 나의 부모님께 연주해 드리고 싶어 하던 곡을 옆으로 밀쳐 놓았듯이, 초상화를 그 위에 올려놓았다. 곧 이어 그녀의 여자 친구가 들어섰다. 뱅뙤이유 아가씨가 자리에서 일어나지 않은 채 그녀를 맞았고, 자기의 두 손을 머리 뒤로 돌려 마주 잡더니, 친구에게 앉을 자리를 마련해 주려는 듯, 쏘파 한쪽 끝으로 옮겨 앉았다. 하지만 이내, 불편해할지도 모를 자세를 자기의 친구에게 강요하는 것처럼 보일 것이라고 느꼈다. 그녀는 자기의 친구가 멀리 떨어져 있는 의자에 앉기를 아마 원할지도 모를 것이라 생각하였고, 자신이 삼가지 않는다고 여겼으며, 그녀의 심정상 섬세함이 그러한 행동에 경악하였다. 그리하여 다시 쏘파를 몽땅 차지하면서 눈을 감고 하품을 하기 시작하였는데, 자기가 쏘파 위에 그렇게 벌렁 드러눕는 유일한 이유가 잠을 자고 싶은 것뿐이라고 설명하기 위해서였다.[208] 자기의 동료를 대하는 무람없고 거만한 태도에도 불구하고, 내가 그녀에게서 선명히 알아볼 수 있었던 것은, 그녀의 아버지에게서 발견되던 비굴함에 가까운 지나친 공손함, 머뭇거림, 급작스러운 가책감 등이었다. 그녀가 이내 다시 일어나 덧창을 닫으려 하나 뜻대로 되지 않는 척하였다.

"활짝 열어놓으라니까, 나는 더워." 그녀의 친구가 말하였다.

"하지만 누가 우리들을 볼 텐데, 귀찮은 일이야." 뱅뙤이유 아가씨의 대꾸였다.

하지만 그녀는 의심할 나위 없이, 자기가 그러한 말을 하는 것은 오직, 자기가 정말 듣기를 갈망하지만 삼가는 마음 때문에 친구에게 발설할 주도권을 넘겨준, 특정한 다른 말로 친구가 대답하도록 자극하기 위해서일 뿐이라고, 친구가 생각할 것임을 예측하였다.[209] 또한 그리하여, 그녀가 서둘러 다음과 같이 덧붙여 말하는 순간, 내가 선명히 볼 수 없던 그녀의 시선은, 나의 할머니께서 그토록 좋아하시던 그러한 표정[210]을 지었을 것임에 틀림없다.

"누가 우리를 볼 것이라고 한 말은, 우리가 책 읽는 것을 볼 것이라는 뜻이며, 하찮은 일을 하고 있더라도, 우리를 보는 눈들이 있음을 생각하면 귀찮아져."

그녀는 본능적인 고상함과 무의식적인 예의에 이끌려, 자기의 욕망을 한껏 충족시키는데 불가결하다고 판단했던 말들을 꾹 참고 있었다. 그리고 매 순간, 그녀의 깊숙한 곳에서는, 수줍고 애원하는 처녀 하나가 난폭하고 의기양양한 용병 하나에게 탄원하며 그로 하여금 물러서게 하고 있었다.

"그래, 이 시각에, 인적 번다한 이 촌구석에서, 누가 우리들을 볼 수도 있겠군." 그녀의 친구가 빈정거리듯 말하였다. "그리고 또 그것이 어떻다는 거야? 누가 우리를 본다면, 더 좋은 일 아니겠어?"(뱅뙤이유 아가씨가 듣기에 유쾌한 글인 양, 애써 냉소적으로 들리게 하려는 어조로 그녀가 온화하게 낭독하듯 늘어놓던 말에, 짓궂으며 다정한 눈짓을 곁들여야 한다고 믿으면서) 그렇게 덧붙였다.

뱅뙤이유 아가씨가 부르르 떨더니 일어섰다. 그녀의 소심하고 민감한 가슴은, 그녀의 감각기관이 열렬히 요구하던 장면에 자발적으로 와서 부합할 말들이 무엇인지 몰랐다. 그녀는 자기의 진정한 윤리적 천성으로부터 가능한 한 멀리에서, 자기가 되고자 갈망하던 타락한 아가씨에 어울리는 언어를 발견하려 노력하였지만, 그 타락한 아가씨가 진지하게 하였을 법하다고 생각한 말들이 자기의 입 속에서는 가장된 말들처럼 보였다. 그리하여 겨우 몇 마디를 시도하였으나 그 어조가 어색했고, 그녀의 습관적인 수줍음이 그녀의 어설프게 시도된 과감성을 마비시켜, '춥지 않아? 너무 덥지 않아? 홀로 책을 읽고 싶지 않아?' 등과 같은 말만 얼버무렸다.

"아가씨께서 오늘 저녁에는 음탕한 생각을 하고 있는 것처럼 보여." 그녀가 결국 그러한 말을 하였는데, 의심할 나위 없이, 전에 친구의 입에서 나오는 것을 들었던, 그 구절을 반복하였을 것이다.

뱅뙤이유 아가씨는 자기의 크레이프 블라우스 앞자락 사이로 친구가 꽂듯이 힘차게 하는 입맞춤을 느꼈고, 그 순간 짧게 비명을 지르며 몸을 피하였으며, 그러더니 두 처녀가 펄쩍펄쩍 뛰면서, 넓은 소매들이 날개처럼 펄럭이게 하면서, 연정에 들뜬 새들처럼 구구거리고 짹짹거리면서, 서로 쫓고 쫓기기 시작하였다. 그러다가 결국 뱅뙤이유 아가씨가 까나뻬 위에 쓰러졌고, 친구의 몸뚱이가 그녀를 덮어 가리었다. 그러나 친구가 등을, 옛날의 피아노 선생 초상화가 놓여 있던 작은 탁자 쪽으로 돌리고 있었다. 뱅뙤이유 아가씨는, 자기가 친구의 주의를 그쪽으로 돌려주지 않으면, 친구가 초상화를 볼 수 없을 것임을 깨달았고, 그리하여 마치 그것을 그제야 막 발견한 것처럼 친구에게 말하였다.

"오! 우리들을 바라보고 있는 이 아버지의 초상화를 누가 여기에 놓아두었는지 모르겠어. 여기가 이것의 자리가 아니라고 내가 스무 번은 말했건만."

나는 뱅뙤이유 씨가 악보를 두고 나의 아버지에게 하던 말을 뇌리에 떠올렸다. 그 초상화가 틀림없이 그녀들의 의례적 모독 행위에 일상적으로 사용되었을 것인 바, 그녀의 친구가 자기의 제식적(祭式的) 응답들에 속할 법한 다음 말로 그녀에게 대꾸하였기 때문이다.

"있던 곳에 내버려 두라니까. 그가 이제는 우리에게 귀찮게 굴기 위하여 그곳에 있는 것이 아니야. 저 못생긴 원숭이가, 이렇게 창문이 열린 것을 보고, 눈물을 질질 짜면서 외투를 너의 몸에 던져 주고 싶어할 줄로 믿는 거야?"

뱅뙤이유 아가씨가 부드러운 나무람 섞인 말로 대꾸하였다. "제발, 그만해!" 그녀의 천성이 착함을 입증하는 말이었다. 물론 착하다는 것은, 자기의 아버지에 대한 그러한 식의 어투가 그녀 내면에 야기시켰을 분개심에서 나온 말이었을 것이기 때문이 아니라(어떤 궤변의 도움을 받았는지는 모르지만, 그녀가 그러한 순간이면 그러한 감정이 자신 속에서 문득 멈추게 하는데 익숙해져 있었음은 분명했다), 그 말이, 친구가 자기에게 제공하려 하던 쾌락에, 자신이 이기적으로 행동하지 않기 위하여, 그녀 스스로 물리던 재갈 같았기 때문이다. 또한 더 나아가, 그러한 모독적 언사에 응대하는 그 미소 띤 절제가, 그 위선적이고 애정 넘치는 나무람이, 아마 그녀의 솔직하고 착한 천성에게는, 그녀가 자신의 것으로 동화시키려 하던 악랄함의 달콤한 형태로 보였을 것이다. 하지만 그녀는, 아무 방어 수단 없는 고인에게 그토록 무자비한 사람으로부터 받을 다정한 환대에서 느낄 쾌락의 유혹에 저항할 수 없었고, 그리하여 자기 친구의 무릎 위로 올라앉았으며, 자기가 그녀의 딸이었다면 할 수 있었을 것처럼, 자기의 이마를 정숙하게 그녀에게 내밀어 입맞춤을 기다리면서, 자기들 둘이 함께 무덤 속까지 들어가, 뱅뙤이유 씨로부터 그의 부성애(父性愛)마저 강탈하여, 그렇게 잔혹함의 극단까지 간다는 감미로운 느낌에 잠겼다. 친구가 그녀의 머리를 두 손으로 잡고 그녀의 이마에 온순하게 입을 맞추었고, 그것은 뱅뙤이유 아가씨에게로 향한 그녀의 깊은 애정과, 이제는 그토록 쓸쓸한 그 고아의 삶에 어떤 파적거리를 제공하고 싶은 열망으로 인해, 그녀가 드러낸 온순함이었다.

"내가 이 못생긴 늙은이에게 무슨 짓을 하고 싶은지 아니?" 그녀가 초상화를 집어 들면서 말하였다.

그러더니 뱅뙤이유 아가씨의 귀에다 무슨 말을 속삭였는데, 나에게는 들리지 않았다.

"오! 네가 감히 그렇게는 하지 못할 거야."

"내가 그 위에 감히 침을 뱉지 못할 거라고? '이것' 위에다?" 친구가 의도적으로 난폭하게 말하였다.

나는 더 이상의 말을 듣지 못하였다. 뱅뙤이유 아가씨가 나른하고 어색하고 분주하고 정직하고 구슬픈 기색으로 창문과 덧창을 닫았기 때문이다. 하지만 뱅뙤이유 씨가, 자기의 딸로 인해 평생 감당하였던 모든 고통의 대가로, 죽은 후에 그녀로부터 받은 보상이 무엇인지를 비로소 알게 되었다.

그러나 한편 나는 그 이후, 만약 뱅뙤이유 씨가 그 장면을 목격할 수 있었다면, 그가 아마 자기 딸의 착한 심성에 대한 믿음을 아직 잃지 않았을 것이고, 그것이 아마 전적으로 틀리지는 않았을 것이라고 생각하였다. 물론 뱅뙤이유 아가씨의 버릇에 나타나던 악의 외양이 어찌나 완전했던지, 그것이 그 정도로 완벽하게 구현되는 것을 싸딕한 여인 이외의 다른 곳에서는 만나기 어려웠을 것이다. 한 처녀가 자기의 친구로 하여금, 오직 자기만을 위하여 헌신적으로 사셨던 아버지의 초상화에 침을 뱉게 하는 장면을 볼 수 있는 것은, 현실 속의 전원 주택에 밝혀 놓은 램프 아래서이기보다는 통속극 공연 극장의 무대 발치 등(脚光)의 조명 앞에서일 것이다. 또한 현실 생활에서 멜로드라마의 미학에 하나의 근거를 제공하는 것은 싸디즘 이외의 다른 것이 별로 없다.[211] 현실 속에서 한 처녀가, 싸디즘적 성향과 무관하게, 작고한 아버지의 추억과 염원을 뱅뙤이유 아가씨처럼 잔인하게 저버리는 경우가 혹시 있을 수 있으나, 그 처녀가 그러한 배신행위들을 그토록 초보적이고 순진한 상징적 행동으로 드러내놓고 집약 표출하지는 않을 것이다. 그녀의 행위가 내포하고 있는 죄악적 요소가, 다른 이들의 눈에 덜 드러날 것이며, 심지어 악을 저지르면서 자신에게 그 사실을 고백하지 않는 그녀의 눈에도 드러나지 않을 것이다. 하지만 외양 저 너머, 뱅뙤이유 아가씨의 가슴속에서는, 적어도 초기에는, 악이 전적으로 순전한 상태가 아니었음은 분명하다. 그녀와 같은 유형의 싸딕한 여자는 악을 창조하는 예술가인데, 온전히 못된 계집은 그러한 예술가일 수 없다. 악이 그러한 계집에게는, 외부의 이질적인 요소처럼이 아니라 당연하게 보일 것이며, 심지어 그녀 자신과 구별되지도 않을 것이기 때문이다. 또한 미덕이나 고인에 대한 추억 혹은 효심 따위를 숭배하지 않는지라, 그러한 것들을 모독하는 불경스러운 쾌락조차 느끼지 못할 것이다. 뱅뙤이유 아가씨와 같은 부류의 싸딕한 사람들은, 어찌나 순수하게 감상적인지, 그리고 어찌나 천성적으로 정숙한지, 그들에게는 관능적인 쾌락조차 나쁜 무엇처럼, 못된 자들의 특권처럼 보인다. 그리하여, 자신들의 뜻을 굽혀 잠시 스스로를 관능적 쾌락에 내맡길 때에는, 자신들의 양심적이고 다정한 영혼으로부터 쾌락의 비인간적인 세계로 탈출하였다는 환상의 한순간을 누리기 위하여, 못된 사람들의 껍질 밑으로 들어가려 하며, 공모자 또한 그 밑으로 이끌어들이려 한다. 또한 그리하여 나는, 뱅뙤이유 아가씨가, 그러한 짓에 성공하기가 얼마나 어려운지를 깨닫는 순간, 그것을 얼마나 갈망하였을지 이해하게 되었다. 그녀가 자기의 아버지와 그토록 다르기를 바라던 순간, 그녀가 나에게 상기시킨 것은 늙은 피아노 선생의 사고방식과 어법이었다. 그녀가 그의 사진보다 더 심하게 모독하던 것은, 즉 그녀가 쾌락의 도구로 이용하였으되 쾌락과 그녀 사이에 남아 그녀가 쾌락을 직접적으로 맛보지 못하도록 방해하던 것은, 그의 얼굴과 그녀 얼굴 간의 닮은 모습, 그가 가문의 보석처럼 그녀에게 물려준 자기 어머니의 푸른 눈, 뱅뙤이유 아가씨와 그녀의 악벽 사이에 하나의 어투를, 다시 말해, 그녀가 일상적으로 실천하던 숱한 예의범절과는 크게 다른 무엇인 그 악벽과는 친숙해지지 못하게 하는 하나의 사고방식을 장애물처럼 개입시키던 그 특유의 자상한 여러 거조 등이었다. 그녀에게 쾌락의 상념을 주던 것은, 즉 그녀에게 유쾌한 듯 보이던 것은, 악 자체가 아니다. 쾌락이 그녀가 보기에는 악한 것 같았다. 그리하여, 그녀가 쾌락에 홀딱 빠질 때마다, 그러한 순간 이외의 다른 때에는 정숙한 그녀의 영혼에 없던 못된 사념들이 쾌락에 수반되었던지라, 그녀는 결국 쾌락에서 악마와 같은 무엇을 발견하였고, 나아가 쾌락을 본질적인 악과 동일시하게 되었다. 뱅뙤이유 아가씨는 아마 자기의 친구가 근본적으로는 악하지 않으며, 따라서 그녀가 자기에게 모독적인 말들을 건네던 때에도 그것이 본심에서 우러난 것이라고는 느끼지 않았을 것이다. 하지만 적어도 그녀는, 친구의 얼굴에 어린 미소나 시선, 짐짓 꾸민 것들일 수는 있으되, 그러나 착하고 괴로워하는 존재가 아니라 잔인하고 쾌락에 빠진 존재의 미소나 시선과 타락하고 천한 표현에 있어서 유사한, 그 미소나 시선에 입맞춤하면서 쾌락을 맛보았다. 그녀는 한순간이나마, 자기 아버지의 추억에 대하여 실제로 그 야만스러운 감정을 품었을 한 처녀가 자기의 패륜적인 공모자와 즐겼을 놀이를, 자기도 정말 즐긴다고 상상할 수 있었을 것이다. 그녀가 만약 다른 모든 사람들의 내면에서처럼 자신의 내면에서도, 우리가 야기시키는 고통들에 대한 무관심을, 그것에 어떤 명칭을 부여하건 잔혹성의 무시무시하고 함구적인 형태인 그 무관심을 식별할 줄 알았다면, 악이라는 것이 그토록 희귀하고 특이하며 일상에서 벗어난 신선한 상태, 진입하는 순간 편안함을 느끼게 하는 그러한 상태라고는 아마 생각하지 않았을 것이다.

메제글리즈 방면으로 가는 것이 상당히 간단하였다면, 게르망뜨 방면으로 가는 것은 전혀 다른 일이었던 바, 그 방면으로의 산책이 길고, 따라서 날씨가 어떨지 모두들 확신을 갖고 싶어했기 때문이다. 그러다가 장차 쾌청한 날씨가 계속 이어질 것 같아 보일 때면, '가엾은 농작물들'을 위하여 물 한 방울 떨어지지 않는 것에 절망한 프랑수와즈가, 하늘의 고요하고 푸른 표면에서 듬성듬성 헤엄치고 있는 구름 덩이들을 보고는 슬프게 탄식하곤 하였다. "저 높은 곳에서 자기들의 주둥이들을 우리에게 보이면서 노는 꼴이 영락없는 바닷개[212]들이라고들 하지 않겠어? 아! 저것들이 가엾은 농사꾼들을 위하여 비가 내리도록 해줄 생각을 좀 하였으면! 이러다가도 밀이 상당히 자라면213) 비가 조용히, 지속적으로, 바다 위인지 어디인지 분간도 못하고 마구 떨어지겠지." 또한 그럴 때면 아버지 역시 정원사와 기압계로부터 날씨가 쾌청하리라는 일관된 답변을 받으셨고, 저녁식사 도중에 이런 이야기가 나오곤 하였다. "내일 날씨가 좋으면 게르망뜨 방면으로 가지." 우리는 점심식사를 마친 직후 정원의 작은 문을 통하여 출발하였고, 문을 나서는 순간 뻬르샹 로에 빠지듯 들어섰다. 좁고 예각(銳角)모퉁이 하나를 형성하며 화본과(禾本科) 풀들 가득한 길로서, 그 풀들 사이에서는 말벌 두세 마리가 온종일 식물 채집에 몰두하였고, 내가 보기에는 그 호기심 돋우는 특이함과 고분고분하지 못한 성격의 근원이 된 이름214)만큼이나 괴이한 길이었고, 그 옛 자리에 학교 하나가 세워진 오늘날의 꽁브레에서는 그 길을 찾으려 해도 헛수고일 것이다. 그러나 나의 몽상은(르네쌍스 시절의 제랑 밑과 17세기의 주제단 밑에서 로마네스크 양식 성가대석의 흔적들을 발견할 수 있다고 믿어, 건축물 전체를 12세기에나 그랬을 법한 상태로 되돌려놓는 비올레-르-뒤크의 제자 건축가들처럼)215) 새 건축물의 돌 한 덩이 남기지 않은 채, 뻬르샹 로를 다시 뚫어 '복원한다'. 게다가 나의 몽상은 그러한 복원을 위하여, 복원 기술자들이 일반적으로 가지고 있는 것보다 더 구체적이고 상세한 자료들을 가지고 있다. 그 자료들이란, 나의 기억이 내 유년 시절의 꽁브레에서 거두어 간직해 둔, 아마 아직까지 남아 있을지도 모를 마지막, 그러나 머지않아 영영 사라질 운명에 놓인 몇몇 영상들이다. 또한 그 영상들은 내 유년 시절의 꽁브레가 사라지기 전에 손수 나의 내면에 그려놓은 것들이라서 ㅡ할머니께서 즐겨 나에게 주시던 영광스러운 작품들의 복사본에 그 미미한 모습 하나를 감히 비교하거니와—「최후의 만찬」을 복사한 옛 판화들이나 젠띨레 벨리니의 그림만큼이나 감동적인데, 그것들 속에서는 오늘날 더 이상 존재하지 않는 상태로[216) 빈치의 걸작과 싼-마르꼬 대교회당의 정면 현관을 볼 수 있다.

우리는 루와조 로에 있는 낡은 호텔 루와조 흘레쉐 앞을 지나곤 하였는데, 17세기에는 가끔 몽빵시에, 게르망뜨, 몽모랑씨[217) 등 공작 부인들의 화려한 사륜 포장마차들이, 소작인들과의 공물(貢物)에 관한 이의 때문에 그녀들이 꽁브레에 행차할 때마다, 그 호텔의 넓은 안뜰로 들어서곤 하였다. 그 길을 지나 우리는 산책장으로 들어섰고, 그곳의 나무들 사이로 쌩-일레르 교회당의 종루가 모습을 드러내곤 하였다. 그러면 나는 그곳에 앉아 종소리를 들으며 온종일 책을 읽을 수 있었으면 좋겠다고 생각하였다. 날씨가 어찌나 쾌청하고 고요한지, 시각을 알리는 종소리가 들릴 때면, 누구든 그 소리가 한낮의 평온함을 깨뜨리는 것이 아니라 그 평온함 속에 있던 것을 털어낸다고 하였을 것이고, 종루가 아무 할 일 없는 사람의 한가하고 세심한 정확성을 가지고 이제 막—한낮의 열기가 그 평온 속에 서서히 그리고 자연스럽게 응집시킨 황금 방울들을 짜서 떨어뜨리기 위하여—원하던 순간에, 충만한 고요를 지그시 눌렀다고 하였을 것이기 때문이다.

게르망뜨 방면으로의 산책에서 느낄 수 있었던 가장 큰 매력은, 비본느 냇물 줄기를 거의 항상 곁에 두고 걷는다는 점이었다. 집을 떠난 지 십 분 후면 뽕-비으라고들 부르던 인도교를 이용하여 처음으로 그 냇물을 건너곤 하였다. 우리가 꽁브레에 도착한 다음 날부터, 즉 부활절 일요일부터, 날씨가 좋을 경우, 나는 교회당에서 강론이 끝나기 무섭게, 아직 치우지 않아 여기저기 널려 있는 살림살이 도구들이 화려한 축제 준비물들로 인해 더욱 지저분해 보이던 축제일 아침의 그 무질서를 벗어나, 냇물을 보러 그 다리까지 달려 가곤 하였고, 냇물은 벌써 검고 헐벗은 땅들 사이에서 하늘색 차림으로 유유히 거닐고 있는데, 오직 지나치게 일찍 도착한 약용 앵초 및 때 이른 일반 앵초 무리들만이 냇물을 수행하고 있었으며, 그동안 여기저기에서는 하늘색 부리를 내민 제비꽃이 작은 뿔 속에 간직한 향기 방울의 무게에 짓눌려 자기의 줄기가 휘어지게 내버려 두고 있었다. 뽕-비으 인도교는 예선도(曳船道)로 사용되던 오솔길과 이어져 있었으며, 여름이면 하늘색 개암나무 잎들[218]이 그곳을 융단처럼 뒤덮었고, 그 울창한 가지 아래에 밀짚모자 쓴 낚시꾼 하나가 뿌리를 내린 듯 앉아 있곤 하였다. 꽁브레에서는 어느 편자공이 교회당 지기 제복 밑에, 혹은 어느 식료품점 고용원 소년이 성가대원의 흰색 예복 밑에 숨었는지, 내가 다 알고 있었건만, 오직 그 낚시꾼의 정체만은 결코 알아내지 못하였다. 그가 우리 집 어른들을 알고 있었음은 틀림없었다. 우리가 곁을 지나갈 때마다 그가 모자를 살짝 쳐들어 인사를 건넸으니 말이다. 그럴 때마다 내가 그의 이름을 물으려 하였으나, 어른들이 나에게 손짓을 하시면서, 물고기들이 놀라지 않게 입을 다물라고 하셨다. 우리는 수면으로부터 여러 뼘에 높이를 유지하며 이어지던 예선도로 접어들곤 하였다. 내의 건너편 기슭은 낮았으며, 넓은 초지를 이루며 마을과 그곳으로부터 상당히 먼 역까지 펼쳐져 있었다. 그 초지에는, 중세에 게르망뜨 성주들과 마르땡빌 수도원장들의 숱한 공격에 맞서면서, 비본느의 물줄기를 방어선으로 삼던 옛 꽁브레 백작들의 성 잔해들이, 반쯤 풀 속에 묻힌 채 흩어져 있었다. 그것들은 이제 겨우 그 모양만 짐작되는, 초지를 울퉁불퉁하게 만드는, 옛 탑들의 몇몇 조각들, 먼 옛날 쇠뇌 사수들이 돌들을 던지며 지키던 총안구, 또한 파수꾼이 노브뽕, 끌레르퐁덴느, 마르땡빌-르-쌕, 바이요-레그쟝 등, 꽁브레를 둘러싸고 있던 게르망뜨 가문 예속 영지들을 감시하던 그 총안구의 잔해들에 불과하며, 오늘날에는 그곳에 와서 공부도 하고 여가도 즐기는 수도원 학교 아이들에 의해 짓밟히는 평평한 풀밭이다─그것은 땅속에 거의 묻힌, 바람을 쐬러 나온 산책꾼처럼 냇가에 누운, 그러나 나로 하여금 몽상에 잠기게 하고, 꽁브레라는 지명 속에 있는 오늘날의 작은 마을에 전혀 다른 도시 하나를 덧붙이게 하며, 금단추꽃들 밑에 반쯤 감추고 있는 자신의 불가사의한 옛 시절의 얼굴로 나의 사념들을 붙잡는 과거이다. 그곳에는 금단추꽃들이 유난히 많았는데, 풀밭 위에서 놀기 위하여 그곳을 선택한 후, 외톨이로, 짝을 지어, 혹은 무리를 이루고 있던, 계란의 노른자위처럼 노란 그것들은, 내가 보기에, 그것들이 나의 내면에 불러일으킨 즐거움이 나에게 어떤 식식 충동도 주지 못하여 그만큼 더 반짝였으며, 나는 그 즐거움이 무익한 아름다움을 생산할 만큼 충분히 강력해질 때까지, 그 꽃들의 황금빛 표면에 즐거움을 축적하곤 하였다. 또한 나는 아주 어린 시절부터 그렇게 하였는데, 아마 여러 세기 전에 아시아로부터 와서[219] 그 마을을 조국 삼아, 조촐한 지평선에 만족하고, 태양과 냇가를 좋아하며, 기차역이 보이는 초라한 풍경에 변함없이 애착하지만, 아직도 우리의 몇몇 옛 화폭들처럼 기층민의 소박함 속에 동방의 시적 화려함을 간직하고 있는 그것들을 향해, 프랑스의 요정 이야기에 등장하는[220] 왕자들의 예쁜 그 이름을 제대로 발음조차 못하면서, 예선도 오솔길에서 팔을 뻗곤 하였다.

나는 개구쟁이들이 작은 물고기들을 잡으려고 비본느 냇물 속에 놓아둔 물병들[221]을 바라보며 즐거워하였는데, 냇물로 가득 채워진 물병들 자체가 다시 냇물로 감싸여, 단단해진 물처럼 옆구리가 투명한 '그릇' 임과 동시에, 액상이며 흐르는 크리스탈로 이루어진 보다 더 큰 그릇 속에 잠긴 '내용물' 이기도 했던 물병들은, 그것들이 식탁 위에 놓여 있을 때보다 더 감미롭고 자극적으로 시원함의 영상을 나에게 환기시켰던 바, 그 영상을 밀도 없는 물과 유동성 없는 유리 사이에서 끊임없이 반복적으로 회피하듯 지나가는 상태로 보여주는지라, 나의 손이 그것을 잡을 수 없었고, 나의 입천장이 그것을 즐길 수 없었기 때문이다. 나는 후에 낚시를 가지고 그곳에 와야겠다고 나 자신에게 다짐하였다. 또한 간식 꾸러미에서 빵을 조금 꺼내도 좋다는 허락을 얻었다. 내가 작고 동그란 빵 덩이들을 비본느 냇물 속으로 던졌다. 그것들이 물속에 과포화 현상을 일으키기에 충분한 것 같았다. 왜냐하면, 물이 그것들 주위에서 즉시 굶주린 올챙이들의 난형 송이들로 응고되었기 때문이며, 물은 올챙이들을 그 순간까지, 와해되고 보이지 않으나 즉시 결정체로 변할 준비가 되어 있는 상태에 잡아두고 있었음에 틀림없었다.

 얼마 아니 가자, 비본느의 물줄기가 수생식물들에 의해 막혔다. 먼저 다른 것들로부터 외떨어져 있는 수초들이 나타났는데, 그것들 중 하나인 어떤 수련은 불행하게도 물줄기 한가운데에 있어, 물살이 그것에게 거의 휴식을 허용하지 않았고, 그리하여 끊임없이 왕복운행을 반복하면서 한쪽 기슭에 닿았다가 출발지 기슭으로 다시 돌아가는, 기계적으로 작동되는 나룻배 꼴이었다. 기슭 쪽으로 밀린 수련의 꽃자루가 펴지고, 늘려지고, 치달려, 팽팽해진 끝이 냇가에까지 이르면, 물살이 다시 그것을 낚아채 초록색 동아줄이 다시 접히고, 가엾은 식물을, 같은 책동의 반복으로 인해 단 일 초도 머물지 못하는 곳으로, 그리하여 겨우 출발점이라 부를 수 있을, 그 지점으로 다시 데려오곤 하였다. 나는 산책길에 나설 때마다 그 가엾은 식물이 항상 같은 처지에 놓여 있음을 다시 발견하였고, 그것은 할아버지께서 레오니 숙모님도 그들 중 하나라고 여기시던 신경쇠약증 환자들을 연상시켰는데, 그러한 환자들은, 여러 해가 흘러도, 자신들이 곧 떨쳐 버릴 것이라고 믿으면서도 여전히 간직하고 있는, 이상한 습관을 우리들 앞에 드러낸다. 자신들의 불편함과 편집증의 톱니바퀴에 걸려든 그들이 그것으로부터 빠져나오기 위하여 몸부림치며 쏟는 노력들은, 오히려 그들의 기이하고 불가피하며 치명적인 식이요법의 시동 장치를 작동시켜 톱니바퀴의 기능을 확보해 줄 뿐이다. 내가 본 수련이 그러했고, 또한 그 수련은 영원토록 무한히 반복되는 기이한 고초에 시달리는 가엾은 사람들 중 하나와도 유사했는데, 그 기이한 고초는 일찍이 단떼의 호기심을 자극하여, 만약, 우리 집 어른들이 나에게 그러신 것처럼, 비르길리우스가 성큼성큼 멀어져 가면서 더 빨리 따라오라고 강요하지만 않았다면,[222] 형벌에 처해진 당사자로부터 그 형벌의 특이함과 원인에 대해 단떼가 더 상세한 이야기를 듣고 싶어하였을 만한, 그러한 고초였다.

더 멀리 가자 냇물의 흐름이 느려지면서 어느 사유지를 관통하는데, 주인에 의해 사유지가 일반에게 개방되었고, 수상 원예를 좋아하던 주인이, 비본느의 물줄기에 의해 형성된 작은 연못들 수면에 진정한 수련의 정원이 피어나게 하였다. 그 지점의 양쪽 기슭에 나무들이 울창한지라, 나무들의 커다란 그림자들이 평상시에는 수면에 짙은 초록색 바탕을 만들어주지만, 가끔, 폭풍우 몰아치던 날씨가 다시 조용해진 저녁나절에 우리가 돌아올 때면, 그 초록색 바탕에, 보라색을 띤 그리고 칠보 세공과 일본식 취향을 방불케 하는 밝고 원색에 가까운 남색이 내 눈에 보이곤 하였다. 수면 여기저기에, 가장자리는 희고 중심은 진홍색인 수련꽃이 딸기처럼 붉어지고 있었다. 그리고 더 멀리에는 더 많은 꽃들이, 더 창백하고 윤기가 적고 더 오톨도톨하며 주름이 더 많은데, 우연에 의해 어찌나 우아하게 나선형으로 배치되었던지, 어느 '우아한 축제' 끝의 우수 어린 의상 잔해들처럼, 매듭 풀린 솜털 장미 화환들이 물결치는 대로 떠다니는 것 같았다. 다른 곳 한구석은 가정부가 정성스럽게 닦은 도자기처럼 깔끔한 쥘리엔느[223]의 흰색과 분홍색을 보여 주는 평범한 품종들만을 위해 마련된 것 같은데, 그곳으로부터 조금 떨어진 곳에는 다른 꽃들이 촘촘하게 모여 있어 하나의 진정한 떠다니는 화단을 형성한지라, 정원의 삼색제비꽃들이 그곳에 와서 나비들처럼 자기들의 푸르스름하고 윤기 있는 날개들을 수상 화단의 투명한 경사면에 살며시 올려놓았다고 할 만하였다. 그 화단은 또한 천상의 화단이라고도 할 수 있었다. 그 화단이 꽃들에게 꽃들의 색깔보다도 더 진기하고 더 감동적인 색깔을 지닌 토양을 제공하고 있었으니 말이다. 그리고 또한 화단은, 오후 동안 내내 수련들 밑에서 조심성 많고 조용하며 유동적인 행복의 만화경이 반짝이게 하든, 저녁 무렵, 어느 먼 항구처럼, 석양의 분홍색과 몽상으로 자신을 가득 채우든, 더 고정된 색조를 띤 꽃부리들의 주위에서, 가장 심오하고 가장 변하기 쉽고 가장 신비한—그리고 무한하기도 한—것과 시시각각 조화를 이루기 위하여 끊임없이 변하면서, 꽃들이 하늘 한가운데에 피어나게 한 것 같았다.[224]

그 공원을 나서면서부터는 비본느의 물이 다시 흐름을 보였다. 가느다란 노를 손에서 내려놓은 채 자기의 조각배 바닥에 누워 배가 물결 따라 흘러가게 내버려 두고, 보이는 것이라고는 자기 위로 천천히 흐르는 하늘뿐인데, 얼굴에 행복과 평화의 예감이 어린, 사공 하나를 내가 얼마나 자주 보았으며, 훗날 나의 뜻대로 살 수 있을 때가 되면 그의 삶을 본뜰 수 있기를 얼마나 갈망하였던가!

우리는 냇가의 붓꽃들 사이에 앉곤 하였다. 휴일을 맞은 하늘에서는 한가한 구름 한 덩이가 오랫동안 천천히 배회하곤 하였다. 이따금씩, 권태를 감당하지 못한 잉어 한 마리가, 불안하게 숨을 들이키면서 물 밖으로 불쑥 솟곤 하였다. 간식을 먹을 시각이었다. 다시 산책길에 오르기에 앞서 우리는 과일과 빵과 초콜릿 등을 먹으며 풀밭 위에 한동안 머물렀고, 수평으로 길게 늘어져 약해졌으되 여전히 밀도 짙고 금속성인 쌩-일레르 교회당 종소리가 우리들에게까지 이르렀으며, 그 소리들은, 그토록 오래전부터 대기를 뚫고 왔건만 대기와 혼합되지 않은 채, 그리고 자기들의 모든 쟁쟁한 선들의 연속적인 고동으로 돋을무늬를 이루면서, 우리의 발치에 있던 꽃들을 휩쓸듯 스치며 진동하곤 하였다.

가끔, 작은 숲으로 둘러싸인 물가에서 우리들이, 고립되고 아무도 찾지 않으며 자기의 발치를 적시고 있는 냇물 이외에는 이 세상 그 무엇도 보지 못하는, 흔히들 별장이라고 부르는 집 한 채를 만나곤 하였다. 깊은 생각에 잠긴 얼굴과 우아한 너울이 그 고장에게는 낯설며, 틀림없이, 항간에서 흔히 사용되는 표현을 빌려 말하거니와, 자기의 이름이, 그리고 특히 자기가 그 마음을 간직할 수 없었던 남자의 이름이, 그곳에서는 알려지지 않았다는 사실을 느끼는 쓰디쓴 즐거움을 맛보기 위하여 그곳에 '스스로를 매장하였을' 여인 하나가, 출입문 근처에 정박된 나룻배 이외의 다른 것은 그녀에게 보여 주지 않는 창문에, 그림틀 속의 화폭처럼 모습을 드러내곤 하였다. 그녀가 기슭의 숲 뒤에서 들려오는 행인들의 음성에 무심히 눈을 쳐들곤 하였으나, 그들의 얼굴을 보지 않더라도, 그녀는, 자기를 배신한 남자를 그들이 본 적도 없고 또 보게 될 일도 없으려니와, 그들의 과거에 그의 흔적이 남아 있지 않고 그들의 미래 또한 그의 흔적을 얻게 되는 경우가 없을 것임을 확신할 수 있었을 것이다. 그녀가 모든 것을 단념하고, 사랑하던 남자를 먼발치에서나마 언뜻 볼 수도 있을 곳을 떠나, 그 남자를 단 한 번도 본 적이 없는 그곳으로 왔음을 누구나 느낄 수 있었다. 그리고 나는, 사랑하는 남자가 지나가지 않을 것임을 그녀가 잘 아는 길을 따라 산책에서 돌아오다가, 그녀가 자신의 체념한 손에서 부질없이 우아하게 장갑을 벗기는 것을 바라보곤 하였다.[225]

게르망뜨 방면으로 산책을 떠났으되 우리가 비본느의 수원지까지 거슬러 올라간 적은 없었다. 나는 그 수원지에 대해 자주 생각하였고, 그것이 나에게는 어찌나 추상적이고 이상적인 존재로 보였던지, 어느 날 사람들이, 우리가 머물던 행정구역 안에 그것이 있으며 꽁브레로부터 킬로미터 단위로 측량할 수 있는 거리에 있다는 말을 나에게 하였을 때, 나는 태곳적 사람들이 말하던 저승의 입구가 이 지상의 구체적인 지점에 있다는 사실을 알게 되었을 때만큼이나 놀랐다.[226] 또한 우리는 내가 그토록 도달하기를 희원하던 종착지에, 즉 게르망뜨 성에, 단 한 번도 이르지 못하였다. 나는 그곳에 게르망뜨 공작과 공작부인 등 성주들이 거한다는 사실을 알고 있었으며, 그들이 현실 속의 그리고 현재 실존하는 인물들임도 알고 있었다. 하지만 그들을 생각할 때마다 나는, 우리의 교회당에 있는 「에스테르의 대관식」 장면 속에 있는 게르망뜨 백작 부인처럼, 융단 속에 그려진 그들을 상상하거나, 내가 교회당 안 성수반 앞에 있을 때 혹은 우리의 좌석에 이르렀을 때 양배추빛 초록색으로부터 오얏빛 남색으로 변하던 그림 유리창 속의 질베르 르 모베처럼 색조가 변하던 인물들로 상상하거나, 혹은 마술 초롱이 나의 침실 커튼 위로 돌아다니게 하기도 하고 천장으로 올라가게도 하던, 게르망뜨 가문의 조상인 쥬느비에브 드 브라방의 영상처럼 전혀 촉지할 수 없는 인물들로 상상하거나—한마디로, 항상 메로베 왕조 시절의 신비에 감싸여 있고 '앙뜨(antes)'라는 음절에서 발산되는 오렌지색 어린 석양빛 속에 잠겨 있는 그들을 상상하곤 하였다. 하지만 그럼에도 불구하고 그들이 나에게는, 공작과 공작부인으로서, 현실 속의 존재들이었다면, 비록 기이하긴 하지만, 반면 공작이라는 작위를 가진 그들의 인격체는, 자기들이 공작과 공작부인의 권한을 행사하던 그 게르망뜨를, 다시 말해, 햇볕 찬연한 '게르망뜨 방면' 전체를, 비본느 냇물과 그곳의 수련들과 커다란 나무들, 그리고 그 숱한 아름다운 오후들을 자신 속에 내포하기 위하여, 자신을 엄청나게 늘려 확대시키며 자신의 질료적 속성을 떨쳐 버렸다. 또한 나는, 그들이 게르망뜨의 공작이나 여공작 작위만을 가지고 있었던 것이 아니라, 꽁브레의 옛 영주들을 정복하려고 헛되이 애쓴 끝에 혼인을 통해 그들과 연합하였던 14세기 이후부터, 꽁브레의 백작 작위도 갖게 되었으며, 따라서 최초의 꽁브레 시민이었으되 그곳에 살지 않은 유일한 사람들이라는 사실도 알고 있었다. 자신들의 이름 한가운데에, 자신들의 인격체 속에, 꽁브레를 소유하고 있으며, 그리고 의심할 나위 없이 실제로 자신들 속에 꽁브레 특유의 그 기이하고 경건한 구슬픔을 가지고 있는 꽁브레의 백작들이었다. 또한 내가 까뮈의 상점으로 소금을 사러 갈 때 고개를 쳐들면, 쌩—일레르 교회당 후진의 그림 유리창들에 그 뒷면의 검은색 라카만 보이던 그 게르망뜨 가문의 질베르처럼, 틀림없이 밖에, 거리에, 하늘과 땅 사이에 거주하는, 특정한 집의 소유주가 아닌 도시의 소유주들이었다.

또한 게르망뜨 방면에서 나는 가끔 어둔 빛깔의 꽃타래들이 늘어진 작은 울타리들 앞을 지나는 경우가 있었다. 나는 진귀한 어떤 개념을 얻을 수 있으리라는 믿음에 걸음을 멈추곤 하였다. 내가 좋아하던 문인들 중 하나에 의해 묘사된 것을 읽고 난 후 내가 그토록 알고자 열망하던 그 하천 지역의 편린이 나의 목전에 있는 것 같았기 때문이다. 또한 뻬르스삐에 의사가 게르망뜨 성 정원에 있다는 꽃들과 아름다운 용천수에 대하여 우리에게 이야기하는 것을 내가 들었을 때, 게르망뜨는 나의 사념 속에서 그 면모가 바뀌면서, 그 하천 지역과, 즉 소용돌이치는 냇물이 통과하는 상상 속의 그 토양과, 일체가 되었다. 나는 게르망뜨 부인이 급작스러운 변덕 때문에 나에게 홀딱 반해 나를 그곳으로 부르고, 그녀가 나와 함께 온종일 송어를 낚는 장면을 꿈꾸곤 하였다. 그러다가 저녁나절이면, 그녀가 나의 손을 잡고 자기 가신들의 작은 정원들 앞을 지나면서, 나지막한 담장에 보라색과 붉은색의 방추형 꽃타래들을 기대고 있는 꽃들을 나에게 하나하나 보여 주고 또 그것들의 이름을 가르쳐주는 장면을 상상하기도 하였다. 아울러 장차 지을 시의 주제를 자기에게 이야기해 달라고 하는 그녀의 모습도 뇌리에 떠올랐다. 또한 그러한 몽상들이 나에게 경고하기를, 내가 언젠가는 문인이 되고자 하니 이제 무엇을 쓰려 하는지 정확히 알아야 할 때라고 하였다. 그러나 하나의 무한한 철학적 의미를 정착시킬 수 있을 주제를 발견하려 애를 쓰면서 그것을 나 자신에게 묻기 무섭게, 나의 뇌수가 기능을 멈추었고, 잔뜩 주의를 집중하고 있던 나의 앞에는 공허만 보였으며, 나는 나에게 천부적 자질이 없거나 어떤 뇌수 질환이 그러한 주제의 태동을 방해할지도 모른다는 감회에 사로잡히곤 하였다. 때로는 그 문제를 해결하기 위하여 아버지를 믿어보기도 하였다. 아버지의 권세가 어찌나 큰지, 아버지에 대한 고위직 인사들의 호의가 어찌나 각별한지, 삶과 죽음의 법칙보다도 더 불가피하다고 프랑수와즈가 나에게 가르쳐준 법률들을 우리가 어기는 일도 있었고, 동네에서 유독 우리 집만 '벽면 재정비 공사'를 한 해 유보시킨 경우도 있었으며, 치료차 온천에 가기를 원하던 싸즈라 부인의 아들을 위하여, 이름이 S로 시작되는 응시자들의 차례를 기다리는 대신 'A'로 시작되는 이름을 가진 응시자들과 함께 대학 입학 자격 시험을 두 달 앞당겨 치를 수 있도록 장관으로부터 허락을 얻은 일도 있었다. 내가 혹시 중병에 걸리더라도, 강도들에 의해 납치되더라도, 나의 병세나 납치 상태가 나에게는 아무 위험 없는 헛된 시늉 이외의 다른 것이 될 수 없을 만큼, 아버지가 절대적인 세력과 내통하시고 또 착한 신에게 아버지가 보내시는 청원서들이 항거할 수 없을 만큼 강력하다고 확신하던 터라, 그 시절 나는 정상적인 현실로의 불가피한 회귀의 시각을, 석방이나 치유의 시각을, 태연히 기다렸을 것이다. 그리하여, 그러한 천부적 재능의 결여, 다시 말해 내가 장차 쓸 글의 주제를 찾을 때마다 나의 뇌수에 파이던 검은 구멍 또한, 아마 내가 그 시대 최고의 문인이 되게끔 정부 및 절대신과 합의를 보셨을 아버지의 개입 덕분에 즉시 멈출, 신빙성 없는 하나의 환영으로밖에 보이지 않았다. 그러나 다른 때에는, 예를 들어 내가 뒤에 처져 당신들을 따라오지 않는 것을 보시고 어른들이 초조해하실 때에는, 나의 실제 삶이, 아버지가 뜻대로 변경하실 수 있는 아버지의 인위적 창조물처럼 보이는 대신, 그와 반대로, 나를 위하여 만들어진 것이 아닌 현실 속에 포함된 것처럼 보였으며, 그러한 현실을 상대로 맞설 어떠한 도움도 없고, 그러한 현실 속에서는 나에게 어떠한 우군도 없으며, 그러한 현실은 그것을 초월하는 그 무엇도 감추고 있지 않는 것처럼 여겨졌다. 그럴 때면 내가 다른 사람들과 다름없는 방법으로 존재하고, 나 역시 그들처럼 늙어가고 죽을 것이며, 그들 속에 있던 나는 단지 글을 쓰는 소질이 없던 사람들 축에 속할 뿐인 것처럼 여겨졌다. 그럴 때마다, 그리하여, 나는 일찍이 블록이 나에게 해주었던 격려의 말에도 불구하고, 문학을 영영 포기하곤 하였다. 전무함에 가까운 내 사상의 하찮음으로 인하여 나의 내면에 생성된 내밀하고 즉각적인 그 감정은, 뭇 사람들이 선행을 칭송하건만 못된 사람의 내면에서 양심의 가책이 그렇듯, 사람들이 나에게 아낌없이 해줄 수 있던 모든 격려의 말보다 우세하였다.

어느 날 어머니가 나에게 말씀하셨다. "네가 항상 게르망뜨 부인 이야기를 하는데, 뻬르스뻬에 의사가 사 년 전에 그녀를 잘 치료해 주었던지라, 그의 딸 혼례식에 참석하기 위하여 그녀가 꽁브레에 올 것이다. 혼례식장에서 그녀를 잠시나마 볼 수 있을 것이다." 게다가 게르망뜨 부인에 대한 이야기를 내가 가장 많이 들은 것은 뻬르스뻬에 의사로부터였고, 그녀가 레옹 대공녀 댁에서 열린 가장 무도회 때 입었던 의상 차림으로 소개된 삽화 곁들인 잡지를 그가 우리들에게 보여 주기까지 하였다.

혼례 미사 도중, 교회당 의전 담당 안내원이 자리를 옮겨 움직이는 순간, 큰 코에 눈이 푸르고 날카로우며, 매끈매끈하고 진솔이며 광채 나는 연보라색 비단으로 만든 불룩한 타이를 매었고, 코 귀퉁이에 작은 종기 하나가 난, 금발의 부인이 측면 예배소

안에 앉아 있는 것이 문득 나의 눈에 띄었다. 그리고, 몹시 더운 듯 붉어진 그녀의 얼굴 표면에서, 희석되어 겨우 감지할 정도이긴 하지만, 사람들이 나에게 보여 준 초상화와의 유사성을 내가 극소량이나마 발견하였기 때문에, 그리고 특히, 내가 그녀에게서 확인한 용모상의 특징들이, 그것들을 내가 언어로 표현하려 시도할 경우, 뻬르스삐에 의사가 내 앞에서 게르망뜨 공작부인을 묘사할 때 사용하던 '큰 코'나 '푸른 눈' 등과 정확히 같은 어휘들로 표명될 수 있었기 때문에, 나는 나 자신에게 이렇게 말하였다. "저 부인이 게르망뜨 부인을 닮았어." 그런데 혼례 미사에 참석한 그녀가 앉아 있던 측면 예배소는 질베르 르 모베에게 헌정된 것이었고, 꿀 가득한 봉방(蜂房)들처럼 황금색을 띠고 팽창된 그곳의 평평한 묘석 밑에는 브라방의 옛 백작들이 안치되어 있었으며, 어떤 의식을 치르기 위하여 게르망뜨 가문 사람이 꽁브레에 올 경우, 사람들이 나에게 말하기를, 그 예배소가 그를 위해 예비된 것이라고 한 사실이 나의 기억에 되살아났다. 또한 그날, 그 예배소에 오기로 되어 있던 게르망뜨 부인의 초상화를 닮은 여인이, 아마 단 하나밖에 없었을 것이다. 틀림없이 그녀였다! 나의 실망이 컸다. 내가 게르망뜨 부인을 생각할 때마다 그녀를 어느 융단이나 그림 유리창의 색깔들과 함께, 그리고 다른 세기에 있는 상태로, 살아 움직이는 다른 모든 사람들과는 질료적으로 다른 사람처럼 상상하던 버릇을 단 한 번도 경계하지 않은 데서 초래된 실망이었다. 나는 그녀의 얼굴이 붉고, 그녀가 싸즈라 부인처럼 연보라색 타이를 맬 수 있으리라고는 일찍이 상상조차 하지 못하였는데, 그녀의 달걀 모양 볼이 내가 우리 집에서 본 사람들의 모습을 어찌나 생생히 나의 기억 속에 되살려 놓았던지, 그 부인이, 생성의 근원이나 그녀를 구성하는 모든 분자들의 측면에서, 아마 실체적인 게르망뜨 공작부인이 아니며, 사람들이 붙여 준 이름을 까맣게 모르는 그녀의 몸뚱이 또한 의사들이나 상인들의 아내들이 포함된 어떤 여성 유형에 속하리라는 의심이, 물론 즉시 사라지긴 했지만, 나의 뇌리에 어른거렸다. "저것이야, 게르망뜨 부인이라는 것이 기껏 저것이야!" 게르망뜨 부인이라는 이름하에 그토록 무수히 나의 몽상 속에 나타났던 영상들과는 물론 아무 관련 없는 그 영상을 응시하던, 한껏 주의를 집중하면서 놀란 나의 표정이 그렇게 말하였던 바, 그녀의 그 영상이, 나의 몽상 속 영상들처럼 인위적으로 형성된 것이 아니라, 겨우 잠시 전, 교회당 안에서, 나의 눈앞에 처음으로 불쑥 나타났기 때문이다. 나의 몽상 속 영상들과 속성이 같지 않았던 그 영상은, 한 음절의 오렌지색 색조가 스며들게 스스로를 내버려 두던 영상들처럼 내가 입으로 채색할 수 있는 것이 아니고 어찌나 실제적이었던지, 모든 것이, 심지어 그녀의 코 귀퉁이에 솟던 작은 종기까지도, 어느 몽환극의 절정에서 요정이 입은 드레스의 주름이나 새끼손가락의 떨림이, 우리의 눈앞에 있는 것이 단순한 빛이 아닐까 하며 의구심에 잠겨 있던 우리에게 실제로 살아 있는 한 여배우의 질료적 존재를 폭로하듯, 그녀가 생명의 법칙에 종속되어 있음을 증명해 주었다.

그러나 동시에, 두드러진 코와 날카로운 눈이 나의 시야에 핀으로 고정시키던 그 영상 위에(내 앞에 나타난 여인이 게르망뜨 부인일 수 있다고 내가 아직 생각할 겨를도 없었던 순간에, 그 영상에 먼저 도달하여 그것에다 최초의 끌 자국을 남긴 것이 아마 그것들이었을 것이기 때문에), 이제 막 생겼고 변할 수 없었던 그 영상 위에, 나는 그녀가 '게르망뜨 부인'이라는 사념을 접착시키려 애를 썼다. 하지만 그러한 사념은, 간격을 두고 떨어져 있는 두 회전판이 그러듯, 그 영상 앞에서 헛되이 움직일 뿐이었다. 그러나 내가 그토록 자주 몽상하던 그 게르망뜨 부인이, 그녀가 실제로 나의 밖에 존재한다는 사실을 내가 깨닫는 순간, 그러한 사실로 인해 오히려 나의 상상력에 더 강력하게 작용했고, 자신이 기대하던 것과 그토록 다른 현실과의 접촉 때문에 잠시 마비되었던 나의 상상력 또한, 반사작용을 일으켜 나에게 말하기 시작했다. "샤를르마뉴 이전부터 영광스러웠던 게르망뜨 가문 사람들은, 자기들의 봉신들에 대하여 생사(生死)의 권한을 행사하였고, 게르망뜨 공작부인은 쥬느비에브 드 브라방의 직계 후예로다. 그녀는 여기에 있는 사람들 중 그 누구도 알지 못하며, 또한 알려고도 하지 않을 것이로다."

그리고—오! 인간 시선의 경이로운 독립성이여! 하도 느슨하고 길고 신장성 큰 밧줄로 얼굴에 매어 있어서, 얼굴로부터 멀리까지 스스로 돌아다닐 수 있는 시선이여!—게르망뜨 부인이 예배소 안에서 자기 선조들의 무덤 위에 앉아 있는 동안, 그녀의 시선은 이리저리로 한가하게 배회하다가 기둥들을 따라 올라가기도 하였고, 신도석 사이로 헤매는 한 줄기 햇살처럼 심지어 나에게 와서 멈추기도 하였는데, 하지만 그 햇살은, 내가 그것의 애무를 받는 순간, 자신을 지각하는 것 같았다. 게르망뜨 부인 자신은, 장난을 치면서 자기가 모르는 사람들을 큰 소리로 부르는 자기 아이들의 장난기 심한 대담성과 조심성 없는 짓들을 아예 못 본 척하는 엄마처럼 앉아서, 꼼짝도 하지 않았던지라, 나로서는 그녀가 자기 영혼의 무위(無爲) 속에서, 자기 시선의 그러한 배회를 승인하고 있었는지 혹은 나무라고 있었는지를 알 수가 없었다.

나는 내가 그녀를 충분히 바라보기 전에 그녀가 떠나지 않는 것을 중요하게 여겼다. 내가 여러 해 전부터 그녀 보기를 갈망하였음을 문득 상기하였기 때문이다. 나는 나의 시선 하나하나가, 우뚝한 코와 붉은 볼 그리고 그녀의 얼굴에 관한 귀하고 정확하며 기이한 정보들처럼 보이던 모든 특징들의 추억을 실제로 가져가 나의 내면에 저장할 수 있기라도 한 듯, 그녀에게서 잠시도 눈을 떼지 않았다. 내가 단지 그 몸뚱이만을 피상적으로 보고 잠시 나머지 인간들과 혼동하였던 그녀를(내가 그때까지 나의 뇌리에 떠올리던 게르망뜨 공작부인과 그 여인이 같은 인물이었으니) 그 인간들 범주 밖에 다시 위치시키면서 그녀의 얼굴과 연관시키던 모든 사념들이ㅡ그리고 아마 특히 우리 자신의 가장 좋은 부분을 보존하려는 일종의 본능이, 그리고 환멸을 느끼지 않으려는 그 여일한 열망이ㅡ나로 하여금 그 얼굴을 아름답다고 여기게 하는데, 주위에서 다음과 같은 말이 들려와 나의 노기를 돋구었다. "그녀가 싸즈라 부인보다, 뱅뙤이유 아가씨보다, 나아 보여." 그녀가 마치 그 두 여자와 비교될 수 있기라도 하다는 투였다. 그리고 나의 시선이 그녀의 금발 위에, 그녀의 푸른 눈에, 그녀의 깃 잠금쇠에 자주 머물면서, 다른 얼굴들을 나에게 상기시킬 수 있을 윤곽들을 누락시키는 동안, 나는 그렇게 의도적으로 불완전하게 완성시킨 초벌 그림 앞에서 다음과 같이 감탄하였다. "아름답기도 해라! 저토록 고결하다니! 지금 내 앞에 게르망뜨 가문의 의연한 여인, 쥬느비에브 드 브라방의 직계 후예가 와 있어!" 그리고 그녀의 얼굴을 밝히던 나의 집중된 관심이 그녀를 다른 이들로부터 어찌나 유리시켰던지, 오늘에 이르러 그 혼례식을 뇌리에 떠올려도, 그녀와, 그 부인이 정말 게르망뜨 부인이냐는 나의 질문에 그렇다고 대답한 교회당 의전 안내인을 제외하고는, 혼례식에 참석하였던 다른 사람들은 단 하나도 눈앞에 떠오르지 않는다. 하지만 그녀만은 눈에 선한데, 특히 폭풍우가 지나간 날의 간헐적이고 뜨거운 태양이 밝혀 주던 교회당 안으로 혼례 행렬이 들어가던 순간에 본 모습이 유난히 그러했고, 그 속에서 게르망뜨 부인은 이름조차 모르는 그 숱한 꽁브레 주민들 한가운데 있었으되, 그들의 지위 낮음이 그녀의 절대 지배권을 어찌나 분명히 선포하던지, 그녀가 그들에게로 향한 온정을 느끼지 않을 수 없었을 뿐만 아니라, 한 걸음 더 나아가 그녀는, 온화함과 소박함으로 그들에게 더 깊은 감명을 줄 수 있으리라 기대하였다. 그리하여, 아는 사람에게 던지는 구체적 의미가 담긴 의도적 시선은 보내지 못하고, 다만 막연한 사념들만이 그녀도 통제할 수 없던 하늘색 빛줄기 형태로 끊임없이 그녀 전면으로 뛰쳐나가도록 내버려 두었는데, 그녀는 자기의 그러한 시선이, 중도에 만나고 매 순간 마주치는 그 이름 없는 사람들을 무시하는 것처럼 보이거나 그들을 거북하게 하는 것을 원치 않았다. 나는 아직도 불룩한 비단 연보라색 타이 위쪽에 있는 부드러운 놀라움 어린 그녀의 두 눈을 다시 선명히 내 앞에 떠올리곤 하는데, 그 시절 그녀는, 자기의 봉신들에게 용서를 비는 그리고 그들을 진실로 좋아하는 기색을 띤 봉건시대 왕비의 조금 수줍은 미소를, 감히 그 누구에게도 보내지는 못하지만 모든 사람들이 각자의 몫을 취할 수 있도록, 자신의 눈에 첨가하였다. 그 미소가 그녀에게서 눈을 떼지 못하던 나의 위로도 떨어졌다. 그 순간 나는, 미사 도중, 질베르 르 모베의 모습을 그려 넣은 그림 유리창을 통과한 듯한 햇살처럼 하늘색을 띤 그 독특한 시선을 그녀가 잠시 나에게서 멈추었다는 사실을 상기하면서, 이렇게 생각하였다. "그녀가 틀림없이 나에게 관심을 가지고 있어." 나는, 내가 그녀의 마음에 들고, 그녀가 교회당을 떠난 후에도 내 생각을 할 것이며, 아마 그날 저녁, 게르망뜨 성에 돌아가서도, 나로 인하여 아마 슬픔에 잠길 것이라고 믿었다. 그리하여 나는 곧 그녀를 연모하게 되었다. 왜냐하면, 스완 아가씨가 그랬다고 내가 믿었던 것처럼, 한 여인이 우리를 경멸하는 듯한 눈으로 바라보고, 그리하여 결코 그녀가 우리의 수중으로 들어올 수 없을 것이라 생각만 하여도, 우리가 그녀를 사랑하게 되는 일이 가끔 생기는가 하면, 또한 때로는, 게르망뜨 부인이 그랬듯이, 한 여인이 우리를 호의적인 눈으로 바라보고, 그리하여 그녀가 우리의 수중에 들어올 수 있을 것이라 생각만 하여도, 우리가 그녀를 사랑하게 되기 때문이다. 그녀의 눈은 아무도 채취할 수 없으되 그녀가 나에게 기꺼이 바쳤을 빈카꽃[227]처럼 푸른빛을 띠었다. 그리고 태양은, 비록 한 조각 구름의 위협을 받고는 있었으되 여전히 전력을 다하여 교회당 앞 광장과 교회당 내부로 햇살을 퍼부으면서, 혼례식을 위하여 바닥에 펼쳐놓아 그 위로 게르망뜨 부인이 미소를 지으며 걸어오던 붉은 융단에 제라늄의 담홍색이 돌게 하였고, 융단의 모직 섬유에 분홍색 벨벳의 질감과 빛의 표피를, 일종의 애정을, 성대하고 환희 넘치는 의식에 감도는 엄숙한 다정함 등을 가미해 주었는데, 그 환희 넘치는 의식과 엄숙한 다정함은, 「로헨그린」[228]의 몇몇 페이지나 까르빠쵸의 화폭들[229]에서 발견되는 특징이며, 보들레르가 트럼펫 소리에 '감미롭다'는 형용어를 적용한 이유를 깨닫게 해준다.

그날 이후, 게르망뜨 성 방면으로 산책길에 오를 때마다, 나에게 문학적 재능이 없다는 사실과, 그리하여 내가 유명한 문인이 되기를 영영 포기해야 한다는 사실이, 전보다도 얼마나 더 절망스러워 보였던가! 내가 조금 외딴 곳에서 몽상에 잠겨 있는 동안, 그로 인해 내가 느끼던 애석함이 나에게 어찌나 심한 고통을 주던지, 나의 오성은, 그 애석함을 느끼지 않으려고, 스스로 고통을 막는 일종의 억제책을 동원하면서, 시구들이나 소설들 그리고 재능의 결여가 나로 하여금 기대할 수 없게 하던 시적 미래 등에 대하여 생각하기를 완전히 멈추었다. 그런데 문득, 그러한 문예적 사념들로부터 멀찌감치 벗어나 있고 또 그것들과는 하등의 관련이 없는 지붕 하나, 돌 위에 어린 태양의 반사광, 어느 길에서 발산되는 냄새 등이 나에게 특이한 즐거움을 줄 뿐만 아니라, 아울러 그것들이 나의 눈에 보이는 것 저 너머에 무엇인가를 감추고 있는 듯하며, 그것을 가져가라고 나에게 권유하건만, 아무리 애를 써도 내가 그것을 발견하지 못하여 걸음을 멈추곤 하였다. 나는 그것이 그것들 속에 있으리라 느껴, 그곳에 꼼짝도 하지 않고 머물러, 그 영상과 냄새 저 너머로 나의 상념으로나마 넘어가려고, 그것들을 바라보고 또 코를 벌름거렸다. 그리하여 내가 할아버지를 다시 따라잡기 위하여 계속 걸어야 할 경우, 나는 눈을 감고 그 사물들을 다시 뇌리에 떠올리려 하였다. 그러면서 나는 지붕의 선과 돌의 색조를 정확하게 다시 기억해 내려 애를 썼고; 나 자신도 무슨 이유인지는 모르지만, 그것들이 내가 보기에는 무엇으로 가득한 것 같았고, 살짝 벌어질 준비가 되어 있으며, 한낱 덮개 역할만을 수행하며 자기들이 감추고 있던 것을 나에게 몽땅 넘길 준비가 되어 있는 것처럼 보였다. 물론 그것은 내가 상실한, 언젠가는 문인이 그리고 시인이 될 수 있으리라는 그 희망을, 나에게 돌려줄 수 있을 그러한 종류의 인상들이 아니었으니, 그 인상들이 항상, 지적 가치가 결여되고 그 어떤 추상적 진리[230]와도 상관이 없는, 특정 사물에 관련되어 있었기 때문이다. 하지만 적어도 그러한 인상들은 나에게 설명될 수 없는 하나의 즐거움을, 일종의 풍요로움에 대한 환상을 주었고, 그러면서 나를 권태로부터, 하나의 위대한 문예작품을 위하여 내가 철학적 주제 하나를 찾으려 할 때마다 느끼던 무력감으로부터, 나를 이끌어내 주곤 하였다. 그러나 형태와 향기 혹은 색깔의 인상들이 나에게 강요하던 심적 의무가, 즉 그것들 뒤에 숨어 있던 것을 인지하려 노력하라는 심적 명령이 어찌나 감당하기 어려웠던지, 나는 이내, 내가 그러한 노력을 회피하고 그러한 노고를 면하게 해줄 핑계거리를 나에게 찾아주려 하였다. 마침 다행스럽게도 어른들께서 어서 따라오라고 나를 부르시곤 하였고, 그러면 나는, 나의 모색을 효과적으로 계속하는데 필요한 평온함이 현재로서는 나에게 없으며, 따라서 집에 돌아갈 때 까지는 더 이상 그 생각을 하지 않는 것과 헛되이 미리부터 나를 피로하게 하지 않는 것이 나으리라 막연히 생각하곤 하였다. 그러면 나는 하나의 형태나 향기에 감싸인 그 미지의 것에 더 이상 마음을 쓰지 않고 태평스러워졌다. 고기를 잡으러 가도 좋다는 허락을 받은 날, 신선함을 보존해 줄 풀 한켜로 덮어 바구니에 담아서 집으로 내가 가지고 오던 물고기들처럼, 그 미지의 것을 산 채로 영상들로 씌어 보호된 상태로 집으로 가져왔기 때문이다. 하지만 집에 돌아온 후에는 내가 다른 생각에 팔렸고, 그리하여 나의 뇌리에는(산책 도중에 내가 채취한 꽃들이나 누가 나에게 준 물건들이 나의 침실에 쌓이듯) 한 가닥 반사광이 어른거리던 돌 하나, 지붕 하나, 종소리 하나, 나뭇잎들의 냄새 하나 등, 서로 다른 많은 영상들이 쌓였으며, 그것들 밑에서는 내가 예감은 하였으되 의지가 부족하여 끝내 밝혀내지 못한 실체가 이미 오래전에 죽었다. 하지만 언젠가 한번—우리의 산책이 평소보다 훨씬 연장되어, 돌아오는 중도에 벌써 해가 지려 하는데, 마차를 급히 몰아 지나가다가 우리를 알아보고 자기의 마차에 우리를 태워 준, 뻬르스삐에 의사를 우리가 다행히 만난 날이었다—나는 그러한 종류의 인상을 받았고, 그것을 조금이나마 더 깊이 천착한 후에야 버렸다. 나를 마부 옆자리에 앉도록 하였고, 우리는 바람처럼 달렸다. 의사가, 꽁브레에 돌아가기 전에 마르땡빌-르-쌕에 있는 어느 환자를 방문해야 했기 때문이며, 우리는 환자의 집 대문 앞에서 그를 기다리기로 하였다. 어느 길모퉁이에서 나는, 석양빛이 드리워져 있고, 우리가 탄 마차의 움직임과 길의 구불구불함이 그 위치를 바꾸어놓는 듯한 마르땡빌의 두 종루와, 그다음, 그것들과는 동산 하나와 골짜기 하나를 사이에 두고 떨어져 있으며, 멀리서 보면 더 높은 평지에 서 있으되, 그 두 종루와 아주 가까이 있는 듯 보이던 비으비끄의 종루를 보는 순간, 다른 어느 것과도 닮지 않은 예의 그 특이한 희열에 문득 휩싸였다.

종루들의 뾰족탑 형태와, 그 선들의 이동, 표면에 어린 햇빛 등을 세세히 살피고 유념하면서, 나는 그것들로부터 받은 인상의 근저에까지 도달하지 못하였으며, 그 움직임과 그 밝음 뒤에, 종루들이 내포하고 동시에 감추고 있는 듯한 무엇이 있으리라 느꼈다.

종루들이 하도 멀리 있는 것처럼 보였고, 우리들이 그것들에 거의 접근조차 하지 못한 듯 여겨졌던지라, 잠시 후 우리가 문득 마르땡빌 교회당 앞에 머물게 되었을 때, 나는 몹시 놀랐다. 나는 지평선 위에 나타난 종루들을 보는 순간 내가 느낀 희열의 원인을 몰랐으며, 그 원인을 찾아내려 애써야 한다는 의무감이 나에게는 고통스러워 보였다. 그리하여 나는, 햇빛을 받아 움직이던 그 선들을 나의 뇌리에 저장만 해두고, 당장은 더 이상 그 생각을 하지 말자는 욕구를 느꼈다. 또한 내가 만약 그러한 욕구를 따랐다면, 그 두 종루도 아마, 자기들이 일찍이 나에게 제공하였으되 내가 단 한 번도 그 근저에까지 도달하지 못하였던 그 모호한 희열 때문에 내가 다른 것들과는 달리 각별히 여겼던, 그 숱한 나무들과 지붕들과 향기들과 소리들에게로 가서 영영 합류하였을 것이다. 나도 마차에서 내려, 의사를 기다리며 어른들과 이런저런 이야기를 나누었다. 그런 다음 우리는 다시 출발하였고, 나는 마부석 옆 나의 자리에 다시 앉아, 종루들을 다시 한 번 보기 위하여 고개를 돌렸으며, 잠시 후 어느 길모퉁이를 돌아가는 순간 그것들을 마지막으로 보았다. 이야기를 나눌 기분이 아니었던지, 마부가 나의 말에 대꾸를 하는 둥 마는 둥 하는지라, 나는 나 자신 이외의 다른 동료가 없음을 깨닫고, 나 자신과 어울리면서 나의 종루들을 다시 뇌리에 떠올리려 노력할 수밖에 없었다. 얼마 아니 되어, 햇빛 어린 그것들의 선들과 표면들이 마치 일종의 껍질인 양 찢기더니, 그것들 속에 감추어져 나에게 드러나지 않던 것이 조금 내 앞에 나타났으며, 한순간 전까지도 존재하지 않던 사념 하나가 나의 뇌리에서 단어들 형태로 형성되었고, 조금 전 종루들을 보는 순간 내가 느꼈던 희열이 어찌나 중대되던지, 나는 일종의 취기에 휩싸여 더 이상 다른 생각을 할 수 없었다. 그 순간, 그리고 우리가 벌써 마르땡빌로부터 멀어졌을 때, 내가 고개를 돌려 종루들을 다시 한 번 언뜻 보자니, 이번에는 그것들이 온통 까맣게 보였다. 해가 이미 졌기 때문이다. 이따금씩 길의 모퉁이들 때문에 그것들이 나의 시야에서 사라지곤 하더니, 마지막으로 자신들을 드러냈고, 그다음 나는 그것들을 더 이상 보지 못하였다.

마르땡빌의 종루들 뒤에 감추어져 있던 것이, 나에게 희열을 느끼게 하는 단어들의 형태로 나타났으니, 그것이 예쁜 구절과 유사한 무엇일 것임에 틀림없다고 미처 생각할 겨를도 없이, 나는 의사에게 연필 한 자루와 종이를 좀 달라고 한 다음, 내 의무감의 짐을 덜어주고 나의 열광에 복종하기 위하여, 마차가 심하게 흔들거림에도 불구하고 다음의 짤막한 글을 지었으며, 그 글을 훗날 다시 발견하여 약간의 손질만 하였다.

    평원의 지표로부터 벌떡 일어서서, 그리고 탁 트인 전원에서 길을 잃은 듯, 마르땡빌의 두 종루가 외롭게 하늘로 치솟고 있었다. 곧이어 우리 눈에 종루 셋이 보였다. 지각한 종루 하나가, 비으비끄의 종루가, 과감하게 몸을 돌려 그것들 앞에 자리를 잡으며 그것들과 합류하였기 때문이다. 한 순간 한 순간 시간이 흐르고 우리는 빠르게 가고 있었건만, 세 종루는 들판에 내려앉아 꼼짝도 하지 않는, 그리고 햇빛 아래에 선명히 보이는 세 마리 새처럼, 여전히 멀리 우리들 전면에 있었다. 그러다가 비으비끄의 종루가 옆으로 비켜 일정한 거리를 두었고, 석양빛을 받은 마르땡빌의 종루들만 남았는데, 우리가 있던 그 먼 곳에서도 종루의 경사면에서 놀며 미소 짓는 석양빛이 보였다. 우리가 그것들 곁으로 다가가는데 어찌나 오랜 시간이 소요되었던지, 나는 그것들에게 도달하려면 아직도 시간이 얼마나 더 필요할까 하는 생각에 잠겨 있었는데, 마차가 문득 방향을 바꾸더니 우리들을 그것들의 발치에 내려놓았고, 그것들이 어찌나 거칠게 마차를 마중하였던지, 우리들은 겨우 교회당 정문과의 충돌을 모면할 겨를밖에 없었다. 우리는 다시 길을 떠났다. 우리가 마르땡빌을 떠난 지 이미 얼마쯤 지났고, 우리들을 잠시 따라오던 마을도 사라졌는데, 그곳의 종루들과 비으비끄의 종루만이 지평선에 남아, 도망치는 우리들을 바라보면서, 햇빛 어린 자기들의 꼭대기를 작별인사 하듯 흔들고 있었다. 이따금씩, 나머지 둘이 우리들을 잠시나마 다시 한 번 볼 수 있도록 해주기 위하여, 종루 하나가 자취를 감추곤 하였다. 그러나 길이 방향을 바꾸었고, 세 종루가 햇빛 속에서 세 황금 굴대처럼 선회하더니 나의 시야에서 사라졌다. 하지만 조금 뒤, 우리가 꽁브레 근처에 이르렀을 때, 이제 해가 졌던지라, 내가 그것들을 매우 멀리서 마지막으로 보았을 때에는, 그것들이 들판의 낮은 선 위 하늘에 그려놓은 세 송이 꽃들로밖에 보이지 않았다. 그것들은 또한 나로 하여금, 이미 어둠이 내려앉기 시작하는 인적 끊긴 곳에 버려진 전설 속의 세 소녀를 생각하게 하였다. 또한, 우리들이 전속력으로 멀어져가는 동안, 그것들은 머뭇거리며 자기들의 길을 더듬어 찾고, 그들의 고아한 윤곽이 몇 번 서투르게 비척거리더니, 서로 바싹 다가서며 미끄러지듯 서로의 뒤를 따라가, 아직도 분홍색을 띤 하늘에, 검고 매력적이며 체념한 듯한 단 하나의 형태를 만들어, 어둠 속으로 자취를 감추는 것이 나의 눈에 보였다.

  그 이후 나는 이 글을 단 한 번도 다시 뇌리에 떠올리지 않았다. 하지만, 평소 의사의 마부가 마르맹빌 장터에서 산 가금류를 담은 바구니를 놓던 마부석 한 귀퉁이에서, 이 글 쓰기를 마치던 그 순간에는 내가 어찌나 행복하던지, 이 글이 나에게서 그 종각들과 그것들 뒤에 감추어져 있던 것을 어찌나 완벽하게 치워주었다고 느꼈던지, 나는 나 자신이 한 마리 암탉인 양, 그리고 내가 막 알 하나를 낳은 양, 목청껏 노래를 부르기 시작하였다.

  온종일 내내, 그러한 산책 도중, 나는 내가 게르망뜨 공작 부인의 벗이 되고, 송어 낚시질을 하고, 조각배를 저어 비본느 냇물 위를 한가하게 오가는 즐거움을 몽상할 수 있었고, 행복에 대한 게걸스러운 열망에 이끌린 나머지, 그러한 순간에는, 나의 생이 항상 일련의 행복한 오후들로 짜여지는 것 이외의 다른 아무

것도 생에게 요구하지 않을 수 있었다. 그러나 산책에서 돌아오는 도중, 왼쪽 편에 있던 농가 하나가 나의 시야에 들어오면, 나의 가슴이 갑자기 두근거리기 시작하곤 하였는데, 매우 인접해 있던 다른 두 농가와는 반대로 그것들로부터 상당히 떨어져 있던 그 농가에서 출발하여 꽁브레로 다시 돌아가고자 할 경우, 각자 울타리 두른 작은 밭의 일부를 이루며, 석양빛이 비추면 자기네들의 그늘로 일본식 소묘화를 그리는 사과나무들을 일정한 간격을 두고 심은 초지들이 한쪽 가장자리를 형성하고 있던, 떡갈나무 오솔길로 접어들기만 하면 그만이었기 때문이다. 그 오솔길로 들어서면, 우리가 채 반 시간도 지나지 않아 집에 도착할 것이고, 게르망뜨 성 방면으로 산책을 나선 날에는, 그리하여 저녁식사가 늦어진 날에는, 내가 식사를 마치기 무섭게 나를 나의 침실로 보내는 것이 어길 수 없는 규칙이어서, 마치 손님들이 있을 때처럼 식탁에 억류되신 어머니가 나에게 밤인사를 하러 나의 침실에 올라오시지 못할 것임을 나는 잘 알고 있었다. 그러한 경우, 내가 막 들어선 슬픔의 지대가 불과 얼마 전 기뻐하며 뛰어들었던 지대와 선명히 구별되는 것은, 가끔 하늘에서, 분홍색 권역이 마치 하나의 선에 의해 갈린 듯, 초록색이나 검은색 권역으로부터 분리되는 것과 같았다. 새 한 마리가 분홍색 권역으로 날아 들어가 곧 권역의 끝에 이르고, 이내 검은색 권역에 거의 닿고, 그런 다음 그 속으로 들어가는 것이 보인다. 게르망뜨 성에 가고, 여행을 떠나고, 행복해지고자 하는 등, 조금 전 나를 둘러싸고 있던 욕망들로부터 이제 벗어난지라, 그것들이 충족되었다 하더라도 나에게는 하등의 기쁨이 되지 못하였을 것이다. 밤새도록 엄마의 품에 안겨 마음껏 울 수만 있다면 내가 그 모든 것을 얼마나 선뜻 포기하였으랴! 나는 몸을 떨었고, 내가 벌써부터 뇌리에 그리고 있던 나의 침실에 오늘 밤에는 나타나시지 않을 어머니의 얼굴에서 괴로움 가득한 나의 눈을 떼지 않았으며, 차라리 죽고 싶었다. 또한 그러한 상태는 다음 날, 아침 햇살들이 정원사처럼, 살대들을 나의 방 창문까지 기어오르던 한련 꽃들로 뒤덮인 벽에 기대어 놓으면, 내가 침대에서 뛰어내려, 그날 저녁 역시 어머니 곁을 떠나야 할 시각이 어김없이 다시 도래할 것이라는 사실을 잊은 채, 정원으로 서둘러 내려갈 때까지 지속될 것 같았다. 또한 그리하여, 일정 세월 동안, 나의 내면에서 연달아 일어나던 심적 상태들, 그리고 심지어 주기적인 신열처럼 정확하게, 하나가 돌아오면 다른 것을 축출하면서 하루가 나누어지도록까지 하던 그 상태들을 내가 분별할 수 있게 된 것은, 게르망뜨 방면으로의 산책에서였다. 그 심적 상태들이 비록 인접해 있었으되, 서로 어찌나 무관했던지, 그것들 간의 소통 수단이 어찌나 결여되어 있었던지, 내가 하나의 상태에 들어가 있을 때에는, 다른 상태에 있을 때 갈망하거나 두려워하거나 이룩한 것을 더 이상 이해할 수 없었을 뿐만 아니라, 심지어 상상조차 할 수 없었다.[231]

그리하여 메제글리즈 방면과 게르망뜨 방면이 나에게는, 우리가 동시에 병행시켜 영위하는 모든 다양한 삶들 중, 뜻밖의 돌발적인 사건들이 가장 많고, 일화들이 가장 풍부한 삶, 즉 지적인 삶에서 일어나는 소소한 많은 사건들과 연관되어 남아 있다. 의심할 나위 없이, 그 지적인 삶은 우리 내면에서 우리가 모르는 사이에 진행되고, 우리에게 그 의미와 면모를 변화시켜 보여 주고 새로운 길들을 열어준 진리들의 경우, 우리들은 오래전부터 그것들의 발견을 준비하고 있었다. 하지만 그러한 사실을 알지 못하는 상태에서였고, 따라서 그 진리들이 우리에게는, 그것들이 우리에게 보이게 된 날, 보이게 된 그 순간에야 시작된 것처럼 여겨진다. 그 시절 풀밭 위에서 놀던 꽃들, 햇빛을 받으며 흐르던 냇물 등, 그들의 출현을 둘러싸고 있던 풍경 전체가 무의식적이고 방심한 듯한 얼굴로 그것들의 추억을 계속하여 동반한다. 또한 틀림없이, 그 이름없는 행인, 몽상에 잠겨 있던 그 아이가 자기들을 오랫동안 응시하고 있을 때—군중 속에 섞여 있는 어느 회고록 작자가 어떤 왕을 응시하듯—자연의 그 구석이나 정원의 한 끄트머리는, 그들의 가장 덧없는 특징들이 그 소년 덕분에 오래 살아남게 되리라는 것을 생각할 수 없었을 것이다. 하지만 머지않아 찔레꽃들에게 자리를 내어주게 되어 있는 울타리를 따라 꿀벌들처럼 웅웅거리는 산사나무꽃 향기,[232] 어느 오솔길의 조약돌들 위를 지나는 반향 없는 발자국 소리, 냇물로 인해 수초에 기대어 형성되었다가 이내 터져버리는 수포 하나 등, 나의 열광이 그것들을 간직하여 서로 이어지던 그 여러 해를 건너도록 하는데 성공한 반면, 그 주위에 있던 길들은 지워졌고, 그 길을 밟고 지나던 이들과 그들의 추억 모두 죽었다. 때로는 그렇게 오늘날까지 이끌려온 그 풍경 한 조각이 다른 모든 것들로부터 분리되어 어찌나 고립되어 있던지, 그것이 나의 뇌리에서 불확실한 상태로 꽃 만발한 델로스 섬처럼 부유하며,[233] 나는 그것이 어느 고장으로부터, 어느 시절로부터—혹은 아마 어느 꿈으로부터—오는지 단언할 수 없다. 그러나 특히 나는, 내 정신적 토양의 깊은 지층이나 내가 아직도 기대고 있는 단단한 터전 생각하듯, 메제글리즈 방면과 게르망뜨 방면을 생각해야 한다. 그 두 방면을 편력하는 동안 내가 사물들과 사람들을 믿었던지라, 그 두 방면이 나로 하여금 알도록 해준 사물들과 사람들만을 나는 아직도 진지하게 여기며, 그들만이 아직도 나에게 기쁨을 주기 때문이다. 창조하는 믿음이 나의 내면에서 고갈되어서인지, 혹은 현실이 오직 기억 속에서만 형성되기 때문인지는 모르되, 이제 누가 나에게 처음으로 보여 주는 꽃들은 진정한 꽃처럼 보이지 않는다. 메제글리즈 방면과 그곳의 라일락들, 산사나무들, 수레국화들, 개양귀비들, 사과나무들, 그리고 게르망뜨 방면과 그곳의 올챙이 노니는 개울, 수련들, 미나리아재비 등이 나를 위하여, 내가 살고 싶은, 다른 그 무엇에 앞서 낚시질을 하러 갈 수 있고, 놀잇배를 타고 유유히 돌아다닐 수 있으며, 고딕풍 요새의 폐허를 볼 수 있고, 밀밭 한가운데서, 쌩-앙드레-데-샹이 그러하듯, 거대하고 투박하며 밀집 가리처럼 황금빛 띤 교회당 하나를 발견할 수 있는 고장들의 형상을, 영원한 모습으로 구성하여 놓았다. 그리하여 내가 여행을 하다가 역시 들판에서 수레국화와 산사나무꽃과 사과나무들을 만나게 되는 경우, 그것들이 내 과거와 같은 심층부에 처해 있기 때문에, 그것들은 나의 가슴과 즉각 소통을 이룬다. 그러나 반면, 모든 장소들에는 개별적인 무엇이 있는지라, 게르망뜨 방면을 다시 보고 싶은 욕구가 나를 엄습하였을 때 어떤 사람이 나를, 비본느에 있던 것만큼 아름다운, 아니 그것들보다 더 아름다운, 수련들이 있는 냇가로 데려간다 하여도, 나의 그 욕구를 충족시켜 줄 수 없을 것이니, 그것은 저녁에―세월이 흐른 후에는 사랑 속으로 이주하며, 사랑과 영영 분리될 수 없게 되어 있는, 그 극도의 불안이 나의 내면에서 깨어나곤 하던 시각에―내가 집에 돌아와, 나의 어머니보다 더 아름답고 더 이지적인 다른 어머니 하나가 나에게로 와서 밤인사 해주기를 바라지 않는 것과 같다. 결코 그것이 아니다. 우리가 여인들을 믿는 순간에도 여전히 그녀들을 의심하는지라, 내가 한 번의 입맞춤 속에 있던 온전하고 어떤 저의도 없으며 나를 위하지 않을 어떤 의도의 찌꺼기도 없는 내 어머니의 가슴을 고스란히 받듯 그녀들의 가슴을 우리가 소유하는 경우가 결코 없는지라, 그 시절 이후에는 내가 사랑하던 어떤 여인도 나에게 줄 수 없었던 그 동요 없는 평온 속에서, 내가 행복하게 잠들 수 있기 위해 나에게 불가결했던 것이 곧 어머니였듯이, 그리고 어머니가, 눈 밑에 무엇인가 단점처럼 여겨지던 것이 있었으되 나는 나머지 다른 부분과 똑같이 좋아하던, 그 얼굴을 나에게로 숙이시는 것이었듯이, 마찬가지로 내가 다시 보고 싶은 것은, 떡갈나무 오솔길 입구에 서로 인접해 있는 두 농가와는 조금 떨어져 있는 그 농가와 함께 나에게 익숙하였던 게르망뜨 방면, 태양이 마치 늪의 수면처럼 반짝이도록 만들 때면 그 표면에 사과나무 잎들의 형체가 드리워지는 풀밭, 가끔 밤이면 나의 꿈속에서 그 독특한 개성이 거의 초자연적인 힘으로 나를 포옹하지만 잠에서 깨어난 후에는 다시 찾을 수 없는 그 특이한 풍경 등이다. 물론, 다양한 인상들을 나로 하여금 동시에 느끼게 해준 것만으로 그것들을 나의 내면에 영영 흩어지지 않게 결합시킴으로써, 메제글리즈 방면이나 게르망뜨 방면이 훗날 나를 숱한 실망과 심지어 숱한 실수에 노출시켰다. 왜냐하면, 어떤 사람이 단지 나에게 산사나무 울타리를 상기시켰을 뿐이라는 사실을 간파하지 못하고 그 사람을 다시 보려 하던 일이 빈번했고, 또한 여행을 떠나고 싶은 단순한 욕구에 의해, 내가 어떤 애정의 부활을 믿거나 다른 이로 하여금 믿게 하는 짓으로 유도되곤 하였으니 말이다. 그러나 또한 바로 그 사실로 인하여, 그리고 그 두 방면이 연관되어 있을 수도 있을 오늘의 내 인상들 속에 그 방면들이 존속함으로써, 그것들은 나의 인상들에게 토대와 깊이와 다른 인상들에게는 없는 별개의 차원을 부여한다. 또한 그 인상들에게 오직 나만을 위한 하나의 매력과 의미도 추가해 준다. 여름날 저녁, 평온하던 하늘이 야수처럼 으르렁거리고, 그리하여 모두들 폭풍우를 탓하며 투덜거릴 때에도, 나만 홀로, 쏟아지는 비의 소음을 뚫고, 보이지 않되 집요한 라일락꽃들의 향기를 호흡할 수 있는 것은 메제글리즈 방면 덕분이다.

그렇게, 꽁브레 시절을, 잠 이루지 못하던 슬픈 저녁들을, 또한 최근에 그 영상이 한 잔 차의 맛에—꽁브레에서는 '향기'라고들 불렀을—의해 나에게 반환된 숱한 날들을, 그리고 추억들의 연상 작용에 따라, 그 작은 도시를 떠난 지 여러 해가 흐른 후, 내가 태어나기 전에 스완이 겪었던 어떤 사랑에 대해, 우리와 가장 가까운 친구들의 삶에 관한 세부적 사실들보다 때로는 더 얻기 쉬운, 여러 세기 전에 죽은 이들의 삶과 관련된 세부사항들처럼 내가 정확히 알게 된(그리고 한 도시에 앉아서 다른 도시에 있는 사람과 한담하는 것이 불가능했던 것처럼 불가능해 보이는—그러한 불가능성을 피하게 해준 우회로를 모르는 한)[234] 것 등을 회상하며 자주 아침까지 누워 있곤 하였다. 그 모든 추억들이 서로에게 추가되어 이제 하나의 덩어리만을 형성하고 있었으되, 여전히 그것들 사이에서—가장 오래된 것들과 어떤 향기에서 소생한 더 근래의 것, 그리고 내가 당사자로부터 들어 알게 된 어떤 사람의 추억들에 불과한 것들 사이에서—균열들이나 진정한 단층들은 아니더라도, 최소한, 특정 암석이나 대리석에서 근원과 시기와 '형성'의 차이들을 드러내 보이는 돌결들이나 얼룩거리는 다양한 빛깔들은 분별할 수 있었다.

물론 아침이 가까워질 무렵에는, 이미 오래전에, 내가 잠에서 깨어나는 동안 잠시 지속되던 불확실성이 걷혔다. 나는 내가 실제로 어떤 방에 있는지 알고 있었던 바, 내가 그 방을 어둠 속에서 나의 주위에 재축조하였음이며, 나는―오직 기억에만 의지하여 방향을 분간하거나, 내가 그 발치에 창문 커튼들을 위치시킨 언뜻 보인 어렴풋한 빛[235]을 실마리처럼 이용하며―창문들과 출입문들의 원래 위치를 기억하는 건축가와 실내장식업자처럼 방을 몽땅 재축조하고 가구들을 들여놓았으며, 거울들을 다시 걸고, 서랍장을 일상적인 그것의 자리에 다시 놓았다. 그러나 새벽빛이―그리고 그것은 더 이상, 내가 생각한 것처럼, 커튼 고리 끼우는 구리 막대에 어린 마지막 숯덩이의 반사광이 아니었다―어둠 속에, 마치 분필을 이용한 듯, 하얀 자기의 첫 정정하는 빗살을 긋자마자, 내가 실수로 문틀에 위치시켰던 창문이 커튼들과 함께 그곳을 떠났고, 그동안, 나의 기억이 서투르게 놓아두었던 책상은, 창문에게 자리를 내어주기 위하여, 벽난로를 앞쪽으로 밀고 복도와 방 사이의 벽을 젖히면서 전속력으로 도망을 쳤다. 그리고, 한 순간 전까지도 화장실이 펼쳐져 있던 장소에는 작은 안뜰 하나가 군림하고 있었으며,[236] 내가 어둠 속에 다시 세웠던 거처는, 여명의 쳐들린 손가락이 커튼들 위에 그어놓은 그 창백한 신호에 쫓겨 달아나, 내가 깨어나던 순간의 소용돌이 속에 언뜻 보이던 거처들과 합류하였다.

옮긴이 주

1부 꽁브레

1
1) 프랑수와 1세와 까를로스 낀또(카를 5세) 황제 간의 적대관계 혹은 경쟁관계와 관련된 많은 일화들이 있다. 또한 19세기 후반에 프랑수와 미녜라는 사람이 쓴 『프랑수와 1세와 까를로스 낀또 간의 적대관계』라는 책이 있다고 한다.
2) 몇몇 종교나 피타고라스 같은 일부 학자들이 주장하였다는 '윤회'를 마치 하나의 공리(公理)인 양 언급한 것이 의외로 여겨질 수도 있겠으나, 프루스트의 작품세계 전체가 질료적 유전(流轉) 내지 기억 현상을 축으로 삼아 구축되었음을 미리 지적해 둔다.
3) 물론 꿈을 꾸는 동안을 가리킨다.
4) 뒤에 술회될 이야기이지만, 그 시절, 어린 주인공(화자)은 엄마로부터 잘 자라는 인사인 입맞춤을 받지 않고는 잠을 이루지 못하였다.
5) 노년기에 접어들어 겪은 일이 비몽사몽간에 되살아나는 순간, 그 부활된 추억 속의 주인공이 소년 시절의 일을 회상하는 것이다.
6) 물론 쌩-루 부인 댁에 있는 그의 침실이지만, 어린 시절 일찍 잠자리에 들곤 하던 조부모님 댁 침실과 중첩시켜 술회한 것이다.
7) 갈매기의 일종이다. 제비 갈매기라고도 한다.
8) '작은 방'을 뜻하는 에스빠냐어이다. 큰 방의 벽을 파서 조성한 구석방을 가리키며, 대개의 경우 은밀한 사랑의 장소를 상징한다.
9) 뿌리를 향료로 쓰는 인도산 풀을 가리키는 '타밀어(vettiveru)' 라고 한다. '쇠풀' 혹은 '향근초'라고 옮기는 사전들이 있으나, 그러한 번역어들이 합당한지 알 수 없어 그 풀의 원산지 말로 적는다.
10) 건축의 경우(특히 교회당의 경우), 12세기부터 16세기까지를 가리킨다.
11) 샤르트르의 노트르-담므나 빠리의 노트르-담므 등 교회당의 고딕 시대 그림 유리창이 유명하다.

12) 골로(Golo)는 브라방 지방 영주인 지그프리트의 집사로, 영주가 사라센 침공군을 막으러 전쟁터에 간 틈을 타, 영주의 아내인 쥬느비에브를 유혹한다. 그녀가 거절하자 골로는 전쟁터로 급히 서신을 보내어, 그녀가 외간 남자와 사통하고 있다고 자기의 주군인 영주에게 거짓으로 고한다. 노한 영주가 그에게 회신하여 명하기를, 지체하지 말고 그녀를 죽이라 하자, 골로가 수하들을 시켜 그녀를 숲속으로 끌고 가 처단하게 한다. 하지만 영주의 아름다운 아내를 가엾이 여긴 골로의 수하들이 그녀를 차마 죽이지 못하고 숲 속에 내버려 두었는데, 여러 해가 지난 어느 날, 전쟁터에서 돌아온 영주가 사냥을 나갔다가 숲에서 그녀를 만나고, 사건의 실상을 알게 되며, 결국 골로를 극형에 처한다. 중세의 색채가 짙은 전설로, 20세기 초까지 서유럽에 널로 유포되었던 이야기이다.
13) 프랑스 최초의 왕조 명칭이다. 우리나라에서 흔히 '메로빙거'라고 지칭하는 왕조의 프랑스식 명칭이다. 실질적인 왕조를 연 끌로비스 1세(466경~511)의 조부 메로베(?~458경)에서 유래한 명칭이다. 메로베 왕조가 비록 프랑크족에 의해 수립되었으나, 그것이 프랑스의 왕국이었던지라, 그 왕조의 인물들을 이 책에서는 프랑스인들의 관행에 따라 표기한다.
14) 한 사람의 고유한 개성 혹은 특질을 가리키는 말 'moi'를 옮긴 것이다. '나 자신'으로 읽어도 무방할 듯하다.
15) 샤를르 뻬로의 『옛날 이야기』에 등장하는 인물이다. 그의 이름은 '푸른 수염'을 뜻하며, 자기의 아내들을 차례로 죽여 시신을 골방에 감추어 두던 사람이다. 19세기 이후 메떼를랭크 및 아나똘 프랑스 등이 그 이야기를 다시 작품의 소재로 삼았으며, 특히 메떼를랭크의 『뻴레아스와 멜리장드』에 등장하는 늙은 남편 골로(Golaud)는 바르브-블르의 한 변형일 듯하다. 프루스트가 쥬느비에브의 전설에 등장하는 집사 골로(Golo)와 바르브-블르를 나란히 놓은 것은, 그 두 인물이 모두 한 여인을 죽음으로 몰았거나 살해하였다는 점 때문일 것이다.
16) '터무니없다' 혹은 '어처구니없다'는 등의 감정이나 생각을 나타내는 몸짓이다.
17) 유명한 배우였던 프로스뻬르 브레쌍(1815~1886)이 유행시킨, 솔처럼 짧게 깎은 머리라고 한다.
18) 마음씨가 매우 착하였다는 뜻.
19) 빠리의 최상류층 사람들이 모이던 가장 비개방적인 사교 클럽이었으며, 1834년에 결성되었다고 한다. 프랑스인들은 죠키(Jockey)를 '죠께'로 발음하나, 그

것이 원래 스코틀랜드 말인지라 영국인들의 발음대로 적는다.
20) 프랑스의 마지막 왕이었던 루이-필립의 손자 루이-필립-알베르 도를레앙(1838~1894)을 가리킨다.
21) 훗날 옥좌에 오른 에드워드 7세(재위 1901~1910)가 1841년부터 1901년까지는 웨일스 대공이었다.
22) 옛 빠리 서쪽 성밖에 있던 쌩-제르맹-데-프레 수도원으로부터 군사학교가 있는 쎈느 강변까지의 구역을 가리킨다. 오늘 날에는 빠리 제7구에 속하며, 근처에 앵발리드와 오르세 강변로(부두)가 있다. 프루스트의 작품에서는 그 구역이 대개의 경우 상류 사교계를 환유한다.
23) 사회적 중요도를 나타내는 계수(係數)를 가리키는 듯하다.
24) 쌩-루이 섬 남쪽 강변로이다. 19세기에 가난한 배우들, 화가들, 문인들이 그 곳에 많이 살았다고 한다.
25) 모작이나 저질 혹은 방치되어 때가 덕지덕지 낀 그림들을 가리키는 속어이다.
26) 많은 은행들과 백화점 등이 밀집해 있는 빠리의 중심가이다. 특히 오쓰만 대로 102번지에 프루스트가 1907년부터 1919년까지 거주하였다.
27) 아리스타이오스는 강이나 샘터의 님파(나이아스) 퀴레네의 아들이다. 그가 오르페우스의 아내 에위리디케에게 욕정을 느껴 그녀를 겁탈하려 하였고, 그의 손아귀를 피해 도망치던 에위리디케가 독사에 물려 죽었으며, 노한 신들이 그가 기르던 꿀벌들 사이에 전염병을 만연시켜 벌들을 죽이자, 그가 몹시 슬퍼하며 수중에 있는 수정 궁궐로 모친 퀴레네를 찾아간다. 그러한 모자 간의 애틋한 상봉 장면을 비르길리우스가 그의 『농경시』 제4권에서 노래하고 있다. 한편 테티스는 바다의 님파인 네레이스이며 아킬레우스의 모친이다. 따라서 그녀가 수중 궁궐에서 아리스타이오스를 환대하였을 리는 없다. 프루스트가 혼동한 듯하다. 그러나 정서적 측면에서는 용인될 수 있는 혼동이다.
28) 계란 노른자와 겨자를 기본 재료로 삼아, 계절에 따라 마늘이나 양파 등의 양념을 첨가한 소스.
29) 잉글랜드에 망명하였던 빠리 백작이 1871년까지 머물던 곳.
30) 존칭을 생략한 것은, 주인공의 대고모나 기타 어른들의 시각 및 어투를 그대로 옮겨 놓았기 때문일 듯하다.
31) 그림 속 인물들의 얼굴이 시대적 특징 내지 공통점을 가지고 있다는 언급이 작품의 다른 곳에서도 발견된다.

32) 잎과 줄기를 향신료로 사용하는 쑥의 일종을 가리키는 라틴어이다.
33) 뒤에 등장하는 바쟁 드 게르망뜨(공작)의 모친과 오리안느 드 게르망뜨(공작 부인)의 모친 그리고 빌르빠리지 부인 등은 자매지간이며, 부이옹 가문에서 출생하였다. 한편, 부이옹 가문은 라 뚜르 도베르뉴 가문의 지파이다.
34) 바쟁 드 게르망뜨와 오리안느 드 게르망뜨를 가리킨다. 바쟁은 사촌 누이 오리안느와 결혼하였으며, 그의 부친 생존시에는 롬므 대공이었다.
35) 주인공(화자)의 할머니처럼 프루스트의 외조모 역시 쎄비녜 부인(1626~1696)의 열렬한 독자였다고 한다.
36) 마끄-마옹 백작(1808~1898)은 프랑스 대원수였으며, 1873년부터 1879년까지 프랑스 제3공화국 대통령직을 수행하였다.
37) 프랑스의 마지막 왕이었던 루이-필립의 재위 기간은 1830년부터 1848년까지이다.
38) 몰레 백작은 루이-필립 치세기에 수상직에 올랐고(1836~1839), 빠스끼에 공작은 귀족원(Chambre des pairs) 의장, 브롤리 공작은 재상이었다.
39) 정신병 전문의사들이 약간은 미쳤고 또 그러해야 한다는 통념을 염두에 둔 은근한 농담이다.
40) 사람들이 그의 아내와 딸에 대하여 드러내는 냉담한 태도를 가리킨다.
41) 물론 반어법일 듯하다.
42) 옮긴이 주 38)에서 언급된 빠스끼에 공작의 종손이라고 한다.
43) 지금까지 언급된 '할아버지'와 '할머니'는 주인공(화자)의 외조부모이고, '대고모'는 외조부의 여형제, 즉 일부 법무 종사자들 사이에서 사용되는 용어로 '외대고모'이다. 이는 친가, 외가를 구분한 호칭을 별로 사용하지 않는 관행에서 비롯된 호칭들이다. 또한 부모의 여형제들뿐만 아니라 조부모(친·외가)의 여형제들까지 모두 '숙모'로 칭하는 것이 보편적이다. 마찬가지로 부모 및 조부모의 남자 형제들은 대개의 경우 '숙부'라 부른다.
44) 모방(1821~1902)은 꼬메디-프랑쎄즈 극장의 정회원이었고, 오스트리아 성악가였던 아말리아 마테르나(1845년경~1918)는 바이로이트에서 1876년에 브륀힐더 역을 초연하였으며, 그 이후 1891년까지 바그너의 여러 작품 공연에 참여하였다.
45) 할머니의 두 자매 홀로라와 쎌린느의 대화가 시작되는 부분부터(그녀의 자매 쎌린느가 대꾸하셨다….) 이 부분까지 두 사람의 역이 뒤바뀌어 있는 것을 바로

잡아 옮겼다. 프루스트의 가벼운 부주의에서 비롯된 혼동인 모양인데, 갈리마르 1954년판(삐에르 끌라락)이나 가르니에-플라마리옹 1987년판(쟝 미이)은 물론, 가장 완벽하다고들 하는 갈리마르 2006년판(쟝-이브 따디에)에서조차 그것을 수정하지 않았으니 기이한 일이다. 오류조차도 원전의 것을 존중해야 한다고 할 사람도 있겠으나, 독자들의 혼란을 방지하기 위하여 바로잡는 편을 택한다.

46) 물론 빈정거리는 반어법이다.
47) 쌩-시몽(1675~1755) 공작이 루이 14세의 치세기 말엽 궁정과 궁정인들 및 당시의 정치·사회적 풍정을(1675년에서 1723년에 걸친) 1694년부터 죽는 날까지 기록한 회고록이다. 광범위하며 동시에 세밀한 풍속도이다.
48) 에스빠냐의 공주와 루이 15세 간의 혼인을 주선하기 위하여 쌩-시몽이 특사로 파견된 것은 1721년이다.
49) 쌩-시몽의 『회고록』이 사건들을 현장감 넘치게 기록한 사실 때문에 '일기'라고 한 듯하다. 한편 뒤이어 '신문'에 그것을 비교한 것은, 일기나 신문을 공히 지칭하는 프랑스어가 'journal'이기 때문일 듯하다.
50) 러시아 황제 니꼴라이 1세의 조카딸이며, 그리스의 왕 게오르기오스 1세와 혼인하여 1867년부터 1913년까지 그리스의 왕비였던, 올가 콘스탄티노바를 가리킨다고 한다.
51) 레옹 대공녀 에르미니 들 라 브루쓰 드 베르떼이약(1853~?)을 가리킨다고 한다.
52) '몸통'을 경멸적으로 가리키는 말일 듯하다.
53) 쌩-시몽은 몰레브리에 후작(1677~1754)에 대하여 그의 『회고록』 여러 곳에서 (1710~1723년에 걸쳐) 몹시 경멸적인 어투로 술회하고 있다.
54) 쎌린느가 주인공(화자)의 할머니뻘 되는 사람이지만, 여기에서는 스완 씨나 할아버지가 사용했음직한 호칭을 그대로 옮겨 놓은 듯하다.
55) 폼페이우스가 파르살라 전투에서 패한 후 알렉산드리아로 피신하였다가 이집트의 왕 프톨레마이오스에게 암살당하고, 그의 아내 코르넬리아(코르넬리우스 스키피오의 딸이다)는 율리우스 카이사르의 포로가 되는데, 그녀는 남편을 위해 복수하는 것을 자신의 의무로 여기면서도, 자기를 예우하는 카이사르의 미덕에 무심할 수 없다. 프루스트가 인용한 구절은 코르넬리아가 그러한 괴로운 심경을 토로하는 탄식이다(꼬르네이유, 『폼페이우스의 죽음』, 3막 4장, 1072

절). 프루스트는 꼬르네이유의 구절에서 '오, 하늘이여!'를 '주님'으로 바꾸었다. 한편 할아버지가 말하는 '미덕'은 인간의 평등을 역설하는 쎌린느의 '미덕'을 가리킬 듯하다.

56) 'viatique'를 옮긴 것이다. 원의는 '노자'나 '여행길 양식(viaticum)'이지만, 그것이 카톨릭에서 노자 성체(路資聖體)라는 뜻으로 사용되었고, 특히 이 작품에서는 주인공의 정서를 감안할 경우 '저승길 양식'이라 옮기는 것이 타당할 듯하다.

57) 흔히들 '니스', '와니스', '바니시' 등으로 옮기는 'vernis'를 원의에 입각하여 옮긴 것이다. 중두난방 사용되는 그 어휘들이 거의 와언(訛言)에 가깝기 때문이다.

58) 육체적 통증이 꿈속에서는 엉뚱한 형태의 불편함으로 지각되는 현상을 가리키는 듯하다.

59) 모쉐가 태어났을 때, 그리고 예수가 태어났을 때, 이집트의 파라오나 헤롯이 저지른 행위를 암시한다(「출애굽기」, 1장 16절. 『신약』이 전하는 예수 출생 후의 아기들 학살 이야기)

60) 「출애굽기」, 23장 19절.

61) 「창세기」, 32장 23~32절. 야훼가 야콥과 밤새도록 씨름하던(싸우던?) 중, 그를 이길 수 없음을 알고 야콥의 '엉덩이 움푹한 곳'을 쳐서 그에게 부상을 입혔다는 기이한 이야기를 가리킨다. 야훼의 손이 닿은 부분인지라 먹지 말라는 뜻일 것이다.

62) 빠리 지역에서 활동하던 떠돌이 문인 뤼뜨뵈프(13세기)가 남긴 작품 『떼오필의 기적』을 가리키는 듯하다. 자신의 불운을 비판하다가, 신에게 앙갚음하기 위하여 자신의 영혼을 마귀에게 팔았으나, 곧 후회하고 마리아에게 빌어 구원을 얻었다는 사제 지망생 떼오필의 이야기이다. 마리아의 기적 이야기가 유행하던 시기(11~13세기)의 산물로, 파우스트 전설의 모태가 되었음직한 작품이다. 그러나 한편, 떼오필에게 '성자'의 칭호를 붙이던 관행은 뤼뜨뵈프의 작품과 무관한 것 같다. 뤼뜨뵈프의 작품에서 마리아에 대한 심한 야유가 발견되기 때문이다. "유리창으로 햇빛 드나들어도, / 그곳에 흠집 남지 않듯이, / 하늘에 계신 신께서 / 당신을 어머니로 그리고 여인으로 만들었어도, / 당신은 여전히 처녀였습니다." 떼오필의 기도 중 한 부분이다(492~497행). 뤼뜨뵈프의 시종 비아냥거리는 어조를 옛 프랑스 사람들이 간파하지 못한 소치일까?

63) 샤를르마뉴의 봉신인 엠므 드 도르돈느의 네 아들(르노, 알라르, 기샤르, 리샤르)이, 샤를르마뉴에 반기를 들어 전쟁을 벌였다는 이야기를 전하는, 12세기 말의 영웅전 『르노 드 몽또방』의 다른 명칭이 『에몽의 네 아들』이다.
64) 예전에는 고기 요리를 먹은 후 치즈를 먹기 전에 아이스크림 등 가볍고 단 음식을 먹었으나, 근래에는 그것이 후식과 통합되었다.
65) 즉 식사가 끝나면.
66) 빠리 국립음악원과 트레비즈 로 모두 프루스트가 1906년부터 1919년까지 살았던 오쓰만 대로(102번지) 근처에 있다.
67) 아주 여리게 들리는 현상을 가리킬 듯하다('pianissimo'를 원음대로 적는다).
68) 삐사의 깜뽀 싼또(신성한 들판) 묘역에 베노쪼 고쫄리(1420~1497)가 〈구약 이야기〉라는 벽화를 그렸다고 한다. 그러나 따디에 교수나 쟝 미이 교수의 지적에 의하면 그 벽화 속에 프루스트가 말한 장면이 없다고 한다. 하지만 프루스트의 작품에 묘사된 장면이 『구약』 다음 서술을 즉각 연상시킴도 사실이다. "아브라함이 아침 일찍 일어나 나귀에 안장을 지우고, 두 종과 아들 이사악을 데리고 번제에 쓸 장작을 쪼개어…"(「창세기」, 22장, 1~3절).
69) 20세기 후반까지도 초등학생들이 학교에서 누에를 기르며 관찰기록을 남긴 사례가 보이는데, 아마 누에의 알을 소년에게 선물하였을 법하다.
70) 뮈쎄의 시들 중 고통스러운 사랑을 노래한 것들이 많고, 죠르주 쌍드의 소설 『인디아나』는 질풍 같은 정염(情炎)을 그린 작품인데, '루쏘의 작품'은 어느 것일지 선뜻 짐작하기 어렵다. 혹시 『신세대 엘로이즈』를 염두에 둔 언급일까? 아이를 위해 『인디아나』를 골랐다면 그 소설을 고르지 않았을 이유가 없다.
71) 꼬로(1796~1875)가 1830년에 그린 작품이고, 프루스트가 프랑스의 가장 뛰어난 그림들 중 하나로 꼽았던 것이기도 하다.
72) 위베르 로베르(1733~1808)가 1783년에 그린 「분수가 있는 공원 풍경」을 가리킨다.
73) 터너(1775~1851)가 1817년에 그린 「베수비오 화산의 폭발」을 가리킨다.
74) 모르겐(1758~1833)은 휘렌체에서 옛 걸작품들을 복제하는 일을 업으로 삼고 있던 사람으로, 또스까나 공작의 위촉을 받아 1800년에 레오나르도 다 빈치의 「최후의 만찬」을 판화로 제작하였고, 19세기 유럽의 '좋은 가정' 치고 그 판화의 복사품을 소장하지 않은 가정이 없을 정도로 성공한(상업적으로) 작품이었다고 한다.

75) '유기아' 로 옮긴 'champi' 라는 말은 프랑스 중남부 산악지역인 베리 지방에서 사용되던 사투리인데, '들판에 버려진 아이' 를 뜻하는 그 말이 죠르주 쌍드의 소설(1849년에 출간) 덕분에 널리 알려진 듯하다.
76) 이 작품에서 뿐만 아니라, 『쌩뜨-뵈브 논박』(1908년)을 비롯한 많은 논설문에 피력된, 문예 작품에 대한 프루스트의 일관된 시각이다.
77) 방앗간 안주인 마들렌느 블랑셰가 어느 날 우물 가에서 버려진 아이를 발견하고 데려다 키우는데, 두 사람 사이에 자신들조차 의식하지 못하는 사랑이 태동하고, 청년으로 성장한 아이가 외지로 떠났다가, 미망인이 된 양모의 병환 소식을 듣고 돌아와, 서로에게로 향한 사랑을 확인하고 결혼한다는 이야기이다.
78) '유기아' 라고 옮긴 '샹삐' 라는 말의 어원은 들판을 뜻하는 '샹(champ)' 이다. 즉, '들판에 버려진 아이' 라는 뜻이다. 가난 때문에, 혹은 쌍둥이가 태어날 경우 산모가 두 남자와 상관했다고 믿던 관습 때문에, 아이를 남몰래 버리는 일이 19세기까지 흔했다고 한다.
79) 진정한 예술가는 윤리적 중립 상태에 스스로를 놓아 두어야 한다는 것이 프루스트의 일관된 주장이다. 이 짧은 부연이 죠르주 쌍드뿐만 아니라 에밀 졸라나 빅또르 위고까지 겨냥한 가벼운 해학처럼 들린다. 이 작품에 등장하는 문인 베르고뜨나 화가 엘스띠르의 예를 통하여 표출된 시각이다.
80) 『유기아 프랑수와』에서는 모든 서술이 시종 반과거(지속을 나타내는)와 단순과거(동작의 완료를 나타내는) 두 시제로만 이어져, 전원적인 소박함 내지 투박함이 두드러져 보인다.
81) '점유한다' 는 말은 대상의 깊숙한 본질을 '인지한다' 는 말과 동의어이다. 즉, 대상의 가장 유현(幽玄)한 본질과의 교감 내지 융합이 이루어졌다는 말이다. '한 여인을 알았다' 든가 '한 여인을 점유했다' 는 프랑스어의 표현은 육체적으로 상관하여 질료적 혼융의 경지에 도달하였다는 뜻이다.
82) 프루스트가 언급한 '켈트인들의 신앙' 과 관련하여 쟝 미이 교수는 르낭의 『유년시절과 청년시절 추억』과 아나똘 프랑스의 『삐에르 노지에르』를, 그리고 따디에 교수는 미슐레의 『프랑스 역사』(제1권, 제4장, 프랑스의 지도)를 인용하며, 프루스트가 그 책들의 영향을 받았거나 그것들을 염두에 둔 듯한 인상을 주는 주석을 달았다. 하지만 그 책들 어느 것에도 프루스트가 마들렌느 일화 속에 구체화시킨 '신앙' 이나 전설은 내포되어 있지 않다. 프루스트가 '켈트인들의 신앙' 이라고 포장한 것의 실체는, 영영 잃은 줄 알았던 아들을 크림파이

맛 덕분에 다시 찾는다는 어느 고적한 어머니 이야기의 구도 속에 있다(『천일 야화』, 「누레딘 알리와 베드레딘 하싼 이야기」, 93화~122화, 앙뚜완느 갈랑, 1704~1717년 간행).
83) 그를 둘러싸고 있던 일체의 상황으로부터 단절된 듯한 느낌을 가리킬 듯하다.
84) 지식 보따리를 가리킬 듯하다.
85) 이 작품의 마지막 편인 「되찾은 시절」(게르망뜨 대공 댁 오후 연회)에서 그 원인에 대한 설명이 시도되며, 그 설명이 작품의 대단원을 이룬다. 즉, 마들렌느 일화가 대단원과 맞물려 있다.

2

1) 프랑스의 옛 거리 측정 단위로, 1리으(lieue)는 약 4킬로미터이다.
2) 쟝–프랑수와 밀레(1814~1875)의 「양치기 소녀」(1858)를 연상시키는 묘사이다.
3) 프레(pré)는 '풀밭'이라는 뜻이다. 즉 큰 풀밭(그랑 프레)과 작은 풀밭(쁘띠 프레)을 가리킨다.
4) 아기 예수를 담았던 여물통을 가리킨다.
5) 예수가 처형당한 십자가를 포함한 풍경이다.
6) 보리수차가 진정제의 효능을 가지고 있다고 한다.
7) 말린 보리수 잎과 가는 줄기 및 꽃을 묘사하고 있는 이 기이한 단락은, 회화 중 프루스트의 주요 관심대상이었던 죽은 자연(la nature morte, 흔히 '정물'이라고 옮기는 말인데, 화폭 속의 사물들이 실은 죽지 않았다는 뜻을 내포한 일종의 반어법이다)에 대한, 특히 샤르댕(1699~1779)의 작품들에 대한 그의 언급과 같은 선상에 있는 몽상이다. "…샤르댕에게 그러하듯 당신에게도 금속들이나 돌이 활기를 되찾고 과일들이 말을 하는 듯 보일 것입니다. (…) 특히 죽은 자연은 살아있는 자연으로 보일 것입니다."(『논설문』, 〈샤르댕과 램브란트〉).
8) 비쉬(프랑스 중부)의 천연 탄산 광천수는 이미 로마 제국 시절부터 유명했으며, 그곳이 17세기부터 휴양지로 널리 알려진 것 또한 그 광천수 덕분이다. '쎌레스땡'은 생산업체의 이름일 듯하다.
9) 『에스테르』 6장 1절. 페르시아의 왕 아하수에로스(아쑤에루스, 크세르크세스)가 잠이 오지 않아서 시종으로 하여금 궁중실록을 가져다 자기 앞에서 읽게 하였

다는 일화를 연상시키는 언급이다.
10) 죠반니 벨리니의 작품「삐에따」를 연상시키는 묘사이다.
11) 아버지(아가멤논)의 원수를 갚기 위해 자신의 친모 클리템네스타라를(그녀의 정부 에기스토스와 함께) 살해한 후, 복수의 여신들(에리뉘에스)로부터 끔찍한 고통을 받았다는 오레스테스의 이야기(3부작 『오레스테이아』)를 쓴 아이스퀼로스를 가리킬 듯하다.
12) 모든 판본에는 마침표가 온점(.)으로 되어 있으나, 역자가 느낌표(!)로 바꾸었다.
13) 물론 반어법이다. '내가 믿기를 기대하느냐' 는 가벼운 빈정거림이 어린 말이다.
14) 중세 이후 근대까지 통용되던 프랑스의 화폐 단위로, 옛날에는 20쑤(sou)가 1 리브르(livre) 혹은 1프랑에 해당하였다.
15) 까뮈 씨의 상점에서 일하는 남자 아이이다.
16) '사랑 받은' 왕 혹은'미친'왕이라는 별명을 가졌던 샤를르 6세(재위, 1380~1422)가 1392년 경부터 정신이상 중세를 보이자, 그를 딱하게 여기던 신하들이 그로 하여금 카드 놀이를 즐기게 하였다고 한다. "사람들이 그 놀이를 좋아한 것은, 그것이 생각을 멈추게 하고 망각을 가져다 주었기 때문이다...그 카드들을 응시하던 나머지, 그 가엾고 외로운 광인이 카드 속에 자신의 꿈들을 펼칠 수도 있었을 것이다. 그가 미쳤다고? 왜 현자는 아니겠는가?"그 왕에 대한 미슐레의 술회이다(『프랑스 역사』, 제7권, 제3장, 〈샤를르 6세의 광기〉).
17) '루이 성왕' 은 까뻬 왕조 제9대 왕인 루이 9세(재위, 1226~1270)를 가리키며, 그의 '후계자들' 이란, 그의 아들 필립 3세, 손자인 필립 4세 등을 가리킬 듯하다.
18) 끌로비스 1세(메로베 왕조의 제4대 왕, 재위 481~511) 이후 교회의 영향력 밑에 있던 프랑스가, 필립 4세(재위 1285~1314) 시절에 교황의 지배에서 벗어난 사실을 가리키는지 모르겠다.
19) 메로베 왕조의 말기 왕들 중 하나인 다고베르 1세(602경~639)의 재정 고문이었던 엘루와(588~659)가, 누와용의 주교로 임명되기 전에는 왕실 전속 금은 세공사이기도 했다고 한다.
20) 게르만 왕 루이는, 샤를르마뉴의 아들 경건한 루이(루이 1세, 778~840) 황제의 셋째 아들(804~877)로, 바이에른 왕국의 옥좌에 올랐으며, 그의 아들들이란 이

딸리아 왕이었던 까를로만(828~880)과 게르마니아 왕이었던 젊은 루이 3세(?~882)및 뚱보 샤를르 3세(839~888) 등을 가리키는 듯하다.

21) 교회당의 신도석(중앙 및 측면의 홀)을 가리키는 'vaisseau'는 '거대한 선박'을 뜻하기도 한다. 또한 '펼친다'라고 옮긴 'déferler'는 항해를 하기 위해 돛을 활짝 편다는 뜻이다. 여러 세기를 견딘 교회당 내부를, 대양을 성공적으로 항해한 선박에 비유한 것이다. 시간적 길이를 공간적 길이 내지 면적으로 변환시킨 예인데, 작품의 말미에서도 화자는, 사라진 줄 알았던 세월들이 일거에 자신의 눈 아래에 펼쳐짐을 깨닫는다.

22) 카롤루스 왕조 말엽(10세기 말)부터 고딕 양식이 출현하던 시기(12세기)까지 서유럽에서 널리 유행하던 건축 양식인 로마네스크 양식을 가리키는 듯하다.

23) '성왕 루이' 즉 루이 9세의 재위 기간은 1226년부터 1270년까지이다.

24) 프루스트가 따옴표 속에 인용한 부분은, 오귀스땡 띠에리의 『메로베 왕조 시절 야화』〈첫 번째 이야기〉마지막 단락의 일부를 약간 변형시킨 것이다. 띠에리가 전하는 이야기는 다음과 같다. "사람들이 이르기를, 갈레스빈트의 장례식 날, 그녀의 무덤 곁에 걸려 있던 크리스탈 램프가, 아무도 그것에 손을 대지 않았건만 스스로 풀려 대리석 포석 위에 떨어졌고, 그러나 등이 깨지지도 불이 꺼지지도 않았다고 한다…." 갈레스빈트는 서고트 왕국의 공주로, 메로베 왕조 제8대 왕이었던 쉴뻬릭 1세(539~584)와 혼인하였다가, 왕의 음탕한 총희 후레데공드에 의해 암살당한 여인이며, 띠에리의 작품에서는 외로움과 현숙함의 화신으로 묘사되어 있다. 따라서 '씨쥬베르(535~575)의 손녀'라는 프루스트의 언급은, 혼동에서 비롯된 것이 아닌지 모르겠다. 혹은 프루스트의 작품에서 빈번히 발견되는 의도적인 '상표 제거' 작업(표절이라 해도 무방할 듯하지만)의 결과일 수도 있다. '마들렌느' 일화의 원형을 『천일 야화』에서 취했음이 분명하건만, 그 도입부를 '켈트인들의 신앙'으로 재포장한 것과 같은 예이다(〈꽁브레 1〉, 주 82) 참조).

25) 교회당의 주제단과 성가대석을 감싸고 있는 반원형의 끝 부분을 가리킨다. '머리맡(chevet)'이라고도 한다.

26) 고딕식 교회당의 걸작들 중 하나로 꼽히는 샤르트르 주교좌 교회당 노트르-담므를 가리킨다.

27) 고딕식 교회당들 중 가장 완벽한 작품이라는 평가를 받는 랭스의 주교좌 교회당 노트르-담므를 가리킨다.

28) 교회당의 종루 상단 뾰족탑 끝에 있는 수탉 모양을 가리킨다. 시골의 작은 교회당에서 흔히 볼 수 있는데, 수탉은 갈리아의 유구한 상징이다.
29) 마차나 난방시설이 없던 기차에서 여행객들이 사용하던 방한용 덮개일 듯하다.
30) 대개의 경우, 종루(종각)는 탑(종탑) 상부에 있다. 탑 아랫 부분 일부가 파괴된 상태일 듯하다.
31) 종탑에 서식하던 까마귀들이 종소리에 놀라 일제히 날아 오르는 광경일 듯하다.
32) '제1전경'과 '제2전경'을 각각 '전경'과 '후경'으로 옮기기도 한다.
33) 시험 인화(épreuve)라고도 한다.
34) 쌩-오귀스땡 교회당은 오쓰만 대로와 말제르브 대로가 교차하는 지점(빠리 제8구)에 있어, 빠리에서 가장 소란한 교회당으로 알려져 있으며, 높이 80미터에 이르는 그 교회당의 거대한 원형 천장(dôme, duomo, 이딸리아어로는 대형 교회당 자체를 가리킨다) 또한 유명하다.
35) 지암바띠스따 삐라네시(1720~1778)가 1750년에 판화(에칭)로 제작한 「로마 풍경들」중, 〈뽀뿔로 광장 풍경〉에 거대한 종(鐘) 모양의 원형 천장을 가진 교회당(두오모)들이 보인다.
36) 흔히들 무생물이라 여기는 사물들, 그리하여 화가들이 그것들을 화폭에 담으며 '죽은 자연'(정물이라고들 옮긴다)이라고 반어법으로 지칭하는 것들이, 실은 살아 있다는 것이 프루스트의 일관된 주장이다.
37) 영영 사라진 줄 알았던, 그리하여 상실된 것으로 믿었던, 그러나 어느 순간 무의식적인 추억의 형태로 재현되는 그리고 유열을 동반하며 다시 소생되는, 한 시절(순간)을 가리킨다. '재탈환된 대지'는 물론 이스라엘 사람들의 가나안 땅이나 지상낙원을 연상시킬 수도 있겠으나, '상실한 낙원만이 진정한 낙원' 이라고 한(「되찾은 시절」) 프루스트의 문학세계를 요약하고 있는 말을 연상시키기도 한다.
38) 「히브리서」(히브리인들에게 보낸 편지), 제6장, 7절. "…그들이 신의 아들을 자기들을 위해 다시 십자가에 매달고 공공연히 욕을 보이니…"
39) 1789년의 프랑스 대혁명을 말한다.
40) Gilbert le Mauvais. '못된 사람 질베르'라는 뜻이다. 허구적 가문인 게르망뜨(Guermantes) 가문의 선조들 중 하나이다. 한편 프랑스의 군후들에게 그러한

부가어를 붙이는 관행이 시작된것은 메로베 왕조 초기(5세기)부터이다.
41) 양쪽으로 느러진 두 끈을 턱 밑에서 동여매어 쓰는 여인용(아기용) 헝겊 모자이다. 처음 베가르트(beggaert) 교단 수녀들(프랑스어로는 베긴느, béguines)이 그 모자를 쓴 것에서 유래한 명칭이다.
42) 하찮은 사안을 가지고 입씨름을 벌이는 자칭 지식인들, 특히 대학에 몸담고 있는 둔중한 학자들에게 던지는 프루스트의 가벼운 농담처럼 들린다.
43) 논리적으로 명료하지 못한 문장이다. 레오니 숙모가 올랄리의 방문만을 생각했기 때문에 프랑수와즈가 서둘러 그녀의 거처로 올라가야 했다는 이유가 제시되지 않았다. 그러나 초고에는, 올랄리를 기다리며 조바심하던 레오니 숙모가 자주 프랑수와즈를 불러, 올랄리를 혹시 만났는지, 혹은 그녀로부터 무슨 소식이 있었는지 등을 물었다는 내용이 명시되어 있다. 문장의 과부하(過負荷)를 피하기 위하여 그것을 생략한 듯하다. 혹은 누구나 알고 있으리라는 착각에 기인한 누락일지도 모른다.
44) 열두 번의 종소리를 가리킨다.
45) 옛 서양 사람들은 도롱뇽이 불속에서도 살 수 있다고 믿었으며, 따라서 그것을 지옥의 동물로 여기기도 하였다. 한편 '방추' 는, 고대 신화에서 생명의 실(즉 삶과 죽음, 운명)을 잣기도 하고 멋대로 끊기도 하는 세 여신들의, 즉 파르카들의 '방추'를 가리킬 듯하다.
46) 호랑이 등 사납고 음산한 야수들이나 퀴클로페스들과 같은 외눈박이 거인들(『오뒷세이아』)이 사는 동굴을 가리킨다. 프랑수와즈가 그곳에서 닭을 죽인다는 사실 때문에 부여된 명칭일 듯하다.
47) 고대 그리스의 전원지역에는 여신 아프로디테(즉 베누스)에게 헌정된 작은 신전들이 많았고, 소박한 촌사람들이 과일이나 꽃 등을 기회 있을 때마다 그곳에 바쳤던 모양이다. 롱고스의 『다프니스와 클로에』라는 목가적 소설에서 그러한 풍정이 발견된다.
48) 부엌 뒷칸을 '베누스의 신전' 이라 칭하였기 때문에 정원의 그 부분에게 그러한 명칭을 부여하였을 듯하다.
49) 물론 외종조부이지만, 프랑스인들의 호칭(oncle)을 그대로 번역한다.
50) 제2제정 시절(1852~1870)에 금전과 쾌락을 추구하던 풍조가 만연했고, 화려한 사교계 생활이 유행하였다. 79년에 베수비오 화산의 분출로 매몰되었던 폼페이가 1860년부터 발굴되기 시작하면서, 그곳에 살던 이들의 약여한 일상 모습

이 세상에 알려지게 되었다.
51) 매우 이상한 언급이다. '플라톤적 사랑'이라는 것이, 많은 사람들이 생각하는 것과는 달리, 즉 관념적이고 순결한(육체적으로) 사랑과는 달리, 질료적 결합의지의 표현이며, 그 대표적인 예가 '자웅동체 시절로의 회귀를 시도하는' 동성애이니 말이다(플라톤, 『향연』 혹은 『사랑에 대하여』). 프루스트가 그러한 사실을 몰랐을 리 만무한 바, 그 말의 관행적 오용(誤用)에 대한 가벼운 빈정거림처럼 들린다.
52) 화가든 문인이든, 진정한 예술가라면 각자 고유의 시각으로(각자의 '확대경'을 통하여) 세계를 바라보듯, 진정한 관객이나 독자라면 작품을 역시 고유의 시각으로 바라본다는, 예술 및 평론에 대한 프루스트의 핵심적인 견해를 담고 있는 언급이다. 일종의 반어법이며 대다수 사람들의 생각에 대한 가벼운 빈정거림일 듯하다.
53) '모리스(Morris)'라는 인쇄업자가 빠리 거리에 그러한 안내(광고)탑 설치권을 가지고 있었다고 한다.
54) 예술품과의 교감에서 비롯된 몽상과 유열의 전형을 적시하고 있다.
55) 프랑스의 희가극 국립극장이다.
56) 루이 14세 시절에 설립한 희극 공연 국립극장이다.
57) 1859년에 오데옹 극장에서 공연되었고, 1874년에 꼬메디-프랑세즈의 공연목록에 편입된 작품이라고 한다.
58) 소포클레스의 작품이며, 1881년에 번역하여 꼬메디-프랑세즈 극장의 공연목록에 편입시켰다고 한다.
59) 「검은 도미노」와 「왕관의 다이아몬드들」 모두 희가극이며, 19세기 말까지 오뻬라-꼬믹 극장의 공연목록에 속해 있었다고 한다. '도미노'는 베네디카무스 도미노(주님을 찬양합시다)의 축약형으로, 사제들의 두건 달린 옷을 가리킨다.
60) 쌀, 우유, 계란, 설탕, 과일, 바닐라 등을 재료로 하여 만든 젤라틴 형태의 후식용 음식이다. 합당한 번역어를 찾지 못하여 'riz à l'Impératrice'를 직역하였다.
61) 프루스트의 가장 내밀하고 일관된 본능이 예술의 본질에 대한 관심이었음을 시사하는 언급이다. 『잃어버린 시절』이라는 작품 전체가 하나의 예술론 아닌가? 아니, 프루스트의 모든 글들이, 하나의 예술론을 정립하려 노력하던 그의 생애를 증언하고 있지 않은가?

62) 고(Edmond Got, 1822~1901), 띠롱(Joseph Thiron, 1830~1891), 들로네(Louis-Arsène Delaunay, 1826~1903), 훼브르(Alexandre-Frédéric Febvre, 1835~1916), 꼬끌랭(Benoit-Constant Coquelin, 1841~1909) 등은 모두 꼬메디-프랑세즈 소속 배우들이었다고 한다.
63) 뒷부분이 잘린 듯 각을 이루고(그러한 모양에서 유래한 명칭이다. 즉, 싹둑 잘린 마차라는 뜻이다) 좌석이 둘인 사륜 유개 마차이다. 흔히들 '쿠페' 라고 하나, 그것은 '망토' 의 경우와 같은 발음상의 와전(訛傳)이다.
64) 베르마(Berma)는 허구적 인물이되 이 작품에서 상당한 비중을 차지하고 있으며, 나머지 여배우들은 모두 꼬메디-프랑세즈 극장 소속 배우들이었다고 한다. 한편, 라씬느의 「화이드라」 공연으로 명성을 떨치던 사라 브르나르(Sarah Bernhardt, 1844~1923, 본명, 로진느 베르나르)가 베르마의 전형(典型)이 되었음직하다.
65) 이름과 성, 세례명 등을 공히 가리킬 수 있는 단어 'nom'을 옮긴 것이다. 남자인 숙부와 여자인 질녀 두 사람의 이름이나 세례명은 같을 수 없는지라, '성씨' 라 옮긴다.
66) '암탉' 을 뜻하는 아이들의 말 'cocotte'를, 그 변형된 의미(행실 가벼운 여자, 매춘부 등)에 입각하여 '갈보' 라 옮긴다. 한편 '갈보' 라는 말이 여배우 그레타 가르보에서 왔다는 설이 있는 바, 프루스트가 사용한 '암탉' 이 여배우들을 바라보던 이들의 그러한 시각을 반영하고 있으니, 적의한 번역어일 수 있을 듯하다.
67) 시선을 순도 높은 최상품 다이아몬드에 비유한 것이다.
68) 여인이 사용한 'gentleman'을 그대로 음기한다.
69) 여인은 영어 표현만 사용하였으나 번역을 병기한다.
70) bleu(하늘색). 빠리 시내에서 사용되던 속달 우편이며, 그 명칭은 용지의 색에서 유래하였다.
71) Vaulabelle(1799~1870). 신문기자였고 역사가였으며 정치가였다.
72) 죽인 새나 가금류를 요리하기 위하여 털을 뽑는 행위를 가리킨다. 아스파라거스의 껍질을 벗긴다는 뜻일 듯하다.
73) 죠또(1266?~1337)가 이딸리아 북동부 도시 빠도바에 위치한 아레나 교회당(스끄로베니 예배당)에 그린 벽화들 중, 「일곱 미덕」이라는 일련의 상징적 인물화들이 있는데, 그 벽화를 이루고 있는 〈신중함〉, 〈굳건함〉, 〈절제〉, 〈정의〉, 〈신

앙〉, 〈자비〉, 〈희망〉 등 일곱 폭의 상징화들 중 하나이다. 죠또는 또한 그곳에 〈절망〉, 〈질투〉, 〈배신〉, 〈불의〉, 〈노기〉, 〈변심〉, 〈어리석음〉 등, 일곱 가지 악덕을 상징하는 일련의 인물화도 그렸다. 그것들 이외에, 그 예배당에는 「요아킴의 생애」, 「성처녀의 생애」, 「구세주의 생애」 등 다른 벽화들도 있는데, 그것들 모두 죠또의 대표적인 작품으로, 그리고 유럽 회화사의 전환점을 이루는 작품으로, 간주된다.

74) '아레나(arena)'는 '원형 경기장'을 뜻하는 라틴어이다. 옛 로마 시대의 검투장 터를, 부유한 사업가였던 엔리꼬 스끄로베니라는 사람이 인수하여 그곳에 예배당을 세웠던지라, 그 예배당을 가리켜 아레나 예배당 혹은 스끄로베니 예배당이라 부르게 되었다고 한다.

75) 미덕과 악덕을 상징하는 그림 속 여인들을 가리킨다.

76) Caritas. 자비를 뜻하는 라틴어이다. 그 벽화들의 제목이 라틴어로 되어 있다.

77) '자비'를 상징하는 그림 속 여인의 생김새나 동작이, 우리가 흔히 일상에서 접할 수 있는 억세고 수수한 여인들(가정부들)의 그것이다.

78) âme를 옮긴 것이다. 어원(anima)적 의미는 '생명'이다. 하나의 존재가 드러내는 생명의 양태 내지 특색을 가리킬 듯하다.

79) 'la richesse philosophique'를 옮긴 것이다. '철학적'이라는 어휘 자체가 모호하기 짝이 없고, 이제 '철학'이라는 어휘의 사용에 신중해야 할 때가 된 듯하나, 프루스트가 사용한 그 표현에서는, 어린 소년이 막연히 상상 혹은 예감하던 신비한 세계나 존재할지도 모를 절대진리 쯤이라는 의미를 읽으면 족할 듯하다.

80) 큰 교회당의 정문 현관 가두리 장식 및 천장 장식은 대개 성자들의 생애 및 그들이 겪은 괄목할만한 사건들, 혹은 『구약』이나 『신약』에 이야기된 일화 등이 조각되어 있어, 그 정문자체가 곧 책의 역할을 수행한다. 모자이크 기법으로 만든 교회당 그림 유리창의 역할 또한 마찬가지이다.

81) 모든 판본에서 마침표로 온점(.)을 사용하였으나, 어조나 어형으로 보아 느낌표(!)를 사용하는 것이 자연스러울 듯하여, 역자 임의로 바꾼다.

82) 1870년 7월에 프랑스와 프러시아 간에 전쟁이 발발하였다.

83) 사자를 뜻하는 'lion'의 통용 발음은 '리용'이다.

84) 흔히 표독스럽고 사나우며 음산한 사람은 호랑이에 비유하는 반면, 용맹하고 당당한 사람은 사자에 비유하는 것이 일반적이다.

85) 「5월의 밤」, 「12월의 밤」, 「8월의 밤」 등과 함께, 죠르주 쌍드와의 결별에서 비롯된 아픔을 노래한, 알프레드 드 뮈쎄(1810~1857)의 대표적인 작품이다.
86) 뮈쎄가 지은 「5월의 밤」에서, 슬픔에 잠겨 있는 시인에게 무사(Musa)가 나열하는 망각의 고장들 중 일부이다. 올로오쏜은 그리스 북부 테살리아 지방의 도시이고, 카메이로스는 로도스 섬 서쪽 해변에 있는 도시이다.
87) 라씬느의 『화이드라』(1막, 1장)에서 히폴뤼토스가 자신의 사부 테라메네스에게 토로하는 감회 중 일부분이다. "그 행복했던 시절은 더 이상 없습니다. 신들께서 미노스와 파시파에의 딸을 이 해안으로 보내신 이후에는 모든 것의 면모가 바뀌었습니다." '딸'은 물론 히폴뤼토스의 계모 화이드라를 가리킨다.
88) 시인 르꽁뜨 드 릴르(Leconte de Lisle, 1818~1894)를 가리킨다. 대표적인 시집으로 『태고의 노래들』과 『비극적 노래들』이 있다.
89) 르꽁뜨 드 릴르가 노래한 세계의 광범위함을 부각시키기 위하여 사용한 과장법일 듯하다. 〈보들레르에 관하여〉라는 글에서 (1921년 N. R. F에 게재) 프루스트는, 유사한 언어적 경향을 보이는 빅토르 위고에 대하여서도 다음과 같은 말을 하였다. "위고의 대문자들, 신과의 대화들, 그 숱한 굉음들도, 보들레르가 자기 심정과 육체의 고통 받는 내면에서 발견한 것만 못합니다."(쟈끄 리비에르에게 바치는 글이었다)
90) '바가밧-기타' (파카왓-기타)의 축약형이다. '존자들의 노래' 라는 뜻이다. 신들의 전투를 노래한 웅대한 영웅전 『마하파하라타』의 중심부를 이루는 이야기이다. 르꽁뜨 드 릴르가 『태고의 노래들』 허두에서 노래한 것이다. 주제나 어조가 빅또르 위고의 『세기들의 전설』을 연상시킨다.
91) 『비극적 노래들』 속에 있는 것이라고 한다.(1884)
92) 아직 유치한 나이를 벗어나지 못하였다는 뜻일 듯하다.
93) 할레비(1799~1862)라는 사람이 작곡한 가극(1835)이라고 한다. 주인공의 할아버지가 콧노래로 부른 부분은 그 작품의 2막에 등장하는 합창곡이라 한다.
94) 까미유 쌩-쌍스(1835~1921)가 작곡한 가극 『삼손과 달릴라』(1877)의 1막에서 삼손이 노래하는 부분이라고 한다.
95) 프루스트가 『쌩뜨-뵈브 논박』에서도 인용한 아하수헤로스 황제의 말을 변형시킨 구절일 듯하다. 프루스트는 라씬느의 『에스테르』(2막 7장)에서 황제가 한 말을 다음과 같이 변형시켜 인용하였다. "내 명령도 없이 이리로 발길을 옮겨 와?/ 어느 당돌한 자가 죽음을 찾아오는고?"(『쌩뜨-뵈브 논박』, 갈리마르, 1971,

p.217)

96) 에띠엔느-니꼴라 메윌(1763~1817)의 가극 「요셉」 제1장에 있는 구절이라고 한다.
97) 출처를 밝히지 못하였다.
98) 처음 쟈바 섬에서 만들기 시작한(14세기), 양날이 물결처럼 구불구불하고 주로 의식에서 상징으로 사용되던 강철검이라고 한다. 쟈바어로는 케리스(Keris)인데 유럽인들이 크리스(Kris) 혹은 크리쓰(Kriss, Criss)라 부르기 시작하였고, 말레이시아 해적들이 즐겨 사용하였던지라 '말레이시아 단도'라고들 흔히 부르지만, 실은 일반 검보다 조금 짧은 검이라고 한다.
99) 작은 따옴표(' ')와 그 뒤의 '구절'이라는 단어는 역자가 임의로 첨가한 것이다. 작은 따옴표 속에 있는 말은 「화이드라」(1막, 1장)에서 인용한 것인지라, 따옴표가 없으면 의미가 모호해진다. 모든 판본에 따옴표가 누락되었는데, 기이한 일이다.
100) 한 사람의 고유한 세계관이 곧 그 특유의 은유이며, 은유가 곧 문체라는 것이, 프루스트의 핵심적인 시각이다.
101) 이 부분의 원문은 이러하다. "… j'avais bien le temps de me demander si ce que j'écrivais était agréable!" 그러나 내용의 전후 맥락으로 보아 의미가 통하지 않는다. 즉, '많은 시간적 여유가 있었다'는 뜻이 된다. 'bien'을 'difficilement'으로 고쳐 옮긴다. 모든 판본들이 이 부분에 대하여 아무 언급도 없으니 매우 기이한 일이다. 연구자들이 이 부분을 일종의 반어법으로 읽었다는 말인가? 문장 끝에 느낌표가 있어 그렇게 읽었을까? 하지만 그 느낌표도 필요한 것인지 모르겠다.
102) 일견 지극히 천진난만하고 유치해 보이는 이 언급이 실은, 문예 작품에서 어떤 철학체계를 발견할 수 있으리라 생각하며 또 그것이 없으면 작품을 쓸 수 없을 것으로 믿던, 주인공 자신의 소년시절에 대한 가벼운 빈정거림이다. '베르고뜨의 철학'에 자신을 영원히 바쳤다든가, 그 다음에 이어지는 '필생의 사랑'에 대한 언급 또한 유사한 우의적 성격을 띠고 있다. 프루스트의 해학에서 가장 빈번히 발견되는 잔잔한, 그리하여 놓치기 쉬운 농담이다.
103) 오스만 제국의, '정복자'라는 별명을 가진 술탄 메헤멧(무하마드) 2세(1429~1481)를 가리킨다. 젠띨레 벨리니(1429~1507)가 1480년 이스탄불에서 그렸다는 초상화로 추측된다.

104) 샤르트르 주교좌 교회당 서쪽 입구에 있는 조각상들을 가리킨다. 그것들이 『구약』에 등장하는 인물들의 조각상인데, 오랜 세월 동안 사람들이 프랑스의 왕들과 '왕비들'이라 믿었다고 한다.
105) 옛날에는, 하인들이 상전에게 혹은 병사들이 상관에게 다른 사람들의 말을 전할 때에, 그 말을 따옴표 속에 넣은 듯, 즉 직접화법으로, 옮기는 것이 원칙이었던 듯하다. 간접화법으로 변형시키는 것은 일종의 요약 행위인지라, 어떤 의미에서는, 말을 전하는 사람이 무엄하게도 자기의 의견을 보태거나 말의 의미를 축소 내지 절삭하는 짓으로 간주될 수도 있었을 것이다. 반면 직접화법으로 옮기는 하인의 태도에서는 충직함과 맹종을 느낄 수 있다. 프랑수와즈가 중세적 면모를 간직하고 있는 하녀이지만, 또한 그 유구한 전통에서 벗어나고 있는 하녀임을 시사하는 언급이다.
106) basilica. 고대 로마 시절, 재판정이나 기타 세속적 용도로 사용되던 거대한 장방형 건축물을 가리키던 말이다. 그러다가, 상대 중세 이후, 그러한 건물 형태로 지은 교회당을 가리키게 되었고, 다른 한편, 교황이 칙령으로 지정한 '성소(聖所)'에 부여된 호칭으로도 사용되었다. 주임사제가 그 단어(basilique, 프랑스어)를 '교회당'이라는 뜻으로 사용하였는지 혹은 '성소'라는 뜻으로 사용하였는지 가늠할 수 없어, 그 어원대로 적는다.
107) 빠리 동남방 120킬로미터 지점에 있는 도시 이름이다(부르고뉴 지방). 그곳에 최초의 고딕식 교회당으로 알려진 쌩-에띠엔느 주교좌 교회당이 있다.
108) 이미 중세부터 무수한 문인들에 의해 희화적으로 묘사된 사제들의 한 측면이다.
109) 작중의 허구적 가문인 게르망뜨 가문의 게르망뜨 공작이나 그의 부인(오리안느)이 중세 전설의 주인공 쥬느비에브 드 브라방의 직계 후예들일 것이라는 믿음은 순전한 몽상의 산물이다. 주인공이 자신의 어린 시절 실수(몽상)를 희화적으로 술회하는 것이다. 할머니에게로 향한 애틋한 참회의 정도 서려 있다.
110) '방울을 달아준다'는 말은 민감한 일에 첫발을 들여놓는다는 뜻이다. 혹은 최초로 경종을 울린다는 뜻이기도 하다. 한편, 주임사제가 말하는 게르망뜨 가계(家系) 역시 모두 허구이다. 그러나 일레르 성자는 4세기 중엽에 뿌와띠에 지역 주교였으며, 『삼위일체론』과 『신비론』 등의 저술을 남긴 신학자였다.
111) 세 사람 모두 허구적인 인물들일 듯하다. '못된', '주책바가지', '말더듬이' 등의 별칭이 붙여졌던 왕자나 왕은, 메로베 왕조, 카롤루스 왕조, 까뻬 왕조, 발루

와 왕조, 부르봉 왕조 어디에서도 발견되지 않는다. 또한 '질베르'라는 왕족의 이름은 아예 없고, 뻬뺑은 카롤루스 왕조의 시조이며(재위 751~768), 샤를르라 는 이름은 카롤루스(샤를르마뉴) 이후에 나타나기 시작한다.

112) 부르군트 족 군대를 치러 갔다는 언급으로 보아, 자기의 숙부 쉴드베르와 함께 부르곤디아 왕국(Regnum BurgundiÆ)을 정복하러 갔던 떼오드베르 1세(재위 534~548)를 가리키는 듯하다.

113) 끌로비스 1세(재위 481~511)가 뿌와띠에 평원으로 출정할 때, 자기가 개선할 수 있다면, 전장에서 돌아온 후 쎈느 강변 언덕에 교회당을 세우겠노라고, 빠리의 수호성녀 쥬느비에브에게 서원하였다고 한다(러스킨, 『아미앵의 성서』, Mercure de France, 1947, pp.190~191, 프루스트가 프랑스어로 번역한 작품이다). 그 교회당이 빵떼옹 근처(쥬느비에브 동산)에 있는 쌩-에띠엔느-뒤-몽 교회당 자리에 있었을 듯한데, 특이한 점은, 프루스트가 상세히 묘사하고 있는 꽁브레의 쌩-일레르 교회당 종루가 쌩-에띠엔느-뒤-몽 종루를 연상시킨다는 사실이다. 여하튼, '떼오드베르'를 '끌로비스'로 대체하면, 주임사제의 이야기가 러스킨의 이야기와 같아진다.

114) rogatio. 원의는 요구하거나 기원한다는 뜻이다. 예수 승천절(부활절 40일 후) 전 사흘 동안, 농사에 신의 축복이 내려지기를 기도하던 행사이다.

115) Gaudiacus vice comitis. 쥬이-르-비꽁뜨라는 지명의 라틴어 명칭이다. 가우디아쿠스는 '복자(福者)의 땅'이라는 뜻이다.

116) Sibylla. 고대 그리스의 여자 점장이인데, 그 점괘가 알쏭달쏭하다는 것이 특징이다. 라틴어로는 씨빌라(Sibylla)라고 발음하는데, 그리스 일부 지역에서도 그렇게(Sibilla) 발음하였다고 한다.

117) 라씬느, 『아달리야』, 2막 7장(「열왕기 하」 11장의 이야기를 기초로 라씬느가 지은 비극이다). 요아스가 자기의 조모인 유다의 여왕 아달리야의 영화가 끝났음을 조롱하듯 암시하는 말이다.

118) 특히 프랑스에서는, 5월에 아름다운 계절이 시작되는지라 그 달이 은총의 계절로 간주되었고, 언제부터인가 마리아를 기리는 계절이 되었다(대략 18세기 이후일 듯하다). 하지만 5월에 특별히 마리아를 기념하는 것이 교회의 공식적인 의식이 아니라 일반 기층민들의 신앙에서 비롯되었을 듯하다. 특히 주제단을 산사나무로 장식하였다는 언급이 뒤에 보이는데, 그러한 점에 입각해 본다면, 그것이 유구한 갈리아의 풍습 내지 토속종교의 흔적도 간직하고 있는 듯하다.

119) 옛 켈트인들은 산사나무를 요정들의 거처로 믿었다고 한다. 또한 중세의 노래들에서는, '산사나무꽃럼 하얀 당신의 젖가슴' 혹은 '산사나무꽃처럼 하얀 당신의 몸둥이' 등, 그 꽃이 관능적인 여인을 환유하기도 하였다. 갈리아 토속 신앙(혹은 켈트인들의 신앙)의 산물인 요정이나 관능적인 여인을 상징하던 산사나무꽃이 교회당의 주제단까지 침범한 셈이다.
120) 뱅뙤이유 아가씨의 극도로 섬세한 측면뿐만 아니라 동성애자인 그녀의 무의식적인 우려도 암시할 듯하다.
121) 흔히 덜렁거리거나 불쌍한 남자를 친근하게 지칭하는 말이다.
122) 꿀벌이나 나비 등 곤충들을 환유하는 말일 듯하다.
123) 위베르 로베르(1733~1808)가 1794년에 그렸다는, 「빠리의 뛸르리 공원에 있는 장 쟈끄 루쏘의 기념비」라는 화폭을 염두에 둔 언급이라고 하는 학자도 있다. 하지만 프루스트의 언급을 특정 화폭에 연관시키는 것은 무리일 듯하다. 여하튼, 위베르 로베르가 폐허의 정경 그리기를 좋아한 것은 사실이지만, 프루스트의 언급이 로마의 폐허도 뇌리에 떠오르게 한다. 한편 '흩뿌린다' 는 말은 달빛을 받은 풍경이 마치 폐허처럼 보인다는 뜻이다.
124) 앞에서 술회한 마들렌느 과자의 맛뿐만 아니라, 소리(음향) 역시 지나간 시절을 간직하고 있다는 말이다. 다시 말해, 프루스트에게는 특정 음향 역시 당당한 질료적 증언자이다.
125) purée를 옮긴 것이다. 감자나 밤, 완두콩 등을 삶아서 짓이긴 다음, 체로 걸러 죽보다 데게 만든 음식이다. 흔히들 '퓌레' 나 '매시' 등으로 옮기는데, 프랑스어의 purée(어원은 체로 거른다는 뜻이다)나 영어의 'mash(짓이긴다는 뜻이다)' 를 그 음만, 그것도 부정확하게 적은 꼴이니 딱한 일이다.
126) 그 명칭이 루이 14세의 주방장이었던 베샤메이유 드 누왱뗄 후작의 이름에서 유래한 것이라 하며, 버터와 밀가루와 우유 등을 기본재료로 하여 만든 백색 소스이다.
127) 공연용이 아닌 읽는 연극 각본을 가리킨다.
128) 라 깔프르네드(1610~1663)의 소설 『클레오파트라』에 등장하는 아르타반(Artaban)이 몹시 의기양양한 사람이었다고 한다. 그리하여 '아르타반처럼 의기양양하다' 는 속담이 생겼다고 한다. 한편, 4천여 페이지에 달하는 그 방대한 역사소설은 오늘날 잊혀진 상태이고, 남은 것이라곤 그 속담뿐이라고 한다.
129) 쌩-시몽의 『회고록』을 암시할 듯하다. 『천일 야화』와 함께 프루스트의 작품

세계에 가장 큰 영향을 끼친 작품이다.
130) '대왕' 혹은 '태양왕' 이라는 별칭을 가진 루이 14세(재위 1643~1715)를 가리 킬 듯하다.
131) 프랑스의 문필가이며 사상가였던 뽈 데쟈르댕(1859~1940)에 대한 언급이 프루스트의 많은 편지에서 발견된다. 그가 생의 후반에 들어서면서 '종교적 회의주의와 문학적 도락주의' 에 반발하기 시작하였던 모양이다. 그가 '설교군 수도사로 털갈이하고 있다' 는 르그랑댕의 말은 그러한 경향을 염두에 둔 것일 듯하다. 한편 '털갈이한다' 는 말은 '변신한다' 는 말의 희화적 표현이다.
132) 나열한 그릇들 중, '커다란 통' 은 일반적으로 나무나 돌로 만들었고, '찜솥' 이나 '가마솥' 은 청동 등 금속으로 만들었다. 따라서 그것들이 '도자기 제조업자'들의 제품일 수 없지만, 원문 그대로 옮긴다. 전등이나 자동차처럼 도자기 또한 프루스트의 작품세계에서는 특전 받은 사물들 중 하나이다.
133) 이삭 모양을 한 아스파라거스 순 윗부분을 가리킨다. 또한 이 부분에 묘사된 아스파라거스의 색채는 마네가 그린「아스파라거스」를 연상시킨다.
134) 셰익스피어의 희극「한 여름밤의 꿈」(1595)을 가리킬 듯하다.
135) 아스파라거스에 이뇨제가 다량 함유되어 있음은 옛날부터 잘 알려진 사실이다. 하지만 '향료' 가 무엇을 가리킬까? 일종의 반어법일까?
136) 죠토가 그린 일곱 '미덕' 중 '자비' 를 가리킬 듯하다.
137) '자비' 를 상징하는 여인이 오른손에 들고 있는 꽃바구니이다.
138) 아스파라거스 순 상단에 있는 아직 트이지 않은 눈들을 가리킬 듯하다.
139) 앞에서는 '근처' 라고 하였으나, '뽕-비으' 가 '옛날 다리' 라는 뜻이니, 다리 근처건 다리 위건 의미상 유사한지라, 그러한 혼동이 야기될 수 있을 듯하다.
140) 남부 노르망디 발백 근처에 사는 깡브르메르 후작을 가리킨다. 그와 그의 아내 모두 희화적으로 묘사된 인물들이다.
141) '봄맞이꽃' 이라는 뜻을 가진 'primevère' 를 통용 번역에 따라 옮긴다. 하지만 그러한 번역이 적합한지 모르겠다. 이른 봄에 핀다는 점 이외에는 그것이 앵도나무와 별 관련이 없어 보이기 때문이다.
142) '고위사제의 수염' 을 뜻하는 'barbe de chanoine' 를 옮긴 것이다.
143) 미나리아재비꽃을 가리키는 통속적인 단어들 중 하나인 'bassin d'or(황금 대야)' 를 옮긴 것이다. 'bouton d'or(황금 단추)' 라는 말이 더 널리 사용되며, 이 작품의 주인공 역시 주로 그것을 사용한다.

144) 발자끄의 작품들에 등장하는 꽃들을 가리킨다. 르그랑댕은 발쟉의 '식물지 (la flore balzacienne)' 라는 조금 거창한 용어를 사용하였다.
145) '눈덩이' 를 뜻하는 'boule de neige' 를 옮긴 것이다.
146) 예수가 하였다는 다음 말을 연상시키는 구절이다. "어찌하여 의복 걱정을 하는가? 들판의 백합들이 어떻게 자라는지 보라. 그것들은 수고도 하지 않고 실을 잣지도 않느니라. 그런데, 내 그대들에게 단언하거니와, 솔로몬조차, 그 영광의 절정에서도, 그 꽃들 중 하나처럼 차려입지 못하였느니라."(「마태오」, 6장, 28~29절, 에밀 오스띠 옮김)
147) 흔히들 '팬지' 라고 옮기는 'pensée' 를 원의대로 옮긴 것이다. 그 꽃이 '추억' 을 상징하기 때문에 '빵세(pensée, 생각)' 라는 명칭이 부여되었는데, 그것을 영어식으로 읽어 '팬지' 라고들 한다.
148) 삼색제비꽃의 어느 부분에도 에나멜질은 없다.
149) 실재하는 장미가 아니라고 한다.
150) 이상 르그랑댕의 말은, 그 어투나 식물들의 명칭 등에서 매우 어설픈 허풍이 느껴진다. 어떤 사람의 글을 모방한 우스꽝스러운 언사인데, 따디에 교수는 아나똘 프랑스의 『삐에르 노지에르』를 모방하였을 것이라고 한다.
151) "상처 입은 심정들에게, 그늘과 고요를." 발쟉이 『시골 의사』에 붙인 제사.
152) 17세기 초 일부 문인들의 지나치게 태를 부린 어투(la préciosité)를 연상시키는 구절이다. 르그랑댕이 문예적 '스놉(snob. 캠브릿즈 대학 학생인 척하는 제화공)' 임을 드러내는 언급이기도 하다.
153) 화살이 눈동자를 이미 뚫고 지나가, 그 순간에는 화살의 꼬리부분(오늬)만이 보였다는 뜻이다.
154) 화살을 맞고 고통스러워하는 모습으로 그려진 순교자는 쎄바스티아누스(쎄바스티아노) 성자인데, 만떼냐(1431~1506)가 1480년 경에 그린 것과, 일 소도마(죠반니 안또니오 바찌, 1477~1549)가 1525년에 그린 것이 있다. 이 부분에서 프루스트가 뇌리에 떠올린 그림은 만떼냐의 것일 듯하다(입가의 '슬픈 주름' , '화살들이 비죽비죽 꽂혀 있는'). 반면 일 소도마가 그린 쎄바스티아누스의 몸에는 목과 왼쪽 옆구리 및 왼쪽 허벅지에 화살 하나씩이 박혀 있을 뿐이고, 고운 여인의 모습을 연상시키는 그의 볼이나 입 주위에는 주름이 전혀 없다. 한편 쎄바스티아누스는 디오클레티아누스 황제(245~313경)의 근위대장이었던 사람이다.

155) 반귀족적인 성향을 가지고 있다는 말일 듯하다.
156) 프루스트가 앞에서는 '주름'을 가리키는 말로 'pli'를 사용하였으나, 이 부분에서는 'rictus'를 사용하였다. 그런데 'rictus'는 고양이과 짐승들이 으르렁거릴 때처럼 이빨을 드러내고 상을 찡그리며 짓는 무시무시한 억지 미소를 가리킨다. 또한 르그랑댕의 모습이 쎄바스티아누스의 모습에 비유되었는데, 일 소도마의 그림에서는 물론, 프루스트의 묘사와 거의 일치하는 만떼냐의 그림에서도, 쎄바스티아누스의 치아는 드러나 있지 않다.
157) 'cinéraire'를 옮긴 것이다. 'cinéraire'는 'sénéçon cinéraire'의 약칭(잿빛 개쑥갓)이며, 라틴어 쎄네키오 키네라리우스에서 온 말인데, 그 말을 흔히들 '시네라리아'로 옮기기도 한다.
158) Manche. 그레이트 브리튼 남부 해변과 프랑스 북서부 해안 사이에 위치하고, 대서양과 북해를 이어주는 해협을 가리킨다. 영국측에서는 'English Channel(영국 해협)'이라고 부른다.
159) Auge. 까부르, 울가뜨, 빌레르, 도빌, 트루빌 등 해변 휴양 도시가 있는 노르망디 해안지역이다. 깔바도스 도의 한 부분이다.
160) 자기의 딸 안드로메다(고대 문인들 중에는 안드로메데라고 쓰는 이들이 많다)가 바다의 님페들(네레이스)보다 더 아름답다고 말한 죄로, 에티오피아 왕의 왕비 카씨오페이아가 포세이돈으로부터 안드로메다를 바다의 괴물에게 바치라는 명령을 받고, 그녀를 바위에 묶어 두었다는 이야기를 염두에 둔 언급이다. 한편, 르그랑댕이 묘사하고 있는 해안의 황혼녘은 휘슬러가 그린「오팔빛 황혼, 트루빌」(1865)을 연상시킨다.
161) Ar-mor. 아르(Ar)는 '…의 위에'를 모르(mor)는 '바다'를 뜻하는 켈트어이다. 즉, 바다 위에 혹은 바닷가에 있는 땅을 뜻하며, 일반적으로 'Armor'라 붙여 써서 프랑스의 브르따뉴 지방을 가리킨다. 그리고 '가장 오래된 지질학적 뼈대'라는 말은 미슐레가 그의『프랑스 역사』에서 브르따뉴를 가리키며 한 말이다.
162) 아나똘 프랑스의『삐에르 노지에르』에(깔망-레비 출판사, 1948년 판, pp.282~9) 묘사된 곳은 노르망디 해안이 아니라, 브르따뉴의 휘니스떼르(땅끝이라는 뜻이다) 서쪽 끝에 있는 라 곶(la pointe du Raz) 및 그 바로 옆에 있는 사자(死者)들의 만(la baie des trépassés)이다. 한편 그 묘사는 미슐레의『프랑스 역사』나 르낭의『소년시절과 청년시절의 추억』에서 발견되는 묘사와도 유사

하다.

163) 킴메리에 지역을 고대 로마 문인들은 스퀴티아 지역(스퀴타이 사람들이 살던 곳)과 같은 곳으로 여겼고, 그곳 사람들이 암흑 속에 묻혀 산다고 믿었다. 오뒷세우스가 트로이아에서 귀환하던 중 그곳에 들러 자기의 모친을 비롯한 다른 죽은 사람들의 영혼을 만났다는 전설에 입각한 추측일 듯하다. 한편 킴메리에 사람들(킴메리오이)이 흑해 북쪽 평원에 살았다는 전설 때문에, 그들이 켈트인들의 조상일 것이라(켈트인들이 다뉴브 강 하류에서 왔다고 믿어) 추측하는 사람들도 있다.

164) 르그랑댕이 비록 북부 노르망디의 오쥬 지역 포구에 대해 말하고 있는 것 같지만, 이미 앞에서 본 바와 같이, 그가 말하면서 언급한 것들은 아나톨 프랑스나 미슐레가 묘사한 브르따뉴의 휘니스떼르 해안 풍경들이다. 또한 언뜻 보기에 미친 사람의 넋두리처럼 들리는 그의 말 속에서, 미슐레나 르낭 등의 글에서 포착되는 일종의 슬픔이 느껴진다. 켈트인들의 '마지막 피신처', 드루이다교 여사제들의 최후 은거지였다는 쌩 섬(Ile de Sein), 그라들롱 왕과 그의 딸 및 바다 속으로 침강해 버린 이쓰(Ys) 시의 전설, 트리스탄과 금발의 이즈 및 흰 손의 이즈, 그녀의 부왕 호엘(아더 왕의 조카) 등의 전설, 요정 멜뤼진느의 전설 등, 한결같이 슬픈 전설들이 휘니스떼르에 생생히 전해 오는 바, 프루스트가 르그랑댕의 입을 빌려, 대기중의 정령처럼 혹은 바람결처럼 오늘날에도 휘니스떼르에 감도는 슬픔을 조심스럽게 묘사한 것이 아닌지 모르겠다. "죽도록 슬프도다!" 미슐레가 브르따뉴, 특히 휘니스떼르 지역을 돌아보고 예수의 말(Tristis usque ad mortem!)을 빌려 토로한 감회이다.

165) 브랭-뤼까라는 사기꾼이, 양피지 원고들을 만들어, 그것들이 라블레, 빠스깔, 쟌느 다르끄, 율리우스 카이사르, 클레오파트라 등이 남긴 친필 원고라고 하면서, 어느 프랑스 학사원 위원에게 팔았다고 한다. 그러한 위조 원고를 만들어 학사원 위원을 속이려면, 얼마나 해박한 지식이 필요했겠는가!

166) 'dans les sous-bois'를 옮긴 것이다. 그러나 'sous-bois'가 대수림 속의 어슴프레한 풍경을 그린 그림 자체를 뜻하기도 한다. 따라서, '대수림 속 풍경을 그린 그림 속에서처럼'으로 옮길 수도 있을 것이다. 꾸르베(1819~1877) 등 특정 화가들의 화폭을 연상시키는 언급이다.

167) 모자의 깃털 장식처럼 생긴 꽃타래를 가리킨다.

168) menâret. 이슬람 사원에 있는 탑의 상단을 가리키며, 그곳에서 신도들에게

기도시간을 알린다. 원의는 '등대'이다. 프랑스어로는 미나레(minaret)라고 한다.
169) huriyah. 신심 깊은 이슬람 교도들을 위하여 천국에 마련해 두었다는 순결하고 아름다운 여인들을 가리킨다. 프랑스어로는 우리(houri)라고 한다.
170) 'eupatoire'를 어원대로 적는다. 프랑스 사람들이 수생 대마(大麻)라고 부르는 풀이라고 한다(chanvre d'eau).
171) grenouillette를 원의대로 옮긴 것이다. 미나리아재비의 한 종류인 모양이다. 하지만 여기에서는 어린 개구리를 가리킬 수도 있을 듯하다.
172) 흰나리꽃 즉 백합을 가리키며, 옛 프랑스의 왕권을 상징하였다. 글라디올러스꽃이 백합꽃과 생김새 같을 리 없으나, '홀'이라는 단어 때문에 사용한 듯하고, '누더기'라는 부가어 또한 글라디올러스꽃의 외형적 특질을 부각시키고 있다.
173) Malstrøm. 노르웨이 북서 연안의 로포텐 군도 근처를 지나는 수로이며, 소용돌이성 급류로 유명하다. 격렬한 동요를 상징한다.
174) 훨씬 앞에서 묘사한 쌩-일레르 교회당의 주제단, 산사나무꽃들에 의해 점령당한 그 제단을 가리키는 듯하다.
175) 'jubé'를 옮긴 것이다. 성가대석과 신도석 사이에 장방향 회랑 형태로 조성한 강단을 가리키며, 그 위에서 사제가 '유베, 도미네(Jube, Domine, 주님 명령을 내리소서)'라고 기도한 데서 유래한 명칭이다.
176) 수술들을 시맥(입맥이라 해도 마찬가지이다)에 비유한 것이 조금 의외로 보일지 모르겠다. 하지만 시맥을 가리키는 'nervure'가 옛날에는 방패의 보강재를 가리켰고, 그 어원은 '힘줄(nerf)'이다. 꽃이 자기의 암술대를 둘러싸고 있는 그 '힘줄'을 '천연덕스럽게' 붙잡고 있다는 말이다!
177) 성자로 선포된 이들을 기리는 축제를 가리킨다.
178) 뽕빠두르 후작 부인은 루이 15세의 애첩이었고, 그녀의 많은 초상화들 속에서 공통적으로 발견되는 특징은, 의상과 그것의 장식품들이 여일하게 분홍의 색조를 띠었으며, 리본 등 장식품들이, 조개 껍질과 자갈을 이용한 벽 장식(로까이유, '로꼬꼬'라는 말의 어원이다)을 연상시킬만큼 현란하다는 점이다. 따라서 '뽕빠두르풍'은 곧 '로꼬꼬풍'을 가리킨다.
179) 꽃봉오리들을 가리키는 듯하다.
180) 금발인 사람들의 눈은 모두 하늘색이라는 통념에 자신도 사로잡혀 있었다는

말일 듯하다.

181) 그렇게 들은 이름 덕분에 훗날 빠리 샹젤리제 공원에서 주인공이 질베르뜨를 다시 만나게 되는데, 그러한 이야기 구도의 전형이 『천일 야화』의 「카마랄차만과 바두르의 이야기」(211화~228화, 앙뚜완느 갈랑 본)에서 발견된다. 또한 이 호신부가 프루스트의 작품 속에서는 일종의 징표 역할을 수행하는 바, 작품의 골격을 형성하고 있는 주요 징후들, 사라진 줄 알았던 시절들의 증언자 역할을 수행하는 마들렌느 과자, 마르땡빌의 종각, 조약돌 위에 어린 햇빛, 노목들… 그 숱한 징후들(signes)과 같은 기능을 가지고 있다.

182) 작품 속에서는 할아버지의 '직책'에 관한 언급이 발견되지 않는다. 스완의 부친이 증권 중매인이었다는 사실로 보아 그 '직책'(적합한 어휘인지 모르겠다)을 가리킬 듯하다. 한편 프루스트의 외조부 나떼 베일(Nathé Weil)이 증권 중매인이었다고 한다.

183) 작가가 이탤릭체로 부각시킨 단어이다.

184) 어느 비극 속의 어떤 왕녀란 말인가? 프루스트의 언급이 구체적이어서 특정 작품의 한 장면을 암시함에 틀림없다. 따디에 교수는 라씬느의 『화이드라』, 제1장 3막에 보이는 화이드라의 탄식과 프루스트의 구절을 비교하라고 권한다. 하지만 비교조차 할 필요가 없을 듯하다. 프루스트가 그 탄식을 거의 그대로 옮겨놓았으니 말이다. "이 헛된 치장물들이, 이 너울들이, 나에게는 무겁기만 하도다! / 어느 귀찮은 손이 이 모든 고리들을 만들면서, / 나의 머리카락들을 나의 이마 위에 정성스럽게 모았는가?"

185) 'des lieues(여러 리으)'를 옮긴 것이다.

186) '랑(Laon)'은 빠리로부터 동북쪽 약 120킬로미터 지점에 있는 도시로, 카롤루스 왕조 시절에 종친들이 살던 고도이며, 프루스트의 작품 속에서는 그곳이 게르망뜨 가문 선조들과 깊은 관련이 있는 것처럼 몽상된다. 한편 작품 속 꽁브레와 흔히들 동일시하는 일리에는(그곳이 프루스트의 작품 때문에 '일리에-꽁브레'라는 공식 지명을 얻었을 지경이다) 빠리 서남쪽 약 80킬로미터 지점에 있다. 즉, 일리에-꽁브레와 랑은 빠리라는 거대한 '장애물'을 사이에 두고 200여 킬로미터나 떨어져 있다. 다시 말해, 작품의 이 부분에 언급된 사항들만 보아도 '꽁브레'가 일리에를 가리킬 수 없으며, 그 허구적 도시(읍)가 '랑'처럼 샹빠뉴 지방에 있다는 명시적인 언급이 「소녀들」(제2부-고장) 편에 보인다.

187) '샹삐으(Champieu)'는 곧 'champ pieux(경건한 들판 혹은 광장)'를 의미할

듯한데, 그러한 마을을 주임사제가 'Campus Pagani(촌녀석들의 혹은 이교도들의 들판, 광장)'라고 부른 것이 이상하다.

188) 사과꽃의 실물보다는 어느 화폭을 묘사하고 있는 듯하다. 특히 '폭 넓은 흰색 수단 꽃잎들'이라는 묘사는 삐싸로(1830~1903)가 그린 화폭「꽃핀 사과나무들」을 연상시킨다. 그 화폭에서는 나뭇잎들보다 꽃들이 과도하게 부각되어, 만개한 백색 꽃들의 모양이 마치 가지에 아무렇게나 걸려 있는 부드러운 흰색 천조각들 같다.

189) 쌩띤느(1798~1865)의 소설이 프루스트의 다른 글들(『쟝 쌍떼유』, 『모작과 잡문』)에서도 언급되었는데, 특히 『쟝 쌍뙤이유』에서는 그의 『삐치올라』(소녀)가 아이들이 좋아하는 소설의 전형처럼 언급되었다(『쟝 쌍떼이유』, 갈리마르, 1971, p.332).

190) 글레이르(Gleyre, 1806~1875)는 스위스의 화가이며, 그가 그린「잃어버린 환상」(1843)을 가리키는 듯하다.

191) buggy. 말 한 필이 끄는 소형 이륜 무개 마차를 가리키는 영어이다. 프랑스에서는 보게(boguet)라는 형태로 더 흔히 사용되는 말이다. 'boghei'라 쓰기도 한다.

192) 자유분방하여 궤도가 없고 방종한 세계, 특히 일부 예술가(문인)들의 세계 내지 생활을 가리킨다.

193) 원전에는 두 문장으로 나뉘어진 것을 한 문장으로 묶어 옮긴다. 형태적으로 첫 문장을 이끄는 'Car(왜냐하면)'가 실제로는 두 번째 문장('따라서 이번에는 …' Et cette fois-là …)까지 지배하고 있기 때문이다.

194) 지붕 상단 내지 건물들을 가리킬 듯하다.

195) '벙거지 쓴 수도사'는 프란체스코회 카푸치노파 수도사를 가리키며, 그러한 수도사 모형이 날씨를 예고하는 장치였던 모양이다.

196) 성왕이라 불리던 루이 9세(재위 1226~1270)가, 프랑스에서 뿐만 아니라 전유럽에서도 공평한 왕으로 명성 높았음을 염두에 둔 언급이다.

197) 프루스트는 1904년 5월 13일자 휘가로 지에 발표한〈뽀또까 백작 부인의 응접실〉이라는 글에서, 알렉산드로스의 총희 캄파스페(판카스페, 플리니우스, 『박물지』)가 아리스토텔레스를 네 발로 기게 하고 그 등에 그녀가 올라탄 장면을 중세 조각가들이 교회당에 조각하였노라 언급한 바 있다(『논설문』, 갈리마르, 1971, p.493). 그 일화와 함께, 로마 여인의 꾐에 넘어가 바구니에 담긴 채 공중

에 매달린 비르길리우스의 모습도 교회당에 조각하였다고 한다(따디에, 『잃어버린 시절을 찾아서』, t.1. p.1170). 고대 유럽의 현자들 중 대표적인 인물들이지만 정염 앞에서는 무력했다는 점을, 다시 말해, 이교도적 철학(프루스트의 표현이다)이 정염을 극복하지 못하였다는 점을 부각시키기 위하여, 교회당 저부조에 그 일화들을 조각하였다는 것이다.

198) 프루스트가 묘사한 이 성녀상은, 러스킨이 '귀여운 모습과 말괄량이의 쾌활한 미소에도 불구하고 혹은 그러한 이유로' 퇴폐적인 마돈나라 하였고, 프루스트 자신이 '진정한 아미앵의 여인'이라고 했던, 아미앵 주교좌 교회당의 성처녀상에 대한 러스킨의 다음 언급을 연상시킨다. "그녀(마돈나) 역시 이곳(교회당 정문)에서는 볼 일이 없다. 이 출입문은 오노레 성자의 것이지 자기의 것이 아니기 때문이다. 거칠고 음산한 오노레 성자가 이곳에서 사람들을 맞곤 하였는데, 이제는 아무도 드나들지 않는 북쪽 출입문으로 쫓겨갔다…. 그것은 아주 오래전 14세기에 있었던 일로서, 사람들이 예수교를 너무 근엄하다고 생각하기 시작하여, 침울한 눈을 가진 자기네의 쟌느 다르끄는 마녀처럼 불더미에서 타 죽도록 내버려둔 채, 프랑스를 위하여 좀 더 명랑한 신앙을 상상해 내게 되었고, 그리하여 반짝이는 눈을 가진 말괄량이 마돈나를 사방에 갖기를 원하게 되었다."(『아미앵의 성서』, p.p. 261~263).

199) 「창세기」, 18~19장. 소돔 성의 멸망.

200) 롱쓰보(론쎄스바예스) 계곡에서 전사한 조카 롤랑의 시신 앞에서 탄식하며 눈물 흘리다가 자기의 수염과 머리카락을 쥐어뜯는가 하면, 시신을 부둥켜 안으며 혼절하는 샤를르마뉴의 애도하는 모습을 가리킨다(『롤랑전』, 205장~210장). 수다스럽게 탄식하는 황제의 거조가 일개 아낙의 거조를 연상시키는데, 슬픔의 중세적 과장이라고도 할 수 있을 법한 그러한 면모가 곧 프랑수와즈의 한 측면이기도 하다.

201) 거칠게 무두질한 가죽처럼 구멍 투성이인 언어, 특히 프랑스어에서 오용된 표현이나 연음이 잘못된 현상을 가리킨다. 프랑수와즈가 m'exprimer(내 생각을 표현하다) 대신 m'esprimer, parents(친척) 대신 parenthèse라고 한 사실을 가리킨다.

202) 문인(예술가)의 가장 중요한 임무는 자신의 내면을 성실히 번역하는 것이라고 주장하는, 프루스트의 핵심적인 예술론이다.

203) 피상적인 글 쓰는 행위를 가리킨다.

204) 주인공이 뻬르스삐에 씨의 마차에서 마르땡빌 및 비으비끄의 종루들을 보고 서둘러 쪽지에다 글을 쓰는 행위가 그 좋은 예이다. 주인공은 그러한 글을 쓰고 나서, 막 알을 낳은 암탉처럼 목청껏 노래를 부르는데, 그 일화는 프루스트가 뭇 문인들에게 던지는 가혹한 농담이다(조금 뒤에 이야기되는 일화이다).
205) 일반적으로 쥣!(zut!)은 불만이나 노여움 혹은 실망을 표현하는 감탄사로 사용된다(이런! 젠장! 빌어먹을! 등의 뜻으로). 하지만 이 경우는 단순한 의성어로 읽어야 할 듯하다. 규칙적인 소리를 내며 분출하는 물 소리에 가깝다. 소년이 접은 우산을 휘두르면서 그 분출음을 흉내내고 있는 것이다. 그의 동작과 그 의성어에 내포된 의미적 국면은 차츰 드러날 것이다.
206) 훗날, 스완을 비롯한 많은 사람들의 가슴 속에서 되살아날 뱅뙤이유의 음악은 고통의 산물이고, 예술품의 자양이 된 고통은 그의 딸이 제공한 것이니, 딸이 아버지에게 보상한다는 논리이다.
207) 그 위에 드러누워 쉴 수도 있는 긴 의자를 가리킨다. 고대 그리스 시대 문양에도 보이는 가구로, 오늘날에는 쏘파(아랍어)와 같은 의미로 사용되며, 프루스트 역시 두 단어를 혼용하고 있다. 그러나 쏘파가 원래는 좌석(높직한)을 가리켰던 반면, 까나뻬는 애초부터 휴식이나 관능의 공간이었다. 쏘파가 까나뻬의 역할을 수행하며 소설에 자주 등장하기 시작한 것은 18세기부터이다.
208) "하지만 이내…" 이하 이 부분까지 세 문장을 맺는 단정적인 언급("느꼈다", "생각하였고", "여겼으며", "경악하였다", "설명하기 위해서였다")이 의외이다. 당연히 추측 정도의 유보적인 언급으로 끝맺음 해야 할 문장들이다. 하지만 작가의 어조 그대로 직역한다.
209) 이 경우 역시, '예측하였음에 틀림없다'쯤이 자연스러울 듯하나, 원문 그대로 옮긴다. 앞의 경우나 이 경우 모두, 작가의 정서적 실체에 대한 은근한 혹은 무의식적인 암시일 수 있다.
210) '얼굴이 온통 주근깨로 뒤덮인 그토록 거칠은 아이의 시선에 자주 감도는 표정이 어찌나 그리도 온순하고 섬세하다 못해 거의 수줍을 정도냐'고 할머니가 지적하신 그 표정일 것이다. 주 120) 참조.
211) 멜로드라마의 일반적인 특성들, 가령 있음직하지 않은 극단적인 간계와 상황, 난폭한 일화들, 인물들의 성격이나 어조의 지나침 등이 가학 취미(싸디즘)의 산물이라는 말이다. 프루스트가 이러한 말을 하는 순간, 『노트르-담므 드 빠리』나 『레 미제라블』, 『웃는 남자』 등 빅또르 위고의 드라마적 소설들이 그

의 뇌리를 스쳤을 듯하다. 한편, 『미덕의 불운』이나 『쥘리에뜨의 이야기』 등, 싸드의 핵심적인 작품들에서 발견되는 것은 단순한 가학 취미가 아니라, 냉소적인 반발 의지 내지 탈리오법(동태복수법)에 입각한 처형 의지, 추상같은 혁신 의지이다. '가학 취미'나 '가학성 변태 성욕' 등의 현상을 싸드의 이름을 빌려 규정하는 것이 과연 옳은지 모르겠다.

212) 'chien de mer'를 직역한 것이다. 서유럽 연안에 서식하는 상어류를 지칭하는 말이며, 그 종류가 매우 다양하다고 한다(100여 종).

213) 가을철로 접어들면?

214) 그 길의 명칭 '뻬르샹(Perchamps)'이 '뻬르쎄(percer, 꿰뚫다)'와 '샹(champs, 들판)'의 복합어처럼 보이기 때문에 그러한 성격을 부여한 듯하다.

215) 비올레-르-뒤크(1814~1879)은 이론에 밝은 건축가로서 특히 중세 건축물 전문가였다고 한다. 그가 빠리의 노트르-담므, 쌩-드니 수도원, 아미앵의 주교좌 교회당 등 중요한 교회 건축물들의 복원을 지휘하였다는데, 그의 복원 작업이 조심성 없고 지나치게 일률적이라는 비판을 받았다고 한다.

216) 레오나르도 다 빈치의 「케나」(최후의 만찬)를 판화 제작자 모르겐이 1794년~1800년에 걸쳐 판화로 만들었는데, 실은 그 벽화가 이전에 한 번 복원 작업을 겪었다고 한다. 한편 젠띨레 벨리니의 그림은 「싼-마르꼬 광장에서의 예배행렬」(1496년 작)을 가리키는데, 그 화폭에 광장의 옛 모습이 그대로 담겨 있다고 한다.

217) 몽빵시에와 몽모랑씨는 실존했던 가문인데, 이 작품에서는 허구적인 게르망뜨 가문이 그 두 가문과 인척 관계에 있다.

218) 물론 한여름이라 할지라도 개암나무 잎이 하늘색일 리 없다. 짙은 초록색에 섞이기 시작한 갈색과 강렬한 태양빛이 초록색과 어울려, 순간적으로 하늘색을 띠는 듯한 인상을 주는 경우가 있긴 하다. 혹시 어떤 화폭을 염두에 둔 묘사가 아닌지 모르겠다.

219) 성왕 루이 9세가 미나리아재비(금단추꽃)를 시리아의 평원에서 가져왔다는 미슐레의 말을 연상시키는 구절이다(미슐레, 『프랑스 역사』, 제3권).

220) '금단추'나 '은단추'(모두 미나리아재비꽃을 가리킨다) 등과 같은 유형의 이름들이 프랑스의 요정 이야기보다는 『천일 야화』에서 빈번히 발견된다. 프랑스의 어떤 요정 이야기를 가리키는지 모르겠다. 더구나 그 꽃이 아시아에서 왔다고 하지 않는가?

옮긴이 주 337

221) 주둥이가 넓고 무색 투명 유리로 만든 식탁용 물병을 가리킨다.
222) 단떼가 지옥의 변경에서 만난 비르길리우스는 이미 저승 세계의 구석구석을 잘 알고 모든 상황에 익숙한 반면, 새로운 정경이 펼쳐질 때마다, 그것이 아무리 작은 변화라 할지라도, 단떼는 경악과 호기심에 사로잡힌다(단떼, 『신성한 희극』, 「지옥」).
223) julienne. 명칭의 유래가 밝혀지지 않은 십자화과(十字花科) 식물로, 약용 혹은 관상용으로 정원 등에 심는데, 꽃무와 유사하다고 한다. 학명은 '서쪽'을 뜻하는 '헤스페리스(hesperis)'이다. '노랑장대' 혹은 '향화초'로 옮기는 사전들이 있으나, 그러한 번역어를 취하지 않는다.
224) 수련을 묘사한 프루스트의 글은 끌로드 모네가 그린 일련의 수련꽃 화폭들을 연상시키며, 특히 '나무들이 울창한지라…' 이하 부분은 모네의 1899년 작품인「일본식 다리, 수련 연못」을 상세하게 묘사하고 있는 듯하다. 한편, '우아한 축제'란 1715년에 루이 14세가 타계한 후, 귀족들이 각자 자기들의 취향대로 마련하던, 방탕에 가깝도록 자유분방했던 축제를 가리킨다. 앙뚜완느 바또가 18세기의 그러한 풍정을 많은 화폭에 담았고, 빅또르 위고가 질노르망 영감의 입을 빌려 찬양한 18세기의 풍조 또한 그것이다(『레 미제라블』).
225) 따디에 교수는 이 구절이 발쟉의 『버려진 여인』에서 발견되는 보쎄앙 부인의 동작을 연상시킨다고 한다. 하지만 어찌 그 여인뿐이겠는가? 어느 성의 높은 창문에 나타난, 네르발이 전생에 이미 보았음직하다고 한 여인(「환상」), 뮈쎄의 『고백』에 등장하는 뻬에르송 부인, 대서양의 외딴 섬(Belle Ile, 아름다운 섬)에 은거하였던, 그리고 프루스트의 작품세계에서 큰 자리를 차지하는 여배우 사라 브르나르 등에서도 발견되는 모습 아닌가? 이 구절 또한, 앞에 묘사된 비본느 냇물의 수련처럼, 일종의 예술적 이식(移植) 내지 모자이크처럼 보인다.
226) 이딸리아 남부 깜빠니아 지역에 고대 그리스인들이 세웠다는(B.C 750년경) 퀴메(쿠메)라는 도시 근처에 있는 '쿠마(Cuma)'라는 마을을 가리킨다. 트로이아 멸망 후 이딸리아 반도에 온 아이네아스가 쿠마에 있던 무녀 씨뷜라의 도움을 받아 저승으로 들어가 자기의 부친 아키세스를 만난다(『아이네이스』, 6장).
227) 프랑스의 전원적인 정감이 물씬 풍기는 꽃 뻬르방슈(pervenche)를 옮긴 것이다. 협죽도(夾竹桃)라 옮기는 사전도 있고 '빙카'라 표기하는 사전도 있으나 라틴어 어원대로(pervinca → vinca) 표기한다. 음지에 군생하는 키 작은 풀이며

봄에 담청색(혹은 흰색) 꽃이 피는데, 야생 제비꽃보다 색이 더 연하다. 키 2~5미터에 달하는 관목 '협죽도'와는 거리가 멀다.
228) 바그너의 오페라 『로헨그린』을 가리킨다(1850년 초연). 파르치발의 아들 로헨그린은, 가신들의 반역으로 곤경에 처해 있는 브라방의 공녀 엘사(Elsa von Brabant)을 구하고 그녀와 결혼한다. 그러나 자신의 근본에 대해서는 일체 아무것도 묻지 말아야 한다는 결혼 약정을 엘사가 깨뜨리자, 그는 미지의 곳으로 다시 떠난다(제3막). 프루스트의 '엄숙한 다정함'이란, 로헨그린이나 엘사에게서 발견되는 절제된 슬픔이나 우수를 가리키는 듯하다.
229) 비또레 까르빠쵸의 「기사의 초상」, 「성처녀의 탄생」, 「집무실의 아우구스티누스 성자」, 「국왕의 세례」 등을 가리킬 듯하다.
230) 형이상학자들이 추론에 의해 도출한 진리, 즉 예술 현상과는 상반되는 진리를 가리킨다. 모든 사람들이 소년기에 한 번쯤 빠져드는 오류(해)를 고백하고 있는 것이다.
231) 쎄네카를 비롯한 많은 스토아 철학자들이 말하던, 우리가 매순간 죽는다는 견해이며, 프루스트 또한 그의 여러 글에서 그러한 견해를 거듭 피력하고 있다.
232) 프루스트는 '(꿀을 찾아) 울타리 여기저기로 돌아다니는 산사나무꽃 향기(ce parfum d'aubépine qui butine le long de la haie)'라 하였으나, 향기가 발산되는 양상을 꿀벌들의 부산한 움직임에 비유한 일종의 환유로 여겨서 옮긴다.
233) 에게 바다에 있는 델로스는 원래 물 위로 떠다니는 섬이었다고 한다. 레토가 그곳에서 아폴론과 아르테미스를 분만할 수 있도록 하기 위하여, 제우스가 섬을 고정시켰다고 한다.
234) 스완이 겪은 사랑에 대해 세세히 아는 것이 불가능해 보였다는 부연적 비유로, 원문에는 괄호가 없으나 워낙 느닷없는 비유인지라, 또한 이 부분을 한국어의 틀에 넣기가 불가능하여 괄호 속에다 분리시켜 옮긴다. 한편, 이 비유가 적합한지 모르겠다. 한 도시에 앉아서 다른 도시에 있는 사람과 한담하는 그 불가능한 일을 가능하게 해주는 '우회로'가 무엇을 가리키는가? 프루스트의 작품세계 전반에 비추어 볼 때, 짐작하거니와 전화를 가리키는 것 같다. 전화와 자동차, 전기, 도자기 등에 대한 일종의 강박증세 혹은 집착 현상이 프루스트의 모든 글에서 상당히 자주 발견된다.
235) 물론 정상적으로 인지되었다면 '어렴풋한 빛'의 발치에 '커튼들'이 있지 않

고, 커튼 발치에 어렴풋한 빛이 보였을 것이다.
236) 일상의 상황에서는 당연히 화장실이 '군림하고', 작은 안뜰이 '펼쳐져 있다'고 해야 할 것이다. 잠에서 막 깨어나는 그 혼돈의 순간에는, 사물의 위치뿐만 아니라 그 양태까지도 뒤바뀐다는 점을 시사하는 어휘의 선택일 듯하다.

작가 연보

1871년 빠리에서 출생(7월 10일). 마르셀 발랑땡 루이 으젠느 죠르주 프루스트라는 이름으로 출생신고.
1881년 최초로 호흡 곤란 증세 보임.
1883년 중등학교 꽁도르쎄에 입학.
1888년 학교 문예지 〈르뷔 릴라〉(라일락)에 「어두운 보라색 하늘」, 「극장에서 받은 인상들」 등 게재.
1889년 제76 보병 연대에 지원 입대.
1890년 외조모 나떼 베일 부인 작고. 11월에 제대. 빠리 법과대학 및 정치학 학교에 등록.
1891년 오스카 와일드와 조우.
1892년 훼르낭 그렉, 로베르 드레퓌스, 쟈끄 비제(작곡가 죠르주 비제의 아들), 다니엘 알레비 등 친구들과 잡지 〈향연〉 창간. 「뒤죽박죽」, 「바다」, 「프랑스 풍자의 역사」 등을 그 잡지에 게재.
1893년 잡지 〈향연〉 정간. 법학 학사 학위 취득(10월). 부친의 권유로 도서관 사서직 수락.

1894년 앙뚜완느 바또, 반 다이크 등 화가들의 모습을 운문으로 묘사.

1895년 문학 학사 학위 취득(3월). 8~9월에 디에쁘, 벨-일르, 베그-메이유 등지 여행. 「샤르댕과 램브란트」 집필(괄목할 만한 글이지만 미완의 논설문이다).

1896년 「화가들의 초상화」 집필. 『기쁨과 나날들』 출간(프루스트의 최초 작품으로, 일종의 수상록이다. 아나똘 프랑스가 그 발문을 썼다). 「모호함에 반대하여」 집필.

1897년 라인란트 지방 크로이츠나하에 모친과 함께 한 달 체류(『잃어버린 시절』의 주인공 마르셀이 도이칠란트에 체류하였다는 언급이 「피어나는 소녀들」편에 보인다).

1899년 『쟝 쌍떼이유』 집필을 중단하고 모친의 도움을 받아 러스킨의 『아미앵의 성서』 번역 시작.

1900년 〈휘가로〉지에 「러스킨의 프랑스 순례」 발표(2월). 「아미앵의 노트르-담므에 온 러스킨」을 「메르뀌르 드 프랑스」지에 발표(4월). 모친과 함께 베네치아와 빠도바에 여행.

1901년 『아미앵의 성서』 번역 완료.

1902년 브뤼거, 안트베르폰, 로테르담, 델프트, 암스테르담, 헤이그 등지 여행.

1903년 〈휘가로〉지에 빠리 사교계에 관한 글 다수 발표. 부친 별세.

1904년 「대교회당들의 죽음」이라는 글을 〈휘가로〉지에 발표. 『아미앵의 성서』 번역본 메르뀌르 드 프랑스에서 출간.

1905년 「독서에 대하여」라는 논설문 발표(훗날 『모작과 잡록』에 수록한 글로, 프루스트의 평론에 관한 핵심적 견해를 엿볼 수 있는 논설문이다). 모친 별세(9월). "나의 삶은 이제 그 유일한 목표, 유일한 기쁨, 유일한 사랑, 유일한 위안을 잃었네." 모친 타계 후 친구인 몽떼스끼우에게 보낸 편지의 한 구절이다. 12월에 요양원에 입원.(「되찾은 시절」에 이야기된 일화와 관련되었음직하다. 주인공이 작품을 써야겠다는 결단을 내리는 것이 요양원으로부터 돌아온 후이다)

1906년 요양원에서 돌아와 오쓰만 대로 102번지로 이사(외부의 소음을 차단하기 위하여 모든 벽을 콜크로 도배하였다는 곳이다. 그 이야기가 전설인지 사실인지는 확인하지 못하였다. 프루스트 사후 오십 년쯤 되던 해에 그곳을 방문하여 유심히 살폈으나, 그러한 흔적도, 그러한 이야기를 전하는 안내문도 발견할 수 없었다). 러스킨의 『참깨와 백합』 번역본 출간(메르뀌르 드 프랑스).

1907년 「어느 존속 살해자의 심정」, 「어떤 할머니」, 「자동차를 타고 받은 여정의 인상들」 등을 〈휘가로〉지에 게재.

1908년 발쟉, 공꾸르, 미슐레, 플로베르, 쌩뜨-뵈브, 르낭 등의 작품을 모방한 글들 발표(〈휘가로〉). 샤또브리앙, 러스킨, 쌩-시몽 등을 모방한 글들도 그 무렵에 썼으나 발표되지 않음.

1909년 『쌩뜨-뵈브 논박』의 출간을 메르뀌르 드 프랑스가 거절. 〈휘가로〉 역시 거절(문예 평론에 대한 프루스트의 가장 핵심적인 주장들을 포함하고 있으며, 종래의 평론 관행을 근본적으로 뒤엎을 수 있는 시각을 최초로 드러낸 작품이다). 사교계와 단절하고 『잃어버린 시절』의 첫편 「스완댁 쪽으로」를 집필하기 시작한 것 또한 이 해일 듯하다.

1910년   러시아 발레단 공연 참관.
1912년   자기 소설의 통합 제목을 『심정의 간헐성』이라 정하고, 그 제1부의 제목은 「잃어버린 시절」, 제2부의 제목은 「되찾은 시절」로 정하여, 출판사 화스켈에게 출간을 요청하였으나 거절당함. 갈리마르 출판사도 거절. 〈휘가로〉지가 「하얀 산사나무꽃, 분홍색 산사나무꽃」, 「어느 발코니에 어린 햇살」, 「마을 교회당」 등 훗날 「스완 댁 쪽으로」에 포함된 일화들을 3월에서 9월에 걸쳐 게재.
1913년   N. R. F, 메르퀴르 드 프랑스, 화스켈, 올렌도르프 등 출판사들이 프루스트의 작품 출간 거절. 작가가 출판 비용을 감당한다는 조건으로 그라쎄 출판사와 두 권으로(각 권 약 650페이지) 출간하기로 계약(3월). 작품의 제목을 『잃어버린 시절을 찾아서』로 확정. 「스완 댁 쪽으로」 출간(11월). 그 출판 과정에서 작품의 상당 부분을 삭제하고, 결론부를 수정(불론뉴 숲의 가을 날 아침 일화가 구조적으로 조금 부자연스러워 보이는 것은 그러한 이유 때문인 듯하다).
1914년   세계 제1차 대전 발발.
1918년   「피어나는 소녀들의 그늘에서」 출간(11월, N. R. F).
1919년   『모작과 잡록』 출간(3월, N.R.F). 「피어나는 소녀들의 그늘에서」에 공꾸르상 수여(11월).
1920년   「게르망뜨 쪽」 1권 출간(8월).
1921년   「플로베르의 문체에 대하여」를 〈N.R.F〉지에 게재(1월) 「게르망뜨 쪽」 2권 및 「소돔과 고모라」 1권 출간(4월). 「보들레르에 대하여」를 〈N.R.F〉에 게재(6월).
1922년   「소돔과 고모라」 2권 출간(3월). 그해 봄에 마지막 권

「되찾은 시절」을 탈고하였다고 한다. 어느 날 프루스트가 쎌레스뜨 알바레(프루스트의 살림을 맡아서 해주던 여인이다)를 불러 이렇게 말하였다고 한다. "지난 밤에 중대한 일이 생겼어요…. 중요한 소식이에요. 지난 밤 내가 작품에 '끝'이라는 말을 썼어요." 그러더니 이렇게 말하였다고 한다. "이제 내가 죽을 수 있어요." 5월, 어느 야연에서 삐까소, 스트라빈스키, 제임스 조이스 등과 상면. 프루스트와 조이스 간의 대화는 냉랭했다고 한다. 「소돔과 고모라」 3권 및 「갇힌 여인」 출간(11월 14일). 11월 18일 새벽 3시까지 작품에 가필 계속. 4시 30분에 운명.

1925년 「탈주하는 여인」을 「사라진 알베르띤느」라는 제하에 출간(2권)

1927년 「되찾은 시절」 출간(2권)

1952년 「쟝 쌍뙤이유」 출간(3권). 이 작품은 『잃어버린 시절을 찾아서』의 초벌 그림과 같은 성격을 가지고 있으나, 또한 그 언어적 풋풋함이 매력일 수 있으나, 프루스트의 많은 주제들을 이해하는 데 큰 도움이 될 수 있다.

1954년 『쌩뜨-뵈브 논박』 및 『새로운 잡록』 출간(베르나르 드 활루와). 『잃어버린 시절을 찾아서』가 쁠레이야드 총서(3권)로 출간됨(삐에르 끄라락 및 앙드레 훼레가 편집).

1971년 『쟝 쌍뙤이유』 및 『기쁨과 나날들』이 쁠레이야드 총서로 출간됨(삐에르 끌라락, 이브 쌍드르). 『쌩뜨-뵈브 논박』 및 『모작과 잡록』, 『논설집』이 쁠레이야드 총서로 출간됨(삐에르 끌라락, 이브 쌍드르)

1987년 『잃어버린 시절을 찾아서』를 가르니에-플라마리옹 출

판사에서 총 열 권으로 간행(쟝 미이 교수의 새로운 편집, 수정, 주석 및 해설)

2006년 쟝-이브 따디에 교수 주도로 『잃어버린 시절을 찾아서』를 쁠레이야드 총서로 재발간(4권).